U0689108

图书在版编目（CIP）数据

文艺心理阐释 / 鲁枢元著. —杭州：浙江文艺出版社，
2023.12
ISBN 978-7-5339-7317-9

Ⅰ．①文… Ⅱ．①鲁… Ⅲ．①文艺心理学 Ⅳ．
① I0-05

中国国家版本馆 CIP 数据核字 (2023) 第 144225 号

策划统筹　曹元勇
责任编辑　汤明明　胡远行
营销编辑　耿德加　胡凤凡
责任印制　吴春娟　睢静静
封面设计　胡斌工作室

文艺心理阐释
鲁枢元　著

出版发行　浙江文艺出版社
地　　址　杭州市体育场路 347 号
邮　　编　310006
电　　话　0571-85176953（总编办）
　　　　　0571-85152727（市场部）
印　　刷　上海盛通时代印刷有限公司
开　　本　700 毫米 × 1000 毫米　1/16
字　　数　330 千字
印　　张　25.25
插　　页　13
版　　次　2023 年 12 月第 1 版
印　　次　2023 年 12 月第 1 次印刷
书　　号　ISBN 978-7-5339-7317-9
定　　价　89.00 元（精装）

版权所有　侵权必究

1988 年，鲁枢元在郑州大学图书馆

1985 年 9 月，应陆贵山先生（左 4）邀请，与李希凡（左 3）、胡经之（左 2）等学者
在北戴河文艺学方法论研讨班讲学

自左至右：徐中玉、钱谷融、王元化。

1986年，鲁枢元在郑州大学破格由讲师晋升教授，三位前辈是推荐人

1991年春，鲁枢元陪同前辈文艺理论家钱谷融、陈涌游览古城开封

1986 年初冬，鲁枢元与王鸿生（左 1）、耿占春（左 4）陪同周介人（左 3）游览洛阳龙门

1989年夏，鲁枢元与研究生曹元勇、何向阳（左1）
在张家界天子山举办的第二届全国文艺心理学研讨会上

1987年春，鲁枢元在郑州主持第一届中国文艺心理学研讨会，
与会代表有童庆炳、张德林、程正民、畅广元、曾炽海、刘彦钊、孙广举、孙顺霖、张焕斌、
潘凯雄、杨文虎、单占生、胡山林、潘知常、艾云、陶东风、李春青、王舟波等

总　序

胡大白*

　　上世纪 80 年代初,鲁枢元教授是我在郑州大学的同事,我的专业是现代文学,他的专业是文艺理论。在课堂教学上鲁枢元是一位深受学生爱戴的教师;在中国学术界,鲁枢元是一位颇具个人特色的学者。他出身寒门,没有骄人的学历,却一步一步攀登上中国学术领域的高地;他为人谦让、宽厚,治学道路上却不守成规、一意孤行;他自称文化保守主义者,始终坚守着自己脚下的土地,而他的一些研究成果却在不经意间辐射到西方。

　　鲁枢元治学的一个显著特色,是将传统的文艺学学科的边界拓展到心理学、语言学、生态学诸多领域。在新时期文学史中,他被视为文艺心理学学科重建的代表人物之一;他的《超越语言》一书同时受到文学界、语言学界的共同关注却又引发激烈争议。王蒙先生曾夸奖他的文学评论"别树一帜"。进入 21 世纪以来,他专注于生态文化研究,坚持不懈地将"生态"这一原本属于自然科学的概念导入现代人的精神文化领域,把"人类精神"作为地球生物圈中一个异常活跃的变量引入生态学学科。他面对日益严峻的生态困境,认真汲

---

　　* 胡大白,黄河科技学院创建人、教授,中国当代教育名家,第八届世界大学女校长论坛"终身荣誉奖"获得者。

取东、西方先民积淀的生存智慧,试图让"低物质消费的高品位生活"成为新时代的期许。因此,他被誉为中国生态批评里程碑式的人物、中国生态文艺学及精神生态研究领域的奠基人。

这部文集共十二卷,收录了他从1977年开始撰写的约400万字的文章。其中,包含三个方面的内容:学科理论建设;作家作品评论;散文、随笔以及日记、书信等日常写作。这些体裁不同、跨越近半个世纪的文章,从一个侧面呈现出中国社会生活的变革、国民心态的起伏、文化艺术理论的创新及中西当代学术交流的轨迹,在一定程度上反映了时代的精神状况,或许还为当代文化心态史的研究提供某些参照。

2015年春天,鲁枢元于苏州大学退休后,在我的邀请下入驻黄河科技学院并创建生态文化研究中心。在我看来,鲁枢元是一位既能持守东方传统文化精神同时又拥有开放的世界眼光的学者,我相信他发自内心的学术探讨一定也是利国利民的,因此全力支持他做他自己愿意做的事,不设任何条框,不附加任何条件。事实证明,这样做的结果充分发挥了他治学的自由度与能动性,入驻黄河科技学院的这一时期,成为他学术生涯的又一高峰。与此同时,他出色的学术活动也为黄河科技学院的生态文化研究带来世界性的声誉。

鲁枢元是一位真诚的学者,在他的治学生涯中,他坚信性情先于知识,观念重于方法,创新的前提是精神自由。同时他还认为生态时代应该拥有与时代相应的"绿色话语形态",学术文章也应该蕴含情怀与诗意,应该透递出作者个体生命的呼吸与体温。钱谷融先生曾经赞誉鲁枢元的属文风格:既是思想深邃的学术著作,又是抒发性灵的优美散文。读者或许不难从这套作品集中获得阅读的愉悦。

鲁枢元曾对我说过,他希望他的文字比他的生命活得长久些。我相信凡是用个体生命书写下的文字,必将是生命在历史长河中的延续。适值他的十二卷作品集出版,作为他多年的老友,特向他表示衷心祝贺!

目 录

卷一　背景转换中的文学动势

第一章　文学艺术活动的"向内转"

第二章　中国文学的现代进程

题 记

　　从无可选择的现象世界中寻求自由的选择，从难以实现的人生愿景中寻求完美的实现，这大约就是心灵在文学艺术中的轨迹。

序 言

王元化

　　枢元同志嘱我为他的书写序,拖延已久,深感歉疚。有一阵我身体不大好,容易疲劳,也就变得疏懒了。但主要还是由于我这方面知识不够,提不出可供参考的意见。我知道枢元并不需要别人说一些溢美的话,他的研究成果本身就是最好的见证,比任何奖饰都更能令读者信服。前人所谓"褒贬任声,抑扬过声"那种不良风习,是我们两人共同反感的,这也是我敢于为枢元的书作序的一个原因。20 世纪 20 年代末至 30 年代中期,像《古史辩》这样的刊物,也都有一种科学的、坦率的、平等的讨论气氛。年轻的对年长的,无名的对知名的,都可以开门见山,毫无顾忌,有什么说什么。既没有自尊心受伤的怨恨,也没有趾高气扬的自负。大家都从探求真理出发,而不斤斤于个人的得失成败。这样有容人容物之量的学术民主空气和不虚美不掩恶的实事求是精神,令人神往。也许我们可以把它叫作艺术的公正吧。这是我和枢元互相期待并共同期待于文艺界的。

　　我和枢元的相识是 20 世纪 80 年代初在广州举行的全国高校文艺理论学会的年会上。他那北方人特有的质朴和淳厚使我一见就感到这是可以坦率交谈的同志。当时谈了些什么后来已经忘却。可是枢元却记得,他说我曾建议他从事文艺心理学的研究,后来他还认真地把这事写在一篇文章中。这使我多少有些惭愧。当时我们国家正从闭关锁国状态中解放出来,"两个凡是"才被批判,实践检验真理的标准刚被确认。在此以前我们对于西方文化中的现代思潮采取了排拒态度,从而形成学术上的许多空白点。我建议枢元从事文艺心理学的研究,正是因为我感到文艺界在这方面十分贫乏,只有20世纪30年代出版的朱著《文艺心理学》是独一无二的著作,从而急需在这方面填空追踪。我认为这一学科有研究的必要,并非出于逐新猎奇,而是照我看来,文学创作的过程就是作家的心理活动过程,如果不揭示创作过程中的心理活动,就永远无法揭示文学创作的秘密,从而就会导致有害于创作的各种机械论继续在文艺领域内驰骋。但我认为任何新领域的开辟都是为了理论前进,而不应陷于卖弄炫耀、竞新争奇的花架子中。那次广州会议正在探讨作为大学文科教材的文艺学问题。这门基础学科,可以说三十年来一贯制,始终按照固定模式去编写,没有任何进展,更谈不到突破。范畴的贫乏,观念的僵硬,内容的简单,令人再难容忍。高校教学的墨守成规之风是众所周知的。因此,那时读了枢元交我看的一篇从心理学角度来阐发文艺现象的文章,就特别感到清新可喜。

在开放和改革以前,有很长一段时间,我们所能读到的现代著作,只有苏联的论著。据我所知,苏联理论界在心理学方面常常援引文艺作品为例,相反,在文艺理论方面却极少涉及心理学。唯一例外,只有斯坦尼斯拉夫斯基的戏剧体系。它被人注目,不仅由于它比较开放,吸取了西方的成果,同时也由于它引进了心理学来阐发艺术的创造活动。他并不以巴甫洛夫心理学作为唯一依据,例如第一自我与第二自我说来自法国老柯克兰的观点。为了作一点类似的尝试,20世纪70年代后期,我在写《文心雕龙创作论》的附录时,曾从心理学角度探讨了创作行为的自觉性和不自觉性,发表在复刊不久的《上海文学》上。这个问题就引起了热烈讨论。我的那篇是最早的一篇,虽然当时综述讨论经过的文章并未把它列入。我谈起这件事是想说明,我建议枢元研究文艺心理学正是由于我自己也想在这方面做些探索。

从那次在广州和枢元谈话以来，尤其是这四、五年间，西方心理学各派著作大量传入。我退居二线后，多次想为自己的荒疏补课，但要看的书太多，心理学著作就被搁置下来了。枢元的治学态度却是严肃认真的。从那以后，仅仅在几年之中，他读了大量心理学论著，刻苦钻研，写出了好几本书，成为新时期中第一代研究心理学的理论家。他的成就已得到公认，无须再来赘述。现在他的新书《文艺心理阐释》(上海文艺出版社编辑出版的"文艺探索书系"的一种)就要出版，虽然我提不出中肯的意见，但对他的成就我是由衷感到高兴的。

1988 年 8 月 29 日夜

引论：文学"向内转"与文艺心理阐释

孟繁华教授说：鲁枢元是"向内转"的"首义者"。"向内转"的"反拨精神"标识了又一个文学时代的莅临。[①]

1986 年，我的《论新时期文学的"向内转"》一文发表不久便引发国内文学理论批评界一场规模可观的辩论，潘旭澜先生主编的《新中国文学词典》中随即收录了"'向内转'的讨论"这一条目。

"向内转"，如今已经被列为当代文学研究的一个关键词。

学界有人将"向内转"翻译成 inwards transferring 或 inward turn，均强调文学与"人的心灵与精神层面"、文学与"主观心灵世界""内心真实"的关系。这就揭示了"向内转"与"文艺心理阐释"的直接关系。

就我个人的初衷，写这篇文章的动因是为我当时热衷的文艺心理学研究寻找当代文学创作实践的依据，文章写得很粗糙，情绪与直觉远远多于论证与思辨，说得好听一点，可谓"直抒胸臆"。在这篇文章发表的前一年，我出版了我的第一本书《创作心理研究》，文章发表的两年后，《文艺心理阐释》一书

---

① 孟繁华：《当代文学关键词·向内转》，《南方文坛》1999 年第 3 期。

出版。

时隔20余年,在新版《文艺心理阐释》即将出版之际,我想在新版书的引论中,再度说一说"向内转"的提出及与其相关的那场争鸣。

一

《文艺报》1986年10月18日发表了我的《论新时期文学的'向内转'》一文,在沉寂了一段时间后,到了1987年夏天,以《文艺报》为主要阵地对这篇文章展开了热烈的讨论,讨论持续了一年多时间,到了1988年下半年,渐渐平息下来。停顿两年之后,1991年春,《人民日报》《文艺报》等报刊又接连发表署名文章批评"向内转",至此这场关于新时期文学"向内转"问题的讨论延续了将近五年的时间。

一些综述文章称这是一场"旷日持久、规模可观、持论截然对立、反响相当强烈"的文坛论争。

这场争论是由江西省文学评论家周崇坡先生发表在1987年6月20日《文艺报》上的一篇文章揭开序幕的。周文认为,从整体上看,"向内转"文学以及"向内转"的论调对于社会主义文学都是有害的,"可能有使时代的主旋律在文学中减弱甚至消失的危险"。周文提醒人们,要对"向内转"的文学提高"警惕"。

据我见到的,在"向内转"问题的讨论中曾经发表过各种不同意见的,有林焕平、洁泯、王蒙、曾镇南、徐俊西、童庆炳、谢冕、陆文夫、吴元迈、吴秉杰、朱向前、董大中、潘凯雄、贺绍俊、孟繁华、金健人、惠尚学、阮竞生、曾奕禅、李锡龙、李幼苏、李方平、江岳、谭湘、伍林伟、王元骧、张玉能等数十位学者。

在整个讨论过程中,我只是在1988年3月25日的《文论报》中发表过一篇文章,就论争中的思维方式问题做了一些解释。

二

20世纪80年代初期，我对文学创作心理现象产生浓厚的兴趣，已经写下了《论文学艺术家的情绪记忆》《艺术创造中的变形》《作家的艺术知觉与心理定势》《审美主体与艺术创造》一系列文章，写作过程中翻阅了大量西方19世纪、20世纪著名作家的传记和创作谈，我由此发现创作主体的独立人格、独特个性、丰厚的感情积累、细微复杂的心理活动在文学创作活动中是起着决定性作用的。

在此以前，我已经担任了十多年的《文学概论》的教学工作，我发现我得出的这一结论与我们教科书上讲的原则和规律很不相同，教科书中强调的是"文学"是"客观的社会生活"的"如实反映"。这时我强烈感到，所谓"客观的社会生活"如果不能化入作家的血肉之躯，如果不能化为作家的人格与情性，对于文学创作就是完全无用的。而"客观的社会生活"一旦化入作家个人的"心理结构"之后，要想再保持"客观如实"的性质，也就绝不可能了。我想，这该是古往今来，从中到西普遍适用的一个创作心理学原则。

20世纪30年代以来，中国的文学受苏联文学理论的影响，倾向于把文学作品看作如实反映社会生活的"镜子"，把文学家看作秉承某种思想观念的"工程师"，把文学创作过程看作运用某些形式、技巧对生活素材加工制作的过程。文学活动被彻底程序化、模式化了。"文化大革命"中，这种"文学理论"被推上极致，即所谓"三突出""三结合"的创作方法，如今已经成了一个笑话。

因此，20世纪80年代初当我在大学讲台上重新宣讲"文革"前的教科书中的那些原理和概论时，就产生了不适乃至对立的情绪。

更重要的是，20世纪70年代末、80年代初中国文学创作出现了新的转机，一批厚积薄发、形式略嫌粗糙而感情真挚充沛的小说、戏剧，一反过去"假、大、空"的宣传,激动了亿万人的心。继而,王蒙的《夜的眼》《春之声》等六篇新颖别致的小说,舒婷、顾城等人的"朦胧诗",使多年来凝固僵化的文学观念产生了动摇,我凭直觉意识到中国当代文学开始了一场意义深远的变更。在一些重要的文学问题上,已经有可能做出一些不同的答案来。

以"主体性""内向性"为主要特点的现代派文学在西方文坛也曾被当作异端,但不久便成为主流,进而波及整个世界文坛。实际上早在20世纪20年代,当世界文学的现代化运动方兴未艾时,中国作家们就已经开始接受这种新的文学思潮的熏染,这不但从李金发的诗歌和施蛰存的小说中可以得到验证,而且从鲁迅、郭沫若的创作中亦不难找到明显的迹象。我由此感到文学的"向内转",是从19世纪末以来文学的一个世界性的走向。

我同时发现,19世纪以来,心理学与文学呈现出一派相互渗透、同步前进的有趣现象。威廉·詹姆斯对"意识流"的阐释,弗洛伊德、荣格对"主体心理结构"的剖析,格式塔心理学对"创造性活动"的独特论证,皮亚杰对"认识的主观性"的证明,列昂捷夫等人对"个性化含义"的强调,使我坚信人类拥有一个复杂灵妙的"内宇宙",文学艺术正是这个"内宇宙"中最美丽奇幻的景观,文学艺术的"向内转",即转向文学艺术自身的存在,回归到文学艺术的本真状态。

就在这时,我读到美国文学评论家里恩·艾德尔对比论述当代文学与当代心理学发展趋势的一篇文章,其中写道:第一次世界大战后,西方文学的"向内转"运动,使"文学和心理学日益抹去了它们之间的疆界"[①]。这段话很合乎我的心意,"向内转"这一用语开始出现在我的言谈和文章里。"向内转"这一用语在中国当代文坛引起争议,从而在人们心目中留下印象的语词,并不是我的发明创造,只是我的转引与发挥。

----

① [美]里恩·艾德尔:《文学与心理学》,见张隆溪编《比较文学译文集》,北京大学出版社1982年版,第76页。

据现在可以查阅到的文字资料,我第一次谈到中国新时期文学"向内转",是在 1984 年 12 月由《上海文学》编辑部、杭州市文联、浙江文艺出版社在杭州陆军疗养院联合举办的青年作家与评论家的对话会议上。会议的组织者是茹志鹃、李子云、周介人、徐俊西,与会者都是当时文坛上非常活跃的青年作家、评论家,如阿城、韩少功、陈建功、李陀、吴亮、南帆、李杭育、李庆西、黄子平、蔡翔、陈思和、程德培、季红真、郑万隆等。据周介人在其《文学探讨的当代意识背景》一文中记载,我当时发表的意见的主旨是:"研究人物的心理环境比研究物理环境更为紧要,当代文学正在'向内走'"。①

"向内走"可能是这位上海籍老兄对"向内转"的误记,但意思大抵清楚。

1985 年 9 月,我应中国人民大学中文系之邀,到北戴河文艺学方法论研讨班上讲学,同时为这个班上课的还有李希凡、胡经之、林兴宅诸位先生,主持者是陆贵山先生。我的讲题为《文学心理观》,在第一部分"新时期文学的整体动势"中侧重阐发了我对"向内转"的看法,这篇讲稿后来收入《文艺学方法论讲演集》一书,由中国人民大学出版社出版。

1986 年 4 月,我应邀参加在天津召开的、由鲍昌先生发起并组织的"中外文艺理论信息交流会",会上我做了一个题为"新时期文学与心理学"的发言。这个发言主要论述了新时期文学与心理学的融会贯通,从而造成了新时期文学"向内转"的必然趋势,这一趋势将使我们的文学走出多年的积弊,走进一片崭新的天地。我的发言在会上引起较大的反响,不少报刊希望发表这篇讲稿。后来,我把这篇讲稿压缩成不到 5000 字的样子给了《文艺报》。《文艺报》刊出时,用的题目是《论新时期文学的"向内转"》,讲稿全文则收入《中外文艺理论概览》一书中,由春风文艺出版社出版。

以上便是《论新期文学的"向内转"》这篇引起诸多争议的文章"出笼"的经过。

---

① 周介人:《新尺度》,浙江文艺出版社 1989 年版,第 190 页。

下边,我对争论中的几个问题择要作一些说明。

一、"向内转"有害于社会主义文学的健康发展

这个问题看似简单明快,其实很难辩白清楚。如果从新中国成立后算起,我们的"社会主义文学"很难说一直在健康发展,不但不健康,而且有时处于很不正常的状态。比如,以往的一些很有才华很有影响力的作家,在新中国成立后很长一段时间里反而写不出高水准的作品来,他们的创作普遍走下坡路。如果深究下去,这除了作家们自己的失误,时代也负有责任,时代的过错在于过分强调文学艺术对政治的附属性、工具性、功利性,而忽略了作家的独立人格与自由创造精神,文学艺术活动的心理内涵被遗弃了,心理学被视为"唯心主义"在我国两次遭取缔。

文学可以为政治服务,为政治服务也可以写出优秀的文学作品,但如果把文学的全部内涵仅仅框定在"政治"活动中,文学活动的空间未免太狭窄了,如果进而非要把"写心灵""表现自我"统统从文学活动中剥离出去,仅仅把文学看作工具和武器,把诗人、作家、艺术家当做国家机器上的"齿轮"与"螺丝钉",那么文学艺术创造的内在动力、文学作品内部的活力都将被大大削弱。

当个体人的独立、自由的精神活动被削弱、被取缔后,"政治"往往会变成少数野心家、阴谋家、独裁者得心应手的法宝,这已经在"文化大革命"中得到验证。

几十年来,当我国的文学艺术事业出现种种不正常的情况,理论批评界差不多总是在敲"顺风锣",很少有人站出来说句公道话。待到新时期终于开始总结过去几十年的失误和教训时,马上就有人指责别人在挖社会主义文学的墙脚,这是一种长期形成的"心理定势",倒是我们应该警惕的。

二、"向内转"反对现实主义,崇尚西方现代派

今天看来,"现实主义"或西方现代派中的"表现主义""象征主义""抽象主义""魔幻主义""未来主义"等,作为文学艺术中经过实践验证而行之有效的创作方法、表现手法,已经不会有什么疑义。况且"现实主义"本是19世纪

中叶兴盛于欧洲法国的一种创作思潮,很难说它是东方的或无产阶级的革命产物,而那些"西方现代派"的先驱,其中并不乏反抗资本主义、殖民主义的斗士。不知从什么时候开始,在我们这里,"现实主义"成了革命的创作方法,"现代主义"成了反动的创作方法,谁如果被划在了"现代派"一边,谁也就被打入了"另册",这几乎成了一部分人在一个时代里形成的积习。

"现实主义"的基本内涵是"客观地观察现实生活,按照生活的本来面目精确地描写现实"①,其中所谓"客观地观察"与"精确地描写",从现代心理学或现代阐释学的角度来说,都是可以成为问题的。在皮亚杰(Jean Piaget,1896—1980)的"发生认识论"中已经反复论证了人的认识过程中不可避免的主观性,"客体只能是客体显示于主体的那个样子,而不能是别的什么"②。在苏联心理学家列昂捷夫的个性理论中,"心理反映"被强调指出总是"主观的","它的特点在于,把客观的东西不断变化为主观的东西"③,知觉与知觉对象之间的偏差、倾斜、变形,恰恰展示了知觉主体(也是个体)的独特的内心情景,这对于文学艺术创造来说应该是至为珍贵的。其实,自爱因斯坦的相对论问世后,在现代物理学中那种"客观观察""精确反映"的观念就已经受到挑战。

多年过去后,回头再看一看,人们对所谓"现代派"已表现出更多的包容性。如今那些借助"魔幻""荒诞""黑色幽默"而显示出不同创作特色的小说家,如莫言、残雪、余华、格非、李洱,都在当下中国赢得了众多的读者;颇具"嬉皮士"风韵的王朔,更是从小说到银幕一路绿灯,其作品畅销无阻,深受人们待见。更不要说在"建筑""服饰""广告""工业产品造型"等"实用艺术"领域,占主导优势的更是一种"现代风"。

三、"向内转"反对深入生活

"向内转"最使一些同人感到担忧的,是它将导致作家脱离现实生活。

---

① 宋元放主编:《简明社会科学词典》,上海辞书出版社1982年版,第588页。
② [瑞士]让·皮亚杰:《发生认识论原理》,商务印书馆,1985年版,第96页。
③ [苏]阿·尼·列昂捷夫:《活动·意识·个性》,上海译文出版社1980年版,第3页。

"'向内转'既然是必由之路,那么,作家还要不要深入生活、体验生活、认识生活?"①对于这一批评,我实在感到有些委屈,因为我从来都没有忽视过社会生活以及作家的社会实践在文学创作中的地位和意义。我反对的只是"镜子式""工具式"的反映,强调的是客观社会生活、物质性的社会实践必须化作作家、艺术家的生命存在状态,才有可能进入审美的领域,进入艺术创造的过程。客观现实生活的心理化、心灵化,是创作的"必由之路",这显然是一个"向内转"的过程。在我看来,最"深"的"深入"便是"心入",把整个身心投入到生活中去。长期以来,我们的文艺政策不愿意多讲创作主体的能动性,只擅于讲社会生活、时代精神的决定性,归根到底也许是对作家、艺术家缺乏足够的信任。

而"社会"与"时代"也是会出错的。在"反右派""大跃进""人民公社""共产风""浮夸风""破四旧""文化大革命""批邓反击右倾翻案风"中,我们的文学艺术如果能够离开那"火热的生活""亢奋的时代"稍远一些,少唱些赞歌,多泼点冷水,也许对于我们这个国家和民族还会多做出点贡献。可惜我们没有这样做。原因除了社会与时代的过错外,就我们的文学艺术家而言,怕是少了些独立的人格和自由的思考,缺了些精神上的自我支撑。

现在的问题可能还要复杂些。以前我们主张批判"资产阶级自由化""资本主义的精神污染",任务已经够艰巨。与此同时,"高科技对人类生活的专制""高消费的物质生活对人的精神领域的污染"已经对世事人心构成新的威胁,杰出的诗人、作家、艺术家,应当凭借自己敏感的心灵,走在社会与时代的前面。

四、"向内转"是一种片面之见

我后来知道,我的"向内转"一文之所以失去一部分赞同者,是因为我把"向内转"看作文学创作的"必由之路",把"向内转"说成是新时期文学的"整体动势",显得有些武断。就连我素来敬重的陆文夫先生也说过:"文学向内转,读者向后转"的话。

① 林焕平:《论"向内转"文学》,《文艺报》1987年12月26日。

经过一番反省,至今我仍然不想收回自己在许多年前做出的这一判断。作为文学创作的完整过程,作家当然有"向内"和"向外"的时候,而我是站在文艺心理学研究的立场上讲述"向内转"的,我更倾向于把创作看作一个"感物而发""情动于中"的过程,一个"收视反听,耽思傍讯,精骛八级,心游万仞"的内化过程。作为文学的整体动势,在不同的历史时期有"外转"也有"内转",即使在同一个社会的同一个时期,文坛上也会有内向型的作品与外向型的作品,这一点我的那篇文章未能讲清楚。

仅就一个时期的文学创作走向,即"新时期"文学而言,相对于新中国成立以来的文学创作说它开始内转,说它开辟一个文学的新时代,大抵不差。

五、"向内转"的命题与概念不清

讨论中,一位批评者指出:"任何人当他最初使用某一新概念时都必须就此做出严格的逻辑和理论界定。令人遗憾的是,鲁文好像没有明确的这种意图。这是我们与西方理论家完全不同的理论素质。"对此,我不能不虚心接受,同时也希望再作一点申辩:批评者显然是一位"西方理论素质优胜论"者,而我在这之前之后都曾表达过我不相信文艺学会成为一门严格意义上的科学,也很难具备一套精确严密的术语和概念,像中国古人常用"风骨""神韵""肌理"之类,就实在难以用严格的逻辑与概念界定,但仍然可以自成一统,并且饶有趣味。说实话,直到我在《文艺报》上发表这篇文章时,也没想到要创立一个文艺学学科的新概念,我只是选中了这个颇带动态形象的"语词"来概括描述我要揭示的那些文学现象。

令我非常感动的是,由于许多学识广博的学者们的介入,"向内转"这一命题在讨论中终于获得了比较确切的内涵。吴秉杰先生以他严谨的理论素养从"创作风格""表现对象""艺术手法"几个方面概括了"向内转"文学特征,同时也指出了"向内转"文学的弱点和可能出现的弊端。① 他的文章使我受益匪浅。

---

① 吴秉杰:《面对发展了的审美形态》,《文艺报》1987 年 10 月 17 日。

事过境迁,这里让我还是为"向内转"做一个亡羊补牢式的界定:

> "向内转",是对中国当代"新时期"文学整体动势的一种描述,指文学创作的审美视角由外部客观世界向着创作主体内心世界的位移。具体表现为题材的心灵化、语言的情绪化、情绪的个体化、描述的意象化、结构的散文化、主题的繁复化。"向内转"是对多年来极"左"文艺路线的一次反拨,从而使文学更贴近现代人的精神生存状态,并为中国当代文学的发展开创出一个新的局面。中国当代文学的"向内转"显示出与西方 19 世纪以来现代派文学运动流向的一致性,为从心理学角度探讨文学艺术的奥秘提供了必要性与可行性。

从已经出版的几部当代文学史著看,对"新时期文学'向内转'"的讨论,乃至对"向内转"作为一个术语对新时期文学运动的概括,基本上都是持肯定态度的。

陆贵山、王先需主编的《中国当代文艺思潮概论》中说:"这场关于'向内转'的讨论,对文艺向自身内部规律的转靠,对深入剖视文艺的主观因素的构成及其摆正文艺在由审美主客体建构起来的审美关系中的本体位置,起到了不可忽视的促进和推动作用。"

张炯、邓绍基、樊骏主编的《中华文学通史》第十卷也认为:"新时期文学'向内转'的讨论影响颇大,这些讨论对于繁荣中国当代文学理论建设,起到了不可忽视的促进和推动作用。"

刘敏言主编的《中国当代文学史纲》中指出《论新时期文学的"向内转"》一文"着力论述了新时期文学注重文学创作的主体作用、自觉表现人的内心世界、自由开拓'内宇宙'的深邃领域的重要发展趋势。"

赵俊贤主编的《中国当代文学发展综史》第 4 卷第 3 章中的评价:"新时期'向内转'倾向是残缺的、异化的文学向全面的、本真意义上的文学的回归。从中国特定的历史背景出发，这一回归是具有重大意义的进步。被'向内转'所概括的那些文学创作显然代表着新时期文学的业绩，应予以充分肯定。"

文学评论家陶东风将"主体性"与"向内转"视为中国 20 世纪 80 年代美学、文艺学的两大主流话语。"向内转"集中概括了美学、文艺学对于学科自主性与独立性的强烈诉求，对于工具论美学与文艺学的激烈批判。"向内转"也是美学、文艺学研究从物质世界向心理世界的转移。①

南京大学段晓琳博士的学位论文《"向内转"与 1980 年代文学思潮》结合时代的文学现场，以洋洋洒洒 30 余万字的篇幅，从时代思潮史、文学批评史的角度，针对"向内转"与"现代派""主体性""文学本体论"的关系；"向内转"与文艺心理学、文艺美学、形式批评、"纯文学"等重要问题的关系展开详细论述，其视野开阔、资料翔实、思路明晰、论证稳健、判断公允深深地感动了我。②

《文艺心理阐释》在三十二年前由上海文艺出版社出版，是我的第二本学术著作，写作的时间大致在 20 世纪 80 年代中期。由于自己的学术根器肤浅，也由于我国长期忽视心理学学科建设，当时能够找到的参考资料严重不足，以今天的标准看此书不但文字粗疏，论证松散，而且引文、注释缺乏学术规范。好在书中仍然不乏 80 年代治学的单纯、虔诚与率真。对照学界"向内转"的论辩与研究，或许会有助于对《文艺心理阐释》一书的阅读与理解。

2023 年早春，补订。

---

① 陶东风：《80 年代中国美学文艺学主流话语反思》，见《文论报》1998 年 6 月 4 日，第 3 版。
② 该论文由吴义勤、吴俊二位教授指导，已纳入"当代文学批评史论"丛书，即将出版。

卷一　背景转换中的文学动势

第一章　文学艺术活动的"向内转"

诺伯特·维纳的论断

真是叫人惊奇。20 世纪越是了不起的自然科学家,越是对人类社会中政治、哲学、宗教、伦理、文学艺术等观念形态方面的东西抱有浓厚的兴趣。控制论创始人诺伯特·维纳(Norbert Wiener, 1894—1964)就曾指出:

> 20 世纪的开始不仅标志着新旧世纪的更替,从基本上平静的 19 世纪到我们刚经过的半个世纪的战争,是一个政治变动;但早在这种变动之前,人们的思想观点已经发生了真正的变化,这首先反映在科学方面。那些影响科学的因素,很可能还同时引起了 19 世纪文艺与 20 世纪文艺之间显著的脱节。[①]

----

① ［美］诺伯特·维纳:《维纳著作选》,上海译文出版社 1978 年版,第 3 页。

对于新旧世纪之交所发生的政治变动,我们是比较熟悉的。只要举出两项政治事件,就足以证明这一点:一是在俄国,十月革命建立了人类史上第一个社会主义国家;二是在中国,辛亥革命结束了世界上差不多最为漫长的封建统治。当然,还可以举出连续两次发生的世界大战。

不过,维纳更为关注的还是人们在观念领域发生的一些划时代的变化和转换。

他首先提到的是科学史。在他看来,从17世纪末到19世纪末,在自然科学界,是牛顿(Isaac Newton, 1643—1727)的太阳运行中天。牛顿的物理学把宇宙描述成按照某些定律合理运转着的一部大机器,世界由空间和时间中的物体组成,物体由物质组成,物质由更小的物质微粒组成,物质产生力并受力的作用,事件即在物质和力的相互作用中发生,每个事件都处于因果关系的链条中。牛顿的游说是那个时代人类所能提出的近乎圆满完美的学说。这一学说不但能够成功地解释人们凭借自己的感官所能得知的一切物理现象,甚至在化学、生物学、医学的一些基础层面上也得到证明。于是,牛顿的学说作为一个解释世界构成的框架,成了人类社会中一种普遍性的、常识性的、不容怀疑的见解。

然而,就在这一新旧世纪之交,牛顿的学说却陡然失去了它的绝对权威性。新一代物理学家宣告,牛顿的学说只是人对于世界的一种描述,只是新的宇宙理论中的一个特例。科学研究中的"断裂"于新旧世纪之交在牛顿与爱因斯坦、玻尔、海森伯之间发生。

海森伯(W. Heisenberg, 1901—1976)站在新一代科学家的立场上,刻薄地把这种"断裂"叫作"僵硬框架的解体",他说,这种解体是在两个阶段发生的:"第一阶段是通过相对论,发现了甚至像时间和空间这样的基本概念也能够改变,并且事实上根据新的经验也必须改变""第二阶段是关于原子结构的实验结果迫使人们进行的关于物质概念的讨论。物质的实在的观念或许是19世纪中概念的僵硬结构中最坚固的部分,而且这个观念至少已经结合着新的经验加以修正。"①第一阶段的开创者是爱因斯坦,第二阶段的代表人物则是玻尔和他的哥本哈根学派的伙伴。海森伯认为,在新的科学领域中,必须更换牛顿体系中的概念,甚至语言,当然,牛顿的学说仍然在广大领域中拥有切实的解释性,然而,它的绝对权威性已差不多荡然无存。新旧物理学的分歧,不能说不是严肃的、严重的。

海森伯还进一步谈到了这种物理学分歧的哲学意义:在牛顿的物理学框架中,我们很难找一个地方来安排人自身的位置,人的精神和人的观念只能仅仅作为物质世界的一面机械的镜子被纳入总的图景,新的物理学学说,将顾及人的生命、人的精神、人的灵魂、人在世界中的位置,在一个更高的层次上,将人与自然沟通起来。从牛顿到爱因斯坦、玻尔、海森伯,物理已经由纯粹的物,迈进与物相关的人;从绝对的向外物的拓展转为兼顾对人的内部世界的关注。

至于文学艺术方面,诺伯特·维纳这位控制论专家只是作了一个笼统却很坚定的推断,他说,那些影响科学的因素很可能还同时引起了19世纪文艺与20世纪文艺之间显著的"脱节"。我们如果翻看一下西方现代文学史和艺术史的话,我们恐怕不能不承认,这种"脱节"是一个事实。其重要的表征是,在19世纪末到20世纪初,西方涌现了一大批与传统的文学艺术家迥然相异的文学艺术家。更令人惊奇的是,新潮流中的不少潮头人物几乎同时诞生于19世纪的80年代。这里面有"意识流小说"的创始人乔伊斯和伍尔夫,他们俩同时诞生于1882年,又同时于1941年去世;荒诞派小说的先驱卡夫卡诞生于1883年;意象派诗歌运动的发起者庞德诞生于1885年;语义派诗歌的旗手艾略特诞生于1888年;20世纪最杰出的画家毕加索诞生于1881年;被称作音乐界的毕加索的斯特拉文斯基诞生于1882年。顺便提醒大家,我们的鲁迅与毕加索则诞生于同一年。

---

① [德]沃纳·海森伯:《物理学和哲学》,商务印书馆1981年版,第132页。

就是这么一批出生于 19 世纪、长成于 20 世纪的诗人、作家、美术家、音乐家如洪水猛兽般腾跃于文坛艺苑,改变了文学艺术固有的局面。这些人与前面提到的新一代科学家一样,表现出强烈的反传统精神,然而他们毕竟是一批感情冲动的文人,他们缺少科学家们的雍容大度和细心严谨。他们中的有些人提出一些"狂妄"的口号,如:"狄更斯早已经死了""巴尔扎克最不会写小说,是一个文学笨蛋""把 19 世纪消灭掉"等等。他们招惹来更多的是人们的厌恶和嘲骂。这些人,就是被后来的人们称作"现代派"的最初的领袖们。

西方文学的历史性转折

如果对 20 世纪的西方文学现象稍加考察,我们便不难看出,诺伯特·维纳所说这种"脱节"突出地表现在文学艺术的"向内转"上。这种"向内转"在被称作"现代派"的文学艺术中集中地表现出来。

对此,我国学者袁可嘉曾作过简明的概括,他说:在艺术与生活现实的关系上,西方现代派强调表现人的内心生活,表现心理的真实,他们用"心理现实主义"来和 19 世纪的批判现实主义相抗衡,即使有时写到外界现实,也只是为了通过它来表现人的体验和感受。"主观性"和"向内性"是西方现代派文学的一个重要标志。

关于文学的"向内转",维吉尼亚·伍尔夫的观点很具代表性。她认为,文学艺术的任务在于揭示人的内心生活,文学艺术的世界不是一个外部的世界,而是一个感情的世界、联想的世界、想象的世界。一个作家要描绘的并不是事件本身,而是事件在人的感觉、知觉上引起的反映,而是人对于事件的经验。文学创作就是要捕捉住人心中瞬间的体验,以表现人的意识活动和意识之下的深层心理活动。她的短篇小说《墙上的斑点》就是这一文学观的具体表现。一个看不清楚是什么的斑点,一个尚不具备外物的肯定性的事件,牵引出络绎不绝的意识流动,袒露出人生的丰富的内涵。与她的本国的前辈作家狄更斯相比,显然一个是写实的,一个是写心的;一个是外向的,一个是内向的;一个是客观的,一个是主观的;一个是再现的,一个是表现的。伍尔夫自己则说,一个是"唯物"的,一个是"唯灵"的。

除了乔伊斯、伍尔夫们的"意识流"小说倡导并力行的内心独白、自由联想体现了文学的"向内转"之外;"荒诞派"文学的非情节化、注重知觉变形、注重写幻觉梦境;"黑色幽默派"文学写变态心理、写灵魂扭曲;"垮掉的一代"强烈的自我表现;以及"新小说派"写记忆混乱;"魔幻现实主义"小说对于非理性心理活动的偏爱,无不体现了西方当代文学的"向内转"。这股"向内转"的趋势,到了第二次世界大战以后已经汇成一片浑浊不清、四下泛滥的洪水,几乎覆盖了西方的整个文坛。起初曾经作为异端受尽嘲骂,后来竟也被搬进经院学府成了现代文学的正宗。

严格的现实主义的文学创作还继续存在,但是在文学研究领域已不占主导地位。受文学整体动势的驱遣,传统的现实主义不得不做出某些调整和改变。托马斯·曼,这位20世纪最伟大的批判现实主义小说家,犹如一场大火焚烧后仍傲然挺立的古建筑,面对崭新而混乱的欧洲文坛也不得不发出深深的叹息:"我们当代最好的作品不是在创造情节,而是充满回忆,唤起人们的情绪。"实际上,力图保持现实主义光荣传统的小说家们,也在某种意义上发生了"向内转"的位移。正如一位叫白恩斯的英国心理学家指出的,20世纪初已经有许多事实证明,西方世界已濒临另一次精神再生的边缘,久经向外扩张的西方人已经开始其向内的探讨工作了。

如何评价西方现代文学的"向内转",与如何评价西方文学中的"现代派"往往会交织在一起,虽然二者并不是一回事,但它们之间确实有着密切的联系。对于文学的评价,历来都是一项十分复杂的工作,对于西方现代派文学的评价更是如此。这几年来,我国理论界时热时冷、时高时低地进行一些探讨和争论。一种意见认为,西方现代派文学艺术是帝国主义处于腐朽没落阶段的产物,是资产阶级世界观、人生观的体现,从内容到形式都是反动的,应当坚决抵制、彻底批判;一种意见认为,西方现代派文学就其阶级实质来说当然是资产阶级的,但其中一些作品揭露了西方日趋尖锐的社会问题,对我们来说有一定的认识意义,而它们的某些艺术技巧和表现手法,也是可以被我们借鉴和利用的;第三种意见认为,西方现代派文学艺术的出现,有其历史的必然性与合理性,它反映了现代西方人的思想和情绪,其中一些优秀的作品应当看作是属于整个人类的宝贵的精神财富,其中一些杰出的文学艺术创造者,如文学界的卡夫卡和福克纳,美术界的毕加索,音乐界的斯特拉文斯基,应该得到与他们的前辈、与那些19世纪的大师们一样尊崇的评价。

意见很不统一,有时甚至表现为尖锐、愤怒的对立。然而就在理论界争执不下的同时,中国新时期的文学创作界却在悄悄地、迅速地发生着变异。一种文学上的"向内转",居然在20世纪80年代的中国显露出一种自生自发的趋势。

新时期文学的生长层

关于中国新时期文学的"向内转",我们差不多总是能够很容易地从每一种新鲜的因而必然伴有争议的文学现象中,寻找到它的踪迹。

这首先表现在小说的情绪化和音乐化上。"四人帮"的法西斯文化专制被推翻后,中国文坛上出现了一种悖谬于传统写法的小说作品。新崛起的小说家们似乎并不热衷于去说明一个问题,去叙述一个故事,去刻画一个典型的性格,而是力图通过某种气氛的渲染、某种意境的再造、某些意象的拼接,表现出某种内在的情绪和人生的哲理。这些小说,被稳健的批评家们讥讽为"三无小说",即"无人物、无情节、无主题"。

其实,这些小说并非没有人物,只不过不太注重人物外部特征的描摹,而是更多地注意人物心灵中情绪生活的刻画;这些小说也并不是没有情节,只是它们放弃了情节发展中的戏剧性冲突，以更多的笔墨去表现人物心灵中情感的运动、意识的流动，即人物心理活动的层次和逻辑；这些小说也并不就是没有主题，只不过是没有明白地、确定地给读者提示某个思想观念，而似乎只是提供了一个结构意义上的"艺术空筐"，留给不同的读者结合自己的人生经验得出各自的感受和领悟。这样的小说，在割舍了主题的明晰性、情节的戏剧性、人物的典型性之后，创造出了基调的饱满性、氛围的充沛性、情绪的复杂性、感受的真切性、审美的浑然性。这类小说的成就各有高下，但一个共同的特点是：它们都试图转变自己的艺术视角，从人物的内部感受和内心体验来看外部世界，并以此构筑起文学作品的心理意义上的时间与空间。这些小说比较重感官印象，比较重直觉顿悟，读这样的小说不像是听故事、看连环画，倒像是在欣赏音乐。真奇怪，在现代音乐努力挣脱文学性的时候，现代文学反而更向音乐靠拢了。

小说，心灵化了，诗化了，音乐化了。小说写得不怎么像小说了，但是，小说却更接近了人的心理真实。

关于小说的诗化，阿根廷作家胡里奥·科塔萨尔（Julio Cortázar, 1914—1984）曾经说过：在20世纪的优秀小说中，你很难确定哪一部分是诗，哪一部分是散文。我也曾听到国内一位老资格的诗歌编辑抱怨："诗歌近年来为小说做出了无私的贡献，小说里充满了诗意，赶在了诗歌前边。"

关于小说的音乐化，美国文艺评论家弗里德曼指出：现代小说的音乐化，比其他一切现代小说技巧都更重要，不只是押韵、音节之类，核心是文学与心灵的对照，语言与情感的对照，小说的音乐化大规模地表现在小说的结构上。

小说写法发生了如此大的变化，是由于小说的内容发生了裂变从而造成了对小说固有样式的胀破，还是作家自觉地牺牲了小说的外部形式感而换取了内在的抒写自由？总之，小说创作进入了一种新的境界，精神在无边无涯、无约无束的心理空间与心理时间中作逍遥游。这种精神的遨游当然也有着新的表现形式，这是一种情感的形式、一种心理活动的方式。小说心灵化了。正是从这个意义上，小说靠拢了诗歌，靠拢了音乐。

中国新时期文学的"向内转"，还突出表现在 1976 年"四·五"运动以后的新诗潮中。谢冕对于新诗潮曾经做出以下评价：诗人以个性的方式再现情感真实的倾向加强了，"自传性的抒情"与"自我谴责的批判"成了当代许多诗歌的特征；"外在的宣扬"让位于"内向的思考"，情节淡化，事件虚化，重心转向了内在情绪的动态的刻画；诗风由"具体""写实"变得更为"超脱""空灵"；主题的确定性和理念的单纯性让位于"内容的多义性"和"情绪的朦胧性"。他说，当代诗歌的审美特征如若要概括为一句话，即：由对于外在客观事物的铺叙描摹，变为对于具有复杂意念的现代人心灵对应物的构建塑造。一位青年诗人则结合自己的创作实践把诗歌创作的这一转折归纳为诗歌从"客观真实"向"主体真实"的位移，诗歌由"被动反映"向"主动创造"的倾斜。诗歌机体中的单元细胞由以反映客体为主的"形象"变为以表现主体内涵为主的"意象"。诗人内在的情志、意绪、理念、体验、憧憬、幻觉成了诗歌中灌注的生气和灵魂。诗歌不再是湖岸上的青山绿树，而变成了诗人心灵湖水上的云光山色。诗从人的心潮中泛起，诗歌变得朦胧迷离了。然而，人的心理，尤其是人的审美心理不常常是朦胧迷离的吗？

"朦胧诗"的官司一直打了许多年，尽管"朦胧诗"的热潮已经平静下来，关于"朦胧诗"的争论仍未停息。数月前在上海召开的中国当代文学国际讨论会上，有一些国外学者对此还表露出浓厚的兴趣。看来，不管初始的反对是多么的激烈，"朦胧诗"作为一个诗歌品种的存在，已经很少再有异议。

实际上，在中国新时期的文学创作中，除了一部分探索性的小说、诗歌表现出强烈的"向内转"倾向以外，即使在一些恪守现实主义文学传统、或描写传统题材的文学作品中，"主观性""向内性"也加强了。

比如，有评论家指出，一贯以轰轰烈烈为风格的军事题材文学发生了"静悄悄"的变化，开始由写敌我对垒、生死角逐之类的"外部冲突"，转为写战争之中、生死关头人与人之间的"内心"冲突或人物自己的"内心冲突"，在"人民战争"这个课题上，当代作家认为战争对于人的影响要比人对于战争的影响更重要一些。当代军事文学的目标是通过战争将人提高。

又如，一些直接反映当代生活，写与时代生活同步的改革题材的文学作品，也多半摆脱了以往那种图解生活、直奔主题的创作模式，显露出新的姿态。张洁的长篇小说《沉重的翅膀》，是一部在艺术上和思想上都很有分量的现实主义作品，关于这部小说的创作倾向，张洁在答联邦德国《明镜》周刊记者问时曾作过如此剖白："我的小说实际上不讲究情节，不在意对人物的外部描写，我更重视的是着力描写人物的感情世界，渲染一种特定的气氛，描叙人物所处的处境、以期引起读者的感情上的共鸣，这样的叙述方式可以比作音乐。"张洁在创作上追求的显然是一种内向性的小说美学。

再放开一点说，"向内转"还不止于文学，在绘画、雕塑等视觉艺术与电影、戏剧之类的表演艺术中，"向内转"甚至留下了比文学更明显的轨迹。可以说，"向内化"的文学艺术观念已经成了新时期人们审美意识中的一个主要因素，"向内转"无疑体现了中国新时期文学的转机。

一个时期的文学现象，差不多总是一个令人眼花缭乱、庞大繁复的整体。如何对一个时期的文学现象加以考察，不同的人可能会选取不同的角度、层次和侧面。如果把一个时期的文学现象比作一株大树，那么，它将具有盘扎深远的树根，有牢固坚实的树干，有交叉叠错的树枝，有木质化的皮层，有带有茸毛的萌芽。文学史的研究可能多半会从树根开始，而文学批评和文学理论的研究我以为应当从最尖端的芽叶开始。因为它尽管细微弱小，尽管稚嫩易受伤害，但它却灌注着生命的浆液，充盈着生命的活力，是这棵大树的生长层。在新时期的文学创造者中间，我们可以开列出这样一长串名字：王蒙、林斤澜、汪曾祺、张承志、高行健、舒婷、北岛、多多、韩少功、王安忆、阿城、莫言、张抗抗、张辛欣、陈村、郑义、刘索拉、郑万隆、张炜、马原、残雪……最新的当然并不一定都是最好的，其读者的数量、作品的发行数量并不一定是很高的，然而这些人的文学创造却是当代中国文学整体动势中最显眼、最活跃的一部分。这类作品，尽管良莠不齐，尽管能称得上艺术精品以留传后世的也不可能多，但它们在中国文坛固有格局和模式中引起的骚动不安,引发的连锁反应却是有目共睹的。在我看来,在中国文学艺术现代化的进程中,这部分作家算得上"先锋"。

从以上我们对于中国当代小说、当代诗歌的概略分析看,"向内转"并不是某种表现方法的转换,而是文学总体性的运转。其中包括文学题材的内化,即心与物的融合;包括文学主题的内化,即情与思的渗透;包括文学结构形态的内化,即心理时空观念的确立;包括传达媒介的内化,即内部言语的直接外观;包括叙述方法的内化,如:自由联想,内心独白,主观镜头的切入等等。

最近,有论者将国外国内兴盛起来的一股"非小说化"热潮看作是文学的"外转",即认为那些"纪实小说""报告文学""新新闻主义作品"的出现,是文学又重新回到"客观地再现生活""如实地模仿自然"的传统中去。这恐怕是一种极其肤浅的看法。我们不能只从表面现象上看问题。这类作品,看上去是"真实"地报道了某一特定的时间、地点发生的事件,具有一种类似"新闻报道"般真实客观的尊严。但是,它们与新闻报道不同,它们的产生甚至可以说首先是从对于正规的新闻报道的不满开始的,它们标以"新新闻主义",新就新在这类作品的选材极严,而且不但要写出客观的事件,还要写出作者自己对事件的剖析认识,对于事件的感受、直觉、体验,要求作者在"现场"袒露自己的灵魂和心迹。这类作品模糊了新闻与文学的界限,可以说它是文学的新闻化,也可以说它是新闻的文学化;可以说是一场新闻界的"革命",也可以说是文学领域的新拓展,即文学利用新闻的素材和格式拓向社会心理层的新的尝试。从内向的文学来看,这类作品的出现也可以说是文学向"外"跨了一步;但从新闻学的角度看呢?不是也可以看作是旧的新闻模式的"向内转"吗?不过,文学总还应当是文学。那些仅仅以事件的奇特性,新闻的爆炸性,问题的尖锐性耸动读者的"纪实小说""报告文学"可能是大量的,但也将是"速朽"的;在今后人类发展中留下印痕的,将是那种"文学的"纪实作品。

第二章　中国文学的现代进程

文学的世界整体性

中国当代文学创作中出现的"向内转"在国内批评界曾引起不少非议和责难。即使到今天,也还有一些人仍然用警觉怀疑的目光审视着这种已经司空见惯的文学现象,判定这种文学现象是"步西方现代派的后尘""拾西方现代派作家的余唾""是西方现代派腐朽没落的文艺观在中国当代文坛上的回光返照"等等。

这些结论未免过于轻易简率了。

文学现象差不多可以说是人类在宇宙间面临的最复杂的现象了,遗憾的是,人们面对如此复杂的现象,往往容易作出最简单武断的结论。结果,困厄了人们对于自己精神世界的开挖与探索。

文学作为人类所特有的一种精神现象,从某种意义上来讲,是具有世界的整体性的。最初,各个封闭中的民族文学在其各自发展过程中不期然而形成的某些共同性,可能是基于共通的人性及类似的社会生活中的。人类进入现代社会以来,信息渠道的疏通与彼此交往的频繁,文学在创作原则、创作趋向、创作方法、创作思潮上也将更加容易相互影响,相互补充。更重要的是,人类生存的外部空间相互打通后,人类生存面临的某些共同处境,人们对时代变迁的共同感应,将更加容易给各个国家的文学带来世界的整体性。优秀的文学作品没有国界。优秀的文学作品总是属于全世界人民的。在现代世界,发自人类社会深层的文学运动似乎也联结在同一柄时代的曲轴上。

从 20 世纪以来的世界文学地图上看,文学的"内向化"趋势是一个带有普遍性的现象。从英美的"意识流"小说,到日本的"新感觉派"小说;从奥地利作家卡夫卡的《城堡》,到哥伦比亚作家马尔克斯的《百年孤独》,还应包括苏联的马雅可夫斯基和安德烈耶夫,无不显示了文学向内转的轨迹。

对于有些文学家和文学作品,我们应当作出历史性的评价和总结;有些文学现象,我们则必须指出它们对于当代人类生活的价值和意义。20 世纪以来,虽然外向的,写实的、再现客观或模仿自然的文学创作仍旧有着深厚广阔的地层,而内转的文学却已经显示出一种强劲有力的发展趋势。它像春日初融的冰川,在和煦灿烂的阳光下,裹挟着峻峭的山石和冻土,冲刷着文学的古老峡谷。这是一种人类审美意识的时代变迁,是一个文学创世纪的开始。

如果从这一广阔的背景下考察中国现代文学发展的历史,那么,中国文学的"向内转"运动并非始于 20 世纪 80 年代的今天,而是早在五四运动前后就已经开始了的,它和世界文学的"向内转"差不多是同时起步的。这里我们不必去详尽地翻检历史资料,只需对"五四"新文学运动中的两位干将——鲁迅和郭沫若的创作倾向稍作分析,便可得到印证。

郭沫若的表现主义热情

郭沫若的《女神》是挟带着新世纪的闪电霹雳降临到风雨如磐的中国大

地上的。以往我们的文学史中,对于这部艺术杰作仅笼统地称为"革命的浪漫主义"。其实,从郭沫若当时接受的文艺思想看,对他影响最大的却是德国的表现主义。20 年代初,在他发表的一系列文艺批评文章中,他曾再三强调:"艺术是表现的""真正的艺术品是主观的创造,是从内部的自然的发生"。在《自然与艺术——对于表现派的共感一文中,年轻的郭沫若曾满怀激情地大声呼喊:

> 近代的文艺在自然的桎梏中已经窒死了。
>
> 20 世纪是文艺再生的时代;是文艺再解放的时代;是文艺从自然解放的时代;是艺术家赋予自然以生命,使自然再生的时代;是森林中的牧羊神再生的时代;是神话的世界再生的时代;是童话的世界再生的时代。
>
> 德意志的新兴表现派哟!我对你们的将来寄以无穷的希望。①

这一时期,郭沫若对刚刚风行于西方世界的弗洛伊德的精神分析心理学深感兴趣,相信文学艺术作品是苦闷的象征,相信潜意识在梦境中的存在,并且以此为依据写过一篇题为《残春》的小说,采取了《意识流》的写法。由于小说一反传统的法规,所以很快就招来了批评界的反对。一位化名"摄生"的批评家在《学灯》杂志上著文指责郭沫若的这篇小说"平淡无奇""没有高潮""没有深意"即缺乏正宗小说的情节和主题。郭沫若当然不能接受,他随即著文反驳,而且情绪十分冲动。他说:"我那篇《残春》的着力点并不是注意在事实的进行,我是注意在心理的描写。我描写的心理是潜在意识的一种流动。——这是我做那篇小说时的奢望。若拿描写事实的尺度去测量它,那的确是全无高潮的。若是对于精神分析学或者梦的心理稍有研究的人看来,他必定可以

_____

① 郭沫若:《文艺论集》,光华书局 1925 年版,第 99 页。

看出一种作意,可以说出另一番意见。"①总之,郭沫若的意思是说批评者丝毫不懂现代小说的写法,他毫不客气地扬言,在这方面,他是可以"做摄生先生的先生"的。

鲁迅的现代主义色彩

鲁迅作为中国新文化运动的巨人,作为中国社会主义文学艺术的先驱,并不像通常人们所说的,是一位严格的、纯粹的"现实主义作家"。他与他的本国前辈,即那些写实主义的社会谴责小说家如李伯元、吴趼人等人的文学创作不同,与他的外国前辈,即那些19世纪的批判现实主义作家如巴尔扎克、托尔斯泰、左拉等人的创作道路也不同,鲁迅的小说是一个卓然不凡的创新。他是一位站立在新旧世纪文学断裂带上的新世纪作家。由外在的写实和再现,到内在的象征和表现,这种新旧世纪之交的文学审美趣味的沿革,在鲁迅的前期文学作品中是清晰可辨的。

首先,让我们来巡视一下国外学者是以怎样的眼光来研究鲁迅的。欧洲一些学者认为,亚洲文学史中现代文学与传统文学深刻的决裂,是一个"最吸引人的课题"处于这种"决裂"地段上的鲁迅,自然成了议论最多的一个话题。

世界比较文学协会副主席 D. 佛克马(Douwe W. Fokkema, 1931—2011) 在考证了鲁迅对外国文学作品翻译接受的具体情形之后指出:就创作方法而言,"客观反映社会现实这条标准并未得到鲁迅的重视",从欧洲的文学观念来看,"现实主义对世界的看法建立在对上帝、或命运、或科学的坚定的信仰上。欧洲的读者认为这是一种不含偏见的、客观的态度;但是对于中国读者,它可

---

① 郭沫若:《文艺论集》,光华书局 1925 年版,第 117—118 页。

能是格格不入的。"①

　　捷克斯洛伐克科学院院士雅罗斯拉夫·普实克(Jaroslav Prusek,1906—1980)在分析了鲁迅的一些小说后指出:"鲁迅的兴趣显然不在于创造能刺激读者幻想的激动人心的情节""虽然没有情节……却在心中唤起一种情绪""简化故事情节是一种文学试验,是新趋势开始在世界文学中形成的表现"在某种程度上,这也正是鲁迅努力奉行的;他用随笔,回忆和抒情描写取代了中国和欧洲传统的纯文学形式。"鲁迅作品和欧洲现代散文作家的作品体现出的这些倾向,我认为可以称为抒情作品对史诗作品的渗透,是传统史诗形式的破裂"普实克在结束他的文章时归结道:"鲁迅的作品与欧洲文学中的最新倾向颇有共同之处""鲁迅作品突出的回忆和抒情性质,使他区别于19世纪现实主义的传统,而合乎两次大战之间的欧洲抒情散文作家的传统"。②

　　鲁迅的文学作品达到的心理深度,是中外鲁迅研究者共同认可的。我们讲鲁迅对"国民性"的批判触及中国人的灵魂深处。苏联著名汉学家谢曼诺夫则干脆称鲁迅是一位"真正的心理分析家",与此同时他还对比中国晚清时代单纯的谴责纪实小说指出,鲁迅的短篇小说"一般都具有复杂和情绪多变的特点"同时他又对比西方的现代派文学指出:《彷徨》和《野草》极为明显地流露出来的郁闷情绪,使鲁迅作品刻画的心理活动显得特别深刻。那种情绪首先是悲剧性的社会环境逼出来的,而现代派文学的影响,以及作家对中国旧文化的强烈反抗在这里也起了毋庸争辩的作用。③

　　美国哈佛大学教授帕特里克·哈南曾论及鲁迅小说中的象征主义因素,认为鲁迅特别注意到安德烈耶夫惯用的"印象象征"手法,说这是一种近乎"神秘的"象征。1921年9月,鲁迅在为安特莱夫的小说《黯澹的烟霭里》写的译后记中说,安特莱夫的作品"消融了内面世界与外面表现之差""他

①　乐黛云主编:《国外鲁迅研究论集》(1960—1981),北京大学出版社1981年版,第281页。
②　同上,第468页。
③　同上,第198页。

的著作是虽然很有象征印象气息,而仍然不失其现实性的。"尽管鲁迅期望这种象征能够建立在现实性的基础之上,他对于这种内向化的象征仍是赞赏的。

至于鲁迅文学创作中的象征主义色彩,国内学者也多有论证。孙玉石指出:鲁迅的散文诗《野草》中,"分明留着波特莱尔散文诗影响的烙印。波特莱尔的散文诗,历来被视为象征主义的开山之作。鲁迅虽然反对并且批评过波特莱尔的颓废主义倾向,但却大量运用了他的象征主义的表现手法。"[①]

当然,国外学者的论断也仅只能作为参考;国内学者的意见也可以算作一家之言。我们不妨重读一下鲁迅小说,自己作一个评判。

鲁迅的小说,除早年用文言文写的一篇《怀旧》之外,大体可以分为以下四个类型:

一、重在写实,故事情节性较强,与批判现实主义文学传统较为贴近的,如:《一件小事》《孔乙己》《祝福》《风波》《离婚》等。

二、重在写情绪体验、重在追忆人物的心灵历程的,如:《孤独者》《在酒楼上》《伤逝》《故乡》《明天》《鸭的喜剧》等。

三、重在写人物的病态、变态心理,以解剖人的深层精神世界及潜意识的,如:《狂人日记》《阿Q正传》《长明灯》《高老夫子》《肥皂》《兄弟》《白光》等。

四、重在写神话、传说、历史故事,以象征,暗示民族文化心理的个性和结构的,如:《补天》《理水》《铸剑》《出关》等。

由此观之,"情绪性""象征性""暗示性""内向性"正是鲁迅小说的一些重要属性。把鲁迅研究放在19世纪末到20世纪初的世界文学背景上进行,即可看出鲁迅与这一时期世界文学的主要潮流是息息相关的。不是直到如今还有人说"鲁迅的小说不好懂""鲁迅的有些小说不像是小说"吗?看来这不

---

① 孙玉石:《〈野草〉研究》,中国社会科学出版社1982年版,第208页。

能埋怨鲁迅,主要是他们的小说观念还停留在旧世纪的传统之中。

鲁迅从来没有自我标榜过"现代派",而且他还曾在后期的一些文章中对西方现代派文学艺术中的不良倾向作过批评和嘲讽。但我们仍不妨说鲁迅的文学创作中具有现代主义的色彩。我们无意贬低鲁迅。这样讲恰恰可以证明,伟大的鲁迅不仅仅是属于中国现代文学的,也是属于世界现代文学的,鲁迅不仅是属于中华民族的,也是属于世界人民的。

新感觉派小说与现代派诗歌

到了20世纪20年代末和30年代初,比鲁迅、郭沫若更年轻些的几位思想"左倾"的文学青年,如:刘呐鸥、施蛰存、穆时英等人,受到当时日本"新感觉主义"小说创作思潮的影响,以《现代》杂志为园地,开始了"新感觉主义"小说创作的尝试,在当时的文坛上形成了一个圈子不大,但影响不小的现代主义小说流派。

"新感觉派"是一个地地道道的西方现代主义文学变种,只是被日本的川端康成、横光利一等人加以改造利用后,披上了一层东方民族以我观物,多愁善感,顿悟内省的色彩。川端康成曾经宣称:表现主义是我们的父亲,达达派①是我们的母亲。新感觉派反对按既定的理念或逻辑去描摹事物的客观属性和关系,主张将自我深入到生活中去,通过自己的内心体验写出心灵对外部世界的直接印象。新感觉派具有强烈的反传统精神,它宣告它的诞生"是新作家对老作家的挑战""是破坏固有文坛的运动",它的责任"是革新文坛上的文艺,从而根本上革新人生中的文学和艺术观念"。

---

① 达达派是第一次世界大战中在欧洲出现的文艺思潮,被称为包孕了西方诸多现代艺术流派的母体,目前世界上仅存的一位"达达运动"的参加者是一位中国人,即北京语言学院的法语教授盛成老人,20年代他曾留学欧洲。当时他用法文写的一些文学作品现在已被编入法国教科书。

中国的"新感觉派"小说家们则更多地从精神分析心理学中汲取了养分，以现代的都市生活为题材，在 1930 年前后写出了一批思想上倾向于进步，艺术上别开生面的作品，如《都市风景线》《梅雨之夕》《雾》《白金的女体塑像》等，同时在他们的刊物上还向中国读者介绍了乔伊斯、福克纳等西方现代派作家。他们的道路很坎坷，他们的创作难以受到革命人民群众的理解，他们的行动又时常受到反动统治者的摧残。他们自己又很软弱，因此，结局多半很惨：刘呐鸥流亡国外，施蛰存隐居篱下，穆时英死得不明不白。他们对中国现代文学做出的贡献当然无法与鲁迅、郭沫若相比，他们的文学革新主要表现在文学形式和创作手法方面。但即使这种较为表浅的革新，也同样显示了中国现代文学的"向内转"时代趋势。

与"新感觉派"的小说创作同时热闹起来的，还有一股沸沸扬扬的现代派诗歌浪潮，其中代表性的诗人有闻一多、徐志摩、戴望舒、李金发、饶梦侃、于赓虞、卞之琳、何其芳、冯至、朱湘等人。有的文学史家认为，"五四"新文学运动中，新诗起步最早，是新文学的先锋，但由于起步太过匆忙，颇有"虚张声势"之嫌。1930 年前后再度兴盛起来的诗歌运动，是"重整新诗的步伐"再造中国的新诗。上述诸多诗人，政治倾向、文学主张、个人品性、创作风格并不一致，但在向西方现代派诗歌中探寻、学习这一点上却是一致的，他们有的倾向于唯美主义，有的倾向于形式主义，有的倾向于意象主义，有的倾向于直觉主义，有的倾向于未来主义，有的则倾向于晦涩的神秘主义。他们在中国传统诗歌、五四时期自由体诗歌与外国的现代派诗歌之间，锻造出了新的品种和形式，在文字与意象，言语与节奏，诗质与诗情，灵性与格律之间找到了中国新诗的一条出路，这对于中国诗歌艺术的自身发展来说是立下功绩的。除以上讲到的小说家和诗人之外，还有另外一些卓有成效的文学创作家，如郁达夫、沈从文、朱自清、田汉、李健吾、王统照等人，他们在这一时期的文学作品中也都不同程度地显露出主观内向化的倾向。

"后退运动"与文学进步

中国"五四"以来的新文学在进入20世纪30年代之后文学"向内转"的进程便渐渐中止下来,同时,文学开始外倾,转入对外部社会政治生活的直接介入,一大批革命的诗人、作家,自觉地充任起实际革命斗争的工具和武器。这和中国独自的历史进程有关,和中国社会所面临的重大政治事件有关。

自20世纪20年代后半期以来,中国爆发了一连串的战争,第一次国内革命战争、第二次国内革命战争、抗日战争、解放战争、朝鲜战争。文学中那些重个性、重自由、重精神、重心灵的审美观念不符合这种时代政治氛围的要求,于是许多文学艺术家,包括一部分追求个性与自由的文学艺术家,随机舍弃或转变了自己的审美观念、艺术风格、文学体裁、文学趣味,以适应时代政治的需求。郭沫若是敏感的,早在1925年底,在他为自己的《文艺论集》一书写的序言中就公开表示了这种转向,他说:"在大众未得发展其个性,未得生活于自由之时,少数先觉者毋宁牺牲自己的个性,牺牲自己的自由,为大众人请命,以争回大众人的个性与自由!"以后,鲁迅也不再写他的"在酒楼上"之类,而开始写"打落水狗"同样也是出于这种心愿。文学艺术承担起政治斗争和阶级斗争的工具和武器,不一定就是文学固有的属性,但仍然在中国现代文学史上占据了不可或缺的一页。

中华人民共和国成立后,按说,文学"求温饱、求生存"已经应该渐渐转入"求人的心灵的丰富"和"求审美品位的提高",转入对于人的心灵的重新熔冶铸造。不幸的是,长期形成的一种"心理定势"起了作用,文学仍然被固定在"工具""武器"的框架上而未能进入更高的层次。20世纪50至60年代初,在文学艺术界曾经出现了一些转折的迹象和苗头,一些有艺术眼光和艺术勇气的作家、评论家曾提出了"现实主义广阔道路""现实主义深化""反题材决定论""文学是人学""写中间人物"等主张;希望我们的文学能深入到艺术和人心的地层中去,开拓出文学的新的地域和空间。然而整个社会生活中缺乏一种宽松谅解的气氛,这次文学改革尝试夭折了。更不幸的是又发生了为期十年的"文化大革命",真正的文学创作活动遂濒于灭绝。直到1976年爆发的天安门广场"四·五"运动、继而粉碎"四人帮"后,随着一个崭新的历史时期的到来,中国文学在走了一条迂回曲折,艰难困苦的历程之后,才终于又回到文学艺术自身运转的轨道上来。从"五四"到"四五"历时近六十年。

真也凑巧,按中国的旧历法来算,六十年一个甲子,岁月周而复始在宇宙间画了一个圆圈。纵览中国文坛上的情形,文学艺术的布局和走向,在六十年后似乎又返回六十年前,返回文学艺术创作的内在轨道上。比起三十年代的文学思潮,中国新时期文学的"向内转"并不新鲜,"向内转"似乎同时也是"向后转"了。

恐怕还是不能如此简单地看。因为历史上的相似决不等于历史的机械循环。仅从现象上看,新时期文学的"向内转"无论是较之中国"五四"时期的文学还是西方21世纪初的文学都是一种"后退运动",但是这种"后退运动"有时恰恰是历史进步的一个新的开端。大约是一位科学哲学家说过的话:科学史上的一个新时期往往从一个后退运动开始,使我们回到理论较含混、经验较稀少的一个较早阶段上。看来,不啻科学史,文学史的情形亦然。

社会文化心理动因

新时期文学的"向内转"不仅是受到了世界现代文学的影响和诱发,也不仅仅是对于"五四"文学流向的赓续和发展,作为一种带有整体性的文学动势,它必然还有特定历史时期的中国社会文化心理方面的动因,比如:

前摄因素的作用:"向内转"体现了浩劫过后某种强烈的社会心理对于文

学艺术的需求。正如恩格斯指出的："没有哪一次巨大的历史灾难不是以历史的进步为补偿的。"①西方现代文学的两次"向内转"的高潮，分别与两次世界大战给人类带来的灾难有关。"文化大革命"也是一场灾难，而且与中国人民近代史上蒙受的其他灾难不同，人民受到的伤害更严重的是人性的扭曲和心灵的破裂，这是一种"内伤"。为期十年的"文化大革命"将10亿中国人民抛进一个意想不到的悲惨世界，中国人民的精神生活中发生了深度的恐惧与哀痛。浩劫过后，痛定思痛，善良的人们在反省、在反思、在忏悔，心理上长期郁积下来的一层层痛苦的情绪和记忆需要疏通、需要发散、需要升华、需要化为再图奋进的思想和勇气。这种特定的社会心理状态，为新时期文学的"写心灵"提供了广阔的空间。

逆反心理的导引："向内转"是对长期以来束缚作家手脚的机械的创作理论的反拨。在特殊历史时期形成的那种急功近利的文艺创作心理定势的制约下，文学反映社会生活被理解为一种"镜映式"的反映，而"现实生活"又只被理解为生产斗争、阶级斗争之类的人的外指向的实际活动，甚至只被理解为当前的政治中心工作。于是，文学的视野长期被局限在一个狭窄、机械的天地里，失去了内在精神创造的灵动性和自由性，大量平板、粗直、空洞、枯燥的作品，倒尽了读者的胃口。逆反心理即是一种心理意义上的求新求异趋向。文艺欣赏和文艺创作中的那种明显的逆反心理，促动一大批中青年的诗人、作家充当了艺术叛逆者的角色，促动他们不惜冒着脱离现实、脱离读者的危险，飞往精神的高空，去追求审美的崇高境界。

民族文化积淀的显现："向内转"是新时期文学对于我国古代美学思想和文化传统另一脉系的继承和发扬。在美学领域，儒家文化强调审美与社会政治、伦理道德的关系，强调文学艺术的功利性，强调理性的创作过程；道家文化则强调审美和艺术创作的内在精神自由性，信任个体的直觉与顿悟，强调情感

---

① ［德］马克思、恩格斯：《马克思恩格斯全集》第39卷，人民出版社1974年版，第149页。

的自由抒发和自然表现，强调超脱一切法度之外的创作精神。大体可以说：儒家的文艺思想是外向的、具体的、实用的，较为接近"文艺社会学""文艺政治学""文艺伦理学"；道家的文艺思想是内向的、空灵的、思辨的，较为接近"文艺美学""艺术哲学""文艺心理学"。长期以来我们对道家的文艺思想采取严厉批判的态度，这是不公平的。新时期里，不只文学界，整个学术界谈玄论道的人突然多了起来，其中中青年学者居多，他们的"道行"虽然不深，但谈起"道"来却津津有味，而且多能心领神会。何以解释？只能说时代风潮使然。

主体意识的觉醒："向内转"体现了当代中国人对于人自身认识的深化。由于封建奴化思想和教条主义思想的侵害，人的主体意识在某些方面受到了长期的冷遇和压抑。领袖的偶像化、理论的教条化，使得本来属于人的自身的力量物化了，愚钝化了。人自身的力量被忽视了，人成了被动的存在，人的个体独立性和精神创造的自由性受到排斥，这对一个社会的发展是很不利的，对一个社会文学艺术的发展尤其不利。随着思想解放运动的开展，人的主体意识自然成了一个风行的话题。刘再复的《论文学的主体性》文章的出现，本身就是一种引人瞩目的文学现象，显示了文学理论向着文学内部进行的勇敢探索，显示了中国当代文学对于文学自身的认识的深化，这显然是一种文学理论研究中的"向内转"。

如果站在时代的高度，回首新时期文学十年来所走过的路，尽管山花迷乱，尽管云遮雾障，其来龙去脉仍依稀可辨。从"伤痕文学"到"反思文学"，从"反思文学"到"寻根文学"，始而寻求失落多年的"自我"，继而寻求"自我"和"文学"所赖以生存的"根"，寻求中华民族新的发展趋向。这十年里，我们的文学对我们的时代、对我们的社会、对我们当代人的意识，进行了多么普遍而又深邃的探索！在这种探索过程中，文学始终透露出一种喷薄欲发的改革精神。这就是新时期里中国人民所走过的心理历程，也就是中国文学在新时期里留下的历史轨迹。谁能够说，"向内转"的文学不是属于我们这个时代的社会生活呢？

第三章　向着心理学呼唤

抹去了的疆界

美国当代著名文艺心理学家、文学评论家里恩·艾德尔在具体分析了西方 19 世纪末至 20 世纪初的文学发展状况和心理学发展状况后指出：第一次世界大战后，西方文学的"向内转"运动，使"文学和心理学日益抹去了它们之间的疆界"。文学与心理学在新世纪的边沿趋向于汇合起来。①

这种汇合，应当说也是一种历史的必然。早在人类初期，人和自然还没有完全剥离开来，世界在人们的心中混沌一团，最初的心理学思想可能就是在艺术活动中孕育的。古希腊神话传说中的老一代的缪斯们，三位中的两位——冥思女神墨勒忒（Melete）和记忆女神谟涅摩辛涅（Mneme），其实也应当说是

---

① ［美］里恩·艾德尔：《文学与心理学》，见北京师范大学中文系比较文学研究组编：《比较文学研究资料》，北京师范大学出版社 1986 年版，第 579 页。

"心理学之神"。后世的文学家、艺术家们长久地以希求和企慕的眼光,凝望着文学艺术创作活动和文学艺术作品后面的那个秘而不宣的心灵世界,他们望到的是一个谜一般的太虚幻境。歌德曾无限珍惜地谈到文学创作中那种行迹无定的精灵;福楼拜说最叫他难以应付的就是小说的感觉样式和心理成分;巴尔扎克希望有人来打开"大脑与神经"中那个"尚未被发现的心理王国";屠格涅夫则祝愿每一个弄文学的人都能够成为心理学家、"隐蔽的心理学家"。这些19世纪杰出文学艺术家们的心愿终于在他们20世纪同仁们的实践中得以实现。这当然和心理学在20世纪的蓬勃发展有关,从冯特到詹姆斯、到弗洛伊德、荣格,到皮亚杰、维戈茨基、维特墨、马斯洛……现代心理学取得了如此灿烂的实绩,人的心灵活动从来还没有像20世纪这样受到如此冷峻深邃的审视。这不能不吸引文学艺术家们的注意。然而,文学转向人的内部空间,并不是在文学家们学习了心理学之后才开始的,文学家们从时代生活中、从20世纪人类心灵的脉动中,直接地、自然地深入到了一个心理的世界,并且以自己的创作实践和创作成果为职业的心理学家提供了最好的思维材料。文学艺术,尤其是20世纪的文学艺术为心理学的发展是做出了巨大贡献的。关于这一点,心理学家们是承认的。杰出的瑞士心理学家荣格(Carl Jung,1875—1961)在30年代时就率先指出:

> 过去20年来,对"心理学"之普遍兴趣的滋长已充分证明了一点,即现代人已多多少少开始把他的注意力由物质转回到其内在问题上了。我们该称这只是一种好奇现象吗?可是,艺术有办法预期,人类之未来的基本看法是会产生改变的,而表现主义者的艺术,早已把此一更普遍的主观变化选为其表现的题材了。①

---

① 〔瑞士〕卡尔·荣格:《寻求灵魂的现代人》,(台湾)志文出版社1986年版,第241页。

另一位心理学家,也是美学家的鲁道夫·阿恩海姆(Rudolf Arnheim, 1904—2007)后来又更为明确地指出:

> 在艺术作品以及由艺术家所提供的非正式的观察中,心理学家将发现大量的信息财富。这些财富不单服务于艺术这个特殊的研究领域,并且将增进对一般人类精神的了解。①

每一个对西方现代文学较为熟悉的人,都不难对其丰富的心理学内涵有所领略。除了前边我们曾经提到过的一些文学家的作品外,我们还可以举出陀思妥耶夫斯基、劳伦斯、黑塞、茨威格、罗兰、加缪、西蒙、福克纳等人的作品。另一方面,现代心理学的发展的确为现代文学提供了一个新的参照系,甚至可以说是一个至为重要的参照系,新一代的作家,包括上述作家无一例外地对心理学表现出异常的热情。

德国出生、瑞士籍的杰出小说家、诺贝尔文学奖的获得者赫尔曼·黑塞(Hermann Hesse, 1877—1962)在1918年就曾发表文章谈到精神分析心理学对他的文学创作的启示和帮助,他说:我对于新的科学的心理学从未有些微兴趣。但是我感到在弗洛伊德、荣格等人的著作中似乎道出了一些新的、重要的东西。因此,我怀着极大的兴趣阅读这些著作。我发现,他们关于精神现象的所有观点几乎都证实了我在许多作家那里和在自己的观察中所获得的那种预感。我看到,对我来说部分仅属预感、闪念和潜意识的东西,已经被他们一语道破,而且还用文字表述出来了。黑塞虽然反对文学家直接在小说中搬弄心理学的知识和概念,但他却再三强调:心理学的途径可以极大地促进人们成为艺术家。

我国新时期的文学创作中,王蒙最早对心理学发出热情的呼唤。他在谈

---

① 转引自[美]艾伦·温诺:《创造的世界》,黄河文艺出版社1987年版,导言。

到《心之声》中刻画主人公内心活动的体会时说：

> 请别以为写心理活动是属于外国人的专利，中国的诗歌就特别善于写心理活动，《红楼梦》有别于传统中国小说也恰恰在于它的心理描写。也别以为写心理就一定写出神经病来，健康的、积极进取的人也照样有心理活动。正是通过他的心理，我写了生活，写了生活的艰难，写了生活的变化，写了生活的光怪陆离，也写了生活的温暖美妙，写了冬的痕迹，更写了春的声息。是暴露吗？也是歌颂。是今天吗？也是历史。是想象吗？也是现实。[①]

王蒙坚持认为，人的丰富的精神生活不但要靠心理学来描述概括，也还要靠文学来描述概括，文学家应当多读一点心理学。

在中国长时间被冷落、甚至被鄙弃的心理学学科，在20世纪80年代不但受到专业科研人员的重视，甚至很快普及到人民群众中去，这和文学艺术客观上起到的传播与渲染作用是分不开的。这恰恰印证了马克思的一个论断：理论在一个国家的实现程度，决定于理论满足这个国家的需要程度。

东西方文化在这里碰撞

从人类历史发展走过的道路来看，欧洲的文艺复兴时期开辟了人类社会的一个新纪元。从那时起，人类渐渐开始摆脱中世纪的愚昧、贫困、黑暗、落后，凭借着科学、正义、真理、法权，轰轰烈烈地去改建地球这个人类的家园。这中间出现了多次激动人心的动力革命，经历了无数次的战争的血与火的洗礼，虽然五大洲陆地上的发展状况并不平衡，但在这四百多年的时间里几乎各

---

① 王蒙：《漫话小说创作》，上海文艺出版社1983年版，第66—67页。

个角落都发生了巨大的变化。在自然和社会面前，人充分显示了自己的力量。然而，当人类喘口气下来，回顾自己的创造成果时，人们才发现自己付出的巨大努力，在给自己赢得了某些物质上的享受和精神上的陶醉的同时，差不多又酿成了同样多的物质上的沦丧和精神上的苦难。

一方面，在人改造自然的过程中，自然则对人类进行了严酷的报复。二十年前，我们曾以自命清高的目光注视着西方工业化进程中造成的环境污染，其实，那是因为我们距离工业化社会还太远的缘故。近来，已经不时看到我们的一些报纸也开始焦灼地发出呼喊："空气污染严重""水源严重不足""森林面临噩运""物种处在灭绝的阵痛中""沙漠将在全球驱赶人类""我国'城市病'在继续扩展蔓延""拯救大自然刻不容缓"。是的，如果按照文艺复兴以来人对自然的行为继续推行下去，将来总有那么一天，人们虽然住进一个"安逸舒适、全自动化的高级居室"中去，但地球将变成一个死气沉沉、又脏又臭的大垃圾箱。

另一方面则还要更复杂些，人的精神、情感，人的心灵、感官，可能被物质、机械、仪器所控制、所物化，人与人之间失去了纯朴、天真的自然关系，人和人之间的关系疏远了，人沦为物质和机械的奴隶。随着频率日益加速的仪表运转，那种原生的、浓郁的、美好的、丰富的心理感受和内心体验将越来越罕见。人类孜孜以求的知识、文化、技艺反而把人的内心世界弄得更加僵硬、贫瘠。在高度工业化时代，人们精神上面临的这种困境，不但成了资本主义世界的法兰克福学派的哲学家们谈论最多的一个话题，而且也成了苏联文学创作中受到关注的一个主题。努力表现人，努力维护人的纯洁的心灵，努力健全人的感情世界，努力丰富人的精神世界成了苏联当代文学的一个创作原则。苏联作家达·亚·格拉宁（Daniil Aleksandrovich Granin, 1919—2017）指出："在科技革命过程中，人越来越成了一种机能……这种机能性会使人变得单调、畸形，文学则捍卫人性的完整，保护人的内心世界。"[①]

---

① 北京师范大学苏联文学研究所编译：《苏联当代作家谈创作》，北京师范大学出版社1984年版，第3页。

通常，人们大约只有发现自己已经到了无路可走的时候，才有可能去寻找、去发现新的道路。19世纪末、20世纪初，当时中国的一批最优秀的知识分子出于对封建末世的绝望，曾苦苦探索着新路，曾向往着西方发达社会走过的路。而那时的西方世界中，一批最优秀的知识分子意识到他们的那个世界在所向披靡地驱驰了数百年后，已经滑入一条几乎不可挽回的危途。为了搭救他们面临的危机，他们把自己的目光又转向人类文明的初始，转向古老的东方世界，甚至一反金发碧眼的倨傲转而向中国古代的圣哲们鞠躬敬礼。

量子物理学创始人尼尔斯·玻尔（Niels Bohr, 1885—1962）曾于1937年访问中国，当时风雨飘摇的中国在他的心目中竟成了最美好的地方，恐怕主要还是神奇的中国古代的辩证思想使他着了魔。1949年，丹麦国王赐封玻尔为爵士，并授予他一种盾形的勋章，要他选择一种自己最喜爱的花纹镌刻其上，他毫不犹豫地选取了中国道家的"太极图"，并题词曰"对立即互补"。他认为中国道家的这一图像，显示了量子物理学中的最深邃的思想。

加德纳·墨菲（Gardner Murphy, 1895—1979）说，假如有这么一位观察家，他站在20世纪的高台上，用现代科学的"望远镜"俯瞰世界，他将会看到"在印度、中国和日本""浩瀚的心理学典籍嵌藏在古代智慧的体系中，只是还没有提炼成一种可以容易地为具有研究头脑的西方人所理解的形式。"①对于中国的古代思想，荣格表现得似乎更为谦恭，他甚至认为："分析心理学所发现的某些复杂心理作用，可以很清楚地从中国古文里找到。精神分析本身及因之而出现的各种主义，和东方人的古代艺术比较，可以说只是一种初学者的企图。"②

以上说的是物理学和心理学的情形，文学方面呢？且不说庞德对于中国古代诗歌的景仰之心，那位奥地利的忧郁小说家卡夫卡，几乎拥有中国老子著

---

① ［美］加德纳·墨菲等著：《近代心理学历史导引》，商务印书馆1982年版，第292页。
② ［瑞士］卡尔·荣格：《寻求灵魂的现代人》，（台湾）志文出版社1986年版，第256页。

作的全部德文译本,对其进行了长时间的深入研究,他虚心地承认,自己并没有把这部深奥的著作完全读懂:"我只发现自己的理智范畴肤浅得可怜,根本不能确定或适应老子的理智范畴",但他说他还是领悟到,他在老子那里找到了他从事文学创作的基本精神。①

更使人感到奇怪的是,据说中国的《易经》和《孙子》还曾经引起美国总统卡特的重视,建议参考这两部书来制定美国的核战略。

这里,我们列举了西方现代杰出人物对于中国古代文化思想的敬慕和礼赞,并不是希图以此满足那种"夜郎"式的自尊,也不认为仅凭这几部老古董就可以取代西方发达的科学文化与工业技术了,更不是说世界现代化的进程必须逆转,人类应当重新返归到原始社会中去。甚至我们还可以同意时下的另一种截然不同的舆论:东西方文化交流,应当是西方学东方的,东方学西方的。但是我们想强调一点:新的世纪的到来,已经给这种东西方文化的交流提供了一个新的起点,从某种意义上讲,东方西方已经出人意料地站在了同一地平线上。与 20 世纪初学习西方的东方人不同,学习不应当再是跟随西方的物质文明亦步亦趋,学习也不再是与自己古老传统的彻底割裂。学习,应当是携带着自己民族长期潜存蕴积下的精神力量与西方现代意识的"迎头碰撞"。只有这样,"落后"了的东方古国才有可能尽快地跃到前边去,这是历史给我们提供的一个机会。

哲学、美学、心理学、文艺学以及文艺创作等观念形态方面的东西,是各个民族伸出体外的犄角和触须,新世纪的"撞击"早已经在这里开始了。

世界文学的前景

新世纪的一个重要标志是,被近代科学挤压到世界一隅的人类自身,又被

---

① 参见[美]乔伊斯·欧茨:《卡夫卡的天堂》,《外国文艺》1980 年第 2 期。

新的科学和哲学重新加以确认，回到了人类认识活动的中心。"认识你自己"的古训，成了这场认识论中"哥白尼式革命"的出发点和核心。人类几乎是从最初的开端上审视自身，展开了对于人自身的"内探索"，文学艺术成了这场变革的开路先锋。用小说家卡夫卡形象的文学语言来说：文学作品是一柄"挥舞着对付内心世界冰封的大海的板斧"。从世界现代文学实绩来看，文学的"向内转"是由西方肇始的，普鲁斯特、卡夫卡、伍尔夫、艾略特、福克纳、加缪就是一批开凿"内宇宙"的执斧人。一个世纪将要过去了，道路并没有凿通，或者说仅在冰封的海面上留下几个白色的印痕。西方社会实证主义的逻辑板块和实用主义窒息着西方文学艺术的生机，"向内转"的文学趋势在西方已显出迷茫衰微之态。所谓"后现代派"的某些文学家、艺术家们已经开始从垃圾筒里讨生意，开始从文字排列上开生面，开始用汽车轮子辗画布，开始把一只坐便器送展览馆。

西方人似乎没有足够的力量单独地将人类精神向前推进，他们似乎有着先天的不足，现代化的弊端原本就是由西方开启的。在这方面，东方人却含蕴着雄厚的精神潜力。真正的沟通还有待时日，一个西方人要想了解一个东方人，比一个东方人了解西方人还难。

日本的禅学大师在对比分析了东方诗人松尾芭蕉和西方诗人坦尼生的两首诗歌后，将西方人的心灵与东方人的心灵做了一个对比。他说，现代西方人的心灵是分析的、智化的、客观的、功利的、普遍性的、概念化的、外向的、强权意志的；东方人的心灵则是综合的、整体的、直观的、主观的、内向的、混沌沉静的。东方人深层意识中的文化积淀，正是西方现代人意识中所缺少而又迫切需要的。在人类社会发展的下一个阶段中，东方人占有某种观念方面的天然优势。对此，荣格是深有所感的。他说：

> 当我们正用工业成就把东方人的世界搞得天翻地覆之际，东方人亦正以其精神成就把我们的精神世界弄得狼狈不堪。我们仍未想到，当我

们从外面把东方人打败之际,也许东方人正从内部把我们包围住。①

在这样的世界格局中,作为一个落后了的中国人有责任自省、自审,但是决不应当失去自尊心和自信心。中国的文学艺术应当更多地携带着自己民族的传统与积淀放手而勇敢地去和西方现代文学艺术"碰撞",从而丰富自己而超越对方。正如物理学中讲的运动物体做功的规律所示,物体的质量越大、速度越高,运动时产生的冲击力越大,产生的能量也就越多。因此,我很看重中国当代文学中张承志、韩少功、阿城等一批扎根于民族土壤之上的"现代派",而怀疑那些太像"现代派"、全盘西化的"无根"文学。我们怎能期望一个轻飘飘、空荡荡的"自我"去和人家碰撞而生出新的文学呢? 我们不能害怕迎接西方现代文学的碰撞,但我们的当代文学应该载着我们的老子、庄周、屈原、陆机、刘勰、李白、蒲松龄、曹雪芹、鲁迅、沈从文,载着我们的《周易》《诗经》、道藏、禅宗、楚辞、乐府、唐诗、宋词、元曲去和西方相撞,那么,在下个世纪里我们也可能"撞"到前边去。

不妨作出这样的假设:正像由东方古代的术士和匠人们肇始的科学技术文明终于由西方近代科学家和工程师们推向历史的高峰一样,由西方现代文学开启的文学向内转的运动可能将要由东方的、中国的文学家、艺术家们(当然也包括东方的、中国的读者和批评家)来完成。日本的川端康成已显露出一点迹象,中国当代向内转的文学也已经显露出了迹象。新的高潮可能就在下一个世纪初出现,我们划时代的大文学家、大艺术家很可能在今天或明天呱呱坠地。

向着人的外部空间拓展的科学技术和向着人的内部世界探索的文学艺术,将在未来的人类社会中"逆向对行",它体现了自然的不断人化和心灵的不断自然化,它将在人类活动的历史上留下一道盘旋而上的环形轨迹。科学和

---

① [瑞士] 卡尔·荣格:《寻求灵魂的现代人》,(台湾)志文出版社 1986 年版,第 254—255 页。

艺术每"逆向环行"一周,人类就把自身提升到一个前所未有的层次上去。这种"提升"既保存了人类以往发展的全部财富,却又是向着人自身的复归。这也许就是我们对于"人类历史之谜"的正确解答,是人"对人的本质的真正占有"①。可以预期的前景是:艺术生活越来越成为人类生活中一个重要的方面,文学将和人的心灵贴得更紧,"东方文学热潮"将漫及世界文坛,中国的文学家们在下一个世纪将发挥从来未有过的重大作用——如果不出现什么偶然的、突发的、意外的事情的话。

蓝色幕布上的一块黄斑

无论是从色彩心理学的角度来讲,还是从日常生活的经验来看,人们大约都有过这样的体验:一块本来并不显眼的色彩,当它的背景颜色改变之后,它就会突然像一块新异的色彩一般凸现出来。比如,一块红色幕布上的黄色斑点不会对视觉造成强烈的刺激,而当幕布变为暗蓝色时,那黄斑很可能会变得像仲夏夜空中的月亮一般光洁璀璨。

文艺心理学就是这样一块"黄斑"。

这是一块相当"古旧"的黄斑,它的存在几乎和文学艺术的发生一样悠久。但是在近代社会的数百年里,不管是在丹纳的理论框架中,在车尔尼雪夫斯基的理论框架中,还是在普列汉诺夫、卢卡奇的理论框架中,还是在周扬的理论框架中,它都不怎么显眼。当理论的背景发生转换之后,当世界的文学艺术运动转向对于人的内部空间开掘拓展之后,这块"古旧"的斑点,才又显出异乎寻常的光艳。

首先是心理学的研究在整个人类的思想学术活动中凸现出来,据美国学

---

① 参见[德]马克思:《1844年经济学哲学手稿》,人民出版社1985年版,第77页。

者统计,20世纪以来社会科学方面做出的62项重大贡献,心理学占了其中的13项,居于各学科之首。此外,心理学还成了当代哲学、美学、社会学、文化学、生物学、语言学、经济学、符号学、历史学、阐释学等等几乎有关人类活动的一切学科中的一门必不可少的基础知识。有人说,19世纪末以来,心理学对人类思想的各个领域都产生了革命性的影响,此言似乎并不夸张。

其次,是文艺心理学在人类文艺创作活动和文艺鉴赏、文艺批评、文艺研究活动中的凸显。有一位西方学者指出,20世纪以来,历史主义的潮流已经为心理主义所替代。此话说得过于武断,颇有"心理沙文主义"之嫌,但是,要说20世纪以来,在历史主义的潮流中已涌进了一股心理学的强流,并且在某种意义上改变了文艺研究的流向,也还是可以接受的。

总之,事情已经发生了重要的变化。

对于一个从事文学艺术创造和文学艺术研究的人来说,意识到这种变化,尽快地适应这种变化是必要的而且是有益的。

一些先觉者早已经开始提醒我们:读一点心理学。

苏联心理学家、《艺术心理学》一书的作者维戈茨基(Lev Vyigotski,1896—1934)指出:任何艺术研究总是一定要使用这些或那些心理学的前提和资料的,在缺乏某种完备的艺术心理学理论的情况下,这些研究就会沦入庸俗的小市民的心理心态中去。

美国心理学家阿恩海姆指出:不管艺术理论家们自己是否承认、是否意识到,他们自始至终都在实际应用着心理学,不是家传的,便是其他人留传下来的,不过大部分都低于我们目前的心理学知识水准罢了。

文艺理论家芒罗向着心理学发出的呼唤更为迫切热烈,他说:文艺界对于心理学的兴趣是很显然的,但人们对心理学了解得又如此之少。发现一个既懂文学艺术又懂心理学的人是十分困难的。他说,形势要求心理学家与艺术领域内的学者进行更积极的合作。文学家、艺术家、文艺批评家、美学家、艺术史学家应该学习更多的心理学知识。

当然，要求不能过分。我们不能当真要求每一个文学家都成为一个心理学者，也不必要让每一个文学家去记诵成堆成串的心理学概念和心理学原理。但是，一个文学家却应当有能力从现存的心理学中发现它们与文学艺术活动相关的东西。一个从事文学活动的现代人，应当把现代心理学作为自己创作、鉴赏、评论、研究文学时的重要的参照系。

卷二　现代心理学参照系

第四章　模糊的心理星云

多维坐标系统

现代心理学的历史如果从 1879 年冯特创建世界上第一个心理学实验室算起，才不过一百年。但这一百年中，人们在这个领域中却打开了一个如此冗繁复杂的天地。其概念术语之多、观测角度之广、头绪线索之乱、团体流派之杂，除了哲学，几乎没有任何学科可以与之相比。这也难怪，哲学研究的题材是宇宙，而心理学研究的题材是心灵。人的心灵不也正是一个小宇宙、一个内宇宙吗？

现代心理学的创建者冯特使心理学成为一门独立的学科，但他却无法使它成为一门统一的学科。一百多年来，心理学界出现过的有影响的学派就有数十个，诸如：构造心理学、意动心理学、机能心理学、行为心理学、格式塔心理学、拓扑心理学、精神分析心理学、分析心理学、社会文化历史心理学、神经心理学、人本心理学、以及符兹堡学派、日内瓦学派等等。就其研究内容来说，从色彩辨认到肤觉测量，从情绪记忆到抽象思维，从疯子撒野到诗人发狂、从梦幻的生成到理性的挣扎，从黑猩猩说话到白老鼠打架，从裂脑人的治疗到机器人的设计……几乎毫不相关的东西，都随时会出现在这门学科里。就其方法而言，实验的方法、内省的方法、统计的方法、个案的方法、整体的方法、还原的方法……几乎是各自对立的方法又往往用之于同一课题的研究中。对于一个刚刚踏入这一领域的人来说，心理学简直就是一片水网纵横的沼泽、一片摇曳迷乱的星空。对此，心理学家海德布雷德（Edna Heidbreder, 1890—1985）曾经有过一段十分精彩的描述：

> 心理学的确很有趣。如果不说别的理由，起码可以说它使我们看到了一门仍在形成中的科学的奇景。科学的好奇曾揭穿大自然那么多的奥秘，现在看来又在摸索前进了。它进入一个新开辟的地区，猛攻障碍，乱冲乱撞，有时很笨拙，有时很灵巧，有时兴致勃勃，有时又极其倦怠，目的是试图解决一个主要还是悬而未决的问题。因为心理学是一门至今尚未做出过重大发现的科学。它还没有做出任何发现能同化学中的原子论、生物学中的有机进化原理和物理学中的运动定律相比。任何能给予它以统一原理的东西尚未被发现或受到承认。①

半个世纪之后，J. P. 查普林和 T. S. 克拉威克在引述了海德布雷德这段话之后说：心理学定义与方法问题的讨论仍存在尖锐的分歧，统一的原理尚未发现，能与物理科学相提并论的人类行为定律仍未确定。与此相反，心理学中的多样性还在发展着。

一个无情的事实在制约着心理学的研究，即没有哪一种理论模式能涵盖人类行为的广阔范围，能包容人类心灵的复杂性。因此，心理学与其他严格的

---

① 转引自[美] J. P. 查普林等：《心理学的体系和理论》下册，商务印书馆 1984 年版，第 358—359 页。

科学形态不同,它注定是多维的、多向度的、多学科的、多理论的、多派别的。一些心理学界的领袖人物都说：这就是心理学科的本性。

瞎子摸象

心理学面对着的竟是如此一个复杂庞大的系统。在这个"庞然大物"面前,心理学家常常显得是那么卑微矮小。西方有人说,心理学家面对他们的对象,就像哥伦布的几个船员初次登上那个蛮荒广袤的新大陆,每个人都从自己的角度发现了一些新奇的事物,然而谁也没有弄清那究竟是美洲还是印度。用大家熟悉的一则寓言来说,那情形有些类似瞎子摸象,有人摸到了一只"象鼻子",有人摸到了一根"象牙齿",有人则摸到一条"象尾巴",自己却总觉得摸到了真理的全部。

心理学作为一门学科远未成熟。

荣格说,今天心理学的情形仅相当于 13 世纪时的自然科学,心理学才刚开始蹒跚学步。

加德纳·墨菲说得更为尖刻:心理学这个庞然大物,透过它那威严的仪表,仍回荡着一个"科学婴儿"坠地时的啼哭。

心理学,是如此多灾多难,它有时被挂上经院学府的绞架,有时被悬在宗教神学的空中,有时又被庸俗机械论投入嘎嘎运转的搅拌机中。但是,人们没有气馁。人们没有放弃自己在这个世界中的探寻和摸索,成功的经验、失败的教训;闪光的成果、无效的劳动;燃烧的热情、悲怆的遭遇耗尽了一代又一代人的心血和生命。据有人披露,一些共同的法则似乎已经发现,可以拿出来的例证有"行为的适应性""心理的动力性""活动的整体性""意识的文化性"等,但具体的解释仍然各不相同。而且,新的命题还在不断提出。最初一代的心理学界的元老宿旧逝世之后,新一代的继承者相互间曾表现出一些信任、宽容、理解、通融的趋势，分歧却终也没有消失，有时仍然十分尖锐，甚至在研究的方向、目的、途径上依然楚汉对峙、泾渭分明。

心理学还在发展着，或者说还在膨胀着。展望心理学的前景，却是山一重、水一重、云一层、雾一层。有人雄心勃勃似乎已经手握胜券，有人则忧心忡忡以至陷入绝望。心理学，是人类认识自己的一门学问。看来，认识自己比什么都难。物理学家开玩笑地说：地球这个宇宙间的天体花费了60亿年的时间才弄清了自己的年龄。那么，人要弄清自己那么多古古怪怪的问题又该需要多少时间呢？人类的生命又能持续多少时间呢？人类有可能凭借自己的大脑认清自己的大脑，凭借自己的心理活动认清自己的心理活动吗？

一个人不能握住自己的头发离开地面，心理学科作为人类文化中的一个组成部分，可能发现超越人类文化的规律吗？那么，心理学的学科地位究竟应该如何确定呢？

悲剧，还是喜剧

现代心理学诞生100年来，总有人在呼唤着心理学的统一，年年月月都有人在企盼着心理学中出现一个"牛顿"式的英雄，人们在追求着心理学中"大一统"的成功。

然而，这种希望破灭了。人们发觉，所谓"大一统"，只不过是一个新造的幻影。当代的许多心理学家直言不讳地表达了这种梦醒之后的痛苦心情。1980年出版的、美国心理学家利黑（Thomas Leahey）著的《心理学史》一书在其结束语中悲怆地问道："心理学有未来吗？"

约翰森的回答：未来是体弱多病的。

吉伯森的回答：耕耘繁重、收获甚少、站不住脚。

寇斯的回答更为凄凉：心理学终将解体。

著名心理学史家杜安·舒尔茨(Duane Schultz)在其《现代心理学史》中表达了与寇斯相似的看法：众多心理学派的作用如同为建筑一座高楼大厦搭起的脚手架，脚手架当然不会长期保留着，一旦大楼盖起，它就要被一一拆除。

利黑似乎是同意上述看法的。他提到了发源于古希腊时代、形成于文艺复兴时期、解体于19世纪的"自然哲学"。自然哲学为一座统一的"自然科学"大厦搭起了脚手架，自然哲学也就竭尽了自己的生命而消亡了。同理，一旦"心理的科学"大厦建成，"心理哲学"亦将解体；一旦"人的科学"大厦建成，"人的哲学"也将归于同样的命运。至此，利黑的"科学主义"的面目已暴露无遗。

我不相信人性与人的心理终将归结为一门统一的科学，也不相信人类的发展会有这么一个机械固定的最终目的。我宁可相信人类生命的繁衍与进步是一个绵绵无尽期的过程，过程本身也就包含着目的和意义。尽管人类的生存空间和人类自身要受到种种有形无形的约束，但自由的选择和追求却永远是必要的；尽管完满的结局和美妙的终点是不存在的，但为实现最高目标作出的奋斗和努力却永远是可贵的。

心理学，这门对于人类自身反思求索的学问将与人类的存在并行存在下去。人类的大厦在日新月异，脚手架也将继续构建下去。旧的学派解体了，其意义仍在；新的学派还会出现，还会有新的分歧、争议、对立。不但"心理哲学""人的哲学"不会消失，君不见即使古老的"自然哲学"消失之后，那只涅槃的凤凰不又在波普尔、库恩、拉卡托斯、费耶尔阿本德一流人中升腾而起了吗？

人类的生生不息，意识的绵延不绝，成功的渺渺无期，认识的孜孜不倦，探索的漫漫无边，这不能说是人生的悲剧，当然也不是喜剧。这是一场大幕不落、充满悲壮与崇高、忧伤与欢乐、失败与成功、黑暗与光明的人间正剧。

文学是人学。心理学是文学的一座重要的参照系。我们将本着上述观念对以前存在过的和目前依然存在着的心理学流派加以审视，从中淘洗捡拾出与文学密切相关的东西。

第五章　构造主义：砖泥心理学

德高望重的先驱

　　构造主义心理学是现代心理学史上最早出现而又具有重大影响的一个心理学派别。这个学派思想上的奠基人是德国心理学家冯特，而学派体系的完成者是冯特的一个名叫铁钦纳的英国学生。

　　冯特（Wilhelm Wundt，1832—1920），被称为历史上第一位心理学家，因为在他之前，虽然有心理学方面的研究，但心理学还仍然是哲学、神学、生理学的附庸，心理学还没有从它的母体中剥离出来。在冯特之前，没有专门的心理学家，心理学研究主要是由一些生物学家、生理学家、哲学家、物理学家兼任着。这些人中的一些杰出者，如赫尔姆霍茨、费希纳、达尔文等，都曾经为心理学事业的发展做出过不可磨灭的贡献。

　　冯特自幼离开父母跟随一位名叫米勒的善良而博学的牧师长大，有过一个孤独而寂寞的童年，这养成了他耽于思虑、深沉内向的个性。大学毕业后他曾当过医生，但他不喜欢这个行业。1856年春天，他来到柏林，在著名实验生理学家缪勒门下学习生理学。后来返回海德堡，任生理学教学工作，同时着手于心理学研究。1872年12月，德国老一辈的科学家赫尔姆霍茨在一封信中写道："我相信，有哪一所大学敢于冒险任命冯特这一位中途转向哲学的自然科学研究者为哲学教授，这个大学就一定会为德国科学事业建立一项不朽的功绩。"后来，莱比锡大学接受了这个建议，而赫尔姆霍茨的预言也终于变成了现实。这大约可以看作是一则"洋伯乐"的故事。1874年，他出版了《生理心理学纲要》一书，已经完整地提出了他的心理学构想。1879年，他在莱比锡建立了世界上第一个心理学实验室，从而使心理学摆脱了哲学的纯思辨性质，成为一门独立的学科，冯特也因此确立了他在现代心理学中的地位，被后人称为"心理学独立的旗手""实验心理学之父"。

正如心理学史家加德纳·墨菲评述的："在冯特出版他的《生理心理学》与创立他的实验室以前，心理学就像一个迷路者，时而敲敲生理学的门，时而敲敲伦理学的门，时而敲敲认识论的门。1879年，它才成为一门实验科学，有了一个安身之所和一个名字。"①

冯特博学多识且勤勉异常。据他的女儿统计，从1853年到1920年的六十八年之间，他的著述共计49种、53735页。如果折合成每本250页的书，则多达200余册，恐怕连最高产的小说家也要为之瞠目。而且，这些著作涉猎甚广，从哲学、历史，到数学、生理学、生物学、物理学，到语言、艺术、神话、宗教、民俗。1920年，他写完了他的心理学研究生涯回忆录的最后一页，才离开人世。那一年他88岁。

---

① ［美］加德纳·墨菲、约瑟夫·柯瓦奇：《近代心理学历史导引》，商务印书馆1980年版，第230页。

经验的世界

冯特认为,心理学不是一门自然科学,也不是一门思辨玄学,而是一门"经验的科学"。他认为,心理学研究的唯一对象,即"经验着的人的经验",这是一种直接的经验、一种经验着的过程、一种以主观方式表现出来的主体的活动。这是一种"内部的经验"。关于心理学研究的任务,冯特指出:"这个任务是由这样的研究构成的,这种研究我们把它放在自然科学所研究的外部经验对象的对立地位而称之为内部经验,即由我们的感觉和情感、思维和意志构成。"①

在冯特看来,自然科学、心理学研究的出发点都是人的经验,但它们研究的方向却不同。自然科学的方向,是"把经验的各种对象,从它们所设想的独立于主体之外的特性方面来加以考虑的";心理学的方向则是"把经验的整个内容从它与主体的关系,以及由主体直接所赋予它的特性方面加以研究"的。他认为自然科学获取的知识乃是一种间接的或概念的知识,而心理学研究的是具有充分现实性的经验内容,是一种直接的、内隐的、主观性的经验过程。在他们看来,科学研究的对象是客观的现象,其方法是逻辑推证,其得出的结果是概念和公式;而心理学研究的对象则是主观的印象,其方法是直感的内省,得出的结果是对于某种状态的测定。在冯特看来,物理的事实与心理的事实是平行的,心是一个独立的世界,物理的、生理的、心理的之间并不存在直接的因果关系。他说:"按照事实的性质来说,从物理的和生理的刺激过程的特性,来推断感觉的特性是根本不可能的,因为刺激过程是属于自然科学的经验

---

① 转引自 M. 弗尔维尔格:《冯特和心理学在科学体系中的地位》,见赵璧如主编:《现代心理学的方法论和历史发展中的一些问题》,中国社会科学出版社 1983 年版,第 470 页。

或间接的经验,反之,感觉则是属于心理学的经验或直接的经验,因此二者是不能相提并论的……这个原则还成为我们实际生活经验和我们对于外在世界的理论知识的基础。"这里,冯特把客观存在的物理世界也当作是经验的现象世界,显然是唯心主义的,但他从这一立场出发,注目于物理现象、生理现象与心理现象、精神现象之间的差异乃至对立,进而致力于人的心理世界的探索,这却是冯特的一大功绩。主观与客观、心理与物理之间的差异是一个事实,物理学的方向是"异中求同",心理学的方向是"同中求异"。如果看不到主观和客观、意识和存在之间的这种差异和对立,只是强调心理现象与物理现象之间的对应与吻合,那么也就没有心理现象可言了,心理学也就失去了存在的必要。

以前,我们曾运用一种机械反映论的态度来批判冯特的唯心主义,错误地认为心理反映与物理刺激总是对等的,把人与绑扎在实验台上的动物同等看待,结果否定了心理现象的存在,犯了心理学上的"取消主义错误"。批唯心主义结果批了心理学,这是一个沉痛的教训。德意志民主共和国的心理学家M·弗尔维尔格也曾指出:"在我们自己的队伍里,由于捍卫自己的观点和对心理反映特性的强调",则忽略了冯特的关于心理过程独立性的思想,"那是在认识论的任何定义中都没有提到的,可是,当人们——在神秘直觉的问题提法以外——根据其反映特性说出心理的东西的真实情况时,那么心理学自然就丧失了它作为一门独立科学的权利"。①

在心理学的研究对象这一根本出发点上,冯特的学生铁钦纳是维护了老师的观点的。他举例说,时间、空间、声音、色彩、硬度、温度,都可以成为物理学和心理学研究的对象,但物理学是从这些现象的固有属性上来考查它们的,而心理学则是根据这些物理现象如何为人所感受、所体验来考查它们的。同

---

① 转引自 M. 弗尔维尔格:《冯特和心理学在科学体系中的地位》,见赵璧如主编:《现代心理学的方法论和历史发展中的一些问题》,中国社会科学出版社 1983 年版,第 470 页。

一色调的灰纸片,放在黑色的背景上比放在白色的背景上其颜色看上去要浅得多;一只木球、一只铁球质量相同,而掂在手中,体积小些的铁球总显得重一些。丈夫和妻子一般高,同时走在街上,总觉得妻子高出半头。在电车站等1个小时的车与在电视机前看1个小时的精彩节目,后1个小时要过得快些。室温20摄氏度,心理学家并不把这个物理意义上的20摄氏度作为研究对象,而是要研究作为主体的室内人的感受体验,它可能是温暖的,也可能是闷躁的,也可能是清冷的。铁钦纳在其《初步心理学》一书中曾十分精辟地指出:物理学世界是既不温也不冷,既不暗也不亮,既不雅静也不喧闹。只有这些经验被看作是从属于一定的人时,我们才会有温和冷,黑和白,彩色和无色,乐音和噪音。而这些东西都是心理学的研究对象。这些作为人的内部经验存在着的心理的东西,对于人的生活来说无疑也是很现实的。

心理元素与统觉

诗人华兹华斯说过:"想分析心灵,是难题,是徒劳。"而冯特却坚持认为,人的心理活动、人的意识活动是可以分离解析的。他认为,人的心理是由不同的元素组成的,这些元素,相当于构成物质的分子,是心理被分析到最终不可再分的基本单位。一切复合观念、复杂心理都是由这些单个的元素构成的。

冯特研究的结果得出,人类心理活动总是由这样两种基本元素组成的:一是"感觉",二是"感情"。他认为"感觉"在心理活动中与物的联系更紧些,倾向外界,可称为"客观元素";而"感情"与人的联系更紧些,倾向内心,可称为"主观元素"。他虽然这样分析了,却又认为实际上很难分得清楚,因为任何一种感觉都总是伴随着一定的情感体验的,"由于实际的心理经验内容,总是由感觉元素和情感元素的多种多样的结合所构成的,因此个别的心理过程的独特性质,在极大的程度上绝不是取决于那些元素的特征,而是取决于它们形成复杂的心理复合体的结合情况"。他认为这种"心理复合体"如"一种空间观念""一种音韵""一种情绪""一个意志动作"等,它的性质是"化学"的。

那么,元素之间是如何"化合"在一起的呢?冯特认为方式有两种。

一是通过"联想"。这种说法并不新鲜,这是英国传统心理学用语,例如培因就曾提出过联想的"接近律"与"相似律",并对"联想"进行过详细的分析,企图将一切心理现象都归结到"联想"上。比如,他曾把"爱"这种心理归结为对于"触觉"的联想,是对于父母与子女最初拥抱时那种"柔软而又温暖""紧张而又快乐"的情绪的联想。这种过于简单的解释曾受到人们的嘲笑。冯特对"联想"的解释更复杂一些,他提出了"融合""同化""合并"等联想的方式。但不管哪种方式的"联想","联想"总是一个由客体激发的、被动的心理活动过程,它只能解释一些较为简单的心理现象,而不能解决那些复杂的、富有创造性的心理活动。

基于这种不满足,冯特又提出了第二条复合心理的途径——统觉。

统觉作为心理学名词的出现是很早的,据说最早提出它的是亚里士多德(Aristotles,公元前384—公元前322),后来又有不少的哲学家、心理学家使用过它。康德认为,统觉是一个把许多感觉散片结合成整体进而加以吸收和理解的新的过程。赫尔巴特在此基础上提"统觉群"的概念,认为人在感知某一新事物时,总要利用过去的经验,这种过去的经验构成了"统觉群",成为即将展开的心理活动的背景。这里面已经包含了"心理定势"的意味。冯特的"统觉说"显然是因袭了赫尔巴特的观点的。在冯特那里,统觉被认为是由当前事物所引起的心理活动同过去的知识经验相互作用并由此增强意识的清晰度的一种心理功能。它体现了主体对于客体的主动的选择,这是固有心理元素对于新元素的统摄,是一种创造性的综合,由此而产生新的心理生成物。由于不同的接受个体具备的"统觉群"不同,即各自接受外部刺激的"心理背景"不同,对同一外部刺激产生统摄作用的结果自然也就不同,这正是在文艺鉴赏中造成"有一千个读者就有一千个哈姆雷特"的原因。冯特的"统觉理论"其实也为现代解释学、现代接受美学提供了心理学的依据。

　　冯特的关于统觉的理论，对于后来的格式塔心理学用"整合完形"的观点解释人的知觉现象也是起了启发作用的。遗憾的是冯特生活在一个"分析的时代"的鼎盛时期，受时代精神的制约，较之"综合"，他更偏爱"分析"，这影响了他对"统觉"的深入探索。

情感三维说

　　感情问题，是文学艺术活动中一个核心问题。冯特这位杰出的心理学大师，对于感情的研究曾经投注了许多精力。对于"感情"这个近乎人类之谜的极为复杂的团块，冯特仍采取了分析的和实验的方法，并提出了许多富有启发性的意见。但在这个极为古老、极为复杂的人类之谜面前，这位老学究也不免显得过于天真、过于幼稚、过于简单了些。

　　以前的心理学曾把感情当作感觉的一个属性，冯特不同意这种说法，他认为感情是一种单独的心理过程，是一种基本的心理因素。但他也看到感觉与感情总是相伴而生的。对于指向外界刺激的感觉来说，感情是指向主体内心的一种主观体验，任何一种感觉，都会同时伴生这种心理上的内体验。对于这一点，感觉敏锐、感情丰富的文学艺术家更容易体会到。如人们常说的：红色使人感到热烈激动、蓝色使人感到冷静沉着、白色使人感到圣洁、黑色使人感到肃穆等。这些指的当然是较低层次的、比较单纯的感觉和感情，冯特还认为，当感觉结合成更复杂的状态时，一定情感的质也随着这个总和而产生，形成一种更高的化合物。世界总是五光十色、千变万化的，感觉的性质也就会变化无穷，由此激发的感情活动就更是千头万绪。

　　冯特说"为了简便起见"，他把情感这一心理元素归结为几个主要的方向："我们乐意把它们称之为愉快和不愉快的方向，激动感和平静感的方向以及紧张感和松弛感的方向……这样,我们就可以用一个三度型的复杂图式来表示情感的这些基本性质,它们的各个主要方向都从一个共同的零点(亦冷漠无情点)出发。"他据此设计了一个三维的立体坐标系,并且乐观地认为有了它,就能给任何一种情感确立一个标示了它的一切性质的点。比如,恋爱的情感具有紧张、激动、愉快这样的趋向。如此对于情感的分析,看来似乎有条有理、清楚明白,一目了然,但单凭这样的解释我们能从中体验到什么呢?它比我们通过常识知道的又多出了些什么呢?而且,比起我们真实的感情体验,这种解释不是显得太贫乏枯竭吗?像文学作品中经常描写到的那种"惆怅""苍凉""苦涩而甜美""好笑而又好恼"的情感,还有一些说也说不出来的情感,又如何才能在他的坐标上标示出来呢?

《试验心理学史》的编者 E. G. 波林(E. G. Boring, 1886—1968)曾不无调侃地批评冯特说:这些对于人类情感的分类,只是由这位大师杜撰出来的,结果仍使许多问题不那么明了。冯特原本想用实验的方法测出情的属性来,到头来不过是由于冯特的某种善良的感情,导出了一系列没有结果的实验。

关于人类情感的研究,尽管后来还有不少心理学家下过很大的工夫,但迄今无很大的进展。旧的心理学把人的心理活动分为"知、情、意"三大块,知和意的领域都已经有了自己成型的学科形态,如逻辑学、伦理学,唯有"情"还没有一门相应的学科。

个体心理学与民族心理学

冯特对于自己心理学体系的设想包括这样两个方面:一、表现个人的意识过程的个体心理学;二、表现人类共同生活的精神历程的民族心理学。他认为前者应当用实验的方法来研究;后者则应当用心理学的观点对人类学和历史学的资料进行系统的分析，实际上是对人类"文化成果"的现象分析。他还认为前者只能解决心理过程中的一些初级的问题，后者才能对复杂的高级的心理过程做出解释。面对这样一个宏大的规划，一个人、即使是一个了不起的天才要实现它也是困难的。但冯特毫不畏缩，而是兴致勃勃地苦干了一生。他用前半生四十年的时间致力于个体心理学的建设；在70岁之后，他又集中精力进行民族心理学的研究，直到去世。冯特认为，个人行为的一种原始根源存在于当时的民族、国家和人类的历史背景关系之中，这种历史特性的分析就是他的"民族心理学"研究的主题。在他生命后期的十八年中，他运用研究分析语言、艺术、神话、宗教、社会风俗等社会文化历史产物的方法，写出了10卷规模的《民族心理学》一书。他的这方面的研究，后来的事实证明，是有着旺盛的生命力的。比如，他认为通过对一个民族语汇和文法的分析，可以揭示出一个民族的心理气质，这一看法后来为许多语言学家所接受，如语言学家 L. R. 帕默尔（L. R. Palmer，1906—1984）在其《语言学概论》一书中就曾说：语言不只是由人类的喉头发出的声音所组成的系统，而且是"打开人们心灵深处奥秘的钥匙……是维系民族的纽带，是历史的宝库。"不久前，国产故事影片《良家妇女》在片头上对于甲骨文"女"字所作的溯源性的解释，丰满的乳房，趋迎的身姿，便详尽地挖掘出语词久远的民族心理内涵。

心理学史上一般都把冯特看作是"实验"心理学奠基人，其实，冯特并不认为实验的方法是心理学研究的唯一正确方法；心理学史上一般又都把冯特看作是"构造主义心理学"的创始人，其实冯特的心理学思想远非构造主义心理学派所能容纳的。冯特像任何一门学科领域中的先驱一样，他的思想是丰富的，因而也是复杂的；是探索性的，因而有时是朦胧混沌的；是不断发展着的，因而又常常是矛盾重重的。真正将构造主义心理学建设成为一个完整体系的，是铁钦纳。

铁铸的铁钦纳

铁钦纳(E. B. Tichener, 1867—1927),出生于英国南部一个并不富裕的老式家庭中,毕业于牛津大学,1890年到德国莱比锡跟随冯特研究心理学。一年多后,受聘到美国康奈尔大学任该校心理学实验室主任,时年25岁。据说,铁钦纳是一个品德高尚、古板方正的人,他勤奋严谨,但性情孤僻;他意志坚强,却近乎独断专行;他全心全意地热爱自己的学生,却不允许学生背离他的理论主张。经他的手培养出54名心理学博士,学生都很尊重并且服从他,包括尊重服从他的错误。他说:"只有学会抽烟才有希望成为心理学家",于是他的大多数学生就抽起烟来,至少在他面前如此。

铁钦纳虽然和冯特相处只有两年,而且还经常见不到这位老师,但他对冯特的崇拜却像任何宗教教徒那样狂热。据说,他处处模仿老师的举止,包括留胡子的式样和演讲的风格。舒尔茨指出:"铁钦纳这样忠诚地和狂热地履行他的职务,乃是他最大的力量所在,也是他最终毁灭的原因",这是因为老师的理论是一个复杂混沌的整体,为了捍卫老师的思想,他不得不把老师的思想大大地简单化和机械化,加上他固执地拒绝接受任何新鲜的东西,拒绝矫正自己学说中偏狭失误的部分,结果,终于把构造主义心理学引上绝路。比如,他在捍卫冯特的"心理元素说"时,为了简便起见,干脆砍去了冯特对于"统觉"所做的阐述,他一方面企图通过实验手段找出感觉、表象、情感这些心理元素的"标准值",一方面把心理复合的方式仅仅规定为"联想"。于是构造主义心理学对人的心理结构的描述便成了一种"板块状结构",一堵用"标准的砖头"垒成的墙,其中砖头是心理元素,泥巴是联想。构造主义心理学的这种机械论的理论,在当时就遭到了许多批评;人们不无讥讽地把它称为"砖泥心理学",与文学理论相比,这种"砖泥心理学"与我们"文革"中兴盛的"三结合"文学创作理

论很相似。"三结合"创作论认为文学作品是由一些基本元素组成的，比如
"思想""生活""技巧"，领导出思想，群众出生活，作家出技巧，三者相加，便会
构成一部文学作品。甚至今天我们的文学理论教科书中，也还是这种"三结
合"或"N 结合"的模式，只不过不再明显地提"领导出思想、群众出生活、作家
出技巧"罢了。

波林指出："铁钦纳在美国心理学者中是重要的，因为他忠实地代表这个
较老的、保守的、传统的多数人。"在铁钦纳还活着的时候就有人尖刻地说，构
造主义存在的价值和意义就是为心理学的发展充当靶子。

铁钦纳，这位正直而又守旧的学者，凭着他的人格上的尊严，在他生前始
终勉强地维护着构造主义心理学的旗帜。60 岁时他死于脑瘤，随着他的逝
世，构造主义心理学作为一个体系就被人们弃置不顾了，它后继无人，成为一
代绝唱。一代宗师冯特带出了这样的学生，应该说也是悲剧。

第六章　机能主义：在意识的河流中

聪敏过人的学者

　　机能主义心理学是由威廉·詹姆斯（William James，1842—1910）为先驱开创的一个心理学流派，它也是美国历史上出现的第一个心理学流派，一个地道的美国式的心理学流派。

　　机能主义心理学是在达尔文进化论的感召、启示之下兴起并发展起来的。它研究的对象是"适应其环境的活生生的人"。在它看来，所谓心理，就是使机体适应环境的机能；所谓心理过程，就是机体对环境的顺应过程。这显然是达尔文生物进化论中"适者生存"理论的心理学的表述模式。

　　当时的欧洲，不论是冯特的构造主义心理学还是布伦塔诺的意动心理学，不论是迷恋于元素分析的心理学还是沉醉于过程描述的心理学，都把"心理"视为一个封闭的内部空间来对待，都把"心理学"当作一门纯粹的学术领域来对待。美国的机能主义心理学与此不同，詹姆斯首先注意到外部环境与内心世界之间复杂的关系,把心理活动看作是一个开放的、流动变化着的系统来对待,并且努力将心理学实际应用到生活实践中去,这不能说不是一个很重要的进步。

达尔文的进化论产生于英国而应用于美国,这是有其社会基础的,机能主义心理学之所以在美国兴盛起来也是由美国特殊的社会条件所决定的。正如E.G.波林教授指出的:"美国是一个新开拓的国家。在准备去开发它并向大自然夺取生活的强有力的先锋们看来,国土是自由的。适者生存是新世界文化的基调。美国人的成功哲学(Success Philosophy),基于个人的机遇和野心,所以是产生大众的民主('人人皆国王')、实用主义('淘金王国的哲学')和心理学内外一切形形色色的机能主义的背景。"①在这样的国度里,一个人能否奋斗成功,能否生存下去,决定于他能否适应环境。因而,机能主义心理学就沾染上浓重的实用主义色彩。机能主义心理学的两位先驱詹姆斯和杜威,后来双双成为实用主义哲学家,并不是偶然的。

威廉·詹姆斯生于纽约一个多子女的富豪之家。据说,他少年时代由于得过一台显微镜作为圣诞节礼物,曾一度对科学发生过兴趣。到了青年时代,他又对艺术充满了热情,曾立志要做一个艺术家,一连数年内沉浸在绘画、音乐和文学之中,但他终于发现自己缺乏一个艺术家的才能,他的愿望未能实现。但他的胞弟亨利·詹姆斯后来却成了一位世界著名的文学家,与乔伊斯、伍尔夫一起,成了现代主义文学运动中"意识流派"的创始人。

几乎在所有的西方心理学史中,都异口同声地赞美着威廉·詹姆斯的人格和才能。

波林讲到他时说:他的影响的关键尤在于他的人格。他既有坚定的主张,又很有容人之量。他才华横溢,富于自信和幽默感。

墨菲讲到他时说:他有顽强的毅力,在任何场合中,他贪婪的求知欲和不

---

① [美]E.G.波林:《实验心理学史》,商务印书馆1981年版,第578页。

知疲倦的工作精神都能使他把握住他能够加以利用的一切。然而他又能够友善待人,在家庭关系上也始终保持着亲切的温暖和深厚的情谊。

舒尔茨讲到他时说:詹姆斯有着极为优美流畅而又贴切得体的文风,他以其锐利而明亮的笔锋写作,这在心理学或任何科学中是罕见的,当时罕见,现在也罕见;他的作品富有吸引力,自然而文雅,令人不能不为之倾倒、陶醉。他的著作影响了成千上万的学生,他的见解使许多杰出的心理学家深受感动。詹姆斯是产生于美国的最重要的心理学家之一。

然而,谁又能想到,这么一个才华横溢、精力旺盛的人是一个患有多种疾病的长年病号,他患有痛苦的眼疾,腰背疼,神经官能症,心脏病,简直处于半伤残状态。尽管如此,他又热衷于运动,去世的前一年,他还花费 13 个小时爬上纽约州的第一高峰阿迪朗达克山。

谁又能想到,这么杰出的一位心理学家却从来未有学过心理学的课程,他的心理学知识和理论全是自学的。他曾诙谐地说,他上过的第一堂心理学课程,是他本人开设并讲授的。这倒是切中了俄国的现代科学之父罗蒙诺索夫的一句名言:第一个教大学的人一定是没有上过大学的。

詹姆斯的主要心理学思想都集中在他的《心理学原理》(The Principles of Psychology)一书中。29 岁那年,他就这本书与出版商签订下合同。那年他刚刚结婚,蜜月中开始动笔,大约出于一种良好的心境,他低估了此书的困难,以为两年内就可以完成它。结果,也许是因为多病,他写了十二年,到了 41 岁那一年这部巨著才出版发行。这本书充满了他的甘苦和心血,他在写给他的出版商的信中以调侃的口吻说:"这是令人作呕的、膨胀的、臃肿的、浮泛的一堆资料,它不过是证明两件事情:第一,没有什么科学心理学这样一种东西;第二,威廉·詹姆斯是个无能的人。"但他在写给他的文学家胞弟亨利·詹姆斯的信中却直白率真地说:"随着这部书的出版,你悲剧的缪斯和我的心理学都包含在里面了。1890 年将作为美国心理学史和文学史上划时代的一年而为后人所知。"詹姆斯的话今天看来并没有夸大其词。海德布雷德说:这部书的出版受到了国内外的欢呼,它内容新颖而富有活力,它的态度明确而又富有激励人的力量,它本身已经成为心理学史上的一个事件。

这里,我要穿插一件往事:1982年春天,在广州文联招待所艺邨开会时,经钱谷融先生介绍,我拜见了王元化先生并请他帮我看《文学艺术家的情绪记忆》的文稿。两天后先生找我谈话,讲了他对稿子的看法,并嘱我投入文艺心理学研究。1983年夏天在上海参加笔会,6月17日晚餐后,先生邀我和李子云、周介人、吴若增、戴晴等人到他家中闲聊。元化先生特地嘱咐我要严肃治学态度,认真读一些基础理论书。谈话间便在他的书架上为我寻找威廉·詹姆斯的《心理学原理》,东翻西找,从上层找到最下层,乃至跪踞地板之上,累出一头汗来,我心中大为感动,留下终生不忘的印象。从王元化先生对詹姆斯的这本《心理学原理》的重视,也可以看出这本书的分量,看出詹姆斯在心理学史上的崇高地位。

美国人认为,自从有了威廉·詹姆斯,美国才开始有了自己的心理学。詹姆斯所开创的道路,后经杜威、安吉尔、卡尔等人的发扬光大,终于成为世界心理学史上一个阵容庞大、实力雄厚的学派。这个学派又反作用于欧洲,在皮亚杰等大师级心理学家那里产生了积极的反响。

人类意识之流

机能主义心理学有严整的理论体系、配套的名词术语、繁杂的实验程序。然而它的先驱詹姆斯却是一个典型的"没有体系"的心理学家,他的著作一半像是理论著述,一半又像是心灵的创造,其中充满了顿悟的闪光和直觉的流光。在文学界,与他的名字紧密贴在一起的是他的关于"意识流"的理论。这里我们避开机能主义的系统理论,集中对詹姆斯的"意识流"理论做一观照。

在对于人的意识状态的描述与解释方面,詹姆斯激烈地反对构造主义心理学那种过于理智化、学究气的观点，他认为构造主义心理学把人的意识状态看作单一分散、积木式的"心理元素的组合"，看作一个静止固定、墙一般的"板块状结构"是错误的。冯特、铁钦纳，甚至加上费希纳，他们所研究的人是一种心理学实验中的人，一种理想化了的人，一种纯粹化了的人。而詹姆斯研究的人则是实际生活着的人，是此时此刻思索着、感动着、向往着、活动着、变化着的人。他要研究的是一种真实地在人身上发生发展着的意识状态。詹姆斯对人的心理活动的复杂性有着较为充分的理解，起码有着一种愿意向着复杂性探索的愿望。基于这一点，詹姆斯在对人的意识活动进行理智的分析时，并没有把人仅仅看作"纯理性"的人，他还冷峻地看到了人类意识中"非理性"的一面，以及既非"理性"又非"非理性"的模糊不清的一面。他认为人是一种有需求、有欲望、有行为、有情感、有自我意识、有自己的主动性的生物，他讲的人要比冯特、铁钦纳的人复杂得多，他对人的心理活动的复杂性、难解性的认识也要比他们清醒得多。在他看来，人类的心理活动任何时候都是一个"流动着、变化着的经验整体"，就像是一条湍流不息的河。詹姆斯解释说：

> 意识并没有对它自己显现为被砍碎了的碎块。像"链条""序列"这样的语词，并没有恰当地描述出它最初呈现出来的样子。它完全不是结合起来的东西，它是流动的。"河"或者"流"的隐喻可以使它得到最自然的描述。在后面谈到它的地方，让我们称它为思想之流、意识之流，或者是主观生活之流。

> 思想的激流以难以控制的速度行进，它几乎总是在我们能够捕捉到它之前，就将我们带到了结论那里。或者如果我们的行动足够敏捷，而且我们确实捕捉到了它，它也立刻就不再是它自己了，就像一粒雪花晶体被一只温暖的手捕捉，他就不再是一粒晶体而是一滴水了。

由于大脑变化是连续的,因此所有这些意识也相互融合,就像电影画面的融入一样。它们很可能就是一个延伸的意识,一支不间断的流。①

詹姆斯把人的意识比喻为"河流",是基于他对人类意识下列属性的认识理解之上的。

(一)意识具有"私有性"。即每种发生着的意识都有属于某一个体的人的趋势。詹姆斯认为,"在自然的情况下"我们所研究的意识状态,只有从个人的意识里,各人的心灵里,各人的自我里,各个特殊的、具体的"我"或"你"中才存在着。他举例说,房间里坐了许多人,心理学要研究的意识状态就存在于这个或那个人的心灵中,除了这些,房间里并不存在一种游离于每个个体之外的"意识"。换句话说,只有存在于个体之中的意识活动,才是真实的、活生生的意识活动。

为了对抗传统心理学那种全心全意求取人类心理活动"平均值"的强大势力,詹姆斯则把意识的"私有性""个人性"放置到了十分突出的地位。他说,人和人的意识不会"直接见面",彼此是"绝对绝缘"的,实际存在着的只有"我的感觉""我的思想",人和人在意识之间存在着一条"鸿沟""这大约是自然界中最大的裂隙",时间上的接近和空间上的靠拢或对象上的类似都难以将它们完全弥合。"情投意合""心心相印",只是相对的,而"人心若面,人各不同"则是绝对的。詹姆斯说他的心理学的对象,就是意识活动中这样一个独立的自我。

詹姆斯强调意识的个体性本是无可非议的,尤其对于深一步的研究来说,更是必要的。对于文学创作来说,一个成功的艺术典型,往往就是一个独立的世界。但是詹姆斯断定人和人在意识领域里是不能相通的,却是言过其实了。真理多走了一步便成了谬误,詹姆斯多走的还不止一步。詹姆斯否认人的意

---

① [美]威廉·詹姆斯:《心理学原理》上册,中国城市出版社 2010 年版,第 155、157、159 页。

识可以沟通,岂不知他自己著书立说的目的不正是为了沟通和他人意识上的交接与弥合吗?当然,绝对的弥合就像两片完全相同的树叶一样是不可能的。但既然是人,那么不管是太平洋小岛上的酋长或是牛津大学的教授,就总有些什么一脉相承的东西连接着,意识领域也应当是这样的。

(二)意识具有"变化性"。即没有任何一种心理状态,一经过去,能够再现。詹姆斯首先批判了一种错误的常识:我们每天看到的蓝天,每天嗅到的这瓶香水,每天从钢琴上按下的这个琴键,不都是相同的吗?詹姆斯说,相同的只是外在的"感觉的对象",而不是内部的"关于对象的感觉"。从严格意义上讲,决不会出现两次相同的感觉。

同一个人关于同一事物的感觉,小时候与成年时候不同,与老年时候更不同。詹姆斯说,人的感觉睡前与睡后不同,白天与夜晚不同,冬天与夏天不同,饥饿时和酒足饭饱时不同,因为作为感觉器官的机体本身就在不断变化着。詹姆斯援引了古希腊哲人赫拉克利特的箴言:"我们不能两次踏进同一条河流""太阳每天都是新的",来作为他立论的注脚。

詹姆斯为意识的变化性提出的第二个论据是:意识活动总是以一定的先在意识为背景的,新的感觉必定落在已经存在的意识屏幕上而发生相应的变形,这时形成的意识不是单纯的"这一意识",而是"这一意识与固有意识"的汇合。詹姆斯说:"我们对每一事物的心理反应,实在都是我们到那个刹那时,对于全世界的经验的总结"。这就是说,作为心理"预结构"的意识背景在不断变化着,外物复现时,面对的却是改变了的心灵,因而产生的意识活动仍然是不同的。从人的意识活动来讲,50岁时看到的月亮已不是5岁时看到的月亮,今天清早见到的太阳不等同于昨天早上见到的太阳。

(三)意识具有"连续性",正常情况下,一个人的意识不会有间断,不会有裂痕,不会有断离的现象。有时从形式上看似乎是"断裂"了,比如,一个人睡觉时在旁人看来他的意识是中断了,其实并没有断,因为一旦他醒来,他的意识马上就会和睡前的意识连成一气的。意识活动中的这一情形像是竹竿上的节,竹节并不是竹竿上的断裂。另外,意识有时会改变,但是,再剧烈的改变,也不会是绝对突然的,总是和这一意识活动之前、之后的意识相互联系着,相互渗透着。詹姆斯指出,平常人们过分地受到语言的制约,以为语言活动就是思维的全部,而语言在句子与句子间,段落与段落间都是存在间断和停顿的,因此便认为意识之间也存在着一段段的片段,一节节的链环。在詹姆斯看来,语言所表示的只不过是人类意识的核心部位,而在语言的边缘和空隙中还充塞着、弥漫着许多说不清的东西,被命名的只是意识中心的,而在意识的边缘和空隙处"也许还有一千个模糊的东西"。照此推论,"言内之意"仅是一个框架,"言外之意"含蕴着更丰富的内涵。正是这些"模糊不清"的、"含蓄朦胧"的、"无迹无形"的东西,将意识连接成为一个有机流动的整体,对于诗歌、小说以及其他艺术门类的创造来说,这是尤其重要的。

鉴于这种看法,詹姆斯竭力反对构造主义心理学的元素分析法,他说这种方法等于从河流中舀取一瓢、一壶、一盆、一桶水来研究河流的属性,是完全行不通的。他甚至认为,在人的心理活动中根本就没有什么可看作"元素"的东西的存在。

詹姆斯也认为人类意识之河的流动是有速度上的快慢之分的,有时会在某一点上相对地盘桓一下,正好比竹竿上有节,河水中有旋涡,鸟儿有歇息在树枝上的情形一样。詹姆斯把意识相对静止的状态称为"实体部分",将意识飞速流动的部分叫做"过渡部分"。正如栖止的鸟儿容易辨认,飞掠的鸟儿不易辨认一样,意识的实体部分是容易弄清楚的,而要弄清过渡部分的真面目是极困难的。他说:思想的冲劲那么急猛,所以我们差不多总是在还没有捉住过渡部分的时候已经到了终结了;或者,我们真的能够将流动着的意识中止下来进行研究,而中止了的意识就已经不再是我们要研究的意识了。这就像你要研究"陀螺的运转"你却一把捏住了它,你要研究"箭矢的飞动"你却抓住了它,你反而失去了研究的对象。詹姆斯因此得出:对于人类活动着的意识进行研究是很难的,人的意识领域中有很大的一块空间是人的意识之光照射不到的。如此看来,詹姆斯论证的"意识流"就有了"显在的"和"隐在的"两个部分,而他感兴趣的又恰恰是这一捉摸不定的隐在部分,这是后来的精神分析学派主攻的课题。

(四)意识具有"指向性"。意识活动具有自己的对象。詹姆斯并不同意极端的唯心主义者"心外无物"的论调,而承认"思想之外有着实在",他说他的《心理学原理》并不准备越过这一见解的范围之外。但在对意识的这一特性进行具体分析时,他的表述是有所保留的。他一方面认为意识的对象是外在于意识的客观对象,一方面又认为意识的对象也可以是内在的意识本身。意识不管是向内或是向外的指向,都具有一定的认识作用,而认识的目的是为了更好地适应环境,以促进自身的发展。在这个问题上,詹姆斯显然受到了德国心理学家弗朗兹·布伦塔诺(Franz Clemens Brentano,1838—1917)的影响。布伦塔诺认为心理学研究的对象不是"意识的内容",而是"意识的活动",这是与冯特相对抗的,这也是詹姆斯所取的立场。布伦塔诺强调意识具有指向性,总是指向一个客体。他把这种现象称作"意动",认为意动包括"表象的意动""判断的意动""爱憎的意动",包括"我见""我听""我想象""我承认""我否认""我知道""我回忆""我憧憬""我希望""我企求""我向往"等,而这些自然都是有对象的,这正好比河流总也有一定的流向一样。詹姆斯还认为,这种"意识的流向",有时主体可以觉察到,有些时候,却是不自觉的。比如文学创作中作家对自己笔下的人物的言谈举止往往持有一种自觉的意象,而他对于作品未来的读者的阅读倾向则往往是不自觉的;许多作家还宣称他是为自己写作的,不考虑读者的存在。作家们说这话也许是真诚的,但实际上读者却总像是另一个磁极,吸引并诱导着他的意识的流向,他自己却不一定意识到。

(五)意识具有"选择性"。詹姆斯认为,意识总是一刻不停地在进行着选择,接收或者排斥,欢迎或者拒绝,对事物的某些方面兴趣盎然,而对另一些方面"视而不见"。他说,一件事物可以被人看到一百遍,但如果没有被"注意",那么这件事物就等于没有进入他的经验;另一方面,一生中只碰到过一次的某件事物,也会深深地铭记在人的心间,这是"选择"的结果。选择是一切推理、判断的基础。为了说明这种选择的切实性,他举例说,假如有四个人在欧洲进行一次旅行,一个人可能会带回这样一些生动的印象:服装、色彩、公园的景色与建筑的风格、绘画和雕塑作品;对于另一个人来说,这些可能都不存在,存在的仅是路程的距离和物价的高低,人口的数字和排水的设备;而第三个人则可能会详细叙述剧院、饭店、会议厅;第四个人也许一路上沉溺于主观的思索而说不出几个经过的地方的名称。"欧洲",对于他们四个人来说只是一个对象集团,他们心理上接纳的是经过他自己意识活动选择的。

在谈论意识活动的选择性时,詹姆斯还表达了这样一种哲学的思考,在他看来,所谓科学的唯一的"真世界",只是一个"混沌团",像一块天然的、浑然自在的石头一样。人的世界乃是人类这一"雕塑师"用"选择"的利斧一点一点敲击出的一尊石像。人的世界是人们一代接一代选择的结果。他说假如从事选择工作的不是人,而是"蚂蚁""乌贼"或者是"螃蟹",那么它们也都会造出另一个现象世界。选择过程中进行着选择活动的主体在发挥着主导作用,那么,引导着人们对于世界进行选择的意识又是如何生成的呢?詹姆斯没有回答。在强调意识活动的主体性、选择性的时候,詹姆斯往往忽略了客观存在对于意识活动内容和活动方式的制约性和规定性。他在强调人的意志和人的目的时有些很偏激的情绪。时常可以看到,每当詹姆斯激昂慷慨地把自己的观点发挥到极致的时候,他就注定要坠入唯心主义的泥潭中。

不管怎么说,威廉·詹姆斯毕竟还是为人类的意识活动从内省角度描绘了一幅生动别致的图景:人的意识活动像一条河流,这是一条具有个体性、连续性、指向性、选择性、变化无定的"河",这是一条思维与情感相融汇,理智与欲望相糅合、理性与非理性相渗透的"河",一条时而清澈明净、时而含糊浑浊、时而奔流直泻、时而打着旋涡的"河"。这条河究竟怎么样?詹姆斯说得虽然很乖巧机智,但所提供的答案实际并不多。对于心理学所能为解释人类意识活动作出的贡献,他并不很乐观。他说过,如果人类的意识活动像一桌丰盛无比的酒宴,心理学所能吃到嘴里的,只是遗落在地板上的一些面包屑。尽管如此,如果我们不带什么偏见的话就应当承认,詹姆斯关于"意识流"的浮光掠影的描述,比起冯特、铁钦纳的"科学分析"来说,要更符合人的心理实际。

"意识流"波及文坛

威廉·詹姆斯对于人类意识的如此想象般的解释,常常使得严格的实验心理学家们感到头疼,因为面对这样一条浑浑噩噩的"河流",总会使得一切仪器或统计失去用武之地。然而,这条"河流"却投合了当时西方文学艺术界的心意。"意识流"顺其自然地流向文学艺术领域,并在新的河道里激起了引人瞩目的浪花。

19世纪末,当詹姆斯在心理学界提出了他的"意识流"理论时,恰恰是欧洲和北美的文学艺术反叛自然主义和写实主义的传统,转向对于人的内部心灵世界探索的时期,于是,这一概念便风行起来,成了一个世纪以来文学界里差不多最为流行的一个术语。并且,围绕这一理论形成了一个阵势颇为强大、持续相当长久的"意识流小说"派别。

著名小说家劳伦斯对此曾发出了"不朽的威廉·詹姆斯的不朽的表现"的热烈赞誉。

文学评论家 M. 弗里德曼提出:"詹姆斯心理学学说最有特色的理论:即把思想比做一股流水的概念和'意识汇合'的观念。这些概念是把心理学语词变成艺术手法的试金石。"①

将意识比作"流水",詹姆斯并不是首创。在中国古代,很早的时候,比如

---

① [美] M. 弗里德曼:《"意识流"概述》,见《文艺理论译丛》(一),中国文艺联合出版公司 1989 年版,第 362 页。

荀子和关尹子都曾经把人心比作水流,把心性比作水性,把心情比作水波。明代的袁宏道还直道出"文心与水机,一种而异形",把文学创作心理与水流的道理联系起来看待。尽管如此,詹姆斯的"意识流"理论依然在当时的文学情势中起到了一种"别开生面""独辟蹊径"的作用。一方面,它为当时的小说创作提示了一种新的素材,一种新的表现对象,即真实活动着的人的意识本身;另一方面,它还为这种新的素材的表现提供了方法意义上的启示,"内心独白""内心分析""感官印象"的广泛应用补充了小说创作的手段和技巧;再一方面,它还促进了小说创作在文体和风格上的变革,推动了小说"情绪化""心灵化""音乐化"的进程,为文学直接再现人的内部世界、直接再现人的心理活动提供了可能性。而这些目标,19 世纪的一些现实主义大师们也曾经追求过。比如,极擅长刻画人物的心灵活动的司汤达,就曾对自己的手法感到不满足,他渴望着一种新的方法出现,这种方法能够把一个人的一切心理活动全部记录下来,那么,"我们就会看到这个人那一天的全部意识活动情况,而且非常接近真实。"詹姆斯的理论当然也不可能做到这一点,不过,它毕竟向前推进了一步。

值得一提的是,在西方现代文学史上,最早地、自觉地在小说中表现人物意识流动变化的文学家是威廉·詹姆斯的胞弟亨利·詹姆斯。亨利比威廉小一岁,他的长篇小说《一位女士的画像》创作于1880 年,这一年,威廉的《心理学原理》还在写作过程中,作为兄弟,可以猜想文学家与心理学家之间是相互影响、相互沟通的。亨利的小说采用了主观镜头的视角,由人物心灵内部写起,作者在小说的序言中写道:

> 我对自己说:"把问题的中心放在少女本人的意识中,你就可以得到你所能期望的最有趣、最美好的困难了。坚持这一点——把它作为中心,把最重的砝码放在那只秤盘里,这将基本上成为她与她自己的关系的秤盘……完全依靠她和她个人的心理变化,把故事进行下去,记住,这就需

要你真正'创造'她。"①

　　认真说来,《一位女士的画像》并不能算作一部"意识流"小说,亨利也还算不得一位意识流小说家。但在这部小说中,的确已经明显地体现出 19 世纪批判现实主义文学向 20 世纪现代主义文学过渡的痕迹。

　　谁也没有想到,在詹姆斯的《心理学原理》出版发行 90 年后,关于"意识流"的理论又成了中国当代文学中一个喧闹一时的话题。风波主要是由王蒙掀起的。从 1979 年到 1980 年,王蒙一口气喷发出来的六篇"新小说",在当时的文坛上引起了"爆炸性"的反应,几乎吸引了那时文艺理论界的全部注意力。人们一方面为这六篇新小说纵横舒展的文思、幽微灵幻的意蕴、流光溢彩的文字所倾倒;同时也对其标新立异、"图谋不轨"充满了困惑和疑虑;也有囿于固有的阅读习惯摇头说看不懂的;也有个别人窥视出小说采用了"意识流"的手法,而将"意识流"这一西方现代派文学手法当作"屎盆子"随时准备泼出去的。极力赞颂的也有,曾经担任过《人民文学》主编的严文井指着《海的梦》说:"这是真正的文学作品",而"可以称为文学作品的作品,在我们这里至少也有二三十年不大能见到了。"

　　王蒙自己似乎并不是没有保持一定的警觉和防御,他自己在谈到这六篇小说时,总是小心翼翼地避开詹姆斯的理论,甚至避开"意识流"的字样。然而,他却用另一种独具个性的文字表述了他的"意识流"。他说,他的这些小说"不是按照生活自己的结构,而是按照生活在人们心灵中的投影,经过人的心灵的反复的消化,反复的咀嚼,经过记忆、沉淀、怀念、遗忘又重新回忆",他说:"我就是想表现出主人公心灵活动的历程"。在另一篇文章中,王蒙说他特别喜欢鲁迅的散文诗:《好的故事》。他喜欢鲁迅描绘的那种连绵流动、叠印晕染的意象,那种错综如一天云锦,飞动如万颗奔星,永是生动,永是展开的意

---

① ［美］亨利·詹姆斯:《一位女士的画像》,人民文学出版社 1984 年版,第 12 页。

象。他说：

> 《好的故事》对我是一种启示，一种吸引，一种创作心理学意味上的暗
> 示。直到今天，……当我努力去追踪、去记录、去模拟那稍纵即逝的形象
> 的推移，情绪的流转，意念的更迭，去表现那"诸影诸物，无不解散，而且摇
> 动，扩大，互相融合；刚一融合，却又退缩，复近于原形"的生活的五光十色
> 的时候；我觉得，我的尝试，我的心情和我的追求，都可以从《好的故事》里
> 得到鼓励和参照。①

鲁迅在《好的故事》里究竟写了什么呢？众所周知，鲁迅写了一条梦幻中
的"河流"，岸边的山光云影倒映在河水中，与和水一起流动，流出一片奇幻的
色彩、光影与形象，王蒙喜欢《好的故事》其实就是喜欢这条鲁迅意识中的河
流；王蒙的这六篇小说也是往昔岁月在王蒙的意识的河流中的倒影。

后来，王蒙在为青年小说家张承志的《绿夜》撰写的一篇评论文章中再一
次讲到了创作心理中的"河流"，甚至可以说他再一次深情地赞美了这条心理
的河流。他说：

> 中国的和希腊的哲人，都曾经用水流来比喻生活，比喻时光，比喻历
> 史的伸延、连续和变化无休。
> 水流的几个特性是迷人的。第一，映照着世界的影像。第二，它改变
> 着世界的影像。第三，它时时保持着又改变着自身。第四，它有文（纹）
> 采，有浪花（浪花里可以看到从白光中折出的赤橙黄绿青蓝紫，看到彩
> 虹），或曲、或直、或急、或缓、或奔泻而下、或委迤回环，有它天然形成的节

---

① 王蒙：《漫话小说创作》，上海文艺出版社1982年版，第30页。

奏、振荡、结构。①

王蒙赞誉《绿夜》写了一条"真正的无始无终的思考与情绪的水流",抽刀断水水更流、难分难解的河流。

显然,王蒙钟爱的这条文学创作中的"河流",是一条"意识流",一条生活、思想、情绪、意向相杂糅的"流"。这里,并不是说王蒙的创作思想有意迎合威廉·詹姆斯的理论,人类的意识活动总是具有某些共同规律的,东方人能发现,西方人也能发现;另一方面,我们又认为作为文学艺术创作来说,东方人、中国人完全有可能也完全应该写出自己的民族的心理之流。至于"意识流"的存在,无论是作为心理现象的存在或是作为文学现象的存在,我以为都是毋庸避讳的,我同意汪曾祺给文坛新秀何立伟写下的一段话:"人类生活发展到一定阶段,对意识的认识发展到一定阶段,就会产生意识流的作品。这是不能反对,无法反对的……这种写法没有什么奥秘,只是追求:更像生活。"②

悖于常情的情绪理论

以上我们把威廉·詹姆斯作为机能主义的先驱,分析了他的关于意识的理论。其实这里并不能充分体现他的机能主义的色彩。詹姆斯给后来的机能主义心理学家以重要启示的是他的情绪理论。这一理论于 1884 年作为一篇论文发表,后来编入《心理学原理》一书中。

关于情绪表现与机体反应的关系,一般人作为常识的说法是:情绪体验先于身体的反应。比如说,我碰上一只熊,觉得害怕而马上逃跑了;我受到别人的

---

① 王蒙:《漫话小说创作》,上海文艺出版社 1982 年版,第 197 页。
② 汪曾祺:《何立伟小说集〈小城无故事〉序言》,见《文学自由谈》1986 年第 2 期。

欺负,觉得很恼怒,因而打了起来;我的父亲病得厉害,我觉得很悲哀,我哭了。詹姆斯却大声喊道:错了! 常识错了! 他认为情绪在我们身体中产生的实际情况是:我碰到一只熊,马上跑了,所以感到害怕;我受到别人欺负,打了起来,所以感到很恼怒;我的父亲病重了,我哭了,所以我难过。先是感知,然后是机体的状态,最后才是情绪的表现。这样的情绪,才是一种切身的体验,如果没有"随着感知而来的躯体状态,我们的难过、恼怒等等在形式上就会是纯认知性的、是苍白的,没有色彩的,缺乏情绪温度的"。詹姆斯的意思是说,如果不能首先引起机体上的反应,那么所谓情绪就一定是理性的、空洞的、无动于衷的。为了求得证明,詹姆斯枉驾屈尊亲自走访了百老汇的男女演员们,询问他(她)们是否因为躯体的动作变化引起了情绪的反应,得到的回答总是肯定的,詹姆斯的立场于是更加坚定。然而,人们很容易会说: 那毕竟是在作戏。

与詹姆斯同时提出这一理论的还有一位名叫朗格(1834—1900)的丹麦生理学家,于是这一理论被命名为"詹姆斯—朗格情绪理论"。

后继的机能主义心理学家们都认为,情绪是机体的再调整,而且认为这种调整在机体面临适宜的行为情境时会自动发生的。卡尔还对这一理论作了较大的调整与补充,认为情绪本身不只是被动的,不仅是一种纯生理的反应,也含有意识的因素,某种意义上它还可以成为行为动作的起因。但他并没有否定詹姆斯—朗格情绪理论的正确性。

给予詹姆斯的情绪理论以致命打击的是美国生理学家沃尔特·坎农(Walter Cannon,1871—1945),他通过大量的实验结果证明,情绪仍然是由脑神经活动在外部条件刺激下生成的,进而由情绪支配躯体的行动。而主管人的基本情绪和冲动的这一部分脑器官,即"丘脑与下丘脑"。按照坎农的话说,先是感觉,然后"当丘脑过程被唤醒时,情绪的特殊性质就附加于简单的感觉之上",接着才是行动。坎农击败了詹姆斯,詹姆斯的情绪理论似乎又被重新扳回到常识的笼子中。然而,我们却不应当无视这一理论提出的意义。恰恰正是詹姆斯的理论把人们的视线引到了情绪与机体活动的关系上,将心理学与生理学在新的水平结合起来,没有詹姆斯,可能也就没有坎农。我们应当纠正错误,我们却不应当藐视错误。何况,詹姆斯的情绪理论还从另一方面证实了有一种非本能的、非感官性的"理智的情绪"存在着呢!

灵与肉的纠葛

威廉·詹姆斯对于心理学的贡献当然不止"意识流"这一点,此外,他在"知觉定势""自我意识"以及"习惯""记忆"等心理活动领域也都提出了自己的独立的看法。总的来说,这个被心理学史家称为"绝顶聪明"的人,是意识到了人的心理活动无限的丰富性和复杂性的,某种程度上他也意识到心理活动的有机完整性,在《心理学原理》一书中,他对他所把握到的人类心理现象的描述是相当精彩的。但是,由于时代的局限,当时的科学未能对人的生理心理机制提供更多的东西;也由于实用主义哲学一开始就盘踞在他的脑海。所以当詹姆斯试图对他捕捉到的心理现象作出进一步的解释时,他往往就陷入了矛盾和困惑之中。在心理学探索中,詹姆斯表现出的左右摇摆、自相矛盾是十分突出的。他常常在机械唯物论和主观唯心论的两极之间跳来跳去。

有时,他不得不求助于那些粗糙的生物科学和病理学,把人的意识活动说成是完全是由人的呼吸、心跳、新陈代谢、血液循环、肌肉收缩等生理机能所支配的。他说过:一个人将会是一个英雄还是一个懦夫,乃是他的"神经"或"胆汁"临时活动的结果,他甚至还相信高尔的"颅相学"①,说它是一种"辨认性格

---

① 颅相学,又称作骨相学,创始人为德国医生弗朗茨·约瑟夫·高尔(Franz Joseph Gall, 1776—1832),其宗旨为通过对于人的"头颅骨"形状的研究判断人的性格。高尔在学生时代就发现同学脑袋的形状与性格间有着某种联系。后又到疯人院、监狱中从事研究,从而做出了一系列判断,如:额头饱满的人一定富有逻辑力;后脑发达的人则多情、仁慈;头骨隆起的人多贪得无厌等等。著有《大脑机能》一书,将人的头颅划分为35个区。其学说并非迷信,而是开启了心理活动的大脑定位方面的研究,但其理论相当粗鄙,法兰西学院曾经提名高尔为院士候选人,选举结果仅有一票赞成。

的艺术"。

以詹姆斯聪明的天性和广博的学识,他又深深知道仅仅靠生物学、生理学上的法则解释不了人类心理活动中难以言喻的复杂性与难以穷尽的丰富性。因此,他在打开通向机械主义的大门的同时,又推开了通往神秘主义的窗口。詹姆斯相信人有一种神秘的经验能够与看不到的世界交往,他相信"心灵感应""特异功能""鬼魂附体",他认为这是现有的心理学理论和方法论无从解释的,他希望能从"心灵学"①中寻找到答案。

詹姆斯的聪明,还表现在他有着自知之明,他不相信心理学已经成为一门科学,他也知道自己算不上一个科学的心理学家,在他生命的后二十年,他便把他的兴趣全部转移到哲学方面去了。尽管如此,西方的一些心理学史中还把他誉为美国的第一流的心理学家,对他始终表示尊崇。由他开创的机能主义心理学经过一段"全盛"时期后渐渐衰落。詹姆斯的学说,他的充满了对立和矛盾的学说却对后来的"行为主义心理学""精神分析心理学"都产生了深远的影响。心理学继续在心和物、灵与肉之间彷徨求索,哲学没有解决的,心理学也没有解决;哲学似乎已经解决的,心理学依然未能解决。

---

① 心灵学,即对于"心灵"的研究,不同于"心理学",它的目的是探讨在不使用任何已知感官的情况下,人对于事物、事件进行的交往活动,是对于"超感现象"的研究。如对于"穿视术""传心术""气功""瑜伽术"的研究。1882年,剑桥大学的一些学者成立"心灵研究社"。绝大多数心理学家对此持否定态度。但他们所要研究的这些未知的心理现象,有一些是的确存在着的。所以尽管受到反对,"心灵学"的研究队伍还在扩大。据1966年的统计,世界各国大约有近五十个心灵学的实验室、研究中心在开展活动。心理学史家墨菲预测,心灵学还有看涨的趋势,但神秘主义的色彩却渐渐开始剥落。

第七章 行为主义：没有心灵的心理学

心理学界的"叛乱分子"

行为主义心理学是一门有着极端片面性的心理学，然而自它诞生以来的近80年中，一直兴盛不衰，成为美国现代心理学的重大支柱之一，也是世界上影响最大的心理学流派之一。一个学派有着重大的缺陷而又成为轰轰烈烈的"显学"，可见人类自己有时又是多么偏执，而这种偏执又从另一方面给了人们以多么宽宏的容忍力。

这里，我们和前边两章一样，还是先考察一下这个学派最早的创始人。他的名字叫华生（John Broadus Watson，1878—1958），杜安·舒尔茨在《现代心理学史》一书中把他称为西方心理学界的一个"叛乱分子"。

据华生上中学时的老师和同学回忆，华生在校学习时并不是一个好学生，他懒惰、任性、不服管教，口齿伶俐、相貌堂堂却爱撒野要蛮，曾两次因为打架斗殴被拘留。但就是这么一个看上去没有什么出息的家伙，凭着他那敢于否定一切的英雄气概,在印行了他的第一本心理学专著《行为:比较心理学导论》之后,37 岁便被推选为美国心理学会主席。在这之前,他于 1913 年发表的《行为主义者眼光中的心理学》一文,被当作行为主义心理学诞生的标志。成名后的华生依然故我,并没有因此改变青少年时代的脾气,除了莽撞、粗野(当然也直率)之外,还有些爱虚荣、赶时髦、夸夸其谈、装腔作势。42 岁因为被一桩离婚案件牵涉,永远失去了在大学专职任教的资格,被迫离开学术界,成了一名颇为干练的广告商人。

行为主义心理学的诞生,除了其领袖华生个人方面的因素外,主要还是由于当时西方社会政治经济方面的潜在因素发挥着作用。20 世纪初,美国社会进入垄断资本主义阶段,这样的资本主义社会开始注重对于人的研究,但研究的目的却是为其垄断资本服务的。其目的之一,是如何科学地组织工人的生产行为、调谐人和机器的关系,以提高生产效率,增加工业利润;其二是如何控制人的社会行为以遵循社会规则、维护社会秩序。于是,人的行为成了心理学界一个当务之急的课题。

华生是著名机能主义心理学家安吉尔的学生。在华生的青年时代,机能主义心理学内部已经存在着自身难以调和的矛盾。它一方面认为人的行为、机能是对于环境的反射和适应,一方面又认为存在着难以把握和测定的人的心灵和意识。华生以其果敢的精神发扬了前者而摒弃了后者。他摒弃了以往心理学中一切朦胧含混的东西,高高举起行为主义的大旗。

人是比狗大一些的东西

华生十分推崇巴甫洛夫反射论的生物学说,他的心理学研究也是从对于动物的行为研究开始的。在西方社会,华生是一个罕见的公开声称自己是一个"唯物主义者"的心理学家。

在华生看来,心理学研究的对象并不是人的内部的经验和意识,而只能是显现于外部的人的行为的细目,即有机体在外界刺激下相对产生的反应。如:肌肉的运动、内脏的变化、腺体的分泌,以及由此发生的可以从外部加以观察、测量、统计、控制的动作和习惯。行为就是心理,除了行为什么都没有。他认为心理学的科学化进程在冯特和詹姆斯那里已经遭到惨败,他必须改弦更张,着手建立一种"客观的心理学"。

他把他的心理学定名为"行为科学",决心使心理学成为一门严格意义上的"自然科学"。

华生的作风是十分干脆利索的,对于心理学中长年辩论不休的许多重大问题,如意识、心灵、心理状态、意象等,他说"实际上都是不存在的",他说他将拒绝使用这些术语,他将乐于使他的学生对这些术语一无所知,他说:"时机好像已经到来,心理学必须放弃所有提到意识的地方;心理学没有必要设想把心理状态当作观察的对象再去欺骗自己。"[①]他说他的心理学将仅只用"刺激和反应、习惯形成、习惯整合等等术语来写"。由于否认了人所独具的意识,由于只把人当作一个"刺激-反应"的有机体,华生也就毫不困难地取消了人和动物的区别。在他看来,从行为的活动原理上看,人和草履虫,和老鼠、鸽子、小鸡,甚至和"阿米巴",都是可以"同等看待的"。和动物的全部行为都可以分析为刺激和反应,物理的、化学的外部刺激引起了肌肉、骨骼、脏器、腺体的运动和收缩,如此而已。人和动物都不过是一台"刺激-反应"的机器。所谓人,也不过是一种比狗大一些的东西。在科学分析的范围内,人和狗是一样的东西。

华生的标新立异自然招来人们的责难与反诘。

传统的心理学家们问道:难道作为心理活动的知觉表象是不存在的吗?华生说:是的,他自己就从来没有什么视觉上的表象。因此他诚心诚意地坚

---

① [美] 约翰·华生:《行为主义者眼光中的心理学》,转引自《西方心理学家文选》,人民教育出版社 1983 年版,第 157 页。

持自己的意见,而且在他的一系列著作中几乎的确没有运用"知觉表象"这个词语。他认为有的只是机体对于习惯性刺激的记忆。

传统的心理学家们问道:思维难道也不存在吗? 华生说,思维存在着,但它并不是活动在大脑中的秘密,思维只不过是人的言语活动的内隐操作方式,而人的言语只不过是肌肉的活动习惯,特别是"舌头肌肉"和"喉头肌肉"的活动习惯,因此,所谓思维只不过是全身肌肉,尤其是口腔和喉头肌肉内隐活动的结果。从根本上说,思维与游泳、打棒球没有什么本质上的两样。苦思冥想久了,浑身肌肉都会感到酸疼;如果你用牙齿咬紧自己的舌头,你便会发现你的思维也会随之变得迟钝起来,不是吗? 于是,舌头和喉头在华生的辞典中都变成了"思维的器官"。

传统的心理学家们还会问道:人的情感活动如何解释呢? 对于这个问题,华生不能像对待"表象"那样简单地说:"我自己从来就没有情感"。他承认,这是个很麻烦的问题,这个问题与思维问题一样,是他的"客观主义心理学"道路上的两块沉重的"绊脚石"。他在解释情感现象时照搬了解释思维问题的同一逻辑。他说,情感活动更直接地和人的血液流量、呼吸节律、肾上腺的分泌相联系。至于愉悦不愉悦的情感体验,还和生殖器官的肌肉活动、内分泌活动相联系,其指数甚至可以通过测量生殖器的膨胀、勃起程度来确定。

介绍到这里,读者大约已经可以察觉到这种生物学化、动物学化、机械生硬的心理学与文学艺术的隔膜乃至绝缘了。华生其实也不懂文学艺术。华生所推崇的俄国心理学家巴甫洛夫也不懂文学艺术。巴甫洛夫说过:"我不善于绘画,我在音乐方面什么都不懂,甚至连音调也区分不出来,同时我也不研究文学"。我们确实没有见到巴甫洛夫对文学发表过什么见解。华生虽不懂文学,却常常煞有介事地谈论他的文学主张,认为文学能力只不过是玩弄字眼和辞藻的能力。

20世纪30年代时,英国著名文艺理论家柯林伍德(Robin George Collingwood,1889—1943)就曾经十分尖刻地批评过那种行为主义模式的文艺批评,他说:"现代心理学的一个很大学派以及跟着它学舌的批评家们提出了另一种理论,在他们看来,全部艺术作品是某种人工制品,它们被设计成为手段以实现它们以外的某个目的"。他说,这些心理学家们所运用的"刺激-反应理论",其实在以前的几个世纪中就曾"遭到美学家们毁灭性的批判"。① 柯林伍德还愤愤地说,这只不过是借现代科学的羽毛装饰的那种"艺术即技巧"的古老谬论。

说起来倒也有趣,机能主义的心理学家威廉·詹姆斯无意用意识流的理论去阐释文学,却引出了一场文学革命;行为主义的心理学家华生试图对文学创造做出贡献却连门也未进。文学、艺术,有时竟也会如此捉弄心理学家。

心理学操纵控制人类

华生的行为主义心理学显然是在追求一种精确、规范、实用的理想,他毫不留情地把以往的心理学斥为一种不可靠的"造作"和"呓语",把自己的研究对象严格地限制在可以观察和测量的行为与活动上,这就大大地缩小了他的研究范围,并带上了极端的偏激情绪和严重的片面性。但同时,也促使它在这一窄狭的范围内努力地、深入地做出贡献。华生为行为主义心理学设计的蓝图是粗枝大叶、漏洞百出、自相矛盾的,但侥幸的是他拥有一大批严肃认真、精明强悍、勤奋进取的后继者,如托尔曼、赫尔和斯金纳。比起冯特来,华生是幸运的。冯特是一只凤凰,生出的儿子是公鸡;华生是鸭子,翼下孵出的却是天鹅。

在托尔曼、赫尔、斯金纳等人坚持不懈的努力下,旧的行为主义心理学被丰富、被矫正,走上了一个新的里程。当然,这些人的贡献仍不在文学艺术方

---

① ［英］R. G. 柯林伍德:《艺术原理》,中国社会科学出版社 1985 年版,第 30—31 页。

面,而是在自然科学和人的社会管理与教育方面,在人的较为机械的那部分行为与活动方面。现今世界上,文学艺术在人类生活中并没有占据十分重要的地位,相反,与人的审美属性相对立的物质属性、机械属性在日常生活中仍占据着压倒优势。人有着"机械"的一面,垄断的资本主义社会更需要人发挥"机器"的作用。因而,尽管行为主义心理学蔑视人的心灵、贬抑人的感情、冷漠地对待人的文学艺术活动,它仍然能够充分地施展它的影响、发挥它的作用。新的行为主义心理学在企业管理、技术培训、职工训练,以及某些带有程序性的文化教育方面都取得了显著的成效。

如斯金纳(B. F. Skinner, 1904—1990)根据"刺激-反应"的强化原则不但训练他的鸽子学会了打乒乓球,而且还发明过一种被称作"空中摇篮"的育婴装置,发明了帮助儿童很快地学会字母和词汇的"教学机器"。甚至在包括有"人工智能工程"的现代尖端科学研究项目中,行为主义心理学也占有一个不可忽视的席位。屡战屡胜的成功给行为主义者酿成了更大的野心,20世纪60年代以来,行为主义心理学宣布要向着社会人文科学进军,准备为现代社会培植企业家、政治家提供帮助。

斯金纳在1963年写下的《年适五十的行为主义》一文中说:"作为一种科学哲学的行为主义扩展到政治与经济行为、人的集体行为、人的说听行为、教学行为等领域的研究——这不是在传统意义上的'心理学化'。这不过是把一个经过考验的方案应用于人类行为领域的重要部门。"①

行为主义操纵控制人类社会行为和人类精神文化生活的企图在其早期创始人中就已经有所表露。魏斯说过,一切社会关系最终都可以还原为刺激-反应关系,整个人类文化亦不过就是人类感知动作的体系化。既然如此,人类便可以被任意地操作控制起来。那么谁来操作控制呢?魏斯的意思大约是说

---

① [美] B. F. 斯金纳:《年适五十的行为主义》,见《西方心理学家文选》,人民教育出版社1983年版,第273页。

"行为主义的心理学家"。那么这些心理学家的行为又靠谁来操作控制呢？这显然是说不通的。华生的"教育万能论"实际上就是建立在对于行为主义心理学的控制论基础之上的，他说过通过一定的环境刺激来控制人的行为便可造就出一代新人。

他曾经夸下海口说：

> 给我一打健全的婴儿和我可用以培育他们的特殊世界，我就可以保证随机选出任何一个，不问他的才能、倾向、本领和他的父母的职业及种族如何，我都可以把他训练成为我所选定的任何类型的特殊人物，如医生、律师、艺术家、大商人或甚至于乞丐、小偷。[1]

华生没有取得成功，人们奚落他说，他连自己的儿子也没有培养造就出来。但后继的行为主义心理学家们却并没有放弃这方面的努力，他们仍然试图通过对于人类行为的控制来控制整个人类社会。

这种科学主义化了的心理学低估乃至有意回避了人类具体存在的复杂性、丰富性、有机整体性，否定了人在自身进化和社会历史进化过程中的主观能动性，否定了人的精神、情感。这是一种"没有心灵的心理学"，实质上这是一种蔑视人的个性、无视人的尊严、约束人的自由意志、压抑人的特殊感情的心理学，是一种敌视人的心理学。如果人类社会真的有朝一日处于这种心理学的操作控制之下，那么社会将失去道义，生活将失去美感，人将进一步沦为机器或机器上的附件。这样的社会只能更符合垄断资本家和独裁政治寡头的需要，而与个人独立自主的天性、与人类社会的发展方向却是相违背的。

---

[1] ［美］约翰·华生：《行为主义》，转引自高觉敷主编：《西方近代心理学史》，人民教育出版社 1982 年版，264 页。

行为主义的另一位后起之秀、被誉为 20 世纪最重要的心理学家之一的赫尔(Clark Hull, 1884—1952),在这个问题上走得似乎更远一些。他预言,凭借着新生的、不断进展的行为主义心理学理论,人们最终将能够制造出和自己完全相同的人类。这种"人类"并不是今天我们已经看到的那种"机器人"。这是一种真正意味上的人,一种"心灵的机器"。他说:

> 建造一个和生物平行的无生命的机构,甚至用无机物质来制造,使它真能表现出智慧、顿悟、目的等品质,简直如同具有心灵一般,应该是没有多大困难的。这样一个机构将代表崭新一级的自动化,这种自动化是普通自动机器设计师们从未梦想到的。①

赫尔抱怨说,这种机器之所以至今没有被制造出来,"无疑是由于人们受了玄学的唯心主义的麻痹影响",他预期"这种'心理机器'在不久的将来即会出现",到那时,"千百年来物质与精神对立的问题也可能由此而得到解决了"。赫尔的理论设想,后来在科幻影片《未来世界》中得到了艺术的表现,影片在幻想中实现了赫尔的预测,结果给人类带来的却是残酷的灾难。近年来,随着生物科学和人工智能科学某些研究项目的新的突破,行为主义心理学这种"制造人"的主张在西方社会再度受到鼓舞,也引起人们精神上更大的混乱,人们担心如果这个"造人"的目标真的实现了,目前地球上的人类将落入自己的创造物手中,成为它们的奴隶,岂不更加悲惨吗?看来,科学不能撇开伦理学一味地向外拓展,科学还必须考虑人自身内在的问题,包括人的目的、人的价值、人的意义、人的生存安全。

---

① [美]克拉克·赫尔:《简单的尝试与错误学习:心理学理论的一次探讨》;见章益编译:《新行为主义学习论》,山象教育出版社 1983 年版,第 319 页。

赫尔的数学化途径

如果要从过去的所有心理学家中推选一位最为坚定的机械论者、推选一位最极端的科学主义者,那么就一定会选出赫尔。

赫尔对于以往心理学的指责是严厉的,说它们的那些基本原理在很大程度上还受着中世纪神学观念的羁绊,心理学界应当出现一位伽利略,来砸碎那种毫无生气的传统的镣铐。显然他是以伽利略自诩的,他手中的武器就是"科学的方法"。对于心理学中哲学的思辨性质,他同样是予以否定的,他认为正是那些哲学性的云天雾地的玄想冥思长期掩遮了心理学家的无能,科学方法将无情地剥去这批哲学心理学家的外衣。对于心理学中的高级伦理和道德行为方面的问题,他坚信同样可以通过物理学的理论和严格的演绎推理加以解决,只是目前的物理学还有一段不小的距离,他说,即使这样,粗糙的物理学理论也要比那些自欺欺人、乌烟瘴气的不可知论者们更值得信赖。

他认为唯一坚实可靠的研究途径便是数学的思考,数学的分析,心理学的进步将取决于心理学家对于数学的彻底了解:

> 将在于费力地,一个一个地写成几百个方程式;在于一个一个地用实验去确定包含在这些方程式中的几百个经验常数;在于设计出在实践上可以使用的单位,并用这种单位来度量由方程式所表示的数量;在于客观地确定方程式中的几百个符号;在于根据基本的定义和方程式来严密地,一个一个地推演出几千个定理和系论;在于精细地完成几千个临界定量的实验。①

---

① [美] 克拉克·赫尔:《行为原理》,转引自杜安·舒尔茨:《现代心理学史》,人民教育出版社1981年版,第262页。

赫尔不是说空话，不是吹大气，他自己的确是这样做了。本人有着极好的物理学和数学的功底，他拖着病弱的、半残疾的身体为行为主义心理学提出了17个公设和17个附律，进行了大量的令人望而生畏的数学运算，将心理学的数学化推到了他所在的那个时代的顶峰。

结果如何呢？一位无限忠于行为主义心理学的名叫奚嘉德的评论家不得不很有保留地如此评价赫尔终生惨淡经营的业绩："他细致地做过的数量化工作，不能说是完全失败的"，他很能体谅赫尔面临的困境，说他"力求精确和数量化，他就变得爱钻牛角尖了"，他既追求广博，又追求精深，"他在制定体系时开头是大气磅礴地提出主张，然后孜孜不倦地求出量，结果却变得十分烦琐，以致最后的成品远不如力求数量化之前那样动人"①。那意思还是明白的，即是说赫尔的数学化等颇有点"虎头蛇尾"。

加德纳·墨菲在其《近代心理学历史导引》中对赫尔评价就不这么客气了，他说：尽管赫尔的体系曾经处于学习心理学的核心位置，时间却在前进并且越过了赫尔的机械数学演绎的研究方式，今天已经没有什么大规模的心理实验计划再以他的体系为根据了。虽然，心理学的精密的数学研究还在继续着。

我们认为赫尔的立场是错误的，但是我们无意抹杀他的历史功绩。错误的东西也具有一种认识的价值。正因为赫尔否定心理学的哲学研究，以苏联的社会历史学派心理研究才显得光彩夺目；正因为赫尔否定了心理学中一切含混模糊的东西，荣格的颇带神秘主义色彩的分析心理学才特别引起了人们的注意；正因为赫尔简化了人类心理中的理性和道德问题，马斯洛的人本主义心理学才找到了自己发展的空隙。关于这些，我们在后边的一些章节中还会具体分析。

---

① 奚嘉德：《关于学习问题的各家学说》，见章益编译：《新行为主义学习理论》，山东教育出版社1983年版，第160页。

在对我的这本三十年前出版的著作进行修订时,回顾赫尔毕生为之努力的"造人计划",颇令人感慨。赫尔的制造新人类的计划是建立在数学运算基础上的,这条路子可能是符合科学道理的。赫尔为此使出了自身过人的运算能力,仍然不足以实现他的目的。赫尔去世已经七十年,高能电子计算机的横空出世,让人们的计算能力比赫尔时代已经高出亿万倍,一个中学生的运算能力或许就已经超越赫尔千百倍。雄心勃勃的"造人计划"并没有中止,仍在或明或暗地推进。这说明:运用科技在地球上制造出人类之外的另一种人类比赫尔想象的要困难得多,但不是绝无可能,或许已经在一步步走向实现。我们不知道的是,这对于现存的地球人类而言,究竟是福,还是祸?

第八章　精神分析：走进心灵的地狱

蒙受误解的弗洛伊德

弗洛伊德（Sigmund Freud，1856—1939）自己也很清楚，当初，他的学说招来了几乎世界上大多数人的厌恶。1916 年，他在维也纳大学讲解精神分析学时，在开场白中就以先发制人的口吻对他的听众们讲：原谅我在讲演一开始就像对待精神病人一样对待诸位，我劝诸位下一次不要再来听讲了，你们的教育，你们的思想习惯，迫使你们反对精神分析，如果谁有兴趣从事这方面的研究，我并不加以鼓励，而且还要警告，你们几乎没有成功的希望，而且还会受到全社会的敌视，你们遇到的麻烦是无法计算的。晚年他还曾对着爱因斯坦诉说：爱因斯坦是幸运的，因为他的"相对论"只有为数稀少的几个人能懂，而他的"精神分析"理论则几乎是任何人都可以品评几句，这使得弗洛伊德苦恼不堪。

误解是来自多方面的。

首先来自传统的保守势力，主要来自那些仪表堂堂、道貌岸然的贵公名媛，甚至来自那些循规蹈矩、道德高尚的优秀公民，他们认为弗洛伊德的学说中充满了淫秽粗蛮的东西，有伤风化。

其次来自弗洛伊德的一些蹩脚的追随者，一些"二道贩子"打着精神分析的旗号著书立说，兜售一些粗劣鄙俗的货色，而这些"冒牌货"却比弗洛伊德有着更广泛的市场。

再就是一些不安于现状、对抗现实的青年将弗洛伊德的只言片语作为自己的旗帜，干出些无法无天的事来，人们自然有将其罪责又归结到精神分析心理学上来。

除此之外，由于学术的隔膜，由于政治上的分野，由于各民族之间道德传统的差异，弗洛伊德在东方则受到了更多的批判，在我们国家也是如此。在很长一个时期内，我国的学术界对于精神分析学说介绍、研究都非常少，但又往往囿于古老的伦理观念，用一种非学术的眼光看待弗洛伊德，"弗洛伊德"几乎成了"法西斯""生殖器""荒淫无耻"的同义语。直到近年来随着思想解放运动和对外文化交流活动的进一步开展，我们对弗洛伊德其人和他的学说才有了较多的、较为切实的了解。

弗洛伊德的学说中固然存在着不少的偏执、错误、荒谬之处（后边我们将提到），但无论从生活作风、政治倾向、个人品德哪个方面来讲，弗洛伊德都不失为一个正直、严肃的学者。弗洛伊德不是法西斯，而是法西斯纳粹分子的受害者。1933年5月，希特勒政府把弗洛伊德的著作付之一炬。1938年3月，他的祖国沦陷后，他的家庭受到了纳粹匪徒残暴的蹂躏，女儿被捕，四个妹妹被杀害，自己也被迫流亡英国，但他始终没有屈服。

弗洛伊德也绝不是一个"色情狂"，他努力克制自己以维护家庭的稳固，在生活方式上几乎可以说是一个严格的理性主义者，乃至禁欲主义者。据说，他在四十来岁时，就已经几乎停止了性生活。

苏联当代文艺理论家、国家文艺奖金获得者弗里德连杰尔在讲到弗洛伊德时说：

> 就其社会政治观点而言，弗洛伊德是个有自由主义倾向的学者，而不是反动分子和保守分子。弗洛伊德只是希图证明，与他同时代的资产阶级的人们的下意识中有"恶的本性"，这种"恶的本性"把人引向无节制的、自私的纵欲和片面推崇"享乐原则"，他力图筑起一道堤坎，挡住这些于人于社会都极端有害的情绪的出路。①

这个评价应当说是比较恰当的。

西格蒙德·弗洛伊德，出生于奥地利一个贫苦的犹太人家庭中，他父亲是一个破了产的呢绒商人，他自幼聪慧敏捷、学业优异，于 1881 年在维也纳大学获医学博士学位。弗洛伊德尊崇达尔文的进化论和歌德的《论自然》，本想留在大学从事专门的生物学、生理学研究工作，但是为生活所迫他不得不于次年作为一个私营医生开一家诊所。30 岁时，他和一位名叫玛莎·伯奈斯的小姐结了婚。其实这时他们已相爱 4 年，只是因为弗洛伊德太穷，连一件像样的结婚礼物也买不起，婚期一直拖了下来。结婚后的小家庭生活仍然异常困苦，为了吃饭，为了还债，弗洛伊德甚至典当了他的手表。但是贫穷并没有影响他们的热烈的爱情，10 年里面，他和玛莎一共生了 6 个儿女。

弗洛伊德不是一个科班出身的心理学者，他的精神分析心理学也不是传统的学院派的心理学。他的心理学是在他从事精神病治疗的临床实践中发现并成长起来的。可以说这是一个意外的、独特的发现，弗洛伊德因此在世界上获得如此广泛的声誉，在他自己也是始料未及的。

中世纪以来的欧洲，大约是社会的黑暗和动荡所致，精神病人特别多。人们对于精神病的认识有一个过程，最初，人们认为"精神病人"都是"魔鬼附

---

① ［苏联］弗里德连杰尔：《陀思妥耶夫斯基与世界文学》，见《外国文学动态》1985 年第 2 期。

体"的恶人，病人总是受到歧视、监禁、拷打甚至活活烧死等非人待遇，这种情形中国也有过，在鲁迅的《长明灯》里就可以看到这种描写。19世纪以来，随着科学的发展，人们才确认精神病也是一种疾病，是可以得到医治的。但在具体的医治路线上又有分歧，一派意见认为精神病是由于病人的大脑生理器官发生了病变，从病人的生理障碍方面寻找原因和治疗方法；一派意见认为精神病主要是由于病人的大脑心理机能出现了紊乱，主张从病人的情绪方面、心理障碍方面确定治疗方法。弗洛伊德是后一种主张的坚决赞同者，这就自然而然地导致他的这间私人诊所向心理学研究方向转化。这种转化，同时给弗洛伊德带来了某种十分尴尬的处境，他同时得罪了两方面的人，既为学院派的心理学家所不齿，又为正统的医学界人士所不容，在一个时期内，弗洛伊德显得有些声名狼藉。但后来证明，这种非驴非马的境遇，正是他开拓新领域的一种虽然痛苦却必不可少的氛围。

进入19世纪20年代，弗洛伊德的精神分析学说日趋成熟，19世纪30年代，在他去世之前，他的声誉在西方学术界达到了登峰造极的地步，赞美之词迭出不穷。美国心理学史家E. G. 波林在《实验心理学史》一书中评价弗洛伊德说"他是一个思想领域的开拓者，思考着用一种新的方法去了解人性"，说他和达尔文一样是"最伟大的创始者""时代精神的代言人"，"弗洛伊德的这一形容词几乎与达尔文主义同样耳熟了，他已使潜意识心灵这个概念变成了常识"，"谁想在今后三个世纪内写出一部心理学史，而不提弗洛伊德的姓名，那就不可能自诩是一部心理学通史了"。① 但是自20世纪60年代以来，精神分析理论的轰动效应已渐渐平静下来，在新的时代浪潮中，这种理论的灼目的光彩已经开始暗淡。

---

① ［美］E. G. 波林：《实验心理学史》，商务印书馆1981年版，第814页。

潜意识与深蕴心理

美国心理学家赫尔在其为弗洛伊德的《精神分析引论》一书的英译本所写的序言中，曾对比冯特的心理学指出弗洛伊德心理学的一个显著的特点：

> 正是冯特所忽视的那些题目而弗洛伊德却把它们作为他的主要基石，即：无意识、变态、性欲和情态以及许多发生学的，特别是个体发生学的，但也有种族发生学的因素。冯特的影响在过去一直是巨大的，而弗洛伊德却具有一个巨大的现在，并且还具有一个更巨大的未来。①

冯特以及构造主义心理学研究的是人所意识到的心理内容，即经验着的经验；詹姆斯及其机能主义心理学所做的则是对意识状态的描述和解释；华生的行为主义心理学研究机体在外界刺激下所产生的具体反应。他们对于人的心理探讨的层次深浅有所不同，但他们研究的对象基本上都属于人的显在的意识活动。弗洛伊德的研究道路是独特的，他的研究视野，他圈定的开掘的范围，与以往的心理学都不相同。他在《精神分析引论》一书中开宗明义地指出，精神分析心理学首先足以触怒全人类的一个大逆不道的命题便是：

> 心理过程主要是潜意识的，至于意识的心理过程则仅仅是整个心灵的分离的部分和动作。我们要记得我们以前常以为心理的就是意识的，意识好像正是心理生活的特征，而心理学则被认为是研究意识内容的科学。这种看法是如此明显，任何反对都会被认为是胡闹。然而精神分析

---

① ［奥］西格蒙德·弗洛伊德：《精神分析引论》，商务印书馆1984年版，英译本序言。

却不得不和这个成见相抵触,不得不否认"心理学即意识"的说法。精神分析以为心灵包含有感情、思想、欲望等等作用,而思想和欲望都可以是潜意识的。①

弗洛伊德以严肃执拗的声音宣告,在人的意识之外,竟然还存在着一个"潜意识"的王国,其令人惊异的程度真不亚于人类史上对于美洲和非洲等大陆的发现。

但是,弗洛伊德并没有把这个"发现权"归之于自己头上,在他 70 诞辰的庆祝会上,有人称颂他为"潜意识的发现者",他当时就纠正说:"在我以前的诗人和哲学家早就发现了潜意识,我不过发现了研究潜意识的科学方法罢了。"

据说,最早提到"无意识"的是英国神学家拉尔夫·柯德俄斯,他曾在1678 年发表的《宇宙之真的推理系统》中指出:生命中可能存在着某种我们不能清晰地意识到或不能及时注意到的能量,对于这种使我们的灵魂同身体结合为一体的生命的感应,我们是不能直接意识到的,我们所能意识到的只是它产生的效果。心灵中的这种更加内在的造型力量,我们对之不可能自始至终都能意识到。

在近代哲学史中,康德、莱布尼茨、赫尔巴特、哈特曼、费希纳、詹姆斯以及与弗洛伊德几乎同时代的尼采、柏格森等人都曾提到,甚至是认真地分析过人类心理中无意识现象的存在。其中,费希纳说得最为生动形象:人的心理类似于冰山,它的相当大的一部分藏在水面以下,在这里有一些观察不到的力量对它发生作用。弗洛伊德后来在许多地方有过类似的描述。至于詹姆斯把意识看做一个绵延不已、无端无极的"河流",认为这个"河流"不仅具有时间意义而且还具有空间意义,也表现出把心理活动追溯到人的无意识深处的趋向。

---

① 〔奥〕西格蒙德·弗洛伊德:《精神分析引论》,商务印书馆 1984 年版,第 254 页。

在心理学家之外的人群,最经常、最突出、最细致地领悟到"无意识"存在的,恐怕要数诗人和作家了。他们并不能够运用理论的语言去表述它,而多是用生动的文学语言描绘出他们曾体验过的那种时刻。

歌德把这种心理现象的存在看作一种神秘莫测的精灵,他说,"精灵在诗里到处都显现,特别是在无意识状态中,这时一切知解力和理性都失去了作用,因此它超越一切概念而起作用","精灵是知解力和理性都无法解释的","在艺术家中,音乐家的精灵较多,画家的精灵较少","精灵在拜伦身上大概是高度活跃的,所以他对广大群众有很大的吸引力,特别是能使妇女们一见倾倒"①。

亨利·詹姆斯讲到他在创作长篇小说《一位女士的画像》的过程中如何把人物呼唤出来时说:"这个人物已在这一程度上被置于一定的位置上——置于想象力中,想象力容纳了它,接待它,保护它,欣赏它,充分意识到它存在于黑暗的、拥挤的、杂乱的内心深处,正如善于利用寄存的珍品'牟取利益'的精明的珠宝古玩商,意识到有一件'小物品',已由一位没落的、神秘的贵妇人或者一名业余投机家放进他的柜子,只要用钥匙打开柜子的门,它就可以脱颖而出,显露光彩了。"②

弗洛伊德对于文学艺术家一直是尊敬和友善的,他把文学艺术家当作能够自然地步入潜意识领域的人,他羡慕他们,把他们看作心理学家"宝贵的盟友",认为他们对于心理学的贡献比哲学家们还要大。然而,这种"潜意识"的内涵究竟是什么呢? 这是一个前人未曾想到过要揭示的奥秘,弗洛伊德却希望自己能够做出令人满意的解释。

起初,弗洛伊德认为潜意识或者是很久以前发生过的一些事件所造成的感觉、情绪、印象的残片,它们被遗忘以后并没有完全消失,而是沉积到了意识

---

① [德] J. P. 爱克曼:《歌德谈话录》,人民文学出版社 1980 年版,第 236—237 页。

② [美] 亨利·詹姆斯:《一位女士的画像》,人民文学出版社 1984 年版,"前言"第 8 页。

发觉不到的地方;或者是因为所发生的事件对于接受主体的伤害太大,使主体难以正视并接纳它,于是这些事件所形成的心理刺激便被弃置积压在主体的意识阈限以下,主体虽然意识不到它,它却在暗中活动着,对人的心理和行为产生影响,产生积极的或消极的影响。比如一位清贫而高洁的知识女性患了一种奇怪的病症,口渴得厉害,拿起茶杯喝水时却又呕吐起来,这个病苦苦地折磨着她,但经弗洛伊德精神治疗后,便很快痊愈了。病因完全是心理性的,是在她当家庭教师时,常怀有一种寄人篱下的悲愤,一天她发现主人家的狗在她的茶杯里喝水,后来就患了这种病。弗洛伊德只是通过谈话将病因分析出来之后,使潜在的心理呈现于意识之中,病人的精神负担得以解除,病也就好了。

过了不久,新的问题出现了。弗洛伊德在对大量精神病人的临床观测中发现,一些病人真诚地、恳切地、悲伤地陈述出来的某些早年发生过的惨痛经验,实际上并没有发生过。比如,一位痛苦的女病人谈到她少女时代曾被身边的男人强奸过,而且是她身边的近亲。后来,经过医生体检,这种事根本就没有发生过。这样的病例不止一起地重复着,这对于弗洛伊德的精神治疗是一个沉重的打击,这等于抽去了他的精神分析说的基础,这几乎使弗洛伊德昏倒过去。

然而,经过反复思考,弗洛伊德渡过了他的难关,他为自己学说找到了新的通道。他认为,从病人的心态看,病人没有说谎话,病人说的是她自己的一种真实的体验。然而,这种"真实的体验"乃是一种"真实的幻觉"。幻觉的生成与他人并无直接的关系,冲突在病人的内心,在病人自己意识不到的内心深处。他推测,病人身体中有一种强烈的欲望受到了沉重的压抑,其病状、幻觉只是对于这种被压抑的欲望的替代性满足,而这一切统统发生在无意识之中。

这就是说:在人的意识觉察不到的深层中,除了一个经验过的而被遗忘的世界外,还存在着一个从未经验过的却真实存在着的王国,这是一个更加幽暗的王国,这个王国对于现实中的人的行为起着强大的支配作用,它是隐藏在人类行为背影之后的内驱力。

于是,弗洛伊德开始修订自己的精神分析学说。他把人的心理看作是由"本我""自我""超我"三个方面的因素所组成的活体,这是一个多层次的结构。

"本我",是一种初始混沌状态,一锅沸腾翻滚的激情,直接受人的生物性本能的驱遣,它是盲目的,它不识逻辑,它不论善恶,它只服从建立在冲动得以满足之上的快乐原则,它与外部现实世界差不多总是对抗着的,它居于个人心理中的幽暗的无意识底层,恍若人性的地狱。人的心理中的这个"本我",很有点像是狄德罗在他的哲理小说中描绘的那个"小恶魔"——"拉摩的侄子",它"好色又贪婪,傲慢而自卑,灵敏而邪恶",它"既有着一个 30 岁成人的狂暴的激情,又像一个摇篮里的婴儿那样蛮不讲理,总是要不顾一切地满足自己的欲求"。这种本能的冲动在现实的生活中不可能不受到种种遏制和阻碍,被阻止了的本能冲动便压抑、郁结在内心形成一种潜在的"情结",这种"情结"便是导致精神病患的根源之所在。在弗洛伊德看来,人们或多或少都怀有这样那样的一些情结,因而,精神上完全健康的人是罕见的,人们或轻或重都患有某些心理上的精神病状。

"自我",处于意识的光辉之下,负责调节本我与外部世界的关系。"本我"与外部世界尖锐地对立着,"自我"一方面要向现实做出某些让步,保护"本我"不受外界的伤害,一方面又为"本我"挣得某些好处,满足"本我"的某些要求。如果说"本我"代表的是冲动和激情,"自我"代表的却是理智和审慎,它服从的是现实的原则。如果说"本我"是一匹野性未驯的奔马,"自我"则是一位手握缰绳的骑手。

至于"超我",则是属于超越于个体意识之上的一种约束力量,它是在一定的文化环境和历史背景中人与人之间形成的一些伦理观念和道德规范,可以看作人类意识结构中的上层建筑。它所服从的是理想的原则。它作为人类的一种良知,居高临下地对"自我"的行为起着指导和监督作用。

弗洛伊德关于人类心理结构的理论曾在德国文学家赫尔曼·黑塞

（Hermann Hesse，1877—1962）的长篇小说《纳尔齐斯与歌尔德蒙》中得到了生动的表现。小说写了两位修道士，其中名叫歌尔德蒙的感情丰富，欲望炽烈，个性突出，生活放荡，显然是"本我"的象征；另一位名叫纳尔齐斯的则热爱知识，崇尚理智，坚持教义，克制私欲，显然是"自我"与"超我"的象征。这两个人物，一个忠于文学艺术，一个忠于宗教哲理，性格迥异却又相互依存，构成一对矛盾的统一，有的评论家说这部小说简直就是一支"美丽的浮士德变奏曲"。这支曲子，实际上也可以看作是弗洛伊德精神分析心理学的一支变奏曲。它是否也是一支人类生命活动过程的进行曲呢？如果说是的话，那么这支进行曲又是一曲"精神与感觉""白昼与黑暗""观念与情感""道德与欲望""清明与混沌""意识与潜意识""文化人与自然人"的二重奏，一曲"哲学"与"艺术"的二重奏。不过，这似乎已超出了弗洛伊德学说的本义，而融合进了黑塞的人生理想。

如果说弗洛伊德的人类的心理结构模式是一幢设有地下密室的三层楼房的话，弗洛伊德关注的显然不是地面上第一和第二层那些较为明亮的房间，他特别关注的是这座楼房的"地下室"，这层深埋于地下的密室。打开这座密室是需要勇气的，因为它也可能是一条通向"地狱"的甬道。

原始性欲与心理动力

19世纪末的德国心理学界在对人的意识活动研究中，曾形成了自然的"南北二宗"。以冯特为首的北部学派，专注于心理元素的定性定量分析、专注于心理状态的观察描述，被人们称作"内容心理学"；而以布伦塔诺为首的南部学派则注重于研究心理活动的动因和指向，重视心理活动过程的剖析和思辨，被称作"意动心理学"。1876年前后，布伦塔诺任维也纳大学的哲学教授期间，年轻的弗洛伊德曾经做过他的学生和助手，这可能也是精神分析学倾向于意动心理学的一个重要原因。

弗洛伊德认为,推动着人的心理活动的,有一种内在的力量,这种力量既不是外部物质世界的刺激,也不是神秘的上帝的恩赐,而只能是生物体本身的一种固有的能量。那么,这种生物能量究竟是什么呢?对于弗洛伊德的心理学研究来说,究竟是一种什么样的力量,竟然如此强大,竟然能够操纵一个人的行为,扭曲一个人的灵魂,伤害一个人的精神,甚至销蚀一个人的机体呢?弗洛伊德从他的临床医疗实践中观察到,他的病人们的心理障碍"总是"和"性"的问题有关。

他强调说:"总是,总是,总是!"

很早以前的医学就已经知道,"歇斯底里"病症与性有关,病名的希腊语词根即"子宫"的意思,似乎这种病只和女性结缘。实则男性也有患者,而且也总是和他们的性史有关,只不过比起女性来,男性的发病率低一些。究其原因,从生理因素方面讲,可能是女性潜在的"性力"较男性更充沛些,从社会因素讲,在以前的社会里,舆论对于女性的性的合理需求压抑得更厉害。

于是,弗洛伊德断言,性欲,是人身上一种与生俱来的强劲的心理能量,它是生命的活力,是心理活动的动力,是人的一切行为的最终的驱策力,他将它称作"力必多"(libido)。

弗洛伊德在《精神分析引论》中写道:

> 精神分析的创见之一,认为性的冲动,广义的和狭义的,都是神经病和精神病的重要起因,这是前人所没有意识到的。更有甚者,我们认为这些性的冲动,对人类心灵最高文化的、艺术的和社会的成就作出了最大的贡献。[1]

弗洛伊德对于人类性欲问题的探讨,给他自己带来了几乎洗刷不净的坏名声。我们认为,这一方面应当由他的学说中某些偏激的观点负责,但也常常和人们对于性的无知、恐惧、愚昧、矫饰有关,和社会对于性学研究的禁忌、诋

---

[1] [奥] 西格蒙德·弗洛伊德:《精神分析引论》,商务印书馆1984年版,第9页。

毁有关。对于人来说，这当然是很可悲的。

美国社会生物学家威尔逊博士（Edward O. Wilson, 1929—2021）指出：性，是人类生物学的一个中心问题，性是渗透到我们的生命存在的各个方面的一种千变万化、无限复杂的现象。但是对于"性"这个东西，迄今为止，我们还缺乏深刻的理解，这常常使我们陷入困境。弗洛伊德的努力对于揭开人类的这一奥秘是有重大贡献的。

弗洛伊德再三强调，性欲是一种力，一种强大执着的力量。在他看来，性欲几乎是人的一切心理行为的内驱力，这是一种自然的、原发的、顽强的力。古代希腊有这样一个神话传说：以前的人并不像现在的样子，本是一个"圆球体"，有4只手、4条腿，方向相反的两张脸，因此威力无穷而引起了天神的妒忌。为了削弱人的力量，神王宙斯像切开一个熟鸡蛋那样把人切成两半，即是后来的男人和女人。被切开成两半的人，每一半都急切地希望扑向另一半，并融合成一体，这就是说男人和女人之间的互相吸引是一种与生俱来的，是一种无法抗拒的自然趋势。

一首流传于我国浙江地区的民歌，大约可以借来用作这一西方神话传说的印证："铁打链子九十九，哥拴脖子妹拴手，哪怕官家王法大，出了衙门手挽手。"封建道德和法权的严酷也不能拉开青年男女之间那种自然的、自发的、相互吸引的恋情。这种异性间的吸引，有时常常给双方带来危险和不幸，但异性的个体甘冒风险亦在所不惜。即使无产阶级革命导师也关注到了这一现象，恩格斯在《家庭、私有制和国家的起源》一书中讲到过：

> 性爱常常达到这样强烈和持久的程度，如果不能结合和彼此分离，对双方来说即使不是一个最大的不幸，也是一个大不幸；仅仅为了能彼此结合，双方甘冒很大的危险，直至拿生命作孤注。[①]

[①] ［德］马克思、恩格斯：《马克思恩格斯全集》第21卷，人民出版社1974年版，第90—91页。

毋庸讳言,人的这种强大的性驱力是根植于人的生物属性之中的。在生物界也可以看到,植物或动物为了实现自己的性的交往,从而延续自己的生命基因,往往迫使个体付出重大的牺牲。花朵要靠自己的娇艳芬芳吸引异性,然而花朵便常因其色香遭到攀折;雄的孔雀靠美丽庞大的尾羽吸引异性、挤垮同性,然而这样沉重的尾巴是它飞行的一个负担,有时竟为此而丧命。雄性蜘蛛苦苦向雌性蜘蛛求爱、性交,完事后便会葬身雌性蜘蛛的口腹。性的结合如此之难,性的本身如果没有足够的吸引力,有性的繁殖将很难进行。

　　据弗洛伊德传记介绍,弗洛伊德在青年时代也是一个性欲十分旺盛的人,他在热恋时给情人的信中说:"失去爱人无异于世界末日,即使一切仍在进行,我也什么都看不见了。"在对待爱人的态度上他有时竟显得专横无礼,比如,热恋中他不许女友外出游泳,担心她会挽住别的男人的手;三天后终于答应了女友的要求,但条件是她只能单独一人行动。为了爱,简直连爱人的安全都不顾。

　　正因为"性"可以使人产生如此强烈的冲动,甚至使人失去正常的理智,所以,为了维护一个社会的安全与稳定,历来的法律总是要在人的性行为方面作出种种严厉的乃至残酷的规定。这恰恰从反面证实了性的力量的普遍存在。

　　弗洛伊德认为,"性的驱力"对于人来说其价值具有二重性。一方面,他认为正常的性欲是保证一个生命健康存活的基本因素。精神病的症候只不过是对于被压抑的性欲的替代性满足,而一个有正常性生活的人是不会患神经官能症的。宗教的禁欲主义和封建的伦理纲常对于人的性欲的严格的禁锢与遏止,如果没有另外一种强大的精神力量补充进来,便会使人的精神和身体变得困顿萎缩起来。

　　笃信弗洛伊德主义的英国文学家 D. H. 劳伦斯(David Herbert Lawrence, 1885—1930),以自己的小说宣传了这种观点。他赞美性爱,认为性是神圣的,"性与美是同一个事物,正如火与火焰是同一个事物一样",性与淫秽不同,正常的性欲,体现为一种健壮、单纯、充满生气的活力。他的小说《马贩子的女儿》就生动地描述了一个枯萎绝望的生命,当其健康的性的活力被激发后,终于奇迹般地恢复了生存的希望和热情。

另一方面,弗洛伊德又认为人的这种自然的、强有力的情欲又不能不受到社会与环境的压抑和控制,如果让人的这种原始的性力无拘无束地放纵起来,恢复到它的初始状态,那么"社会文化就将遭受到最大的危机"。弗洛伊德认为,最理想的对于性力的控制,不是把性欲蛮横地堵死、消灭——那其实也是办不到的,那只会给个体的心灵造成变态和扭曲;而是使这种原始的潜能加以转化,"升华"为于人类有益的一些创造性的活动,比如,为宗教献身,为事业献身的精神,尤其是"升华"为人类的艺术创造活动。他说:

> 我们相信人类在生存竞争的压力之下,曾经竭力放弃原始冲动的满足,将文化创造起来,而文化之所以不断地改造,也由于历代加入社会生活的各个人,继续地为公共利益而牺牲其本能的享乐。而其所利用的本能冲动,尤以性的本能为最重要。因此,性的精力被升华了,就是说,它舍却性的目标,而转向他种较高尚的社会目标。①

然而,性与社会的矛盾并未了结。弗洛伊德关于性的理论矛盾重重。照上述道理推论,人类文化的出现与发展,应是人的这种原始性欲潜能充分发挥的结果,但他又忧心忡忡,担心文化的高度发展终将引起人们原始感情的退化和异化。也正像人类在外部物质世界面临的"能源危机"一样,人类内部的心灵世界中是否也面临着一种开发过度的"能源危机"呢?弗洛伊德晚年曾经企图从文化和经济的领域开拓精神分析理论的成果,由于疾病的折磨未能深入进行下去。1933 年,他在写给物理学家爱因斯坦的信中说:文化的发展可能

---

① 〔奥〕西格蒙德·弗洛伊德:《精神分析引论》,商务印书馆 1984 年版,第 9 页。

最终会导致"人类的绝种",因为它对性机能的影响不利,文化上落后的种族和阶层较之文化上发达的集团出生率要高得多,对于原始人来说"曾经是感到满足的源泉的感情",对于现代人来说已成为无所谓了。弗洛伊德的话颇有故作惊人之态,但他的这种反文化的思想却在西方一些知识分子中普遍存在着。保加利亚的伦理学家、《情爱论》一书的作者瓦西列夫(K. Vasilev, 1904—1977)也曾提示说:情感的日益贫乏,是现代工业社会科技革命造成的一个消极后果。他提供了一项统计:1935年出版的不列颠百科全书中,"爱情"条目占了11页,"原子"条目占了3页;三十年之后,到了1966年,这部百科全书的修订版中,"原子"占了13页,而"爱情"只剩下1页。如果从社会现象中看,人们日常生活中的"爱"似乎并未减少,然而,这只是从数量上看,从质量上看则是大大下降了。《罗密欧与朱丽叶》《梁山伯与祝英台》式的恋爱,在当代青年的心目中已成为愈来愈远的神话。

性的这种复杂的"两重性",使人很难恰当准确地把握它。反映在文学艺术领域,时常会出现一些令人棘手的问题。比如,文学艺术作品中有关性的方面的描写怎样才算是适度的,很难有一个严格具体的标准。有时候,人们会制定出一些严格的道德律令,愚蠢地砍杀掉一些人性中健康美好、清新活泼的东西;有时候,商品流通过程中某些奸狡之徒又会利用人性的弱点兜售许多低级下流、丑恶淫秽的东西赢利,戕害了青少年的心灵、毒化了社会生活。文学艺术作品涉及性的题材时,健康美好与龌龊邪恶的界限在哪里?我曾经请教过作家王蒙先生,他的意思是问题不在于写性还是不写性,写得多还是写得少。有些人遮遮掩掩,仍然掩不住内心的丑陋,看了让人恶心;有些写得大胆真率,却能显得健康清新,其中自有高下之分。

关于性与文学艺术的关系,弗洛伊德着力强调性力是人们从事文学艺术创造的原动力,他把文学艺术看作是性欲的升华和性苦闷的象征。

在弗洛伊德系统地建立起他的心理学体系以前,就已经有不少美学家注意到了审美活动与性的关系。其中具有代表性的是著名美学家乔治·桑塔耶纳(George Santayana，1863—1952)，他说，"如果自然无须分化两种性别就已经解决了生殖问题，我们的感情生活就会根本不同"，"正是由于精力的耗散，由于性欲的放射，美才取得它的热力"，"恋爱的能力给予我们的观照一种光辉，没有这光辉，观照往往不能显示美；我们审美敏感的全部情感方面，就是来源于我们性机能的轻度兴奋"。他还说："我们发现，女性对男性是最可爱的尤物；男性对于女性，如果女性的羞怯肯承认的话，是最感兴趣的对象。然而，这种如此基本和本原的反应的效果是更加广泛得多的。性绝不是性欲的唯一对象。当爱情尚未觉醒，或者已经为别的利益而牺牲，我们便见到那被压抑的欲火向各方面爆发出来。或者是献身宗教，或者是热衷于慈善，或者是溺爱于犬马，但是最幸运的选择是热爱自然和艺术。"①

对于人来说，性欲是一个绝对的存在，但性欲并不只和爱情、婚姻、生殖相关，人类一切亲密的、友好的、欢愉的、美妙的体验都和性有关。这种泛性论的观点是桑塔耶纳美学的基石，也是弗洛伊德心理学的出发点。

弗洛伊德认为，诗人、艺术家的个人心理生活中必然具备这样三个突出的特征：一是异乎寻常的强烈的本能；二是压抑的适当松弛，即对于传统道德观念的漠视；三是罕见的升华能力。艺术的才能与升华能力密切相关。他劝告人们说，如果一个传记作家想要深入了解主人公的心理生活时，就不应该因为客气或装腔作势而放过主人公的性行为特征。在他看来，身为阉宦或性机能缺失的人，与生活如意、爱情美满的人都不可能在艺术创造中取得重大成功，而许多作家尤其是女作家爱情生活中的坎坷与创伤反倒成了他们发挥艺术才能的先决条件。弗洛伊德自己在对达·芬奇进行心理分析时指出：凡是艺术家，都是被过分的性欲需要所驱使的人。心理中的原动力与物理学的力一样具备多种置换方式，艺术事业成功的保证便是将性的原动力之大部分移向职业活动，艺术对于性欲来说是一种精神上的替代性满足。"我们很难再怀疑这

<hr />

① ［西班牙］乔治·桑塔耶纳：《美感》，中国社会科学出版社1982年版，第389页、第40—41页。

个事实：即一个艺术家创造的东西同时也是他的性欲望的一种宣泄。"而达·芬奇从事艺术创造的过程中存在的更为复杂的情形是看似矛盾的两个方面："他那相当特别的压抑本能的倾向，还有他升华原始本能的非凡能力。"①

郭沫若早年深受弗洛伊德思想的影响，他曾经运用弗洛伊德的学说对中国古典文学进行过心理分析。他说："精神分析派学者以性欲生活之缺陷为一切文艺之起源，或许有过当之处亦不可知；然如我国文学中的不可多得的作品如《楚辞》、如《胡笳十八拍》、如织锦回文诗、如王实甫的这部《西厢记》，我想都可以用此说说明。"他还说："细读《西厢记》一书，可知作者的感觉异常发达几乎到了病态的程度，作者的想象异常丰赡几乎到了疯狂的地步。他在音响之中可以听得出色彩出来，他见到了作对的昆虫和鸟雀也可以激起一种性的冲动。"②

断定文学艺术家都是一些"被过分的情欲驱使着的人"，并不意味着弗洛伊德认为文学艺术家都是一些生活放荡、寡廉鲜耻的人，相反，他认为只有真诚地爱，只有爱的不能满足，爱才能升华为艺术。法国小说家福楼拜曾在给一位女士的信中坦率地表露了自己性爱方面的秘密，他说："其实和一个童子一样，我照样羞怯，照样能够在抽屉里存放开谢了的花棒。在我童年时，我发了疯地爱，头也不回地爱，深深地、静静地。看着月亮消夜，计划劫婚和意大利旅行，为她，梦想光荣，灵魂与肉体的磨难，闻见肩膀的香味而抽搐，以及经人一看而苍白，我全认识，我全尝试过。我们每人心里全有一间禁室；我封住它，然而我没有毁掉它。"③从弗洛伊德的理论看来，只是因为如此，福楼拜才能写出那样真挚优美的文学作品。

弗洛伊德除了指出文学艺术创作的原动力是性欲，创作过程是原始性欲的升华以外，还认为文学作品所表现的内容也总是作家性心理的外射和象征。

① ［奥］西格蒙德·弗洛伊德：《弗洛伊德论美文选》，知识出版社 1987 年版，第 98 页、第 101 页。
② 郭沫若：《文艺论集》，光华书局 1925 年版，第 310 页、第 809 页。
③ ［法］福楼拜：《致包斯盖女士》，1859 年 11 月。

他曾经写了不少论文,分析了许多著名的文学艺术作品,来证实他自己的这一立论。比如,对于达·芬奇的著名的油画《蒙娜丽莎》中女主人公那"神秘莫测"的微笑,弗洛伊德是这样解释的:达·芬奇在童年时代就失去了自己的亲生母亲,但始终保存着对于母亲的溺爱的回忆,母亲的爱抚、母亲的亲吻尤其使他沉迷。对于母亲的这种爱,因突然失去母亲变得更为强烈,以致压抑了他成人后对于其他女性的爱,使他甚至从同性中去寻求那种温情。但这种恋母情结却因而更深厚地埋藏在他的内心深处,这种恋情于是便自然地外射到他的绘画作品中,使他的绘画中出现了女性的所谓"达·芬奇式的嘴唇",这是一种长弓形的、带着谜一般的安静的微笑的嘴唇。照弗洛伊德的见解,蒙娜丽莎的这种神秘的微笑,是一种既"害臊"而又富于"诱惑"的神情,是一种既要为情人献身,而又要把情人一口吞下的心境,是一种既温柔而又娇媚,既慈悲而又残忍,既处处谨慎又处处算计的复杂心理状态,他认为这正是一个"女性"的本质。这种"微笑"正是多年来在达·芬奇心中假睡的东西,"是他内心最深处自己也不知道的感动""是唤醒了的某种旧的记忆",在《蒙娜丽莎》中,达·芬奇与自己相逢了。这种分析,是一种典型的弗洛伊德式的艺术批评,但是很难肯定这里面有多少真实性和合理性,或者只是一种评论的姿态。艺术批评本来就是一个阐释学、接受美学的命题,要求其与评论的对象绝对相符合,本身就不具备"合法性"。

弗洛伊德从动力学的原理出发来研究人的心理活动,应当说不失为一种有意义的理论;他把人的性本能看作是人的心理活动的一种强大的内驱力,也不能说没有道理;他特别强调了性心理与文学艺术创造活动的联系,也还是可以理解的。但是,他把性的问题夸大为整个人类社会和人类历史赖以立足的唯一基石,这就给他的理论埋下了危机。虽然在他的晚年他又提出了"死亡本能"的观点,认为人性中存在着一种回归到初始的无机状态的本能,但"性本能"作为最重要的生存本能的地位仍然没有改变。开始阶段,弗洛伊德的"性欲中心说"和"泛性主义"只是用来指导对于精神病患者的治疗,后来随着精神分析学说的日益兴盛,"泛性论"走入一般人的日常生活,在社会上开始显示出某些负面的作用,20世纪60年代席卷西方的"性解放"运动中,弗洛伊德的理论曾被作为运动的一面旗帜。这场运动的严重后果,包括艾滋病给人类生命带来的威胁。这虽然并非弗洛伊德的初衷,但和他的理论的片面性、狭隘性是有关系的。晚年的弗洛伊德在一片赞扬声中也有些头脑发热,企图将性欲引渡到政治经济学的领域中去,遂成为W.赖希(Wilhelm Reich, 1897—1957)的"性欲经济理论"的滥觞。赖希企图将弗洛伊德主义与马克思主义的经济学理论嫁接在一起,把性欲问题说成是一个国家"革命和文化政策的核心",结果不但遭到马克思主义者的拒斥,也遭到精神分析学派的抵制。

人类的性欲问题应当得到研究的重视,从性心理的活动研究文学艺术现象也可以成为文艺学中一个方面的内容。但是"泛性论"和"唯性论"也显示出"机械论""决定论"甚至"专断论"的色彩,弗洛伊德的一些最亲近的追随者和支持者因此产生分歧,乃至不得不分道扬镳。而他的另一些无限忠诚地维护这个原则的弟子们,常常被搁置于有欠真诚的尴尬处境中。比如,琼斯(Jones Ernest, 1879—1958)在为弗洛伊德撰写的一部传记中说,弗洛伊德对于女性有很大的吸引力,就连那些"根本不认识他的女人,都往往觉得他那掺和着体贴、亲切的自信的样子,令人无法抗拒,一下子就会觉得他是一个可信托的男人",接着琼斯开列了一串弗洛伊德的女友的姓名:爱玛、玛莉、明娜、莎乐美等,接着琼斯便立即声明:弗洛伊德对这些女朋友和男朋友一样,没有半点色情的成分在内,这就是说他们的友谊和交往中没有"性"的内容。如果我们相信琼斯的说法,那么我们就不能再相信弗洛伊德的"泛性主义";如果我们相信"泛性主义"是真理,那么我们则不得不对弗洛伊德"冰清玉洁"的人格做稍许修正。看来,任何时候做"无限忠诚的学生"都不容易。

早期经验与人格

从西方心理学发展历史看,心理学中的个性理论或人格理论主要是在传统的学院派之外发展起来的,因而,一些在人格心理学方面做出了贡献的心理学家,往往自身就非常具有个性,具有特异的人格,多为传统理论的叛逆者。弗洛伊德堪称其中的一个典型。

前面我们已经提到,弗洛伊德将人的意识结构划分为"本我""自我""超我"三个层面,这也是弗洛伊德人格学说的三个重要因素,一个人的人格,正是由"本我""自我""超我",三维关系的交叉、牵制、变动所形成的。

弗洛伊德的上述人格的概念,不是一些固定的元素,而是一些相互作用的关系,一种处于动态中的心理过程,一些相互联系而又独立存在的系统。正如弗洛伊德的门徒所解释的:本我,可以看作人格的生物成分;自我,可以看作是人格的心理成分;超我,可以看作是人格的社会成分。一个活着的生命,在他的一生中如何处理好"生物性""心理性""社会性"这三者的关系,涉及他如何处理"精神"与"肉体"、"个体"与"集体"、"主体"与"客体"之间种种复杂的关系,同时涉及他的潜意识、前意识、意识的活动方式,这的确是人生的第一繁难问题。这当中会产生种种犹豫、焦虑、妄想、冲动、压抑、升华、文饰、内疚、自足、自卑……作为人格的逻辑面和外显面的自我,常常在本能的熬煎、道德的压抑以及环境的局限之中竭力求取谐调。由于各人的心理历程各不相同,所以,人与人的人格就显示出截然的差异。

弗洛伊德指出,在一个人的心理历程的最初阶段,人的这种心理上的矛盾冲突就已经开始了,作为主体的人,如何处理解决这些冲突,将严重影响他后来的人格的定型。这时的主体在认知方面虽然还是懵懂混沌的小孩,但心理冲突产生的影响,却还要重于以后的成人期,所以,精神分析心理学极度重视人的婴幼时期的早年经验。

作为一个"泛性主义者",弗洛伊德仍然以性欲的心理发展阶段作为划分人格心理属性的标尺。弗洛伊德解释说,人们总以为性欲这个魔鬼是到了麻烦的青春期才出现的,其实不是这样,一个人的性机能是在他的生命伊始就已经存在着的,只不过这时它还没有独立,还依附在人的别的重要机能(如吮指和排泄)里面。于是,他把人格最初的发展划分为三个不同的时期:口唇期、肛门期、生殖器期。

古希腊医生希波克拉特曾依据人身上想象中的体液所占的比重不同,把人的气质划分为多血质、胆汁质、黏液质、抑郁质四种,这几乎是一种纯生物学意义上的划分。弗洛伊德的进步在于把个性和人格的形成看作是一个主体与客体、机体与环境交往的过程。

弗洛伊德认为,上述三个阶段的早年经历决定着一个人后来的气质和个性,一个人早年在心理上如果滞留在某个阶段的困境中,以后就会形成某种独特的个性。比如:滞留在第一阶段"口唇期",这样的人可能是一个好吸烟、贪食、喜欢咬指甲、有过度的依赖性、喜欢作不现实的幻想的人。滞留在第二阶段"肛门期"的人格,则固执、吝啬、过度整洁、喜欢收藏、言辞富学究气、健谈但多为废话等。心理上滞留在第三阶段"生殖器期"的人,则鲁莽、冲动、虚张声势、故作姿态、色厉内荏、有性变态或性倒错现象等。如果人生最初的上述三关都可以平安渡过,则在人格上就会达到相当圆满、完美的境界,成为一个很有自制能力、很有教养、很有创造性的人,弗洛伊德认为这样的人是很罕见的。

弗洛伊德的上述人格理论,显然是想象多于科学的实据。当然,想象对于解释我们面临的未知世界也总是必要的。

弗洛伊德的人格理论有一点可能是对的。即一个人的早期经验,对于这个人以后个性的形成,影响可能是非常巨大的。这种早期经验,当然不仅是性的方面的经验,或者主要并不是性的方面的经验。这种经验影响之大、之顽强,从人的记忆的特征上也可以看出来。大约谁都有这种体验:对于记忆来说，遥远的却总是最近的。尤其是人到了晚年，前天发生的事已经记不得，小学时代同学的名字、容貌却不会忘记。老托尔斯泰到了垂暮之年，还喃喃不休地向他的传记作家 N. 比留柯夫栩栩如生地、无限深情地描述他婴儿时代沐浴时的情景：光滑的澡盆、冒气的怕人的热水、保姆的红红的双手。

在人格理论研究中，对于人生早期经验的重视，在后来许多心理学家、教育学家的研究中都受到了重视。最为突出的是皮亚杰，后面还要讲到，他认为一个人在六岁左右人格已基本成型，这与弗洛伊德的理论相吻合。苏联的教育学家苏霍姆林斯基（B. A. Suchomlinsky, 1918—1970）认为，一个孩子大约在七岁之前就已经在不自觉中形成了自己个性的"最初的枢纽"，即打下了他的"人的初稿"。

早期经验对于从事文学艺术创造的人来说，显然是更重要一些的。巴乌斯托夫斯基（Konstantin Paustovsky, 1892—1968）在《金蔷薇》一书中写道："写作，像一种精神状态，早在他还没写满几令纸以前，就在他身上产生了，可以产生在少年时代，也可以产生在童年时代……对生活，对我们周围一切的诗意的理解，是童年时代给我们最伟大的馈赠。如果一个人在悠长而严肃的岁月中没有失去这个馈赠，那他就是诗人或者是作家。"[①]我在课堂上曾经做过这样的实验，让学生利用十多分钟的时间写下他有生以来最早的记忆。结果几乎每个人写下的早期记忆中，人物多是自己的亲人，以女性为主，妈妈、外婆、祖母；有一个故事情节；故事不一定复杂，但充满情绪色彩，或愉悦，或伤心，或恐惧。这样的"课堂作业"，字数不多，每篇都相当于一篇散文，或散文诗。每届学生，屡试不爽。

对于"早年经验"这一合理的命题，后继的心理学家们有时也把它弄到极端，如把人的"焦虑"情绪说成是来源于人对自己从母腹中降生的记忆，未免有些玄虚了。

---

① 见［苏］巴乌斯托夫斯基：《金蔷薇》，上海文艺出版社 1980 年版。

梦的解析与文艺心理学

弗洛伊德艰难困苦而又灿烂辉煌的事业,严格说来,是以他的《梦的解析》一书的出版为其第一个峰巅的。弗洛伊德寄以莫大希望的这部书,初版的600本经八年之久才卖完,收回的稿费不过区区200美元。十年后,此书却名声大振,在第二个十年内,此书连续印行7版。并且还曾先后在国外印行了英文版、法文版、俄文版、西班牙文版、日文版、瑞典文版、匈牙利文版、捷克文版以及中文版。弗洛伊德自己非常珍视这本著作。西方评论界的定评是,《梦的解析》的出版,就像一把火炬一样照亮了人类心理生活的深穴,揭示了许多隐藏在心理深层的奥秘。

继《梦的解析》一书之后,弗洛伊德于1908年发表了《创作家与白日梦》一文,运用他的梦的理论解释文学创作现象。这篇文章虽不长,提出的见解却启人深思,我将这篇文章的发表视为现代文艺心理学研究的开端。

梦,是人生中司空见惯的现象。一个人一生中花在做梦上的时间,恐怕要比花在吃饭上的时间多,然而在生活中,做梦却不如吃饭重要。

但人类还是在很早的时候就注意到了做梦这种精神现象,在中国古代,殷墟的甲骨文中就有了"梦"字,周代甚至还专门设置了"圆梦"的官,"众占非一,而梦为大,故周有其官",梦被用来占卜,而且被视作占卜中最灵验的一种。在西方的亚历山大大帝时代,军队出征时也必带着"详梦者",就像今日军队的作战参谋长一样。

近代以来,梦就一直被放在科学的对立面,被划入怪诞与迷信之列,很少再得到严肃认真的对待。然而人们仍然一代一代继续做着互不相同又大致相同的梦。1984年《自然》杂志第9期上,曾刊登出中美人员首次合作对中国人的梦境进行的调查,对象是未婚的男女大学生,结果发现不同中国人的梦境有着类似的内容,而中国人的梦和世界上其他地方的人们的梦也有着类似的情形。看来,梦,以及做梦,都还是有规律可循的。

对研究梦境怀有兴趣的人并不少见,柏拉图认为梦是感情的产物,亚里士多德认为梦是思想的延续,歌德认为梦是"一种内在的对美与善的追求",尼采更是把梦幻世界与艺术世界联系起来,把梦看作是造型艺术的先决条件。在中国,"周礼六梦",已开始了对梦的分类,《关尹子》中讲,"好仁者,多梦松柏桃李;好义者,多梦金刀兵铁",已涉及梦的象征作用;《内经》则纯从脏象病理上解释梦的成因,也讲出了不少的道理。但是,人类认识史上对梦作出最详细、最系统、最大胆的解释的,应属弗洛伊德。

弗洛伊德认为,梦是人的一种心理活动,这种心理活动中往往包含着隐匿的、深藏的内容。这种深藏的内容究竟是什么呢? 他曾借用一个生动的谚语说:

> 猪梦橡实,
> 鹅梦玉米,
> 小鸡梦谷粒,
> 猫梦见什么?
> ——鱼。

他借此说明梦是一种"愿望的达成",一种潜在欲望在心理上变相得到满足的过程。

关于梦的构成,弗洛伊德在排除了两种简单的梦,即儿童的直接表达需求满足的梦和某些纯粹由生理性刺激引起的梦之外,将梦划分为"显在内容"与"潜在内容"两个部分。梦的显在部分,指做梦人意识到的梦境,往往是一组形象的体系,一组画面,一串情节,一段言语等等,这组形象的体系往往和白日发生的具体事件联系着;梦的潜在部分,指做梦人自己意识不到的一组愿望体系,作为某种情绪、情结、冲动、憧憬,幽闭在做梦人的潜意识中。"愿望体系"是梦的动因和动力,"形象体系"是梦的表现和形式,而由潜在的愿望体系到显在的形象体系,是梦的工作过程。

按照弗洛伊德的理论,人的一组潜在的愿望体系在白天由于受到"自我"和"超我"的严格控制而不能表达。到了夜间,由于睡眠的缘故,"自我"与"超我"对于"本我"的监察与控制放松,被压制、幽闭的欲望才有了表现的可能。但由于即使在睡眠中"自我"与"超我"的警戒仍没有全部撤去,为了逃脱和蒙蔽这种警戒,梦就采取种种手法对潜在的愿望体系加以改头换面、乔装粉饰、幻化变形,然后放到梦的意识中去,于是就出现种种梦的幻境。弗洛伊德认为,梦并不就是潜意识,而是潜意识经过意识改造后的产物。一个梦,好像是一个谜语,谜底并不在谜面上写着,由谜面追寻到谜底,有时是要经历许多曲折过程的。精神分析心理学家的职责类似于"解谜",就是要找出深埋在人的潜意识中的情绪和意向,即通过对于梦境的分析解释,寻找到深隐的愿望体系,找出这道谜语的谜底。弗洛伊德说,"把内隐的梦改变为外显的梦的过程,是梦的工作;从外显的梦追溯到内隐的梦,则是我们的工作"。实际操作中,精神分析学家的工作,比猜一个最复杂的谜还艰难得多。弗洛伊德曾不无感慨地说,一个梦写下来如果要半页纸的话,那么对梦的内隐的思想作一个分析却要 6 倍、8 倍、甚至 12 倍的篇幅。实际上,弗洛伊德的长达 100 多页的名著《少女杜拉的故事》,即是对一位年轻女病人两个梦境的分析。实际上,精神分析学家的工作性质,是在用自己的人生经验和人生智慧来对付隐匿的、复杂而狡猾的人性。

复杂狡猾而又精灵高妙的人的心理在制造梦的过程中都做了哪些工作呢?弗洛伊德曾对成千上万个梦进行过分析,后来,他将梦的工作方式归结为以下几点:

(一) 通过压缩、整合等方式,将记忆中、经验中零零星星的片段汇集一起,加以压缩,形成一个完整的梦境;

（二）通过转移或掩遮的方式，将某种主要的愿望变换另一种方式表现出来，或将某一主要的目的，置放在次要的目的中表现出来；

（三）通过翻译，或象征作用，将抽象的思想，敷演为可视的形象的画面。梦把观念戏剧化了、图像化了。这种转换有时不很确定，因此梦总是显得恍惚迷茫；

（四）梦的二级加工，通过修饰、润色，使整个梦境成为一个更加连贯、统一、生动、形象的故事与场景。

不难看出，人的心理在梦中所做的工作，很有些像是诗人、剧作家在创作中所做的工作。造梦的过程，也像是艺术创作的过程，一个幻梦常常就是一幕小小的戏剧；而作品也是一个幻象的世界，一个类似用文字记录下来的梦境。大约正是梦与文学创作的这种天然的联系，促使弗洛伊德在 1908 年写下了那篇著名的《创作家与白日梦》的文章。在这篇文章中，弗洛伊德指出：

文学艺术作品和文学艺术的创造主要地是一种人类的精神现象，一种像做梦一样的带有普遍性的精神现象，他说：每一个人在内心都是一个诗人，直到最后一个人死去，最后一个诗人才死去。作家与做白日梦的人，作品与白日梦，两者之间具有比较价值。"我们可以不感到自责或自愧地欣赏我们自己的白昼梦。在这里，我们找到了研究小说的途径。"①

正如梦境不等于现实世界一样，文学作品也只是由作家、诗人创造的一个"幻想的世界"，这个世界，是"与现实世界分割开来"的。弗洛伊德的这一见解与叔本华、尼采对于文学艺术的看法相通，即一个人有无把现实世界升华到幻象世界的能力，是一个人是否具有艺术才能的象征。然而，在更深的层次上，弗洛伊德并没有完全割断艺术与现实、艺术家与现实的人的联系。他十分强调"幻想"与"愿望"的联系，有时也注意到了个人的愿望与社会环境之间的冲突，把它作为文艺创作的动力。

---

① ［奥］西格蒙德·弗洛伊德：《论创造力与无意识》，中国展望出版社 1986 年版，第 51 页。

弗洛伊德还对文学作品的"超现实性"做出进一步的解释，他是在时间的横轴上极为智慧地解释这一现象的。他说，"幻想"，不管是"白日梦"也好，还是"文学作品"也好，都仿佛是在"三种时间"之间徘徊。一方面是与诱发起某种愿望的现实环境的关联，一方面是对早年经历的事情的回溯，一方面是对于未来情景的憧憬。"这样，过去、现在和未来就联系在一起了，好像愿望作为一条线，把它们三者联系起来的"，愿望"利用目前的一个场合，按照过去的格式，来设计出一幅将来的画面"。这种超现实的东西，实则即是一种中国古代文论说的"境界"或"意境"。在这个带有艺术本体论色彩的问题上，存在主义的哲学家萨特的观点更为激烈，萨特曾经指出：福楼拜的现实主义永远是非现实化的残暴意志的结果，只有把现实"判处死刑"，才有艺术的再现。

弗洛伊德的这篇杰作还对当时刚刚风行的"心理小说"的特殊性质做了剖析。弗洛伊德首先将作家划分为两大类别，一类是靠"接收现成材料"写作的；一类是靠"创造他们自己的材料"写作的。前者大约可以看作尽量以客观态度表现外部世界的现实主义创作，后者则是以一种主观的态度表现人们内心世界的现代主义创作。从心理学的理论出发，弗洛伊德的兴趣显然是在后者。他在章中指出：

> 我注意到，在许多以"心理小说"闻名的作品中，只有一个人物——也总是主角——是从内部来描写的。作者仿佛是坐在主人公的大脑里，而对其余人物都是从外部来观察的。总的说来，心理小说的特殊性质无疑由现代作家的一种倾向所造成：作家用自我观察的方法将他的"自我"分裂成许多"部分的自我"，结果就使他自己精神生活中冲突的思想在几个主角身上得到体现。①

---

① 伍蠡甫主编：《现代西方文论选》，上海译文出版社 1983 年版，第 146 页。又见《弗洛伊德论美文选》，知识出版社 1987 年版，第 35 页。

这段话可以看作是他从心理学角度对现代主义的小说做出的理论概括。

在文本的末尾,弗洛伊德用了一定的篇幅,认真地区别了文学艺术作品与梦在审美质地上的不同。他指出,白日梦者的幻想不能给我们带来愉悦、甚至只能带来无聊与厌恶;而创作家的作品却能给我们带来极大的审美快感。弗洛伊德对此做出的解释是,创作家能够通过高妙的"艺术技巧",通过"改变和伪装来减弱他利己主义的白日梦的性质",以求得读者的共感,使读者不自觉地走入作品的境界中以角色自居,实现一种自主的审美体验。这个问题可能还要更复杂,不过,弗洛伊德也说,这只是"一系列新的、有趣的、复杂的探索研究的开端"。

此外,弗洛伊德在论及梦的其他著述中还谈到,梦一样的心情是文艺创作的最好心境。因为在做梦时,人"摆脱了思想范畴的障碍,就更为柔顺、灵活、善于变化","对于柔情的细微差别和热烈的感情有极为敏锐的感应",能够"迅捷把我们的内心生活塑造为外界的形象"。在梦中,人的理智并未完全丧失,但又处于比较宽松的状态,因此,人的真实性情得以自由地表现出来。为此,弗洛伊德还大段地引证了诗人席勒在 1788 年 12 月写给朋友柯纳的信,来证实自己的这一观点。

通过"梦的解析"把文艺学与心理学联系起来,是弗洛伊德建立他的文艺心理学理论的一个契机。实际上,在古今中外的文学史上,文学与梦确实有着不解之缘。且不说西方现代主义文学艺术中对于梦幻和梦魇的迷恋,单说中国,唐诗宋词中留下了不少写梦的名篇,明代的杰出剧作家汤显祖一生写有《临川四梦》。至于曹雪芹的《红楼梦》,堪称世界名著,其中写了大大小小不下三十几个梦。鲁迅也是一个写梦的高手,他不但在小说《明天》《兄弟》《阿Q正传》中写了夜梦与白日梦,他的散文诗集《野草》中有一半以上的篇章写的都是梦境。弗洛伊德将自己的艺术心理学的突破口选在文学与梦之间,不能说是没有眼力的。

艺术殿堂的门外汉

弗洛伊德在世界范围内受到赞赏的同时，差不多受到了同样多的来自各个方面的批判。

行为主义心理学家是精神分析学的死对头，斯金纳就曾经尽兴地责骂它，说它只不过是一种形而上学的神话，所谓精神分析心理学家只不过是一群"现代女巫"，与其说他们对病人进行治疗，不如说他们在对病人进行变相的折磨和摧残，是他们的职业需要更多的人害精神病，而不是精神病人需要他们。

人本主义心理学家则客气地、温和地、然而又态度坚决地把精神分析心理学关闭在 20 世纪的大门之外，说它仍然是在 19 世纪旧的科学观、道德观中培养出来的一种理论，即使撇开它的理论上的谬误不说，正确部分也是已经过了时的东西。

一些自然科学家骂它是"20 世纪最惊人的狂妄的智力骗局"，其"结构硕大无比，设计极不合理，走的是死路一条"。一些文艺学家则遗憾地说弗洛伊德"对于何谓艺术意义并没有恰当的观点""自称弗洛伊德派的诗人、小说家为数极多"而"认真实践了弗洛伊德的理论的却寥寥无几"。

苏联的哲学界、美学界站在意识形态与阶级斗争的立场上对弗洛伊德的批判一直都是严厉的，在一本题为《精神分析说和艺术创作》的小册子中，对精神分析学说持全盘否定态度，将弗洛伊德说成是一个"反理性的""反人道的""反历史的""反艺术的""对政治斗争阶级斗争漠不关心的""头号资产阶级"的辩护士。

对比之下，倒是苏联早期的马克思主义心理学家维戈茨基对弗洛伊德还能够做出诚恳的评价。他一方面肯定了弗洛伊德对于揭示人类深层心灵生活中的奥秘，以及对于艺术问题的大胆的探究和开拓，同时指出要想让精神分析

理论发挥积极作用,使它在文艺学的实际应用上带来真正的好处,精神分析学说就必须首先完成如下假设:

> 如果它放弃理论本身的某些主要的和原始的过错,如果它把意识同无意识一样地考虑为独立积极的因素,而不是纯粹消极的因素,如果它能解释艺术形式的作用,不仅在艺术形式中看到一面大墙,而且能看出艺术的最重要的机制;最后,如果它在放弃泛性论和幼稚病后,能把整个人的生活,不独是它的原始的和公式化的冲突纳入自己的研究范围。①

要精神分析心理学自身做出这样的调节,是完全不可能的。弗洛伊德自己似乎也恍惚意识到了自己理论的某些偏颇,但他决心一意孤行,他在初版《梦的解析》一书中,曾借取魏吉尔的诗句说过:"假如我不能上撼天堂,我将下震地狱。"

弗洛伊德倒是真的踏进了人类精神生活中的地狱,勇气可嘉,不幸的是地狱中的阴森使他自己也沾带了几分鬼气。站在朗朗乾坤之中俯视辗转于地狱中的弗洛伊德,即使仅从文学艺术理论的角度,我们也可以看出他的某些偏执和破绽。

首先是"潜意识"的理论。弗洛伊德只承认潜意识存在的绝对意义,而否定意识在现实生活中对人的行为的主导作用,只承认潜意识的核心是生物性的本能而排斥潜意识的社会文化历史属性,实际上等于占据了"地狱"而丢弃了"天堂",捡回了"黑夜"而丢失了"白天",捕捉到了"兽性"而遗弃了"人性",在人类认识自身的领域中打开了一条通道而封闭了另外一些更宽敞的途径。对于文学艺术创造来说,他的这一理论是功过对等的。维戈茨基又说:"艺术效果的最直接的原因隐藏在无意识之中,只有深入到这一领域中去,我

---

① 〔苏〕列夫·维戈茨基:《艺术心理学》,上海文艺出版社 1985 年版,第 107 页。

们才能弄清艺术问题",精神分析的方法"提出了无意识,即扩大了研究范围"。但是,"艺术作为无意识只是一个问题;艺术作为无意识的社会解决才是它的最可能的答案"①。这个问题在弗洛伊德之后的精神分析运动中受到许多人的关注,苏联的这些心理学者为了突破其学说在生物学意义的、个人中心的、下意识的狭窄樊笼,还是要求助于马克思主义的社会文化历史学说和政治经济学说。

弗洛伊德的另一个明显的谬误,就是他的"泛性论"。

前边我们已经充分讲到,性,的确是人类生活中一个非常重要的领域,也是一个异常复杂的问题。弗洛伊德在这个问题上虽然研究深刻,却钻进牛角尖里犯了极端主义的错误。在一个相当长的时期中,弗洛伊德把人的心理活动的潜在动因一律归结为性欲,有时真叫人怀疑他是否患上了一种职业性的"性欲敏感"症。比如,他在《梦的解析》一书中把梦境中出现的锤子、手枪、匕首、蜡烛、毡帽、鱼、蛇、领带、钥匙等都认定为男子生殖器的象征,而把盒子、房屋、山洞、提包、皮箱、鞋子、炉子、罐子、花朵都看作女性生殖器的象征。梦中上楼梯的情景也被他说成是"性交"的象征,根据是"一连串的韵律动作,以及愈来愈厉害的喘不过气来后,爬到了顶端,又回到底下,性交的韵律性动作在上楼的动作中重演了"。此处滥觞一开,后继的文艺批评家们便纷纷从作品描写到的种种物件中寻找性的象征,而后继的创作家们也以种种象征手法尽兴地描写人的性行为和性活动。这样的作品便不能不流于浅薄。

问题的悲剧性在这里:弗洛伊德的确是一个生活态度严肃、道德品质高尚的人,他从来没有鼓励过人们放纵自己的性生活,他的目的是希望将人类自身那些盲目的性冲动升华到美和艺术的天地之中,然而结果却促成了色情文化、色情消费的泛滥。另一方面,弗洛伊德从来没有轻视过文学艺术与文学艺术家的存在,相反,他总是满腔热忱地,甚至怀着某种敬畏之心来赞美他论及

---

① ［苏］列夫·维戈茨基:《艺术心理学》,上海文艺出版社1985年版,第87页;第106—107页。

的作家、艺术家。然而,他的"泛性主义",仍不得不把艺术看作是对于性压抑的"一种替代性的满足"。在他看来,艺术不过是阻挠欲望的现实与满足欲望的想象之间的一个中间地带,他所赞美的那些艺术品,实质上不过是由欲望升华出的一种"白日梦",他所崇敬的作家、艺术家不过是一个神经质的病人。

弗洛伊德精神分析心理学运用于文学艺术研究的另一个错误,常常被对弗洛伊德的一种错误的理解遮盖了,在我们国家更是如此。我们常常把弗洛伊德当作一个极端唯心主义者、一个非理性主义者对待。实际上,弗洛伊德的学说是建立在一种生物意味的唯物论、一种机械决定论基础上的。在他看来,人的心理、人的精神,都是为一种固有的、不变的、客观存在的生物性机能——原始性欲决定着的,包括人在文学艺术活动中显示出来的一切千变万化、五彩缤纷的精神现象,也不外是这种客观固有物质"力必多"的郁结、冲腾、变形、升华,只要从文学艺术家那里找寻到一个内在的、深潜的"情结",艺术的奥秘也就真相大白,弗洛伊德自己就曾以这种途径分析过莎士比亚、达·芬奇、歌德、米开朗琪罗、陀思妥耶夫斯基的作品。他的嫡传弟子琼斯,在他的启示下对《哈姆雷特》做了繁琐的考据和研究,认定恋母情结是形成主人公个性特征的最终原因、是这部名剧的最终的谜底。他的另一位弟子、同时也是好友的法国公主玛丽·波拿巴(Marie Bonaparte,1882—1962)在分析爱伦·坡(Edgar Allan Poe,1809—1849)的作品时走的也是这条路子。这位女士在文章中指出,爱伦·坡小说《黑猫》中描写的一只"胸前有一大块白斑的猫",正是象征着母亲善良的一面,理由是这斑纹的颜色和位置都隐喻着"母亲的奶水"。这位真诚、可爱、有情有义的女性的文学评论却显得有些幼稚可笑。

弗洛伊德精神分析心理学的文艺观,是以作家早年的生物本能活动决定其早年的生活经历,以作家的早年经历决定作家的心理,以作家的心理决定作品的存在,弗洛伊德常常自我标榜的"科学的文艺观",其实不过是一种单线条的、机械的因果决定论的文艺观。在文学研究中,文学家的传记材料无疑是重要的,但一个作家要把自己的经历变成文学作品,这当中不知还要经过几多精神的历程,弗洛伊德把这个问题简单化了,省略掉中间许多重要的环节。对照现代接受美学的文艺观来看,弗洛伊德的文艺观念就显得更加简单片面了。美国文学理论家莱昂内尔·特里林甚至指责说:弗洛伊德的理性实证主义与现代人理解的艺术本质相距甚远,那些"一板一眼地接受他的艺术观的人",往往给自己造成"极大的麻烦"。

弗洛伊德的精神分析心理学在研究文艺问题时的第三个错误是方向性的。弗洛伊德和他的弟子们毕竟是一些精神病医生,一些心理学家,他们对文学艺术的关心,除了个人的兴趣外,便是他们希望从文学艺术现象中撷取一些例子,来佐证并阐发自己为心理学制定的法则和命题。所以,在弗洛伊德、琼斯、玛丽·波拿巴的"文艺心理学研究"中,文学艺术总是处于一种招之即来、挥之即去的随从地位。这一现象至今仍然存在:心理学界人士研究文艺心理学,其优势在于其雄厚的心理学知识,其失足也往往在于其雄厚的心理学知识。

不能不说有些遗憾,弗洛伊德对艺术与艺术家的分析研究投入了大量精力,兴致勃勃地撰写下许多文字的论著,然而,面对文学艺术这个神秘独特的王国,弗洛伊德差不多还只是一个瞪大了眼睛东张西望的门外汉,不过,他毕竟是个了不起的门外汉。

拉康:永远是弗洛伊德的门徒

有人说,20世纪对世界影响最大的是三位犹太人:马克思、爱因斯坦、弗洛伊德,此言大抵不差。马克思是世界革命导师,爱因斯坦是发明原子能的物理学大师,不会有很多争议。弗洛伊德只是一位心理医生,有如此大的能量吗?我们可以从这个角度证实一下:哲学家是改变人们世界观的人,而弗洛伊德却是培育了一代又一代哲学家的人。在弗洛伊德去世之后,在他的影响下先是涌现一拨存在主义哲学家,如萨特、加缪、马尔库塞;后来,一帮与存在主义哲学不相融的结构主义哲学家如列维-斯特劳斯、福柯、德里达、巴尔特也都深受弗洛伊德学说的影响。其中曾经在欧美思想界红极一时的拉康,更是以终生弘扬弗洛伊德的思想为己任,自称"我永远是弗洛伊德的门徒"。如果再往下说,拉康的学生、大名鼎鼎的思想家加塔利(Félix Guattari, 1930—1992),就是弗洛伊德的再传弟子了。

拉康(Jacques Lacan, 1901—1981),1919 年秋,拉康在 18 岁时进入巴黎大学医学院学习精神分析学,在七年的医科学习的同时,他也学习文学和哲学。这期间,弗洛伊德与他的精神分析学说如日中天,声望达到巅峰。拉康自幼聪颖,喜欢文学,也喜欢数学和哲学,具有很高的语言天赋,熟习希腊文、拉丁文。少年时代就开始用古典手法写诗,向杂志投稿。青年时代便结识了乔伊斯、达利等现代文学、艺术大师。大学毕业后成为圣安娜医院精神病所的住院医生,同时致力于精神病理学和犯罪学的研究,采用语言学方法分析精神病人的手记,并逐渐将妄想型病症作为自己主要的研究对象。拉康与弗洛伊德一样,也是由精神病治疗走向心理学研究、哲学研究的,但时代已经发生很大变化。在法国,曾经主导思想界的存在主义哲学,开始让位于结构主义,拉康正是在这一转换中走进时代的聚光灯下的。

1938 年,弗洛伊德为了躲避纳粹的迫害,拖着老迈的病体来到英国伦敦,第二年秋天便离开人世。5 年后,第二次世界大战结束,欧洲进入恢复时期,学术界对于精神分析心理学的兴致不减,但缺乏深入、系统的研究。一些人凭着一知半解随心所欲地对弗洛伊德做出曲解或歪解;一些人则以僵化的头脑将弗洛伊德的片言只语当作金科玉律任意发挥;还有一些人则抱着敌对态度,对弗洛伊德的学说横加讨伐。世人心目中的弗洛伊德偏离真实的弗洛伊德愈来愈远。

造成这种现象与弗洛伊德学说本身也有关系,弗洛伊德的精神分析学说是博大精深的,同时也显得头绪繁多、现象纷纭、复杂混沌、幽晦不明,这时的拉康挺身而出,提出"回到弗洛伊德"的口号。他决心明辨是非、理清真相,不但澄清人们对弗洛伊德的认识,同时还要对弗洛伊德的精神分析心理学进一步做出清理、发掘,将幽暗变成明晰,将隐匿化作现实,将混沌加以条理,将复杂加以简化,将历时性的化作共时性的,将不可知的化为可以理解的。总之,拉康决心要将弗洛伊德的精神分析心理学加以理性化、科学化。顺应当时盛行的学术思潮,也就是将其形式化、结构化乃至数学化。

在将弗洛伊德的潜意识结构化时,拉康找到的一个"抓手"就是索绪尔(Ferdinand de Saussure, 1857—1913)的结构主义语言学。正如研究拉康的专家伊丽莎白·赖特(Elizabeth Wright)指出的:"拉康把潜意识的实质看成是语言的,正因为与语言有渊源关系,潜意识便在结构中表明自己是富有创造性的。"[①]

弗洛伊德用梦的原理解释潜意识,拉康则用"语言的规律"解释整个无意识领域,在他看来,无意识是按照与梦的规律相似的语言规律进行工作的,"解梦"不如"解语言",语言的规律比梦更可靠,更具有解析性。苏联女学者、研究拉康的专家尼·格·波波娃(N. G. Popova)指出:

> 拉康为了说明无意识的各种形式,广泛利用了弗洛伊德所发现的梦的规律性,即压缩和位移,所不同的只是他使这些规律性同修辞手法即隐喻和换喻相接近。在换喻中,如同在压缩中一样,一种意义被另一种意义所代替。实际上,借助这些规律性,可以比较近似地描述所有无意识:症状就是隐喻,欲望就是转喻。

> 拉康通过把无意识定义为语言,又给无意识下了一个也只有他的学说所特有的定义。他把无意识看作"他者"的言语。"他者"的言语也就

---

① [英] 安纳·杰弗森等著,陈昭全等译:《西方现代文学理论概述与比较》,湖南文艺出版社,1986年版,第156页。

是出于无意识之中的象征界。在拉康的学说中，"他者"就是"父亲"。"父亲"调节个体心理生活的现实层面和想象层面。①

索绪尔的语言学是结构主义的，这种语言学的核心是：语言可以作为一种脱离语言在实际应用过程中累积下来的知识内涵和意义，仅仅作为一种关系、一种法则进行研究。就像一片果树林，可以不考虑它们是苹果树、橘子树、橄榄树还是荔枝树，而是把这些树的排列、组合方式作为研究对象。又如同对于象棋的研究，索绪尔要研究的不是下棋人博弈的具体过程，而是要研究棋盘的构造与下棋的基本规则。拉康要做的，是把索绪尔的这种研究路线贯彻到无意识心理的研究中来，变个案研究为法则研究，变历时性研究为共时性研究。

种种结构主义哲学，均带有科学主义的倾向。拉康将弗洛伊德的无意识理论"语言化""结构化"，希望避开内省主义的牵制，解脱神秘主义的魔咒，将无意识领域理性化，让理性的阳光、科学的阳光照射进弗洛伊德的"地狱"。拉康的"野心"不小，他试图"通过重新解读弗洛伊德，加上对精神分析学与哲学、文学、语言学、人类学、控制论、拓扑学的综合研究，重建整个精神分析的基本概念，即拉康自己的精神分析学理论。"②他希望依此解释人身上人性的发生、个体与社会的关系、人的活动的全人类机制，从而解释关于整个人类社会的完整知识。

为了达到这一目的，拉康在许多方面修改了老师弗洛伊德的立场与观念，比如将老师的"本我""自我""超我"改为"现实界""想象界""象征界"；将"压缩"改为"隐喻"，将"转移"改为"换喻"，将"无意识"改为"他者的言语"，将"欲望"置换为"文本"，将"婴幼性欲"置换为"镜像理论"，将老师对于"生

---

① ［苏］尼·格·波波娃：《法国的后弗洛伊德主义》，东方出版社1988年版，第136页。
② 杜声锋：《拉康结构主义精神分析学》，三联书店（香港）有限公司1988年版，第28页。

物层面"的重视提升为对于"精神层面"的重视。

拉康的宏大心愿,受到时代思潮的鼓舞,他把结构主义语言学的理论引进弗洛伊德的精神分析心理学之中,在深化精神分析心理学的同时,也为结构主义哲学、结构主义语言学、结构主义文学批评开拓一片新的视野。拉康矫正了弗洛伊德那种机械的、生物决定论的文学观念,把文学批评引入一个相对的、互动的、不断生成的、变幻不定的符号空间,这就为阐释作家、作品、读者之间复杂的关系提供了更多的可能性。

在法国,拉康坚持在长达 27 年的时间里不间断地举办研究班公开课,还被意大利,比利时,美国等地的一流大学邀请讲学,学术界的许多名人都来听他讲演,电台、电视台争相对他采访,他的学说在他生前就已经传播到世界上许多国家,应该说他是获得了巨大成功的。

但也有许多人质疑,他的这些努力究竟是对老师学说的发扬光大,还是另立山头,用老师的葫芦卖自己的药?

1963 年,也是拉康的学术声名大振的时刻,由弗洛伊德的爱女、法定继承人安娜·弗洛伊德(Anna Freud, 1895—1982)执掌的"国际精神分析学协会",竟在斯德哥尔摩召开的大会上将拉康除名,把他踢出了这个正牌弗洛伊德主义的阵营之外!

拉康对此毫不畏惧,始终坚称自己是最忠诚的弗洛伊德主义者,1953 年 7 月,拉康在《象征,真实和想象》一文中,首次提出"回到弗洛伊德"的口号。1964 年,在被国际精神分析学协会除名后,他亲手组建了以自己为核心的法国精神分析学派,即"巴黎弗洛伊德学派"。直到去世前的头一年,他还计划再度筹建"弗洛伊德事业学派",为了弗洛伊德,拉康真正做到了鞠躬尽瘁死而后已。

拉康曾对他的追随者说:"如果你们愿意的话,你们去当拉康的门徒好了。而我,我则永远是弗洛伊德的门徒!"

其实,拉康并不是弗洛伊德登堂入室的学生,连面也不曾见过。拉康在取得博士学位后,曾兴致勃勃地将他的学位论文《偏执狂病态心理的结构》给弗洛伊德寄上一份,几天之后拉康收到弗洛伊德的回信,只是一张明信片上的几句平淡的话。尽管如此,拉康还是把它拿到杂志上发表。1938 年,弗洛伊德逃亡伦敦途中在巴黎短暂逗留,这本来是拉康面见弗洛伊德的机会,却未能实现。二人的交往仅限于此,真正的交往该是精神交往。但这并不妨碍拉康对弗老师的一往情深。

"拉康果真是一个忠诚不渝的'弗洛伊德的门徒'吗?我们认为,他下半身是,上半身不是。"①这就是说,拉康从弗洛伊德出发,最终则变异了弗洛伊德,或者可以说是在结构主义语言学的架构内升华了精神分析心理学说。在他这里,弗洛伊德已经不再是原汁原味的弗洛伊德。拉康自己也说:

> 弗洛伊德以不可动摇的方式给我们传授了知识,但如果不能从弗洛伊德所开辟的途径和无意识之路中发源偏离出来,任何进步,即使一个微不足道的进步都是不可能的。②

拉康的这一说法是对的,任何继承都应该是在原有基础之上的创造,这也就意味着对前人在某种意义上的"叛离"。弗洛伊德身后倒是有不少"誓死捍卫导师"的忠实门徒,后被历史证明大多是碌碌无为之辈。

拉康的问题不在对于前辈的偏离,而在于他这一学说自身潜伏的病变,这种病变就是结构主义哲学自身存在的病根。"成也萧何,败也萧何",把人的存在、人的意识、人的潜意识、人的集体无意识,把一个生生不息、有机整体的人类做出理性的、科学的、甚至是数学化的分析,"结构主义"以及"结构主义语言学"的确是一个得心应手的工具。问题是这些聪明过人的思想家精心编织

---

① 杜声锋:《拉康结构主义精神分析学》,三联书店(香港)有限公司 1988 年版,第 179 页。
② 同上。

的这只"语言结构的大网"真的就可以网罗天下了吗？在自然面前，我们不可轻信任何"人工制品"，宣扬这只人工编织的大网可以打捞起人间的所有奥秘仍不过是臆说。这张凭借语法编织的"大网"仍然是有网眼的，从它的网眼中遗漏的，并非是无足轻重的东西。对于具体的人和整体的人类而言，这些遗漏的东西在弗洛伊德、荣格那里是解释不清楚的，在包括拉康在内结构主义这里，却被慷慨地放弃了。就像喜剧大师卓别林在电影里的表演：要外出旅行了，关闭好行李箱，一些衣服的边角却露出箱外，显得很不整齐。怎么办？卓别林儿剪刀下去，立马搞定！

拉康是一位才智过人而又刻苦用功的学者，同时又是一位孤僻自傲、固执专断的学界领袖。他一生得罪过许多人，但依然我行我素，不肯俯仰他人，只相信自己认定的真理。无论如何评价他，他都在精神分析心理学的历史上留下了浓墨重彩的一页。

我不能欺骗我的读者，关于拉康，我实在弄不清楚他的那些艰涩的理论，况且我对"结构主义"充满成见，我喜欢荣格要远远胜过拉康。本章既然讲精神分析心理学，就不能不提到拉康，这里介绍的仅仅是一点点皮毛，而且还不一定贴切。

第九章　分析心理学：探求现代人的心灵

"加冕王子"的悖逆

可能是由于弗洛伊德精神分析心理学自身存在的矛盾所致,到了20世纪初,正当弗洛伊德由10年孤军奋战到应者云集、声名大振的时候,他的一些得力干将却背叛了这位精神分析学宝座上的国王而别树旗帜,另立山头。这对弗洛伊德来说可能是一件痛苦不堪的事,但对于精神分析心理学的学说来说,却起到了拓展掘进的作用。这些叛逆者中,最终成大气候的,是弗洛伊德最为钟情的学生荣格。

卡尔・古斯塔夫・荣格(Carl Gustav Jung, 1875—1961),出生于瑞士康斯坦茨湖畔一个风光绮丽的村庄,父亲是一位新教牧师,母亲曾患过神经错乱症,他是家中唯一的一个男孩。虽然有过两位兄长,但他们还在襁褓时期就不幸夭折了。荣格少年时代对考古学有浓厚兴趣,大约也是由于家境贫寒,后来才只得学医,大学毕业后进入苏黎世大学的精神病治疗中心工作。1902年,他以论文《论神秘现象的心理学及病理学》获博士学位,接着便被大学聘为精神病学的高级讲师,同时自己也开设门诊。这期间,荣格发明了研究情感心理的"词的联想试验法",并于1907年出版了《早发痴呆症者的心理学》。这时的荣格刚过"而立"之年。早在青年时代,荣格就开始热爱上了弗洛伊德的著作,他是《梦的解析》一书最早的支持者之一。1906年前后,荣格将自己一部分著作的副本寄给弗洛伊德,由此开始互通音讯。一年后,荣格到维也纳与弗洛伊德见面。初次见面,两人都十分兴奋,一连谈了13个小时,于是,荣格作为一个已有建树的青年学者,正式投身于精神分析心理学门下。1909年,他和弗洛伊德一同到美国的克拉克大学讲学,并偕同游览了7个星期。1911年,他们共同创立了国际精神分析学会,在弗洛伊德的坚持提议下,荣格担任了该学会的第一任主席。这时期,弗洛伊德在一封信中亲切地、喜形于色地称荣格为他的"最长的继子",他的"接班人",他的"加冕王子"。

蜜月般的友谊高峰度过后,分歧和龃龉便很快显露出来。其实,分歧是从一开始就存在着的,之所以没有过早地显示,只是由于荣格的隐忍与克制。1912年,荣格的《无意识的心理学》一书出版,矛盾才公开化。荣格的背叛行为引起弗洛伊德的震怒,他宣称荣格不再是精神分析学者。被放逐的"加冕王子"也毅然辞去了国际精神分析学会主席的职务,两人终止了通讯关系,而且竟然从此不再见面。

离开了弗洛伊德的荣格,为了区别于弗洛伊德的"心理分析学",他把自己的学说称为"分析心理学"。在弗洛伊德去世后,荣格又活了20多年,在他86岁的漫长生涯中,写下许许多多的文章和论著,成为世界上受人瞩目的又一位心理学界的巨人。尽管弗洛伊德对他批评尖刻、毫不留情,但直到晚年,荣格每每提起弗洛伊德都总是表现出由衷的敬佩与感激之情。而弗洛伊德对于这位有骨气、有才气、有勇气的"谬种"却少了一点长者的宽厚和容忍,他在悲伤中常常表示出一种难以自禁的激愤,有时甚至是一种近乎失态的蛮横。在他看来,荣格的背叛或许出自一种"弑父情节",他在70岁时还重申:荣格应该停止再称他的理论为"精神分析",并断言荣格"反对精神分析的企图已成为过去,但对精神分析学却毫发未损"。

现在,这两位意见不合的当事人都已经作古,在历史的天幕上,弗洛伊德的庞大身影开始一天天疏淡、退缩;而荣格的形象却更切近、更清晰地展现在人们面前。

出现这种反差的根源何在呢?弗洛伊德较荣格年长 20 岁,这恰恰是一代人的年限。他们之间横亘的似乎是一条时代的山谷。弗洛伊德尽管是睿智深沉的,但他仍然是 19 世纪的臣民,而荣格却可以说是属于 20 世纪的一代新人。

20 世纪 30 年代初,荣格尚值中年时,他的著作的英译者 L·F·伯恩斯就曾指出:荣格所提供给人们的观点,是一种对于传统精神的挑战。20 世纪 70 年代初,当荣格去世 10 周年后,美国学者卡尔文·S·霍尔在专门研究荣格的著作中又一次指出:荣格的理论是意义深远的,它与我们面临的动荡岁月紧密相关,"荣格是现代思潮的首要创始人或者发起人之一",在最近几年里,荣格的学说在较年轻的心理学家、学生和大众中间迅速波及开来。而在西方文学、艺术界,一些具有现代主义倾向的作家、艺术家尽管从弗洛伊德的学说中汲取了许多理论的滋养,却又几乎一致地反对他的理论中那种机械论的、理性主义的倾向,他们盼望能够将一种鲜活的、直觉的生命活动引进文学艺术创作中来,而荣格的学说在这一点上更令他们感到满意。

寻求灵魂的现代人

站立在 20 世纪的开端,荣格对于人类认识史的进程有着一种坚定不移的看法。他认为,欧洲自从文艺复兴和宗教改革运动以来,随着人们向外部空间的拓展,随着人们对于客观世界的知识的激增,人对于心灵的提升却停滞了。

欧洲人古老的垂直观念遭到了现代水平观念的狙击,神话失去了活力,人们过高地估计了物理因果律的价值,意识从此不再往上飞升。人们总愿意匍匐在物理学的地面上解释一切,包括人的生命和人的心灵。人们为自己建立了一个易于被意识控制的世界,这方面的成就几乎剥夺了人的全部心理潜能,另一面的空虚则使人失去了平衡。因而,所谓文明过度的欧洲人,往往很容易地又一下子退回原始低劣的野蛮之中。这四百年里,用荣格的话来说,人们只注意到了白天发生的事情,而忽略了夜晚发生的事情;人们在智力方面收获过剩,而在心灵方面则沦丧殆尽。人类并没有能够解决好自己的问题,第一次世界大战便是第一次总的大暴露。一种精神生活中的深度不安在折磨着现代社会中最敏感的人,苦闷、焦灼、孤独、冷漠,这种精神的骚乱在 20 世纪初的文学艺术中得到了充分的表现。甚至连爱因斯坦这样的大科学家也绝望地发出如此感叹:"我们都是出生在野牛群里的人,只要没有过早地被踩扁踏平,那就应该感到庆幸。"

第二次世界大战的爆发,更加证实了荣格的预感。1944 年,他曾充满忧伤地指出:"世界发展的趋向显示,人类最大的敌人不在于饥饿、地震、病菌或癌症,而是在于人类本身;因为就目前而言,我们仍然没有任何适当的方法,来防止远比自然灾害更危险的人类心灵疾病的蔓延。"①他认定,"心灵的探讨"必将成为未来一门最重要的学问,他希望自己能探测出某些支配人类心灵的规律,为人类找出一种新的生活态度。二百万年的人类发展历史是否真的就像荣格得出的结论,这是另外一回事。而这个结论的得出却真诚地体现了一位心理学家对于人类和人类生活的痴情。于是,荣格给自己树立了一个终生为之奋斗的目标:寻回现代人类失落遗忘已久的心灵。

荣格相信,人类生活中存在一种"实体性"的"独立性"的心灵,它就像是中国小说《红楼梦》中贾宝玉脖子上挂的那块石头一样,是一个存在的实体,丢

①　[瑞士] 卡尔·荣格:《寻求灵魂的现代人》,(台湾)志文出版社 1986 年版,第 9 页。

失了这块通灵宝玉，人就会失魂落魄，陷入昏迷。

奇怪的是在他看来，一个人的"心灵"是存在于一个人的意识之外的，并不是这个人自己的意识所能够控制的。比如即使在日常生活中，一个人也很难凭自己的意志把坏的心境变成好的心境，一个绝顶明智的人也绝不能完全去除心中的烦恼，一个非常聪慧的人也不能随心所欲地做梦。在意识、意志、理念、智慧之外，还存在着一种"心灵"。这种精怪似的心灵，本来是自然地存活于原始人类的头脑与行为之中的，然而，在现代人的身上，这种精怪已经被深深地、深深地掩埋在社会文化的地层下边，需要有人来挖掘。

在《现代人的心灵问题》一文中，荣格憧憬着这样一种"现代人"的出现：他站在地球之巅，站在世界的边缘，他眼前是茫茫一片未来的深渊，他脚下是迷茫一片的全人类，他肩负着世界指派的义务，他孤独地背离着传统，他落寞地重温着人类古老的梦幻。他说只有这样的人，才有可能寻找到人类的心灵。荣格笔下的"现代人"，很像是尼采笔下的"超人"。荣格实际上也是以"超人"自诩的。他一生著书立说、游说四方，然而，他究竟是寻觅到了人类的心灵呢？还是寻觅到的仍然不过是一个主观臆造的梦幻？这也还难以断言。不过，他毕竟苦苦地寻找了，他的寻找过程对后来的人并不是毫无意义的。

潜意识与创造力

"潜意识"与"创造力"，是弗洛伊德做了毕生的两个题目，荣格作为精神分析心理学的后继者也对这两个题目作了毕生的探索。而两个人恰恰就是在对于这两个题目的阐发上，展现出他们的分歧。

出发点是共同的，荣格与弗洛伊德都坚信，在人类的行为中，意识的作用是微弱的，起着决定意义的是人的潜意识。在弗洛伊德看来，潜意识是一个为生物性本能统治着的黑暗王国，其中起主导作用的是盲目冲动的性本能，这个王国的最高法则是"兽性的快乐"。而荣格却认为弗洛伊德所谓的"潜意识"只不过是一些没有得到自我承认的个体经验,主要是一种被压抑的性的体验,这种潜意识"潜藏"得并不深,它们就位于个体的意识之下,与个体意识紧相毗连,只要通过某种操作手段,比如"催眠""自由联想"之类,便能够不太困难地将它们引入意识之中。

荣格将弗洛伊德的"潜意识"称作"个体潜意识",认为它仍不过是个体经验的产物。荣格不愿意把自己的探求在这个层次停留下来,他渴望知道在个体潜意识下边还有什么东西在支配着人的行为。

荣格以一种刨根究底的倔强劲头和一种异想天开的想象能力,提出了在个体潜意识下边还存在着"人类集体潜意识"的假设。他说这种"集体潜意识"根植于人类或种族的历史经验之中,甚至还更为悠远地根植于前人类、人类的远祖的活动之中。"集体潜意识"是人类几百万年发展演化过程中的精神积淀物,是人类代代相传下来的原始痕迹。他说,这才是在冥冥之中决定人类行为的最深邃的因素。如果说弗洛伊德的潜意识理论是一座海上的"冰山",而荣格的潜意识理论则是扎根于海底岩床上的"岛屿",露出水面的部分是"意识",浸在水中的是"个体潜意识",深入到海底岩石中的是"集体潜意识"。"集体潜意识"理论的提出,成了现代心理学史上一件轰动性的大事,它既给荣格带来了前人所未有的荣誉,也给他带来了旷日持久的纷争。

在荣格看来,"集体潜意识"对于人类个体来说,是一种独立的存在。它与意识完全隔绝,它先于个体而存在,作为一种预定的"构图"与个体一道降生于人世。在这个问题上,他断然地否决了洛克建立在唯物主义经验论之上的"白板说"。在他看来,一个人降生到世上,他的心灵并不是一块白板——白板的心灵等于没有心灵——这"白板"经过一万年的积淀,上面已经刻画了一些集体潜意识的"符号"或"花纹";在荣格看来,"集体潜意识"对于个体的生命来说,差不多是一个永恒不变的存在,它"超越青春与老年、生与死,甚至握有人类一两万年之经验于手中,几乎是一位不朽的集体人"。① 集体潜意识是一种向上的生命力,它充塞于天地间,既是一种囊括宇宙的虚空,又是一个渺无形迹的数学点。荣格相信,这种"集体潜意识"就是他所要寻找的人的灵魂,这个灵魂同时也是人类生生不息的创造力的源泉。

在弗洛伊德看来,潜意识的内容只是一种生物性的本能;在荣格看来,潜意识主要是一种人类经验的代代相袭的遗传。其中有生物性的遗传、也有社会性的遗传,还有生物—社会性的遗传。生物性的遗传,是一种本能的复制,其中包括性的能力;社会性的遗传,体现为社会性的教育手段,其中包括野蛮时代的图腾、巫术、宗教仪式等;而生物—社会性的遗传,是在人类机体之中、主要是在大脑之中、在神经元的活动中生理模式化了的社会经验。

在1930年写下的一篇论文中,荣格就曾大胆地推断:"'集体无意识'这个词的含义是指遗传形成的某种心理气质;意识就是从这一气质所产生。在人体结构中,我们发现早期人类发展各个阶段的痕迹,因此我们可以说人类心理在它的心理结构上也是符合种系发展史的规律的。②"荣格设想,现代人的个体的胚胎在发育过程中曾经把人类进化历程中的"卵""鱼""爬虫""鸟""猿"敷演一遍,那么在现代人的精神胚胎中是否也还保留着这种心理结构上的神秘的遗传呢? 这种心理的遗传模式和人的大脑的生理遗传模式又有什么关系呢? 荣格揣测,心理的遗传与生理的遗传是紧密相关的。

这个假设至今并未得到确凿的证实,在心理与生理、生命与物质之间,至今还存在着一道猜不破的谜。荣格的猜测有可能启发过后来的一些生物学家、生命学家;而后来的生物科学、生命科学的研究成果,似乎也给荣格的猜测提供了某些注脚。当代法国生物学家、1965年诺贝尔医学和生理学奖获得者雅克·莫诺曾在其《偶然性和必然性——略论现代生物学的自然哲学》

---

① [瑞士] 卡尔·荣格:《寻求灵魂的现代人》,(台湾)志文出版社1986年版,第220页。
② [瑞士] 卡尔·荣格:《心理学与文学》,见《文艺理论研究》1982年第1期,第150页。

（1970）一书中讲道：

> 万事都来源于经验，这并不等于都来源于每一新世代的每一个体所反复进行的当前的经验，而是来源于物种在其进化过程中的所有祖先积累起来的经验。只有这种从偶然性那里得来的经验——只有那些被选择的和经过磨炼的无数次尝试——才能同其他器官在一起，使得中枢神经系统变成一个器官，使之适合于它自己的特殊功能。①

> 每一个活着的生物也是一种化石。在每一个生物体内，所有的结构，包括蛋白质的微观结构，都带有它祖先遗留下来的痕迹，如果不是烙印。同其他动物物种相比，人类更是依赖物质的和观念的双重进化的力量，人就是这种双重进化过程的继承人。②

看来，生物学家也在论证，就连"蛋白质的微观结构"也不是一块"白板"，所谓的"白板"上是存活着先验于个体的"祖先"的遗迹的。它岂不就是荣格寻求的人的"灵魂"吗？看来，科学家们也没有轻率地否定"灵魂"的存在。不过，在他们看来，"灵魂"已不是柏拉图的对于天国的追忆，"灵魂"归根结底还只是一种"生物性的遗传天性""历史性的文化积淀"与"社会性的个人经验"的混合物，一种奇妙莫测的混合物。对于生物学家的解释，荣格大约是会勉强接受的，但并不满意，因为这样的解释就必然给"灵魂"添加上"唯物主义"的色彩。如此，所谓"灵魂的实体"不过是物质的实体；而所谓"灵魂的独立"，并不能脱离人类本体。荣格不满于这种实证主义的解释，他还要往前走，继续把他的视线投注到虚无缥缈的精神太空。

---

① ［法］雅克·莫诺：《偶然性和必然性》，上海人民出版社1977年版，第114页。
② 同上，第119页。

原型种种

在荣格看来,集体无意识应当是人类早期进化过程中、甚至包括前人类进化过程中形成的一些初始的经验内容。而这些内容的基本要素,荣格把它称作"原型"(Prototype),有时又称作"原始意象"(Archetype)。关于这一概念,荣格曾从犹太人的经典著作和《炼金术大全》《天国等级》等著作中追溯它的根源,并作出解释说:

> "原型"这一术语……不仅切合而且有益于我们的目的,因为它告诉我们,就集体无意识的内容而言,我们是在处理古代或者——也许——原始形态,换言之,在处理远古时代以降业已存在的普世形象。列维-布留尔(Lévy‑Bruhl)用于表示原始世界观中的象征形象的术语"集体表象"(représentations collectives),可以十分容易地用于意指无意识内容,因为它实际上意指同一事物。[①]

与弗洛伊德的潜意识理论不同,荣格并不把潜意识看作是罪恶的渊薮,而把它看作是人类全部心灵经验的结晶。以至于另一位著名心理学家弗洛姆以第三者的身份进行评价说:"弗洛伊德的地窖里主要储藏的是非理性、是恶,荣格的地窖里则是智慧的最深源泉。"[②]

荣格在其后半生花费了许多精力来探究原型的底蕴,他认为原型的内容就是人类初始的感受和知觉活动,原始生活中"有多少典型的情境,就有多少

---

① [瑞士]卡尔·荣格:《荣格文集(第五卷):原型与集体无意识》,国际文化出版公司 2011 年版,第 6—7 页。

② [美] E. 弗洛姆、[日] 铃木大拙:《禅与心理分析》,(台湾)志文出版社 1985 年版,第 153 页。

种原型",经他概括指出的原型有："出生原型""复活原型""死亡原型""权力原型""魔法原型""英雄原型""儿童原型""精灵原型""上帝原型""恶魔原型""智者原型""地母原型""巨人原型""太阳原型""月亮原型""河流原型""武器原型"等等。其中最重要的、迄今为止对人类影响最为普遍的原型有以下五个：

人格面具(Persona)：它的作用是使一个人在与别人交往时可以将"真我"掩饰起来而扮演某种需要的面孔,以便于群体和社会的接纳。与社会学所讲的"角色"相似,是一种从众求同的心理原型。在荣格看来,人格面具是不可少的,它可以教人克已相容,协调人与人之间的关系,使群体中的个体各安其位、和睦相处;但它也可以消融掉人的个性,使人变得萎缩平庸。或从另一极端使人格无度扩张而迷失自我,变成一个盲目的自大狂,不过,这种病症往往发生在一生中成功地扮演了某些角色的中老年人身上。

阿尼妈和阿尼姆斯(Anima and Animus)：如果说"人格面具原型"是心灵的"外貌",这两种原型则属于人的心灵的"内貌"。在荣格看来,阿尼妈是男性心灵中的女性意象,阿尼姆斯是女性心灵中的男性意象。这是因为男人和女人在百万年来的朝夕共处之中心理相互投射的结果,男性女性各自向对方渗透,使男性和女性分别在自己的生命中刻下了异性的影像。

中国古代道家尊奉的太极图中所显示的"阳中有阴,阴中有阳"也是这个道理。荣格认为,个体一经诞生,男性的心理之中便存活着一个既定的女性影像,而女性之中便存活着一个既定的男性影像,至于以后他或她爱上哪个异性,只不过是这种阿尼妈或阿尼姆斯的原型在具体生活中的投射。说到底,他或她爱的只不过是其无意识中固有的那种女性或男性的原始意象,一种意识深处的幻影。在荣格看来,男子汉心中深藏的女性倾向,或窈窕淑女心中深藏的男性因素,对于一个人的完美人格和正常生活都是必不可少的,它体现为一种爱的性向和爱的能力。不过,荣格也指出,一旦阿尼妈或阿尼姆斯分别在男性或女性身上发展到不适当的程度,男性会出现雌化,女性会出现雄化的现象,便又会造成主体人格的丧失。

阴影(Shadow)：在荣格看来,这是集体无意识中最原始、最幽暗的一个层次,它接近于一种动物性的本能,与弗洛伊德讲的"原始性欲"相似。与阿尼玛、阿尼姆斯不同,阴影是标志个体自身性别的一种原型。它主要是在同性别的个体之间发生作用。阴影中潜藏着巨大的能量,原始人类即是凭借着这种力量对抗残酷的自然界从而将生命延续下来。对于现代人来说,阴影是心灵中一切善行和恶行、冲动性与感悟性、创造性与破坏性的源泉。阴影的属性类似于印度教中最远古的天神湿婆(Shiva),兼具生殖与毁灭、创造与破坏双重性格。它既暴躁易怒又温和慈祥;既是智慧的象征也是愚昧的偶像;既是复仇者也是庇护者,既是精力旺盛的理想者,又是清心寡欲的苦行者。既是凶残可怕的"恶魔之主",又是慈爱热情的"万众之王";发起飙来山摇地动,温柔起来春暖花开,它就是神秘狂暴、生生灭灭的自然之力。

荣格认为,用人格面具对阴影加以控制和驯化,从而使野蛮人变得文明起来是必要的,但过分地这样做又必然会削弱本能的创造力,使生命变得孱弱委顿起来。而且,阴影是倔强的,它不会被完全地从人的心理中清除出去,"当我们心灵中的野兽受到严厉的压抑时,它只会变得更加凶狠残暴",号称平等博爱、慈悲为怀的基督教徒们有时也会以血肉横飞的战争亵渎其宗教教义,就是一个明证。

无意识自我(Self)：这是荣格所开列的所有原型中的中心原型,他说它是将散乱无章的集体无意识整合起来的一种凝聚力量,是将人的内心世界与外部世界协调起来的一种整合的力量。他说,它是人的内部空间的太阳,它将把个体导引向一种自我实现的终极目标或圆满境界。他说无意识自我是一位幽幽冥界中的"神人",而"意识自我"则是一个朗朗乾坤中的"凡人",凡人一旦具备了"神"性,便会成为人世间知己知彼、知天命、随心所欲不逾矩的完人。这样的"完人",荣格自己也叹息说稀少如凤毛麟角,大约也只有耶稣、佛陀才算得上。

关于原型的存在,荣格曾旁征博引地论述过各种原型的具体内容,但后来他却再三指出,不要把原型等同于原型呈现出的具体内容,等同于一种观念形态方面的东西,原型只是一种"形式",一种"结构",像晶体的"轴系统"一样,本身并非物质存在,却规定了物质存在的方式。晶体物质存在的形态可大可小,不尽相同,唯一不变的是"轴系统",一种不变的几何比例。他说,原型也是如此:

> 原型本身是空疏的、纯粹形式上的,只不过是一种先天能力,一种具有先验表达的可能性……原则上它可以被命名,其核心具有永恒意义——但只是在原则上如是,绝非具体的表现。①

荣格对于原型的这种表述,显然是受了结构主义哲学思潮的影响,而他的原型理论则又助长了结构主义在 20 世纪 60 年代的风行。

神话学与原型批评

在荣格看来,原型就是人从人类的自身存在出发去感知并把握外部世界的一种心理模式。这种心理模式由百万年前的原始社会中得来,并归结到现代人的神经活动基因中去,几乎可以说完全是一种"来无影,去无踪"的东西,那么荣格是如何捕捉到这些"精灵"的呢?荣格认为,这些作为集体无意识的原始意象,在流传的古代神话中保存下来,并时常在现代人的幻觉、梦境中闪现出来。由此,荣格终其一生对梦幻尤其是对神话进行了艰巨的考察。

据说,荣格一生曾经分析过 80000 个梦,为了考察原始神话,他的足迹曾

---

① ［瑞士］卡尔·荣格:《荣格全集》(第九卷),普林斯顿大学出版社 1969 年版,第 79—80 页。

深入到南美、北非、东南亚的一些原始部落中。

考察的结果，荣格认为，梦有两种，一种是与个人各种经历有关的梦，属于个人对于被遗忘了的事物的回忆；一种是无法用个人经验加以解释的梦，属于人类集体无意识呈现的梦幻，"这类梦幻无疑可以在神话类型中找到它们最相近的同类物。"

"神话"又是怎样一种情形呢？荣格坚信：神话并不是原始人为了消愁解闷而"编造"的故事，而是他们真切"体验"过的一种生活，一种心理上很真切的、很现实的生活情景。在原始人的生活中，物质和精神、主观和客观、心理与物理、梦境与实在，还是混沌一片。在原始人看来，日出日落、月缺月圆、夏暖冬寒，都不只是一种客观现象，还是一种主观意志的表现。那时人还没有完全从自然中剥离开来，人与自然之间存在着一种"神秘参与"的关系。比如，爪哇原始部落中的男人们，在稻田开花时，夜晚便带着他的妻子到田边性交，认为这样可以促成稻田的丰收。

又如，一个人在梦中看到自己死去的祖父变成了一条鳄鱼，便从此也把自己看作是鳄鱼的近亲，即使某一天被鳄鱼咬伤，也决不从鳄鱼吃人的本性上寻找原因，而认为是由于自己某些失敬的行为触犯了这位尊神。这在我们现代人看来很离奇怪诞的神话，在原始人那里却是一种真切的思维方式、行为方式、生存方式，是须臾也不能离开的。荣格认为，原始氏族一旦失去神话遗产，便会如人类失去灵魂般粉碎消亡。[1] 神话就是原始人的灵魂，也就是现代人类祖先的古老的灵魂。

人类在神话年代中度过了多久呢？恐怕已经有上百万年；而人类在文明社会中生活了多久呢？才不过区区数千年。人像一棵奇异的植物，它的现代意识只是露出地面的两片稚嫩的叶芽，而在地面之下却具有一个纵横盘旋、逶迤蔓延的根系。从日常现象看，现代人类已经告别神话心理很远很远；从精神

---

① 参见［瑞士］卡尔·荣格：《荣格全集》（第九卷），普林斯顿大学出版社1969年版，第154页。

深处看,神话中的基本元素仍然萦绕着现代人的心灵。荣格曾经设想,如果把一个现代人从大都市这个人造的空间中放逐到原始荒蛮的大自然中去,他的心理状态将会一下子改变,大部分人性将会返回千万年前。现代人不要以为自己的意识是绝对的现代了,远古祖先们的幽灵,作为一种心理的定势,也还在无意识层次中支使着人在天地间大舞台上的种种表演。

文学艺术作品及文学艺术创作活动作为一种人类精神生活中显见的现象,自然受到了荣格的密切关注。荣格在其《分析心理学与诗的艺术》《美学中的类型问题》《心理学与文学》等论著中,一再运用其集体无意识的理论对文学艺术做出解释。

在一些有关文艺心理学根本观念的问题上,荣格对他的恩师弗洛伊德表现出了经过努力克制的不恭敬。他认为把文学艺术看作是个体原始性欲的升华,看作是个体早期经验中某些被压抑的情绪的象征,是一种浅薄狭隘的因果决定论和生物决定论。

首先,荣格坚决反对弗洛伊德把文学艺术创作仅仅只看作文学艺术家个人的事情,他认为文学艺术家本人并不对文学艺术作品起决定作用。他说:"个人倾向不能与艺术作品相提并论""艺术作品不是一个人,实际上是超人的东西""真正的艺术作品的基本要义就在于:它成功地摆脱了个人的局限,走出了个人的死胡同,自由畅怀地呼吸,没有个人那种短促气息的样子"①。

其次,荣格坚决反对弗洛伊德用生物病理学的眼光看待艺术创造。他说:在弗洛伊德那里,"诗人成了一个病例,有时甚至被当作性心理变态的怪病例","他的解释单调得难以形容——实际上就是那种每天在诊疗室里听到的没完没了的陈述"。他认为,"分析心理学要公正地分析艺术作品,必须先彻底摆脱医学上的偏见,因为,艺术作品不是一种病状,因而要求一种与医学截然

---

① [瑞士] 卡尔·荣格:《分析心理学与诗的艺术》,见《文艺理论研究》1986 年第 5 期。

不同的倾向"①。

那么,荣格自己是如何看待文学艺术创作的呢?

荣格别出心裁地将文学艺术作品划分为"心理型"和"幻觉型"两类。心理型的艺术作品写生活教训、人的命运、悲欢离合、喜怒哀乐,它的素材多来自人的意识范围,创作家的动机、目的都是明确的,作品里所写的即使属于非理性的东西,一般也都是心理学常识中描述的,并没有超出心理学的理解范围,用弗洛伊德的理论所能够解释的,基本上属于这个层次的作品。显然,荣格认为这是一种肤浅粗糙的艺术。而幻觉型的作品作为素材的经验,都是来自史前时代集体无意识的深渊。他举出的例子中有《赫尔墨斯的牧羊人》、但丁的《神曲》、歌德的《浮士德》、尼采的《查拉图士特拉如是说》等。他说:"伟大的诗篇从整个人类生活中吸取力量""作家创作的艺术作品包含着那种可以真正称之为代代相传的信息""无论诗人多么傲慢自重,他们中每一个人都代表了成千上万个声音在说话,预言着他的那个时代意识观的种种变化"。诗人的作品贵在能满足他所生活的那个社会精神上的需要,因而"他的作品对他来说比他个人的命运更为重要。""一件艺术作品中基本的东西,应该是远远超出个人的生活范围,诗人应该以人的身份,表现个人乃至全人类的精神和心灵。""作为一个艺术家,他是一个更高意义上的人——他是一个'集体的人',一个具有人类无意识心理生活并使之具体化的人。"②

在这里,荣格把文学艺术家从生物学意义上的人,提升到历史范畴上的人,把文学艺术创作从个人的心理的密室,拓展到人类精神的空间,似乎是值得我们赞赏的,这和我们所提倡塑造的"大写的人",表现时代精神颇有几分接近。但是,仅仅是"接近"而已,荣格的文艺心理思想与我们所能接受的文艺思想,就其本质上仍有许多不同,而且是在基本出发点上的不同。

---

① [瑞士] 卡尔·荣格:《分析心理学与诗的艺术》,见《文艺理论研究》1986 年第 5 期。

② [瑞士] 卡尔·荣格:《心理学与文学》,见《文艺理论研究》1982 年第 1 期。

细审之,荣格所主张的文学艺术要表现的人类集体的精神,即他所张扬的"集体潜意识"是一种先验的、独立的精神实体,一种古老的、永恒的、不变的人类灵魂。创作,只是这种古老幽灵在作家身上的还魂;作家,只是传谕这种"神示"的巫师。巫师是天神的工具,文学艺术家是集体无意识的工具。荣格说得清楚明白:"艺术是一种天赋的力量,这种力量能够抓住人,使之成为艺术的工具",作为艺术家,"他是客观的,非个人化的,甚至是没有人性的——因为作为艺术家,他就是自己的作品,不是人。""诗人是他的作品的主要工具,他从属于他的作品。"①

在荣格看来,艺术家身体里似乎存在着一个外在于艺术家的精灵,一个"超级权威",是它在支配着艺术创造行为,超越意识所能理解的范围,直接通向茫茫的彼岸世界。从这里,我们很容易找到荣格文艺心理学思想的源头:柏拉图。请看,柏拉图在《伊安篇》中曾写下这样一段话:

> 神对于诗人们像对于占卜家和预言家一样,夺去他们平常理智,用他们做代言人,正因为要使听众知道,诗人并非借自己的力量在无知无觉中说出那些珍贵的词句,而是由神凭附着来向人说话……这类优美的诗歌本质上不是人的而是神的,不是人的制作而是神的诏语;诗人只是神的代言人,由神凭附着。最平庸的诗人也有时唱出最美妙的诗歌,神不是有意借此教训这个道理吗?②

在这段话里,我们只消把"神"换作"原型",把"占卜家"换作"诗人",不就与荣格的论述所差无几吗?柏拉图作为人类文明历史早期的一位圣哲,对于文学艺术创造的奥秘其实是很有体验的,但他解释不清,只能把它推到"神"那里去。荣格结合现代科学知识的成就推出了"原型",难道他就说得清了吗?

---

① 〔瑞士〕卡尔·荣格:《心理学与文学》,见《文艺理论研究》1982 年第 1 期。
② 〔古希腊〕柏拉图:《柏拉图文艺对话集》,人民文学出版社 1980 年版,第 9 页。

然而,从柏拉图的神学到荣格的心理学,在人类认识史上毕竟是前进了一步。尽管这一步也不过是从迷惘走向更高水平的迷惘。

荣格之后,20世纪60年代以来,由荣格生前所开创的"原型文学"批评已经成为世界文学界一支实力雄厚的文学批评流派。1974年美国出版的《20世纪世界文学百科全书》中将"原型批评"与"马克思主义批评""心理批评""结构主义批评"并列为四大具有国际性的文学批评,足以见出它的影响。在"原型批评"中,心理学与文学再度在"人"的意义上沟通。只要不拘泥于那种学究式的索引和考古式的验证,那么在文学艺术的天地中,对于人的精神现象中的丰富性与复杂性,可能还会有更多的发现。

真诚的神秘主义者

在西方现代心理学史上,心理学家中最富有神秘主义色彩的要数荣格了。在有关荣格的传记中,有的甚至还做了种种艺术的渲染。

比如,有的传记中讲,荣格的家族历史上都曾笼罩着一种神秘主义的气氛,荣格的祖父,能够和他的两位祖母的灵魂始终保持着"三角恋爱"的关系。家中古老的胡桃木餐桌会无缘无故地爆裂开来,篮子里的大面包刀会自己断为几个碎片。

又如,荣格自己说,他从小就很会做梦,做一些荒诞无稽、想象不出的怪梦。他少年时代曾求助一个自制的"侏儒",一种类乎护身符的"灵物",他借此战胜了心理上的种种难题。

荣格一生中对于东方或西方的神秘主义的旁门左道怀有浓厚的兴趣,从炼丹术、占星术、瑜伽术,到招魂术、降神术,他都十分熟悉。他还曾企图运用"心理学的同步性原理"对人体中诸如心灵感应、超常视力、意念致动等特异功能作出解释。据说,在第一次世界大战刚刚结束之后,他就从一个病人的梦中预见了希特勒后来给人类带来的灾难。

无论是东方还是西方，社会生活中都会有一些弄神弄鬼、虚张声势借以谋名图利的人。荣格绝不是这种人，他是一位忠诚笃实的神秘主义信奉者，相信世界上存在许多当下解释不了的奇异现象。他希望能够运用自己的心理学理论解开这些奥秘。

荣格从事心理学研究的方式，也具有很浓厚的神秘氛围，他相信定期地从混乱的喧闹的世界中隐退到宁静恬淡的大自然中，是孕育新的活力、萌生新的智慧的最好途径。他自己在康斯坦茨湖畔的僻远处就有座"隐庐"。荣格一生对水有着神秘的感情，他住过的地方不是临河，就是临湖，再不就是靠近瀑布，他自己也相信，他的事业上的成功与水密切相关。

从荣格一生的学术活动看，他一方面十分注意利用现代科学，诸如相对论与量子物理学，遗传生物学和神经生理学的最新发现，对爱因斯坦、玻尔等自然科学家表现出真诚的尊重；他同时又深深迷恋着古老的神话、巫术、宗教，有时甚至诱劝人们应当明智地树立一个上帝的观念。他一生都在科学与宗教、理性与神性之间挣扎徘徊。荣格的心理学是含混芜杂的，像一个鱼鳖混处的池潭。我们不能简单地把它看作是对于人类心灵活动的科学解释，也不能简单地把它看作披着科学外衣的江湖术士。荣格只是一个在人类精神的大林莽中触摸着、叩击着、探寻着、思索着的人类个体。一个不安分的个体。他希望能够为纯粹的人类存在的暗夜点燃起光明的火焰，不过，这团火焰太微弱了，甚至照不清他自己脚下的路，他仍然成了人类精神林莽中的迷途者。关于艺术，他所能得出的最终结论："伟大的艺术作品，犹如一场梦；虽然其外表一目了然，无须作自我解释，然而，它始终是含糊的"①，这依然是一个没有结论的结论。意义不在于他作出的结论，而在于他那种不知疲倦的探索精神。

---

① ［瑞士］荣格：《心理学与文学》，见《文艺理论研究》1982 年第 1 期。

第十章　格式塔心理学：游弋于心物之间

从德国到美国

德国,是现代心理学的发源地。世界上最早以"心理学"命名的两部书,是一个名叫 C·沃尔夫的德国人在 18 世纪前期写下的;世界上最早的一座心理学实验室,正如我们在前边讲到的,也是由一位德国人建立的。19 世纪以来,在德国产生的拥有世界声誉的心理学家可以开列出一长串名单,如:G. T. 费希纳、H. 赫尔姆霍茨、J. P. 缪勒、H. 艾宾浩斯、R. 阿芬那留斯、W. 冯特、F. 布伦塔诺等。这里我们要介绍的格式塔心理学派,是一个地道的德国式心理学派,它的四位创建者:韦特墨(Max Wertheimer, 1880—1943),考夫卡(Kurt Koffka, 1886—1941),克勒(Wolfgang Khler, 1887—1967),勒温(Kurt Lewin, 1890—1947),也全都是德国人。这四个人年龄相差十岁以内,基本上都诞生于 19 世纪的 80 年代,并且是柏林大学的前后同学。他们之间自始至终都是志同道合、精诚团结,这在其他心理学派别中是很少见的。

由于实力的强大,德国心理学直到第二次世界大战爆发前,在世界上一直处于领先地位。20 世纪 30 年代,以希特勒为首的纳粹集团渐渐在德国建立起自己的统治地位,并对知识分子采取了残酷暴虐的镇压。由于对于人类和人类心灵的敏感与关注,心理学家们对于法西斯的独裁专制尤其不能容忍。据统计,这一时期由德国逃往美国的 6000 多名专家学者中,心理学的专家学者占了比例最大的一部分,其中就包括格式塔学派的四位创始人。

关于格式塔心理学的诞生,是颇带几分文学色彩的。据说,1910 年夏天,这四位创始人中最年长的韦特墨在一次度假旅行的火车上,透过车窗观看车外频频闪过的景物时,突然茅塞顿启,灵感袭来,领悟到研究视觉运动的一种新方法,于是急忙中途下车,购得一个类似玩具“土电影”之类的“动景器”,在客店里便迫不及待地开始了他的研究。两年后,即 1912 年,他发表了他的《关于运动知觉的实验研究》一文,文章中阐发了格式塔心理学派的主要观点,这篇文章便成了新学派诞生的标志。

“格式塔学派”的出现,是几位年轻的学者在阵线严整、声势显赫的德国传统心理学界发动的一场真正的革命。当时,年纪最大的韦特墨才 30 岁出头,年纪最小的勒温才 20 岁多一点。格式塔心理学对德国经院式的正统心理学采取了截然对立的态度。正如舒尔茨所指出的:“他们正在攻击那时已经确立的心理学的基础。像大多数革命运动一样,格式塔学派要求完全修正旧体系。”他们面前的对手就是冯特开创的构造主义心理学,他们攻击的主要目标就是历史悠久的“心理元素论”和以科学面目出现的刺激与反应之间的“知觉恒定论”。① 他们虽然年轻,他们的理论却代表了一种新世纪的时代精神的流向,于是,由冯特和铁钦纳惨淡经营起来的那堵“砖泥构造”的心理学之墙,很快便被他们从根基上动摇了。况且,旧的心理学由于自身脱离实际已成为僵硬的教条,渐渐失去了自己的活力和人们的信任,新的学派便迅速地在德国境

① ［美］杜安·舒尔茨:《现代心理学史》,人民教育出版社 1981 年版,第 294 页。

内扩展开来。

20世纪30年代中期,德国法西斯统治日益猖獗,学术研究受到独裁政治的严格管控,科研人员的人身安全时时受到威胁,格式塔心理学派便随着它的主要创始人辗转来到大洋彼岸的美国。

不料,美国心理学界对于格式塔心理学却漠然视之,甚至冷言冷语地加以嘲讽。原因是,在美国,对于构造主义心理学的批判早已由威廉·詹姆斯的机能主义心理学做过,而且战胜了构造主义的机能主义也已经成了黄昏的太阳。格式塔在德国全力攻打的敌手,在美国不过是一只死老虎,甚至是一张老虎皮。这种情势对于格式塔学派来说十分不利,因为任何一个革命性的运动,为了自己的发展就必须找到自己批判的对象。不过,待到韦特墨们渐渐熟悉了美国心理学界的局势后,便很快找到了他们的新的靶子:这就是与构造主义心理学同样具有"原子论""机械论"色彩的行为主义心理学,而那时行为主义刚刚成为一门显学。格式塔心理学以它的对内的精诚团结和对外的好斗精神打开了新的局面,虽然它最终也没有能够成为美国心理学界的主流,但它的确在美国心理学界占据了很大的一块地盘,成为一支英姿勃发的新生力量。

相形之下,由于独裁者的专横,科研人才的大量流失,德国心理学在20世纪30年代之后便现出一副人去楼空的凋敝景象,由老迈衰朽的构造主义心理学强打精神支撑着门面。实际上,德国作为现代心理学的策源地已由兴盛转向衰落。第二次世界大战之后,德国的许多年轻人不得不到美国去学心理学,并成为美国心理学的虔诚的追随者和崇拜者,甚至提出了"全盘美国化"的主张。历史无情,一个愚妄的独裁者是可以将一个国家、一个民族拖进苦难的深渊的。

格式塔质

"格式塔"一词,是德文"Gestale"一词的中文音译。这个概念,曾给它的多种外语翻译者造成很大的困难。这个学派的创始人也曾屡屡对它做出解释，含义却不断变化。"Gestale"一词的最基本用法，是指物的形式、形状，在格式塔心理学中它被赋予了"形式在感觉中生成"的含义，用来表述由部分构成一种通体相关的完整图式的现象，含有"整合使之完形"的意思，中国心理学界将"格式塔心理学"译为"完形心理"还是比较贴切的。

格式塔心理学赖以立足的最重要的一块理论基石，即：整体大于局部相加之和；在一个整体之内，各部分关系是"非加法性"的，局部相加将产生一种"新质"；整体的属性并不决定于其个别的元素，相反，个别元素的属性却受整体的制约，由其在整体中的地位与功能决定着。对此，韦特墨曾经指出：

> 格式塔的理论是什么？它打算做什么？
>
> 格式塔的基本"公式"可以这样表述：有些整体的行为不是由个别元素的行为决定的，但是部分过程本身则是由整体的内在性质决定的。确定这种整体的性质就是格式塔理论所期望的。①

对于熟悉现代系统论中整体性原则的人们来说，格式塔的这一理论并不难理解。而且，现代系统论的创始人 C. V. 贝塔朗菲在其理论的酝酿过程中的确受到过格式塔心理学的影响，他说过，普通系统论就是对于整体和完整性的科学探索。

然而，关于物的性质是由其整体的结构决定的，整体大于部分之和的思想，既不是贝塔朗菲的发现，也不是格式塔心理学家的发现。在一些心理学史著述中，对于格式塔思想的溯源是一个马拉松式的问题。一般说来，马赫对于空间模式和时间模式的论述，厄棱费尔关于"形质"概念的提出，被看作格式塔运动直接

---

① ［德］韦特墨：《格式塔理论》，见 W. D. 埃利斯：《格式塔心理学史料》，第 1 页；转引自［美］杜安·舒尔茨：《现代心理学史》，人民教育出版社 1981 年版，第 296 页。

的先驱;而康德对于知觉完整论的强调,对于"美是对象的合目的性形式"的论述,则被认作是格式塔思想的导师;而在研究方法论上,它又受德国哲学家胡塞尔的现象学的影响。此外,曾经孕育了格式塔思想的心理学家还可以举出冯特、詹姆斯、布伦塔诺等人;而生物学界摩尔根突创进化理论的提出,现代物理学中对物质结构的新的解释,都向格式塔心理学生长输送了精神上的养料。

如果继续往上追寻,格式塔心理学的滥觞还应当追溯到古希腊的毕达哥拉斯那里。毕达哥拉斯从整体论出发将世界的存在看作"和谐的形式",一种量度上的关系,而比他稍晚一些的留基伯与德谟克利特则从线性的因果链出发,将世界看作由不同的"原子"相互结合而构成。在他们之后的两千多年里,"整体论"和"原子论"始终是人们解释世界存在的两种不同的模式。德谟克利特的"原子论"在近代已经由牛顿、门捷列夫、居里夫人这些科学巨人发展到顶峰,而毕达哥拉斯的"整体论"却在20世纪的量子物理学中被人们重新赋予新奇的色彩。如果说冯特的构造主义心理学是古老朴素的"原子论"在19世纪结下的最后一个果子的话,格式塔心理学则是古老神秘的"整体论"在新世纪开出的一朵鲜花。

古希腊的毕达哥拉斯学派,几乎像尊崇宗教一样崇仰着数学,是他们最早认识到了数学形式化所固有的创造力。是他们最早发现,当两条琴弦的长度形成一定比例时,它们各自发出的声音加在一起将发出一种悦耳的"谐音",这种"谐音"是一种不同于两种固有音中任何一种的"新的声音",一种由共鸣创生出的声音。

格式塔心理学的创始人之一韦特墨常常喜欢举的两个例子,与上述例子就颇为接近。这两个例子,一个是空间性的,一个是时间性的。其中空间性的例子说:三条直线相交叉组成一个三角形,"三角形"的属性并不是三条直线属性的相加,比起三条直线的质来说,三角形具备一种新的质,一种创生出来的新质,"格式塔质"。三条直线的长短、交叉的角度可以变化,三角形的质的规定性却不变。时间性的例子是:七个不同的音符可以组成一支熟悉的曲子,七个音符的音色、音质、音高、甚至音程、节奏都可以作某种改变,而且不管是用比利时的萨克斯管吹奏,还是用朝鲜人的伽倻琴弹拨,我们仍然可以听出是这首曲子,也就是说构成这首曲子的质仍然不变。那么,这种质是什么呢?韦特墨借用厄棱费尔的话说:"在这里一定有比六个乐音的总和更多的东西,即第七种东西,也就是形—质,原来七个乐音的 Gestaltqualitat(格式塔质)。"与厄棱费尔不同,韦特墨并不只把这种新的东西当作构成整体的另一种元素,而是将它看作是一种比某种具体元素重要得多的东西,一种统摄总体的,完形的,起决定作用的东西。

这种被称作"格式塔质"的东西,究竟是一种什么性质的东西,究竟是由何产生的呢? 在这个问题上,格式塔学派的心理学家们是矛盾的。大约仍然是受到了康德哲学的影响,他们一方面认为形式与关系在世界上的存在是一种客观的自在,一方面又认为实际上我们面对的永远只能是我们感觉到的现象存在。所谓"格式塔质"就是客体中的某种结构、关系在人的知觉中的呈现,是一种非心非物、亦心亦物的现象存在,其中包孕着人与自然、人的心理与人的环境之间无比丰富的内容.

遗憾的是格式塔心理学的最初的领袖们对于艺术的态度不甚热心,考夫卡在其《艺术心理学中的问题》一文中试图运用格式塔的理论来解释艺术创造。在他看来,纯粹的艺术创造就是艺术家对某种结构与关系的发现,对某种客观的东西的服从,"艺术品并不需要自我""艺术品的魅力来自它的结构,因此,对我们理解艺术心理学来说,最重要的就不是艺术品的结构所唤起的情感,而是这结构本身"①。考夫卡的这段决绝的话一方面终结了古典美学中的"移情说",一反面开启了结构主义批评的大门。论述体现了一个科学家的冷峻,而少了点艺术家的热情,这种理论将导致对于创作主体的排斥,这样走下

---

① 〔德〕考夫卡:《艺术心理学中的问题》,见 M. 李普曼编:《当代美学》,光明日报出版社 1986 年版,第 412 页。

去,考夫卡的艺术心理学其实是很不利于解释艺术创造中的心理活动的。

这再次证明：要一个真正有贡献的心理学家懂一点文学艺术,并不比要一个文学艺术家弄通一点心理学容易。十分侥幸的是,格式塔心理学派中毕竟走出一位美学大师鲁道夫·阿恩海姆,遂使格式塔的心理学理论与艺术家的心灵联结融贯起来。阿恩海姆强调说："一个不可否认的事实是：那些赋予思想家和艺术家的行为以高贵性的东西只能是心灵……人的各种心理能力中差不多都有心灵在发挥作用,因为人的诸种心理能力在任何时候都是作为一个整体活动着,一切知觉中都包含着思维,一切推理中都包含着直觉,一切观测中都包含着创造。"①几年前,他在给艾伦·温诺的《创造的世界》一书写的序言中还再次告诫心理学研究者："无论是谁,只要能正确地对待艺术家们的心理、他们的作品及其读者,谁就不难对人性作出令人满意的解释了。"由于阿恩海姆总是执着地把艺术、把心理学导向人、人生、人性这一核心问题,所以在他的推动下,格式塔文艺心理学作为文艺心理学中一个重要的流派,在现代文学艺术界引起了很大的反响。在阿恩海姆的文艺心理学中,世界不再是毕达哥拉斯的纯粹的数的关系,不再是德谟克利特的实在的物质微粒,也不再是柏拉图的王国在尘世投下的影像。阿恩海姆的世界是人的世界,是艺术的世界,也是人类与自然万物共生的世界,在这个世界里,主体与客体、心理与物理发生着一种互生、互创、共存、共鸣的活动。

力的图式与情的表现

种种迹象说明,我们的祖先原始人的世界,是一个主观与客观、心理与物理混沌莫辨的世界。后来,文明的发展使人们认识到客观的物理世界与人的

---

① ［美］鲁道夫·阿恩海姆：《艺术与视知觉》,中国社会科学出版社1984年版,第5页。

心理世界并不是一个世界，为了区分这两个世界，人类之中一代又一代的杰出代表——哲学家和科学家们写下了汗牛充栋的著作，以致这两个世界的分别日益廓清：其界限如泾渭分明，其差别如天地悬殊，其对立如双峰耸峙，这种情形，一直被认作人类理智清明的象征。

物的界限与心的界限果然是如此森严壁垒吗？格式塔心理学对此提出了挑战，企图在心物之间开挖出一条运河，使二者沟通起来。不可小觑的是，它提出的"异质同型"说似乎已经在某些物理、心理现象中得到证明。

"异质同型说"的含义，概括地说就是：在人与自然的网络中，物质的物理活动机制与人体的生理活动机制，与人的大脑的心理活动机制之间存在着同一性的关系。比如：春风摆柳的自然景色，与轻柔明快的舞蹈动作，与欢悦舒畅的心绪具有同一性；岿然屹立的山峰，与刚健沉稳的身躯，与坚定不移的信念具有同一性。对于这些现象，人们早有发现，然而人们的解释却各不相同。历代的文艺创作家、文艺理论家们或者说这是建立在经验之上的联想，或者说是建立在移情之上的主体心理的外射。格式塔的学者们认为这些都没有说到根本上，在他们看来，"树木山石""四肢身躯""心境情绪"这些显然异质的东西，之所以会出现这种奇妙的效应，是因为心、身、物三者之间在力的结构图式上具有一致的倾向，即一种整合完形的倾向，一种共同的格式塔倾向。

阿恩海姆认为，自然界的万物，大至天体、山岩、海水、沙滩，小至树干、树枝、猎豹的体态、蜗牛的躯壳，其状貌都是物理力作用之后留下的痕迹，是某种"力的结构"的表现。更重要的是，这种"力的结构"在宇宙之内是具有一致性的：

> 不仅在于它对那个拥有这种结构的客观事物本身具有意义，而且在于它对于一般的物理世界和精神世界均有意义。像上升和下降、统治和服从、软弱和坚强、和谐与混乱、前进和退让等等基调，实际上乃是一切存在物的基本存在形式。不论是在我们自己的心灵中，还是在自然现象中，

都存在着这样一些基调。那诉诸人的知觉的表现论,要想完成它自己的使命,就不能仅仅是我们自己感情的共鸣。我们必须认识到,那推动我们自己的情感活动起来的力,与那些作用于整个宇宙的普遍性的力,实际上是同一种力。只有这样去看问题,我们才能意识到自身在整个宇宙中所处的地位,以及这个整体的内在统一。①

阿恩海姆的这段话,很容易让人想起中国古人时常论及的"天人感应",人和自然既然同处于一个大的系统之中,人与自然之间可以发生某种感应则是完全可能的。而且,一个人的丰富程度应该是与他和自然之间的感应程度成正比的。感应的能力对于从事文学艺术创造的人来说更是至关重要的。至于感应的媒介,格式塔心理学并不认为心理知觉就是物理刺激的真实复写,而认为是对于某种"力的图式"的认同。

这种"力"的内蕴究竟如何呢?

物理世界中存在着各种力的活动,这在牛顿的物理学中已经有了充分的揭示和论证。

生理世界中存在着种种力的活动,如血液循环、呼吸消化、行经运气等,也已在现代生物学中得到充分的解释。

心理世界中有没有力的活动呢? 显然是有的,如我们常说的"知觉力""想象力""内驱力""心理张力",以及艺术心理活动中的"力透纸背""气韵生动"等等。只是这些力的活动至今仍没有得到科学的解释。韦特墨自己也说:"对静止不动的客体,获得感觉上清晰明确的运动印象,这在心理学上是神秘莫测的。"②格式塔心理学家试图从大脑皮层某一固定位置上的神经元之间的生物化学电脉冲的活动方式来解释心理世界中力的活动。据说,他们的这一

---

① [美] 鲁道夫·阿恩海姆:《艺术与视知觉》,中国社会科学出版社 1984 年版,第 625 页。
② [德] 赖特纳·韦特墨:《视见运动的实验研究》,见《西方心理学家文选》,人民教育出版社 1983 年版,第 284 页。

假说已经被新的实验结果所否定。即使这种说法可以成立的话,用大脑皮层细胞中的生物电的活动来解释人的情感运动和心理运动也是一条"还原论"的道路。它可能会分析出心理活动中某些基本的类型;比如平静休眠时的脑电波,焦虑烦躁时的脑电波,冲动兴奋时的脑电波是各不相同的,甚至看到一个正方形与看到一个圆形时的脑电波也是不同的,但具体到单个人的复杂情感活动,一个因做投机生意赔了血本的不法商人的懊恼心情与一个没有能够医治好自己爱女的病的医生的懊恼心情,其心理活动的电波可能是相同的,而其感受和体验的心理内容却截然不同。据称,格式塔心理学可以运用"力的图式"来解释纯粹情感表现的心理过程,不过,依我们看来,这种"纯粹感情"却是一种低级阶段的心理活动过程,所谓"纯情感现象"或"纯精神现象"差不多又成了一种纯物理化学现象。心理学上的实证主义往往会使研究者又回到零的起点,当他们觉得自己几乎解决了全部问题时,跟随他们行走的人们又会突然发觉他们几乎什么问题也没有解决。

顿悟与创造性思维

如果说格式塔心理学的"同型论"为解开人类情感活动的奥秘仅只踏上了第一级台阶的话,而由苛勒和韦特墨提出的"情境-顿悟"的理论,则为人类创造性的思维活动捅开了一个不小的门洞。这个理论,对于从事文学艺术创造的人来说更具启发意义。

人类最初是如何从生活实践中解决遇到的问题并从而学到有用的知识呢?行为主义心理学家认为是刺激的不断强化过程,机能主义心理学家认为是对于错误的反复尝试与多次矫正。类似的说法在中国古代谚语中被屡屡提到,如:"熟能生巧""勤能补拙""失败是成功之母""吃一堑,长一智"等。这些学习心理的共同特点是:历时性的,单向度的,线性的,逻辑的,在因果链上循序渐进的,因而也是被规定了的。直到目前为止,我们的学校教育中提倡的仍然是这种思维方式。格式塔心理学完全否定了这种思维方式的创造性意义,提出了一种瞬间的、全方位的、整体的、偶发性的、自由的思维方式,并且认为这是一切创造性活动中最基本的、最有效的思维方式。

问题的突破最初是由苛勒对于一只名叫"苏丹"的黑猩猩的实验研究中取得的。这只被关在笼子里的黑猩猩,为了吃到笼子外边的香蕉,在做了一番努力之后,突然发现可以将两根短的细竹竿插在一起,并用这根接长了的竹竿终于把笼外的香蕉弄到手中。这种情形在人的日常生活中也是很普遍的。比如,一个幼儿想吃桌子上放的糖果,围着桌子团团转却总也取不到,突然,他发现了墙边的小凳子,于是他搬来凳子垫在脚下,终于吃到了喜爱的糖果。又如,儿童时代的司马光急中生智地用一块石头砸破水缸,成功地救出了落入水缸中的伙伴。这些例子在一般人看来顶多赞以"聪明"二字,而在一个心理学家眼目中,却含有深邃的道理。苛勒将这类事件过程中的心理活动看作是主体在某种特定情景中的顿悟,这是一种"急智",一种"直觉",这是一种"豁然开朗""恍然大悟""茅塞顿开""秘响旁通""心花怒放"的心理境界。

苛勒分解说:问题的设置,本身就是一个动态的"知觉场",客观的条件、主观的愿望,横亘在愿望和环境之间的困难与阻碍,构成了一个充满了"紧张"情势的格局,其动力是主体的目的和欲望。这种问题情景就是一种心理学意义上的格式塔,一种整体性的、空间性的结构关系。苛勒和韦特墨都曾再三强调:问题的解决必须从整体意义上进行,任何细节方向都只能和整个情境的结构联系起来加以考虑,关键取决于抓住问题情境中的结构关系和功能关系,取决于对这种整体关系的直接审视。突然,一种新的"完形"过程完成了,在大脑的电火光中,一切关系被重新调整和改组,一幅新的图景闪现出来,一种合目的的新的格局被"创造"出来,主体的心理能量在这一重建过程中得到了释放。格式塔心理学家们认为,在这一过程中,线性的逻辑推理和已建立起的习惯行为模式往往是不起作用的,结果也并不总是服从已知的因果关系,往往带有很大的偶然性。比如,按照通常的因果关系,司马光不会把缸砸破,而只能将伙伴努力从水缸中拉出来,或者将缸里面的水舀出来;司马光"急中生智"将水缸、落水的同伴、水缸边的石头组合成一个"完形的关系场",以"砸缸"这种灵机一动的直觉,采取了一个创造性的举动,搭救同伴于危难之中,也留下一段千古传诵的佳话!在这一情景中,"砸缸"行为对于行动的主体来说,它是独创的、首创的,并且还伴随着强烈的情绪体验。

格式塔的这一理论,后来在勒温的"心理动力场"理论得到进一步发展。勒温认为,个人的心理活动总是在一种"心理活动场"或"心理生活空间"中发生的,在这个"场"或"空间"里,包含着一个生机勃勃的活动主体和围绕着这一主体的"过去、现在和将来的一切事件"。在这个"场"或"空间"内,个体与环境之间的多种力量相克相成,千变万化,构成一种动态的整体结构,这也就是问题的情境。问题的解决,即对于这一情境的突破与改建。所谓心理活动,在格式塔心理学或勒温的拓扑心理学中,永远不会是一条连续不断的线,而只能是一个主体的、直感的、充满张力的空间,一个充满能量的场。

心理美学家阿恩海姆显然是格式塔思维理论的热心宣传者,他将人在特定情境中的思维称作"直觉的认识",并进行了以下论述:

> 直觉认识发生在一个各种"力"之间发生自由相互作用的知觉领域内。这种认识可以从一个人对一幅绘画的把握中得到例证。在观看一幅画时,对画框之内的整个领域稍作扫描,观看者便能知觉到画的各组成成分:它们的形状和色彩,它们之间的种种关系。由于这些组成成分之间在知觉经验中相互作用和影响,所以观看者所看到的整体形象乃是这些成分之间相互作用的结果。知觉力之间的相互作用,其实就是在大脑生理电力"场"内发生的高度复杂的加工过程。这一过程一般很少进入人的

意识(或者很少能被意识到),真正进入意识的,只是这种作用的最终结果。①

　　阿恩海姆讲的"直觉认识",实际上总是一种视知觉性的思维,一种对于对象"感性状态的重新组构",其性质有些像原子内发生的聚合或裂变,是一种结构对另一种结构的置换。

　　以前我们对"形象思维"的研究,常常套用"逻辑思维"的模式,将"形象"看作是一个个孤立分散、类似"概念"的"思维单元",将"形象思维"的过程看作是这些"思维单元"之间的逻辑演算,其中真正在起作用的,其实还是"概念",所谓"形象"只不过成了概念的图解。

　　如果从格式塔的理论来看,"形象思维"也应当是一种"问题情境"向另一种"问题情境"的突变,应当是某种"感性状态"在内心视知觉中的重新构建。比如,列夫·托尔斯泰早年在高加索的军旅生活中曾经积累了许多关于民族英雄哈泽·穆拉特事迹的素材,这些素材作为一些零散的"情境"时常呈现在他的记忆的屏幕上。一天清早托尔斯泰在看不见一根绿草的翻耕过两遍的土地上,在尘土飞扬、灰蒙蒙的大道旁边看到一棵牛蒡,牛蒡的三根枝芽:一根已经折断,一根受到损伤,一根仍然挺立着,虽然也已经被灰尘染得污秽不堪,枝芽中仍隐隐泛溢出红光。这时,托尔斯泰顿悟了,他一下子便找到了写作这部小说的契机:把生命坚持到最后一息。

　　托尔斯泰顿悟的奥秘何在呢?是田野上的这幅情境为他提供了一个良好的格式塔图式:近乎酷烈的"寸草不生的田野上,孤零零的一棵牛蒡花,两根枝条已经损伤,仅余的一根仍昂首挺立",这里的牛蒡花与高加索的那个鞑靼民族英雄有着一种"同型"关系,托尔斯泰看到的这一整体情境,在暗示着哈泽·穆拉特散乱事迹的一种新的构建与组合,于是一场心灵上的裂变和聚

---

① ［美］鲁道夫·阿恩海姆:《视觉思维》,光明日报出版社1986年版,第343—344页。

合在一刹那间完成了,这就是创作的灵感,就是艺术的直觉。

在一个很长的时间里,格式塔心理学一直把自己的研究力量投放在人们的可视性思维过程中,阿恩海姆在文艺学中的主要贡献,也是在绘画、雕塑等造型艺术方面,只是到了晚年,他才谨慎地将他的理论嫁接到语言艺术中来。有文学创作用语言作为工具和媒介,"格式塔"现象要复杂得多,也难解得多。不幸,这枚酸涩的果子只好留给后人来啃了。

走向文学格式塔

文学界的人士对于将"格式塔"理论运用到自己的领域中来,早就有些眼热了。在西方、巴西、瑞士、德国的一些"具体派"诗人们在字词的形态和词句的排列上大玩其花样,声称要在诗歌中创造出一种由"时间""空间""色彩""声响"组合在一起的"四维空间"。

那一年我随中国作家代表团访问意大利,在罗马会见一位魔幻现实主义小说家,名叫斯达里斯拉奥·尼耶伏(Stanislao Nievo),他小说写得很好,刚刚荣获 1987 年度的斯特雷加文学奖。他告诉我他除了写小说,也写诗,说着便拿出一本诗集来,诗集是尼耶伏自己印制装订的,集子中便全是这类具象诗。我不懂意大利文,但也分明能辨出哪首写的是"流水""春风",哪首写的是"高塔""爆炸",尼耶夫一下子感觉找到了知音,显得很兴奋,同时又抱怨出版社不愿接受他的这本诗集,看来是不被读书界看好。

于是,又有人发出绝望的叹息,认为文学创作凭借的物质媒介是语言,而语言的基本单位是字,是词,是一种普遍的概念,是一种抽象的符号,所以,文学作品与讲完形的格式塔心理学是无缘的。

格式塔心理学家坚定不移地相信视象性的思维是一切思维的基础,并且是创造性思维的主要表现形式,他们的确可以成功地在许多杰出的文学艺术家,甚至科学家的思维活动中找到例证。有些成就辉煌的大作家在他们的创作谈中就曾说过,他们是"看着写"的,在写作过程中他们可以清晰地"看见"他们笔下的人物的音容笑貌、一举一动。而有些人之所以说自己在思维时并未发现有意象存在,只是他没有意识到意象的活动,因为,感性的意象活动更多的时候是在意识的阈限之下进行的,主体意识不到并不能说它在思维过程中没有起作用。

其实科学家也是这样,爱因斯坦是韦特墨多年的老朋友,爱因斯坦熟悉格式塔的理论,当他接受一位名叫哈达马德的人对他的思维过程所做的调查时,作出了如下回答:

> 在我的思维机构中,书面的或口头的文字似乎不起任何作用。作为思想元素的心理的东西是一些记号和有一定明晰程度的意象,它们可以由我"随意地"再生和组合。……这些组合活动似乎是创造性思维的主要形式。①

爱因斯坦的回答,显然纯粹是"格式塔"式的,这和一些语言学家的理论则是矛盾的。在以往的许多语言学家看来,语言是对具体事物的抽象,一切思维都离不开语言,因而思维就总是一种抽象的思维,所谓形象思维、感性思维、直观思维,不能脱离意象的思维只是一种低级的思维,一种野蛮人的思维,一种儿童的思维,就像幼儿园的孩子算算术还必须掰着手指头一样。

思维活动是有意象的还是无意象的,语言是抽象的还是具象的,20世纪初的心理学界、哲学界曾经花费许多笔墨打了一场糊涂仗。

阿恩海姆在其《视觉思维》一书中,企图对这团乱麻似的问题理个头绪出来,他选择的线索是:语言和意象的关系。他得出的结论是:人的心理活动中

---

① ［美］克雷奇、珂拉琪菲尔德、利维森等著:《心理学纲要》下册,文化教育出版社1983年版,第210页。

的一切意象比起生活中的外在事物来,都经过了一定的概括与抽象,而思维活动中的一切概念和抽象符号又都具备一定意象的心理内涵。

康德说过:没有抽象的视觉谓之盲,没有视觉的抽象谓之空。

克罗齐说过:没有意象的情感是盲目的情感,没有情感的意象是空洞的意象。

阿恩海姆大约从这里受到启示,认为言语作为一种心理活动的产物,其功能小是单一的,它是概念、意象、情感的有机结合。作为一个文艺心理学家,阿恩海姆强调更多的是言语活动的心理内容,而反对夸大语言形式的符号作用。在这一点上他不惜得罪大名鼎鼎的语言学家 E·萨丕尔、哲学家 E.卡西勒,以及美学家苏珊·朗格。他认为,过分地强调语言符号系统的先验性、稳固性,是不符合人类心理活动的事实的,甚至是颠倒了这种事实的。在阿恩海姆看来,语言的形式体系不是先验的,而是由心理意象派生的;不是稳固的,而是随着人的意识流动不停地变化着的,尽管有时变化是微妙的,但绝不是固定不变的。

阿恩海姆的语言理论似乎在走着一条回头路,往原始思维的源头靠拢,他认为真正的创造性思维活动都是通过"意象"进行的,语言只有回归到意象的水平上,才可能对思维发生作用。在我们看来,他必须这样做,只有这样,他的格式塔理论才能在语言学的势力圈中发挥效用。他说:

> 我认为,语言只有同另一种知觉媒介即作为思维主要工具的意象相互作用时,才不至于沦为思想成形之后为它追加的标签或标记。①

如此一来,思维的工具并不是语言,而是意象,语言只是意象这种思维工具的符号。在阿恩海姆这里,语言在思维中的地位降了一格,语言学比起心理

---

① [美] 鲁道夫·阿恩海姆:《视觉思维》,光明日报出版社 1986 年版,第 355 页。

学来,重要性也降了一格。对于以乔姆斯基为首发动的语言学革命来说,阿恩海姆可能是"反动"的,然而,他把语言符号与心理意象联系起来看,对于打破文学语言研究的僵滞局面则是有益的,将语言的"线性逻辑"牵引到"场性整合"中来,它可能引导我们走向一种"文学格式塔",导致一门新的"文学言语学"的诞生。[①]

在人类认识的曲线上

格式塔心理学在 20 世纪初乘着时代的东风揭竿而起,无畏地向着旧的传统精神宣战,从西欧到北美,终于为自己打下了一块天地,成为现代心理学史上一个声名显赫的学派,其功绩不可低估。然而正如波林指出的,一个学派也可能因其成功而导致失败,构造主义心理学,机能主义心理学都是"功成身亡"的。格式塔心理学似乎也未能免此厄运。

格式塔心理学以研究人的视知觉起家,以研究整体现象立脚,由苛勒、勒温对于心理场论的研究推上高峰。到了 20 世纪 30 年代末期,格式塔心理学已经将学习、回忆、意志、情绪、心境、行为、思维、活动、动机、人格等心理学项目都置于自己的覆盖之下,结果,它反倒从自己达到的顶峰之上跌落下来,失去了本属自己的鲜明的旗帜。如果把人类对世界、对自身的认识过程比作一个巨大的螺旋体,那么从这一螺旋体上取下的任何一小段都差不多可以看作直线,然而,如果真的把它当作直线,并恣意将它延伸下去,那么它就可能脱离认识的真实轨道。

[①] 关于"文学言语学",可参考本书作者稍后出版的《超越语言》一书。书中曾将格式塔心理学的原理运用到关于"场语言"的论述:"场型语言是一种建构性的语言,一种立体的、空间的语言,它依赖于表象和意象的自由拼接,它作用于作家和读者的直觉与顿悟,从而创生出审美的新质,创生出文学作品的境界、氛围、气韵、格调、情致。"

格式塔截取的这一线段，也不是直线，它从一开始就潜隐着认识上的种种矛盾。它的宗旨是研究人类复杂微妙的精神现象、心灵现象，它求助的方法却是现代科学的实证主义，它希望得出一种精确的解释，结果却只能达到一种朦胧的现象描述，面对别人的批评，它只好以"我们的学科毕竟还年轻"来加以掩饰。它研究的目标是人的纯粹的知觉经验，结果却不得不否定人的现实经验而到大脑皮层的生物电脉冲中去求取答案，从精神的云端萦回物质的岩层。它一心一意向现代物理学的科学理论中求取帮助，却又始终摆脱不了"天赋""先验"之类的神秘主义的迷雾……问题不仅仅在于这些矛盾，还在于缺乏正视这些矛盾的姿态。

　　常有人奚落格式塔心理学说：它的确很新鲜，因为它不正确；也有人说：它是正确的，因为它从来也不新鲜。这种风凉话是尖刻的。格式塔心理学毕竟是一个历史的存在，有人可以说它已经"身亡"了，但这也可以理解为它已经"化作身千亿"，渗透融汇到今日心理学的各个研究领域中去了。

第十一章　日内瓦学派：新的综合

皮亚杰，蜘蛛和它的网

诞生于 19 世纪末的皮亚杰,在 20 世纪 80 年代去世了。他的欧洲的弟子们,在悼念他的文章中写道:"皮亚杰可与苏格拉底、弗洛伊德和爱因斯坦相媲美。"这话,恐怕只能看作是弟子们对于先师的一片深情。不过,皮亚杰在西方现代心理学史上,的确是一座引人瞩目的丰碑,他差不多可以被我们看作是离我们最近的而又最杰出的一位心理学家。生前,他曾担任过国际心理科学联合会主席,国际教育局局长。1955 年,他创建日内瓦发生认识论国际研究中心,成为日内瓦心理学派的创始人。他以他的学识和勤奋,加上他的长寿,毕生共发表了 500 多篇论文和 50 多部专著。正是这些成就奠定了他在学术界的地位。

20 世纪以来,世界学术领域的总体动态是怎样的呢? 苏联的一位名叫 A. 阿列克桑德洛夫的科学院院士在第三届全苏"现代自然科学中的哲学问题讨论会"上讲:"最有趣的是,无论在自然科学领域内,还是在其他学科中,今天现代科学的'生长点'都出现在一些学科间的'接合点'上,并且越往后越如此。"①新的综合,不断地在各个学科的交叉点上出现。皮亚杰的心理学较之以往各流派心理学显著的不同,便是它体现了学科研究中这一时代的特点。

皮亚杰在综合其他学科方面,简直像一只睿智的蜘蛛,在秋日丛林的枝杈间,辛勤地编织着一张庞大的网。

他胃口很大。他说:20世纪以来,千差万别的新学科出现,从心理学和认识论的历史看,它们难道就没有共同之处吗?他要通过发生认识论,将各门不同的学科"横跨"起来。当然,这还只是"横"的方面;从"纵"的方面看,皮亚杰说,以往的认识论只顾及认识的高级阶段,其实是只顾及认识的某些最后结果,而他的发生认识论则要研究各种认识的起源,从最低处向最高处追踪攀援。他说,在他这里"认识"不再是一个纯哲学的问题,而是与所有人类科学发生了关系。他为日内瓦发生认识论国际研究中心规定的一个准则便是:"跨行业性"与"集体合作的方法",并以"心理学家""科学史家""生物学家""逻辑学家""数学家""控制论专家""语言学家"的合作为先决条件。

他自己就是这项准则的一位身体力行者。

他主张,把哲学上的结构主义与心理学上的构造主义结合起来。

他呼吁,要用结构主义来弥补操作主义的不足。

他断言,各种心理学迟早都要向生物学和逻辑学靠拢过去。

他感谢控制论为他的同化、顺应的平衡理论提供了工具。

他又说是对于康德哲学的重新审视促成了他的发生认识论。

他还热衷于从马克思主义的哲学中寻觅自己的知音。

他还炫耀过,杰出的科学家库恩曾援引过他的观点;物理学家米勒曾把他与量子物理学的创始人玻尔相提并论。

---

① 哲学研究编辑部:《哲学译丛》1987年第1期,第41页。

他还说，他读过弗洛伊德的书，读过荣格的书；如果他早生十年的话，他就又可能成为一个格式塔心理学家。

直到80岁的高龄，他又披着满头银发亲赴巴黎近郊的罗埃蒙德与现代语言学界的巨擘乔姆斯基展开面对面的激烈而又友好的学术争论。

如此纵横交叉的结果，似乎还引起了这样一些麻烦。

一是概念系统的紊乱，迫使皮亚杰不得不放弃传统心理学中许多固有的概念，而去自己创造一套概念。有人开玩笑地说："皮亚杰是一位创造概念的专家，他所用的一套术语，都是他自己创造的"。比如："同化""顺应""图式""吮乳图式""反应抽象""具体运演""形式运演""客体运算者""运算结构主义图式系统"等等，其中有些是从其他学科中借用的，有的则是改造后又赋予了自己给定的内涵。如果说80年代中国文坛上曾经出现过"新名词疲劳轰炸"的灾难的话，始作俑者，会不会是西洋人皮亚杰呢？

其次，学科客串的结果，连皮亚杰的学术身份也成了问题。有人说，他主要是一位儿童心理学家，有人说他主要是一位教育心理学家，有人说他主要是一位发展心理学家，还有人说他是一位生物学家、逻辑学家、数学家、科学史家、哲学家等等。据说，皮亚杰为自己挑中的头衔是：发生科学认识论的创建者。

认识的主观性

如果说古代的神话知识倾向于把主体与客体看作一个混沌合一的整体，则近代科学却将这个统一的世界截然剥离开来，变成"唯物-唯心""客观-主观"对峙与楚河汉界的两家军营。直到现在，还有许许多多的科学家、心理学家、哲学家仍然坚信，科学知识中不含有人的因素，知识是客观自存的东西，科学不须牵涉到作为主观的个人，认识主体是外在于认识对象的。这种传统的观念愈来愈受到了现代人的挑战。处于最尖端的现代科学则开始向远古神话"回归",主体重新开始参与到客体中去,现实世界又被认作人与自然的渗透浑溶。皮亚杰的发生认识论研究的前提,显然是接受了这种现代意识的。

对于皮亚杰来说,这种现代意识可能来自现代物理学界的几位头面人物。

首先是爱因斯坦。皮亚杰的研究者大卫·埃尔金德(Davrid Elkind,1931—)在为《儿童的心理发展》一书撰写的导言中说:

> 在皮亚杰看来,相对论具有特别的魅力。爱因斯坦曾经指出,如果概念判断和作出这个判断的观察者的地位总是紧密相关的,那么在概念的构成过程中就不能遗漏掉这个观察者。这个见解加强了皮亚杰早已坚持的一个信念,即实体总包括有一个主观因素,这就是说,实体总是,至少部分是,思维或行为的外在化或具体化。这一点是从康德那里,也许是从马克思那里得来的。①

其次是尼尔斯·玻尔。玻尔在其《人类知识的统一性》一文中,反复论证了"物理经验的说明"对于"观察者的立足点"的依赖性,他说:"不论是在科学中,在哲学中还是在艺术中,一切可能对人类有帮助的经验,必须能够用人类的表达方式来加以传达,而且,正是在这种基础上,我们将处理知识的统一性问题……我们在这里面临着人类地位所固有的和令人难忘的表现在古代中国哲学中的一些互补关系;那种哲学提醒我们,在生存大戏剧中,我们自己既是演员又是观众。"②这话的意思是,在我们似乎是客观地观照着的世界存在中,其实已经含蕴着我们自己投射进去的内容。皮亚杰在他的《结构主义》一书中,引述了玻尔的话作为自己的论证,他说,在知觉的舞台上,上演的已经不是

---

① [瑞士] 让·皮亚杰:《儿童的心理发展》,山东教育出版社 1982 年版,第 7—8 页。
② [丹麦] 尼尔斯·玻尔:《原子物理学和人类知识论文续编》,商务印书馆 1978 年版,第 19 页。

一种客观的物理现象,主体已经参与了演出,"主体乃是演员,甚至时常还是这些造结构(即'建构')过程的作者"。① 皮亚杰的认识论,是间接地建立在现代物理学提供科学论据上的,这使他常常显得理直气壮。

皮亚杰的认识论,不能简单地斥之为"唯心主义",皮亚杰并不否定客观世界作为第一性的存在,他多次声明:"可以肯定,在被发现之前,客体就存在着,客观的结构本身也存在着。""客体肯定是存在的,客体又具有结构,客体结构也是独立存在于我们之外的。"②

他只是强调,在认识论的领域中,认识的对象不会是一个纯客观的存在,"对主体来说,客体只能是客体显示于主体的那个样子,而不能是别的什么"③。从生理学的意义上讲,客体与主体的相关性也是确立不移的,"一个刺激能够诱发一个反应,只有当有机体是首先对这个刺激有感受时才有可能"④。人对客观世界的认识总是从人对客观世界的感受开始的,人对于外部世界的感觉、体验、思维、想象必然受到人的生理机制的制约,因而所谓"认识的对象",就永远只能是"对于人来说的对象"。"夏虫不可以语冰",人也有局限性,事物绝对的客观本质是存在于三九严寒中的冰,它是人类认识的极限,人永远不能真正地获得它。在皮亚杰看来,人的知识并不单纯是物质环境"强制性提供的外源信息",也不单是人类生理遗传机制提供的本能,而是"主体与客体交互作用的结晶"。皮亚杰既反对先天论,又反对机械反映论,他认为人的全部知识都是人在与自然的交往过程中"创生"出来的,"人类的思维改造着现实并超越现实",其构成的假说"在物理现实上是没有副本的""这个产物比客体本身所提供的东西更加丰富"。思维的成果,并不都是来自客体的知识,同时已经经过了主体的组织、建构,蕴含了来自主体方面的内容。

---

① [瑞士]让·皮亚杰:《结构主义》,商务印书馆1984年版,第41页。
② [瑞士]让·皮亚杰:《发生认识论原理》,商务印书馆1985年版,第96页、第103页。
③ 同上,第96页。
④ 《西方心理学家文选》,人民教育出版社1983年版,第430页。

显然,在皮亚杰描绘的世界图景中,人作为主体占据着更重要的地位,发挥着更积极的作用。

人的对象世界,只能是人的世界,而不是蜗牛的世界,蚂蚁的世界,细菌的世界。蜗牛看到的世界与人看到的世界是同一个对象,却不会是同样的世界。人的世界浸染着人类的精神之光和心灵之光。所谓世界的模式,与人类的接受方式相关。客观世界虽然仍是人类认识的源泉,但已不是唯一的源泉,还有一个源泉是人类主体。而且,认识也不再是客观世界的如实反映,认识成了人与自然的互生互创活动,一个连续不断的建构过程。

在我们看来,皮亚杰的这种描述,在人类认识活动的某个区间内,是颇为精彩的。但他的理论是不彻底的,人们不免要问:作为主体的人,包括它的身体构造、生理机制、遗传本能、行为方式又是从何而来的呢?皮亚杰不是一个彻底的唯物主义者,也不是一个彻底的唯心主义者,而是一个游移于"唯物"与"唯心"之间的一个思索者。对此,他自己也是清楚的,他在为他的《发生认识论原理》写的引言中说,他的认识论"是自然主义的但又不是实证主义的";"引起我们对主体活动的注意但又不流于唯心论",他似乎在表演走钢丝,他的身姿不能不是摇摇晃晃的,但这也正是他不同凡响的地方。

人与环境的辩证法

据说,现在已经有了一门"心理学学"的学问,专门研究心理学家的心理特征,一个人怎么会成为一个心理学家,一个心理学家为什么会成为这样一个心理学家?其中的一条规律,即早期经验对于人的行为发展的导向作用。皮亚杰在少年时代对于软体动物很感兴趣,曾对故乡的130种蜗牛进行过考查,发现由于生活环境的不同,比如有的蜗牛生活在平地,有的生活在高原;有的生活在湖畔,有的生活在水中,因而便具有不同的身体结构和生活习惯。据此,他发表了自己的第一篇论文。论文发表后引起了日内瓦生物博物馆的高度重视，误认他是一位学者，准备邀请他为该馆的馆员。见面后才发现，他原来是一个15岁的中学生。这件事导致他对于机能主义心理学的浓厚的兴趣，并在以后的岁月中，始终致力于人与环境的关系的研究。

皮亚杰认为，人的一切心理行为得以发生发展的基本因素包括三个方面：一，生物遗传；二，物理环境；三，社会环境。第一点讲的是有机体，后两点讲的是围绕机体的环境条件，一切微妙变幻的心理现象都是在机体与环境的相互作用中出现的。他说，从发生认识论的观点看：

> 具有头等重要性的新变化，能在相对易变的有机体和改变了的环境之间，通过一些目前尚未能清楚理解的相互作用而几乎任意地制造出来。①

那么，人和环境的关系究竟是如何确立的呢？皮亚杰不同意传统的"遗传决定论"和"环境决定论"，而提出一个"平衡"的概念。"平衡"，在皮亚杰的心理学中被称作"心理发展的最高原理"。

皮亚杰使用的"平衡"这一概念，最初可能是受到现代生物学中关于"生物稳态"的启示。在查理·莱西特和W. B. 坎农一流的生理学家看来，"生命体是稳定的"，生命体在复杂、繁难，常常是不利甚至是凶险的环境中能稳定地生存下去，这就证明机体自身肯定有一种巨大的对于外界刺激的调节、适应能力，一种在活动变化中保持相对稳定或恒定的机制。生理学家举例说：115～128摄氏度的干热环境中仍然可以保持正常的37摄氏度体温，以避免自己被烤焦；而持续奔跑20分钟后肌肉产生的热量如果不被及时发散掉的话，便会像煮熟一个鸡蛋那样使体内的蛋白质凝固起来。这一切，都被身体内部的这

---

① ［瑞士］让·皮亚杰：《发生认识论原理》，商务印书馆1985年版，第96页。

种高效的调节适应功能避免了。平衡是生命的基本活动。

心理学中许多人都曾直接使用"平衡"这一概念。法国心理学家皮埃尔·让内（Pierre Janet, 1859—1947）曾以"心力"的平衡来解释精神生活的统一；弗洛伊德和荣格都曾以郁结和发散来解释心理能量的平衡；格式塔心理学中曾用平衡来表述知觉表象的运动和整合；勒温的拓扑心理学中还曾以平衡来解释心理生活空间不同区域间的移动，并把平衡的概念扩大运用到社会生活的协调统一中去。

在"平衡"问题上，皮亚杰也表现出他的综合的倾向，他认为平衡是生命活动中一切生理现象、心理现象呈现的一种特征，它可以表现在生态方面，也可以表现在心态方面，可以是机体的活动，也可以是心灵的活动。从心理学的意义上讲，从动机、需要、兴趣、习惯，到感情、意志、知觉、思维，都可以看作是一些"心理平衡的调节机制"。但他研究的重心在于：平衡对于人的认知发挥作用，平衡的活动方式，人类心理活动平衡系统的特点。

皮亚杰认为："在认识功能的发展问题中，平衡概念具有中心的解释作用。"①换句话说，他认为"平衡"是打开人类认识活动奥秘的一把具有神效的钥匙。他把"平衡"和"遗传"、和"物理环境""社会环境"构成一种立体的辩证关系，来解释认识的发生和发展，按他的说法，"这种解释比古典直线式的因果关系的解释要更加随意些"，但这样的解释却更切合实际一些。

具体说来，皮亚杰将"平衡"的过程看作主体与环境之间的"同化"与"顺应"交互进行的过程。

所谓"同化"，即主体的心理结构按照自己已有的心理模式，对来自环境的外部刺激的选择和吸收过程，即将物化入人的心中，亦即"物的人化"，人的心灵在将物同化于己的过程中增长着量的积累而不断丰富充实起来。

所谓"顺应"，即主体为适应新的环境，在新的外部刺激下，改变自己固有

———————————

① ［瑞士］让·皮亚杰：《儿童的心理发展》，山东教育出版社 1982 年版，第 133 页。

心理结构的格局或图式,以建立起能够适应新环境的心理格局或图式。如果说"同化"是"物被人的同化","顺应"则是"人对物的适应"。人被环境所改造,人的心灵发生了质的变化而进入一个新的发展阶段。

在这里,人与环境的关系不再是一种简单的、直线的、单向的刺激与反应、反映与被反映的关系,而是一种复杂的、立体的、双向的、相互影响、相互渗透、相互创生的关系,人与自然之间存在着一种内在的交流性与同一性。皮亚杰的这一思想,显然受到了马克思主义的启示。马克思关于"人化的自然界"和"人的本质的对象化"的论述,马克思关于人是"能动的自然存在物"又是"受动的、受制约的和受限制的存在物"的论述①,马克思和恩格斯关于"人创造环境,同样环境也创造人"的论述②,都为皮亚杰提供了养分,他说:

> 对象通过行动而产生变化,而这种变化又成为新知识的来源。卡尔·马克思的一个根本社会学命题就是:人为了生产而作用于自然界,但同时也为自然界法则所制约。在对象的特性和人类的生产之间这种相互作用也在认知心理学中为我们所发现。我们只有作用于对象并改变它时,我们才能认识对象。③

在对于儿童心理发展的为时漫长、规模宏大的研究中,皮亚杰将人与环境之间的"平衡"活动归结为以下一些特点:

一、平衡的稳定性:从个体心理发展的历史看,平衡是一种总的趋向,一切心理的成长都是向着更加复杂和稳定的组织水平前进的。皮亚杰认为,新生婴儿最初的图式(即行为的结构和组织)是由母腹中带来的"遗传性图式",这是一种本能。出生后,作为人的环境发生了剧烈的变化,为了生存,他必须

---

① [德] 马克思、恩格斯著:《马克思恩格斯全集》第 42 卷,人民出版社 1982 年版,第 167 页。
② [德] 马克思、恩格斯著:《马克思恩格斯全集》第 3 卷,人民出版社 1957 年版,第 43 页。
③ [瑞士] 让·皮亚杰:《儿童的心理发展》,山东教育出版社 1982 年版,第 151 页。

对环境做出同化、顺应的调节,以达到某种平衡,这样,生命的形态才能维持,心理活动才成为可能。然后,又出现新的不平衡,通过调节达到更高的平衡。稳定的平衡是智力和人格趋向成熟的表现。

二、平衡的运动性:在皮亚杰的书中,讲平衡的运动比讲平衡的稳定要多,因为在他看来,平衡从来就不是静止的,即使稳态的平衡也是一种动态的平衡。他欣赏格式塔心理学中平衡的这一提法,但不同意格式塔心理学认为平衡就是"力的均衡和谐""矢力代数之和是零"的描述,认为它完全不适用于描述人的高级认识功能。皮亚杰说:"我们保证,绝不把心理学上的平衡视为许多处于静止状态力量之间的均衡""最高的平衡状态将不是一种静止的状态而是主体最高程度的活动",因此他再三强调,平衡的意义不在于它的状态,而在于平衡活动的过程。①

三、平衡的开放性:平衡是由人与环境构成的一个系统。皮亚杰说,他"把平衡视为由于主体反映外来干扰时所产生的补偿作用""这种平衡状态便是一种敞开的系统"。平衡活动就是人与环境的交接吐纳,就是人自身心理模式和行为模式在环境刺激下的革旧布新。心灵如果对外界封闭了,心灵也就失去了发展的可能。

四、平衡的主动性:在关于平衡的观念中,皮亚杰不仅反对格式塔的"场力模式",也不满足于神经心理学家阿什比提出的"盖率模式",不满足于把平衡视为人对于环境被动性的适应和认同,即对所谓固有客观规律的认识与把握。但他倾向于用"博弈论的模式"来解释平衡,认为平衡就是主体面对环境中已经发生和可能发生的刺激做出对策和预测,然后通过活动,增大对客观事物把握认知的必然性,"平衡"就是主体的活动。

概而言之,皮亚杰认为人的认知活动过程就是人与环境对立统一的辩证过程。这个过程从人的机体中的一个最初的图式出发,通过对外部刺激的同

---

① [瑞士]让·皮亚杰:《儿童的心理发展》,山东教育出版社1982年版,第126页。

化、顺应，达到平衡，即一种新的图式的出现，然后开始了更高层次上的同化、顺应、平衡，周而复始，流动不息。皮亚杰的这一理论对于克服认识论中的先验论和机械论都是有积极作用的，然而还有解释不清之处，比如，那个"人的机体中最初的图式"由何而来呢？哪种图式可以算作是人的"最初的图式"呢？

皮亚杰的"发生科学认识论"颇带发生学的色彩："发生可以追溯到其他比较初级的结构，而这些初级的结构仍然并不构成一个绝对的开始，而他过去的发生还可以追溯到更加初级的结构，以至无穷。……但是心理学家则将停止在儿童发生的时候。他将停止在感知运动阶段，而在这个阶段上当然还有整个生物学的问题，因为神经结构本身也有它的发生，以至无穷。"[①]尽管皮亚杰的心理学有着浓厚的生物学色彩，但他仍然没有从神经结构、甚至从物理、化学的结构上解释人类的认知现象，这可能正是出于一种明智的回避。

关于发生理论，他说过这么一句十分耐人寻味的话："从研究起源引出来的重要教训是：从来就没有什么绝对的开端。"既然一切结构都有它的发生，那么最初的发生就：永远不存在；但也并非不存在。"忽闻海外有仙山，山在虚无缥缈间。"

皮亚杰的心理学要为人的认知心理寻根，那根也仍然是一个近似的"极限"。

思维与语言

在《结构主义》一书中，皮亚杰指出，思维和语言的关系问题大约是当代哲学中所能提出来的最深奥、最困难的问题了。思维、语言，和人类的认识活动密切相关，作为发生认识论创建者的皮亚杰在他的研究道路上必然会遇到这

---

① ［瑞士］让·皮亚杰：《儿童的心理发展》，山东教育出版社1982年版，第163页。

一难关。在这个问题上,皮亚杰有着自己坚定而又明确的看法。首先,他对一些享有盛名的语言学家提出了尖锐的挑战。

一方面,他反对布龙菲尔德(Leonard Bloomfield,1887—1949)的"逻辑实证主义"及"语言决定论"。对布龙菲尔德提出的"思维必须严格地服从句法学和语义学的一整套规则""语言是任何人进行思维的必不可少的工具"表示反感。布龙菲尔德接受了华生的行为主义心理学的观点,将"思维"看作是一种无声的"自然语言",语言总在支配着人的思维活动,看来,这显然是一种机械论的观点。

另一方面,他又不同意乔姆斯基(Avram Noam Chomsky,1928—)的"先验主义""天赋论"的语言学观念。其实,皮亚杰对于乔姆斯基从语言发生学的角度解释言语的创造性,并提出了转换生成语法的见解,是持赞赏态度的,认为这是对于布龙菲尔德逻辑实证主义语言学的一种"完全意义上的逆向",但他对于乔姆斯基将"转换"赖以立足的基石看作是一个"先天确定的内核",即认为"人类先天就具备了学习某些种类语言的能力"表示深深的遗憾。乔姆斯基也曾对儿童习得语言的过程进行过研究,结论是:儿童先天具有习得某种语言的机制,儿童实际上习得的语言,只是儿童生来就可能学习的那种语言。[1] 因此,皮亚杰说乔姆斯基的语言发生学研究,只是有点"像"他的发生认识论,实质仍然是不同的。皮亚杰认为,乔姆斯基的目标是"发生学"和"创造论",得出的结果却是"天赋论"和"固定论",他受笛卡尔天赋观念的理性主义影响太深,他的理论存在着严重的缺陷。[2] 在巴黎近郊罗埃蒙德的会晤中,80岁高龄的皮亚杰与年富力强的乔姆斯基分别阐述了自己的观点,但除了增进相互间的了解外,各人的基本立场都没有改变。

从发生认识论的立场出发,皮亚杰对思维与语言的关系提出这样一些看法:

---

① 参见[英]尼尔·史密斯、达埃德尔·威尔逊:《现代语言学》,外语教学与研究出版社1983年版,第20页。
② 参见[瑞士]让·皮亚杰:《结构主义》,商务印书馆1984年版,第57—60页。

皮亚杰否认语言先于思维,也否认思维先于语言,他不认为二者之间有必然的联系,而认为在个体的发生发展过程中,语言和思维都源于人的"智力"活动,而人的最初的智力活动是一种伴随着机体实践性的"感知运动"。这种"感知运动"才是智力发展、言语发生、思维出现的源泉。他说:

> 智力实际上在语言之前就已经出现了,这就是说,在运用语言符号(即内在化了的语言)的内心思维之前就已经出现了。这种智力是以玩弄客体为基础的一种完全实践性的智力;它是运用那种组成动作图式的感知与动作的,而不是运用字句和概念的。侧如,抓住一根棍子去拉一个远处的客体就是一种智力动作。①

皮亚杰认为,在这种最初的、被称作"感知运动图式"的智力活动中,就已经包含着一种逻辑,也就是与活动格局的协调(联合、归类;顺序、对应等等)有关的逻辑力,②但这时个体仍然处于前语言阶段。"智慧先于语言""语言并不是逻辑的起源",③思维产生于活动,语言产生于经验,语言并不是思维的先决条件。语言的陈述之所以具有意义,是因为语言后面有着主体的"观念体系"。在皮亚杰看来,与其说语言是思维的"主人",还不如说语言是思维的"工具和婢女"④。

皮亚杰还认为,即使作为智力活动、思维活动的"工具""婢女",语言也不是唯一的。他说,一岁之内儿童会做的事情已经很多,但能说出来的事情却极少。许多智力活动在没有适当言语化时就已经出现了。在聋哑人身上,算得上词汇和语法的东西很少,而其高级思维活动方式并不贫乏。即使在那些具有成熟的语言能力的人的意识活动中,许多思维方式的进行也仍然可以是非

---

① [瑞士] 让·皮亚杰:《儿童的心理发展》,山东教育出版社 1982 年版,第 29 页。
② [瑞士] 让·皮亚杰:《发生认识论原理》,商务印书馆 1985 年版,第 74 页。
③ [瑞士] 让·皮亚杰:《结构主义》,商务印书馆 1984 年版,第 66—67 页。
④ [瑞士] 让·皮亚杰:《儿童的心理发展》,山东教育出版社 1982 年版,第 14 页。

言语性的,如"象征""想象""梦境""直觉""体验""灵感"等等。这些思维方式中的基本单元主要是一种属于个体的、机动的、独立的"意象",一种属于个人的内在的"符号"。它比语词的出现要早,是语词发生的根源。皮亚杰说:"符号的功能比语言的范围更广泛些……思维的根源要到符号的功能中去找",语言不足以解释思维,思维的结构为更深层的感知行为机制决定着。最终,语言的奥秘还要到人类的感知性活动中去找。①

皮亚杰在对逻辑实证主义者的"语言沙文主义"进行了一番抨击后,重新肯定了语言在人类智力和思维活动中所占据的地位。

他说:语言虽然不是思维的唯一条件,语言却为"普遍而抽象的思维"提供了必要的条件。"思维的结构愈精密,就愈需要语言来完成这种精密细致的工作",没有语言,运算始终是个人的,结果将不会受个人之间的交流与合作所调节。语言有两重意义:"它既是一种凝缩的符号,又是一种社会的调节"②。他认为,语言在人的高级阶段的思维中,即在人的逻辑思维和抽象思维中,占据的地位是十分重要的;语言,在调节人与人之间的关系并从而构成人类社会活动的过程中发挥着不可取代的作用。

看来,皮亚杰并没有蔑视语言;他只是在自己的理论框架上给语言安排了一个他认为较为适当的位置。

智力与情感

关于智力研究,皮亚杰毕其终生投入了无数的心血,他从混沌单一的襁褓中的新生婴儿研究起,先后研究并归纳出人的智力活动的不同阶段:感知运

---

① 参见[瑞士]让·皮亚杰:《儿童的心理发展》,山东教育出版社 1982 年版,第 116 页。
② 同上,第 124 页。

动智慧阶段;前运算阶段;具体运算阶段;形式运算阶段,并且他还为人的智力活动提出了"图式——同化——顺应——平衡"的动态模型,他的这方面的研究对于当代认知心理学的贡献是巨大的。

至于情感活动领域,皮亚杰赞成结构主义人类学家列维-施特劳斯的说法——"那是人的最晦暗不明的角落"。岂不知这个让学者们审视不清的"晦暗角落",恰恰正是文学艺术创造者们"最光辉灿烂的天国"。皮亚杰将"认识论"作为自己研究工作的核心与重点,对于"情感"着力不足,没有什么令人称道的贡献。他的研究者大卫·埃尔金德竟然说:在动机和情感领域,皮亚杰多是重复别人的意见。

皮亚杰自己也说,认知活动属于行为的结构方面,情感活动属于行为的动力方面。他的关注的是认知的结构。关于情感,他只是笼统地强调:情感活动与智力活动具有一致性,"情感的发展和智力机能的发展是紧密吻合的,因为他们是动作的两个不可分割的方面""绝无单纯的理智动作,其中还夹有无数的情感、兴趣、价值、和谐感等等——解答一个数学问题既是一例。同样,也没有单纯的情感动作,例如爱情就事先要有认识""每一种动作既要运用智力,又是有情感"的。① 这话自然不错。但是,一个处于狂热中的情人往往分辨不出基本的事实,一个处处工于心计的男人或女人往往不是一个好的情人,这话也是不错的。看来,皮亚杰在情感与智力的关系上的确并没有更多地告诉人们什么。

"生命就是几何学"

前边我们已经提到,皮亚杰希望为现代科学中的诸门学科从认识论的角度寻求一种共同性的东西,以把诸门学科从总体上整合起来。这是一种系统

---

① 参见[瑞士] 让·皮亚杰:《儿童的心理发展》,山东教育出版社 1982 年版,第 55 页。

的研究方法,这样的方法得出的结果必然是一种结构主义的模式。所以,晚年的皮亚杰对他的发生认识论作出结构主义的阐释,是必然的。

在皮亚杰看来,"结构"在人和人的对象世界中是普遍存在着的。由于人总是在他与对象世界的相互交往中认识世界的,因此,物理的结构与人的机体的结构、人的心理结构之间总是存在着普遍的相关性。这些结构大约可以划分为"物理学结构""生物学结构""心理学结构""语言学结构""社会学结构""逻辑学结构""数学结构"等不同的层次。皮亚杰认为,人的生命活动就存在于这些不同结构的螺旋状的循环演进中。

关于结构,皮亚杰特别强调了它的"非静止性"与"非实在性"。

所谓非静止性,即结构不是一种固定不变的状态,它的意义即在于它是一个转换运算的体系,一个由原始结构、初级结构到高级结构、复杂结构的演进过程。

所谓非实在性,即结构不是一个实体性的存在,它只是一些形式关系和规则,"结构只代表这些运算的组成规律或平衡形式;结构并不是先于它们或高于它们的,为它们所依靠的实体"①。

结构的这两种属性,也正是数学的属性,正像一切结构主义者一样,皮亚杰也把数学的结构看作一切结构的最高存在方式。

皮亚杰说,他赞同形态学专家达西·汤姆森(Darcy Thomcon)的论断:"生命就是几何学"。②

《结构主义》是皮亚杰晚年出版的一本影响巨大的书,他在书中写道"理性最终还是从动物或人类婴儿的水平演进到列维-施特劳斯的结构人中穴的水平了。"皮亚杰相信人类的进步表现的理性的进步,他选择的是一条科学主义、理性主义的治学道路,他既然希望用一种综合的、整体的、系统的方法来总

---

① [瑞士] 让·皮亚杰:《结构主义》,商务印书馆1984年版,第103页。
② 同上,第80页。

括人的心理活动的本质，他就不能不得出一个高度抽象的、数理逻辑的"空筐"，他运用这个"空筐"——结构主义的空筐或几何学的空筐，捕捞到人的认知现象中和心理活动中某些梗概性的东西，并以此建造起他的发生认识论；但还有更多的东西，尤其是那些被称作"天使的尘埃"一类的东西，却被洒落在他的"空筐"之外。

可以看出，皮亚杰为人类认识发生活动提供的一套结构模式本质也是逻辑型的、数学型的：由感知到概念符号，到具体的推理判断，到形式的、即抽象的推理判断。似乎人的认识、人的智慧、人的思维只是由逻辑和数学为标志的。其实，这只是一种西方科学认知模式。皮亚杰在正式场合总是将自己的学说称为"发生科学认识论"，也可见出他的用心。他和西方许多学者的失误是把这种认知模式当作唯一合理正确的认知模式。崇拜理性的古希腊人曾说过"天神是一位几何学家"，20 世纪的量子科学家们却宣告几何学与神话一样都是人的想象的产物。

当前，在西方心理学界，也普遍感到了这种科学认知模式的不足。人们惊讶地发现，由这类模式标定的智力水平与人的精神创造性并不成比例。美国斯坦福大学教授 L. M. 特蒙等人对 1528 名被测试长达四十年的追踪研究表明：被测定为智力高的人不一定具有很高的创造力。后来的一些实验结果表明，智力与创造力的相关系数不高于 0.3，甚至更低。相反，创造力很高的人，往往只具有中等偏上一些的智力，智力最高的儿童反而较少地具有创造力。我还曾经听一位畅销书作家诙谐地说：一些做出大事的天才，中学时代在班里排名大约位于第 17 位。从一些诗人、艺术家的传记可以看到，那些在文学艺术创造领域做出杰出成就的人，其数学运算能力都很差。

这种现象如何解释呢？

一种意见认为，智力与创造力并不是一种能力。这就等于说，除了皮亚杰提出的"认知模式"外，还有一种精神能力的模式是他没有顾及的，而且这种能力从某种意义上讲对人的生命活动还要更重要些。

一种意见认为：原有"智力"概念的内涵应当扩充，智力不仅包括逻辑推导能力、数学运算能力、语言应用能力，还应当包括"想象、幻想、象征等形象概括能力""直觉、顿悟、灵感、梦幻等高峰体验能力"，以及诸如"激情""意志""注意""气质"等人格方面的能力。即"智商"之外还存有"情商"。实际上，这些因素在人的精神创造活动中总是发挥着更大的作用的。而这些因素恰恰被皮亚杰在他那个"几何学意义上的空筐"中有意或无意地筛选掉了。与其说"生命就是几何学"，不如说"生命就是想象力"。

前面我们讲到，皮亚杰在心理学领域像一只秋日丛林中的大蜘蛛一样编织了一张纵横交错的网，但尽管如此，在对于人的心灵研究中，他依然失去了很多，而且，他所失去的恰恰是文学艺术创造者直接关心的，因此，文艺学界的教授们对皮亚杰远不如对弗洛伊德、荣格那样热心，也就不奇怪了。

第十二章　人本主义：当代西方乌托邦

第三势力的崛起

20 世纪 30 年代以来，行为主义心理学和精神分析心理学击败了与它们并行的一些学派，并经过强烈的内部调整，渐渐在西方心理学界，尤其是在美国心理学界取得了"显学"的地位，几乎割据了心理学研究中的所有地盘。

这种情形持续到 20 世纪 60 年代初，一股被称作"人本主义心理学"的第三势力揭竿而起，很快便打乱了西方心理学界双雄称霸的局面，成为与行为主义心理学、精神分析心理学鼎足而立、三分天下的一方。

人本主义心理学的崛起是如此迅疾。1975 年，在舒尔茨《现代心理学史》的第二版中，人本主义心理学能否成为一个思想学派还有待于确定。仅仅时过六年，舒尔茨便在该书的第 3 版中宣告：心理学中的人本主义运动已经成了心理学百年史上"最新的大规模运动"。应当说，这是一个很奇特的学术现象。

原因是多方面的，但首先是和西方心理学研究的内部结构有关。与其说人本主义心理学的崛起是由于自身蓄积了强大的力量，倒不如说是行为主义心理学与精神分析心理学自身存在的严重缺陷给新学派的发展留下了足够的"空档"。

行为主义心理学的一些先驱和创始人，不管是华生、巴甫洛夫、还是斯金纳，都是从对于动物的行为的观察开始他们的心理学研究的。他们将人与动物同等看待，过分强调外部力量对人的心理的决定作用，人的心理活动的能动性被忽视了。在行为主义心理学家"科学的"目光中，人和一只大一些的白老鼠别无二致，甚至，人不过只是一台受外力支配的机器，一台更精致些的、运转较慢的计算机。行为主义心理学继承了欧洲古典唯物主义者"人是机器"的传统，对于彻底粉碎关于人的种种"神学"是有贡献的，同时又积极适应了西方现代工业社会对人的控制操作的需求。它的风行一时完全是合乎逻辑的。但如果持续走向极端，对人类的未来将是一场灾难。

精神分析心理学的一些创始人，弗洛伊德和他的弟子们，与行为主义者不同，他们都是从对歇斯底里病人的诊断治疗开始其心理学研究的。在这些医生们的眼光中，人人几乎全都成了带有几分精神病的患者。他们过分强调了人的遗传因素中的动物本能作用，认为人性是恶的，是自私的，人的本质是人性深处潜在的为社会生活所不容的兽性。人是可悲的，人注定要成为自身本能的牺牲品，最好的情形也不过是本能对社会环境的一种顺应。弗洛伊德冷静地正视了人性中的某些弱点并对此表示出深重的忧虑，他提的问题颇为惊世骇俗，他的人品也让人们无可指摘，精神分析心理学广为流传也是顺理成章的。

但是，人，毕竟不是机械；人，也毕竟不等于野兽，在机器与野兽之外，还存在着"人就是人"的广大空间。人本主义心理学研究的出发点即是把人作为人来看。它要研究的是经验着的人，要研究的项目是人的存在、人的价值、人的潜能、人的目的、人的尊严、人的创造性、人的责任感、人的自我实现等等。总之，就是人之所以是人的那些东西。在"物性""兽性""人性"的三足鼎立中，人本主义心理学占据了重要的一足,它开辟了心理学研究中的一块新天地。有人说,对于行为主义的机械论倾向和精神分析的病态论倾向,人本主义心理学是一种值得欢迎的解毒剂。有人说,这是心理学界中发生的一种以新范式取代旧范式的"库恩式的科学革命"。还有人预言,人本主义心理学"可能走向科学威望的前沿,并在继续寻求统一性上起重要作用"。

转向人的内部空间

除了西方心理学界发展状况的内部原因外,人本主义心理学的崛起,还和西方社会发展进程中遭遇到的新的危机有着直接的关系。从这个意义上讲,弥漫于西方社会空气中的"现象学哲学""存在主义哲学""法兰克福学派的人本主义哲学"以及所谓"新左派"的社会革命思潮,都是人本主义心理学得以繁衍的温床,许多现代主义文学艺术作品中对人的生存现状的描述,也为人本主义心理学提供了精神上的营养。

对于人类自身和人类社会的发展现状,西方20世纪的一些思想家常常表示出深沉的忧虑和强烈的不满。在他们看来,欧洲摆脱了中世纪的黑暗统治,挣脱了封建社会的思想禁锢以来,在文艺复兴运动之后的四百年里,人类高举着理性主义的大旗,操持着科学技术的武器,向着自身之外的客观世界发动了持续不断的拓展。人们可以使高山夷为平地、使大海变为沧田。人们向自然索取了大量的财富,人们用科学技术为自己创造了空前舒适、丰裕的物质生活,人们使自己的足迹印在了地球之外的天体上,人们甚至还成功地延长了自己的生命。这种对于外部世界的征服到了20世纪初已经达到了高峰。

然而,在这座奥林帕斯山峰之上,人们发现人类困窘的处境竟然没有从根本上改变,人们有时反倒感觉到,他所攀援到的峰巅恰恰是一座深渊:科学的高度发达,使杀人的武器也高度发达,半个世纪中的两次世界大战死伤千百万人,使历次古代战争如小巫见大巫;能源的开发带来严重的能源匮乏,大工业的生产造成大面积的环境污染;人口的激增造成生态的不平衡,机器人的出现使人变得更加成为机器的附件;生命延长了,精神却变得空虚无聊,酗酒、吸毒、自杀、杀人、精神错乱像瘟疫一样在人类社会中蔓延。正如一位西方学者哀叹的:设想中的科学发展会毫无疑义地把人引向如日方中的光明世界里,而今出现在我们面前的却是黑暗的深渊。

在经济生产与科学技术高度发展的社会里,人类的精神却有可能处在破产的边缘。美国知识界认为:在一个加速理性化、彻底系统化的社会上,"人都被编上了号码""编入了计算机""被控制、被操纵,不能自助,也缺乏相互同情""社会富裕了,社会却与人疏远了""人变得既简单,又冷漠,缺乏意义""人的生命遭受了否定,人的心理退化了""机械化毒化了人的灵魂"。美国文化已经失去了人格和个性。对于这种情形,人本主义心理学家同时也是法兰克福学派的主将之一的弗洛姆将其概括为一句话:"19 世纪的问题是上帝死了,20 世纪的问题是人类死了。过去的危险是怕人成为奴隶;未来的危险是人可能成为机器人。"①在他看来,20 世纪尽管拥有物质的繁荣,政治与经济上的自由,可是在精神领域中,20 世纪似乎比 19 世纪病得更厉害。

问题究竟出在哪里呢?人本主义心理学认为,人在对于外部价值攫取的同时,遗落了自身的内部价值。单凭对自然的征服和对人的控制,单凭物质财富的繁荣与科学技术的进步,解决不了人类社会的根本问题,也不可能给人类带来真正的幸福。

对当代西方人面临的这种生态危机和心态危机如何加以疗救呢?人本主义心理学认为:一切疾患的根源是人缺乏对于自身内在价值的认识,人们应当转向对于人的"内部空间的探索"。

心理学的任务是探讨人的内部生存空间,这并不是人本主义心理学的首

---

① [美]埃里希·弗洛姆:《理性的挣扎》,(台湾)志文出版社 1986 年版,第 222 页。

创。弗洛伊德的精神分析心理学和荣格的分析心理学都是这样做的,在这一点上,人本主义与它们有着密切的血缘关系,但人本主义心理学关心的课题却与它们不完全相同。前面的一些章节中我们曾经讲到,对于人类意识结构的描述,弗洛伊德模式是海上的一座"冰山",荣格模式是海上的一座"岛屿",而人本主义心理学的模式可以说是像在海上行驶着的一艘"轮船"。精神分析心理学和分析心理学关心的是水面下的深层的潜意识,人本主义心理学虽然也承认水下部分的重要性,但他们更关心的是人类意识的"水面"之上的部分,关心它们的层次构造,关心它们在现实生活中的价值和意义。如果说弗洛伊德关心的是梦魇中的人,荣格关心的是古老的人,人本主义的心理学家们关心的却是大千世界中实实在在的人。

人的潜能与自我实现

严格说来,人本主义心理学并不是一个体系严谨的学派,而是一个由观点相近的不同学派共同组成的松散联盟,其代表人物有马斯洛(A. H. Maslow,1908—1970)、弗洛姆(E. Fromm,1900—1980)、罗杰斯(C. R. Rogers,1902—1987)、奥尔波特(G. W. Allport,1897—1967)、霍尼(K. D. Horney,1885—1952)等人。美国人本主义心理学会成立于1961年,学会曾在声明中对其研究的宗旨做过这样的解释:研究的中心是经验着的个人,是经验的本身,主要是人的内部经验,是可以扩大或者丰富人的经验的那些东西;人类所独具的一些特性:选择性、创造性、价值观、自我实现等,不管其是否适宜实验的处理和定量化的处理,都应当是研究的重点;坚决反对机械论、还原论的观点;关心人的价值和人的尊严,关心人的先天潜能,反对为了追求客观性而忽视对于人的意义探求。可以看出,人本主义心理学研究的中心就是作为本体存在的人,人的本质、人的价值、人的意义。

行为主义心理学认为人是一个受动的存在,人的本质并不是由他自身决定的,而是由环境决定的,就像华生曾经吹嘘过的,只要给他提供相应的环境,他可以使一些孩子培养成他所需要的任何一种类型的人。

弗洛伊德从人的生物本能寻找人的本质,寻到了"力必多",一种主要是"性冲动"的内驱力。他认为人的本质就存在于这种"力必多"与社会环境的协调过程中。荣格从人的原始积累中寻找人的本质,最后也把人的本质归结为一种在远古时代生成的生理-心理性遗传,他看出了人的本质有社会性交往的一面,但他忽视了个人的现实的存在,与当代生活着的人总有着一种疏离之感。

关于人的本质、人的存在、人的价值,人本主义心理学提出了它的"人的潜能"与人的"自我实现"理论。

马斯洛认为,人的本质存在,是由人的内在的本能和潜能决定的,这些本能和潜能体现为人的一些基本需求,这些需求恰恰就是促使人求取自身发展与进步的动力。道理似乎并不复杂。但马斯洛并不把人的潜能简单地归结为生物性的本能,而是既看到人与动物之间的连续性,更注意到了人作为人独具的特性,提出要特别尊重那些使我们独一无二地成为人类的那些因素。

马斯洛认为,人的本质中有两种性质的潜能,一种是生理的,在生物进化过程中较古老的,属于自然性的、动物性的、层次较低的需要;一种是心理的,在生物进化过程中晚出现的,属于社会性的、精神性的,层次较高的需求。马斯洛将前者称为"缺失性需要",为生命的存活所必需,一经满足,紧张即取得缓解,这样的需要如饥渴、睡眠、性交、身体的安全等等;马斯洛称后者为"生长性需要"或"超越性需要",为心灵的丰富和提高所必需,它很难有完全满足的时候,其紧张程度总是在不断增加着,这样的需要有对友谊、爱情、荣誉、事业的追求,以及好奇心、求知欲、对于美的向往等等。

马斯洛曾经将人的这些潜在需要划分为七个层次,并列出一个"金字塔"形的表,从塔的底层依次为:(一)生理需要:呼吸、饮食、居所、睡眠、性生活的需要；（二）安全需要：身体健康，生活有保障，人身不受威胁；（三）归属和爱的需要：与他人亲近，被他人接纳，有所归依；（四）自尊自爱和受人尊重的需要：互助友爱，胜任工作，得到别人的接纳与赞许；（五）认识的需要：好奇心、求知欲、理解与探索精神；（六）审美需要：对称、和谐、秩序、美感的创造；（七）自我实现的需要：发挥个人潜在的独创能力，成为自己所能成为的理想中的人。

人为什么会有这些需要呢？马斯洛认为是因为人的身体中、心理中潜存着这方面的能量，"能量要求被运用，只有发挥出来才会停止吵嚷"。

与我们通常的看法不同，马斯洛认为上述种种需要，都是人性中所固有的，不是后天习得的，是一种类似本能、类似生物性的存在。他从比较心理学的角度分析，在由动物到人的生物进化过程中，那些生理方面的低级需要是人与动物所共有的；那些较为高级一些的社会性需要，不但人具有，某些动物，尤其是某些在进化序列上与人接近的动物也可以具有。比如狼群中对怀孕母狼及狼崽的照料，猕猴的相互照料，狗的领地性，以及狗对于主人的依恋性，狒狒中的利他性，羊的群集性及对年长权威的服从，以及在许多昆虫和动物中存在着的性交仪式等等，这些均已超出了个体生理的需要，带上了社会性的最初色彩，这些准社会的需要在人那里得到了进一步的发展。只有那些最高级的需要，比如选择的需要和创造的需要，才是人类所独具的，但这也是生物进化的结果。

较之人的生理方面的动物属性规定的需要与人的心理方面的社会属性规定的需要，较之人的缺失性需要与人的超越性需要，人本主义心理学家更重视的是后者，这是人本主义心理学与弗洛伊德的精神分析学所不同的地方。人本主义心理学避免了行为主义和精神分析心理学从机械还原论与生物还原论的观念寻求人类本质的倾向，坚持从人类发展进化的观念寻求人的本质。正如弗洛姆在其《理性的挣扎》一书中讲到的：

人本心理分析的重点是：人类基本的强烈感情并不植根于本能的需要，而在于人类生存的特殊状况，在于人类丧失了在本身演进到人类之前的那种与自然界之原始相关性以后，希望找到与人之新相关性的需要。①

对此，我国心理学家林方指出：马斯洛的自我实现理论虽说是从连续性观点出发的，但他强调了人性进化的一面，着重从内部动机系统看人与一般动物的区别，指出人类有内在的积极向上发展的潜能和价值。作为一种心理学的人格解释，它是填补科学取代宗教以后在人类信念中所出现的空白的一种尝试。

马斯洛对他的金字塔形的需求层次还做出了以下补充解释：人性的品位、作为人的品格随着层次的升高而升高；自私的程度、利己的程度却随着层次的升高而越来越稀少，因为高层次的需要自然地具有相应的社会相关性，比如，满足口腹之需，仅利一人而已；满足友谊爱情，就必须兼爱他人；而满足创造发明，就必然利于社会。在高层次中，自己获得的与自己向社会贡献的是一致的；个人内心体验到的欢乐的程度，随着层次的提高而更加强烈持久；主体为实现需求付出的努力和意志，随着层次的升高而增大。人对自我价值追求的过程，也就是人的自我实现的过程。照此类推，人的最终的自我实现就应当是这样的一种境界：人格达到尽善尽美，个人为社会做出最大贡献，个人同时也从社会中获得最高奖赏，内心体验到强烈持久的欢乐和美的享受，彻底发挥了自己的全部潜能。人本主义心理学把这样的境界确认为是人生中的最高境界。处于这种高境界中的人，是怎样的人呢？这样的人都具有哪些内在的人性和品格呢？马斯洛曾对他认定的一些达到自我实现的著名人物进行了具体的个案研究，这些人中有作为哲学家的斯宾诺莎，作为心理学家的韦特墨，作为政治家的林肯、罗斯福，作为科学家的爱因斯坦和作为文学艺术家的歌德、

---

① ［美］埃里希·弗洛姆：《理性的挣扎》，（台湾）志文出版社1986年版，第12页。

贝多芬。最后,他从中描述出自我实现者共同具有的 15 条心理特征。马斯洛的后继者罗杰斯坚持了这项研究,为自我实现者归纳出 10 条特征。

应当说,人本主义心理学家们所张扬的名目繁多的心理素质,都是人在社会生活中待人处世的德行。在肯定这些德行时,人本主义心理学家们更强调行为的个体性,希望能充分发挥个体潜在的一切能量并以此换得社会的进步与稳定。正如弗洛姆讲的:一个不能使个体实现其许多潜力的社会,一定会产生对这个社会本身的敌视。他们也认识到了个体的自由发展是整个社会自由发展的条件。这些都是人本主义心理学对于人类的自我认识做出的贡献,他们自己也曾自豪地说,在 19 世纪后期和 20 世纪早期的主导心理学体系中输掉了的"自我",在他们手中又赢了回来。

尽管如此,我们仍然可以向人本主义心理学的自我实现理论提出两个问题。

一个问题是,不管是马斯洛或是罗杰斯,他们所归纳的自我实现的指标究竟有多大的涵盖性呢?从林肯、歌德、斯宾诺莎身上抽取的这些心理品性适应于甘地、孙中山、曹雪芹吗?起初,马斯洛是自信的,他强调这些人性都是由人的自然性甚至生物性为依据的,"对于整个人类是标准的……它与文化的相关性是较小的"①,对照他所开列的那些标准的内容来看,这话很有些牵强,几年后,马斯洛纠正了这种说法,他承认,他的这些范式"仅仅是来自西方文化的人,以西方人的生活为蓝本的"。即使如此,对于同一文化中的人来说,能够用一套规定的模式来标示人的最好的心理属性吗?恐怕也难,杰出人物总是有自己独特的不同于他人的品格,抽取了他们之间的共同之处,就必然失去他们各自独特的东西,而且,这种做法与人本主义心理学倡导的"个案研究法"在本质上也是矛盾的。

另一个问题是,"自我实现"被看成是一个"完人"的规范,一个被人本主

---

① ［美］亚伯拉罕·马斯洛:《存在心理学探索》,云南人民出版社 1987 年版,第 9 页。

义心理学树立起来的做人的典范,它是可以达到的吗? 马斯洛自己也说,这是一个很难实现的目标,他的一项调查说明,在美国大约 85% 的人能满足生理上的需要,70% 的人能满足安全与稳定的需要,而达到自我实现的人有多少呢? 他调查了 3000 名大学生,结果勉强可以算得上完成自我实现的仅有 1 人。马斯洛的"自我实现"理论因而又被称作"精英论"。"精英"是如此之少,马斯洛也不得不将自己的标准松动一下,他说,"精英"也并不是没有缺点,也不是完人,他可能在有些方面做得好一些,另一方面欠缺些。但尽管如此,把"自我实现"当作一个固定的标准和做人的模式,仍然难以祛除掉其机械论和目的论的色彩。倒是人本主义心理学家中另一位杰出的代表人物 G. W. 奥尔波特提出的"自我统一追求"理论,对于马斯洛的"自我实现"理论做出了深刻的补充。奥尔波特认为,自我统一追求指那种对于自我的心理结构具有核心意义的动机所引起的行为,它包括了一切有助于自我实现的行为形式。人们,包括科学家、哲学家、艺术家、能工巧匠所追求的目标从某种意义上讲是永远达不到的,但这种目标却能赋予动机以统一性,并使生活富有意义。他解释说:

> 自我统一追求的主要特点似乎在于:它的目标严格地说是达不到的。自我统一追求赋予个性以统一性,但它绝不是完成的统一性,平静的统一性,或紧张缓解的统一性。热心的父母绝不会丧失对孩子的关怀;献身于民主事业的人士选定的是一项人类关系方面的毕生任务。科学家,出于他的责任本身的性质,会提出越来越多的问题,而不是越来越少。实际上,我们智力成熟的标志——一位哲学家说过——就是我们对于解决愈益奥妙问题的答案感到越来越不满意的能力。[1]

奥尔波特的"自我统一追求"代表着马斯洛的生长动机和丰满动机,这种

---

[1] 转引自[美] J. P. 查普林、克拉威克:《心理学的体系和理论》下册,商务印书馆 1984 年版,第 274 页。

动机造成的紧张永不会缓解,人总在追求着多样性、开拓着新天地、向往着更大的自由,这种追求永无止境,这种追求就是中国古代神话中的"夸父追日",就是加缪笔下的翻新了的希腊神话"西西弗斯的苦役"。正是这种追求,形成了一个真正的人的生活风格,完成了他的最高的人格塑造。如此说来,所谓"自我实现"其实正在永无实现之日的追求中。神并不在庙堂的莲花宝座里,而在艰难跋涉的人生道路上。

从无可选择的现象世界中寻求自由的选择,从难以实现的人生愿景中寻求完美的实现,这也是心灵在文学艺术中的轨迹。

高峰体验

克雷奇等人的《心理学纲要》中,把"高峰体验"这个术语说成是马斯洛的"杜撰",然而就是这一"杜撰"的术语现在却已经成了当代心理学中一个广被征引的概念,尤其在文艺心理学中,它更吸引了不少学者。

在马斯洛看来,"高峰体验"是人在攀登人生的最高境界时呈现的一种内心体验,这种体验像是为攀登者在人生道路上设置的路亭和驿站,使他一步步接近人生追求的峰巅。这是怎样的一种内心体验呢? 对此,马斯洛曾经有过反复详细的描述。

马斯洛说,高峰体验是一种同一性的感受,这是一种"全神贯注""如痴如醉"的精神状态,作为主体的人被知觉对象全部吸引,甚至整个身心都融化到了对象之中。在这样的时刻,人有一种反归自然、与自然合一的感觉。

马斯洛说,高峰体验是自我证实的,它本身可以产生价值,感受者常常"收视反听"沉浸于内心的光明世界中,似乎成为一种超越一切功利之上的"纯粹经验"。

马斯洛说,高峰体验伴随着瞬息间的莫大的情绪体验,这是一种销魂夺魄、心旷神怡的时刻,主体的内心充盈着欢乐与哀怜、感激与敬畏、崇敬与虔诚的情绪。这种情绪是那样的美妙，是任何语言都无力表达的。

马斯洛说，高峰体验并不同于宗教的"神启"，但与宗教的神秘体验有相类似的地方。高峰体验并不只有天才可以感受到，它也可以在普通人的普通生活中不期然的出现，它可以来自男女之间情笃意浓的片刻，它可以来自母亲自然分娩后的微笑，它可以来自旅游途中的高山密林、江河湖海，它可以来自竞技场上运动员自由自在地弹跳腾越，它可以来自某一工匠得心应手的技术操作，它也可以来自科学家、哲学家对某一真理的发现。但是，它更经常来自文学艺术家对于自然、对于生活、对于人的心灵的感受和体验，表现为一种审美的愉悦，一种创造的冲动，一种表现的激情，一种突然的颖悟，一种突袭而来的灵感。因此，这种"高峰体验"便被看作艺术创造的最好的心境。

写到这里，我想起 1985 年初夏在厦门一次学术会议结束后游览鼓浪屿的情景，那情景曾给笔者留下了难以忘怀的印象，后来还曾记述在写给《诗刊》的一篇文章中，姑摘录于此：

> 学术会上连日唇枪舌剑的交锋休止了。黄昏，我在一位友人的陪同下，登上鼓浪屿的"日光岩"。暮霭沉沉的岩上，静寂如考古地层。夕阳已落入大海，只在海上留下一片灿然的天光。绿茸茸的山脚伸入浪花滚滚的海滩，突兀的礁石屹立于波光粼粼的海面。身躯恍若已经与山海融为一体，而心神却驰往那空蒙蒙的水天之外。我只觉得，在那水天尽处，便是我梦魂中的人生彼岸。"死于斯可矣"。而且，那死也不是死。是"羽化"。是"涅槃"。是生命向着茫茫无限的时空的回归。①

现在看来，此时此地的心境也该算是一次"高峰体验"。这是一种较为强烈的审美感受。

---

① 鲁枢元：《诗与人俱在》，《诗刊》1986 年第 2 期。

不过，马斯洛的"高峰体验"依然带有很大的局限性，它并不能算作人生中最丰富、最充沛、最强烈、最感人的心理体验，更不能算作审美活动中最为美好崇高的体验。马斯洛的"高峰体验"所强调的是一种"统一和谐"的、"舒适畅心"的、"静穆松弛"的体验，他说："高峰体验的特点与健朗心理的特点之间有许多重叠吻合之处，如更完善，更有活力，更具个性，较少抑制，较少焦虑等等。""几乎在任何情况下，只要人们能够臻于完善，实现希望，达到满足，诸事顺心，便可能不时产生高峰体验。"①

马斯洛恰恰忽略了另外一种人生的体验，一种在生命与自然、个人与命运、正义与邪恶、高尚与苦难相互拼搏冲折中的体验，一种身处绝境、死而后生的体验，一种山崩于前、海啸于后、临危受命、力挽狂澜的体验，一种舍生求义、杀身成仁的体验。鲁迅就曾讲过生命在危险中的体验，他说："危险？危险令人紧张，紧张令人觉到自己生命的力。在危险中漫游，是很好的。"②中国古代小说中描述的"林冲夜奔""秦琼卖马""黛玉葬花""宝玉出家"那种抑郁苍凉的人生体验，也可以成为审美的至高的境界。在这些生命体验的比较下，马斯洛的"高峰体验"似乎少了些英雄气而多了一点庸人气。人本主义心理学一旦普及、泛化，乃至流入市场消费，其严肃的道义与深刻的警语，往往会被炒作、熬制成廉价的"心灵鸡汤"，这与其自身的欠缺不无干系。

饱含人性的方法论

人本主义心理学的研究方法对于正统的心理学来说，是一次真正的背叛，对此，人本主义心理学家们一点也不掩饰自己的主张，他们有自己明确而又坚

---

① ［美］亚伯拉罕·马斯洛：《谈谈高峰体验》，林方主编《人的潜能和价值》，华夏出版社 1987 年版，第 369 页。
② 鲁迅：《鲁迅全集》第 5 卷，人民文学出版社 1981 年版，第 200 页。

定的信念。

马斯洛直言不讳地批评传统的实验心理学说:"人们提供给我们的是巧妙的、精细的和第一流的实验,但这些实验中至少有一半与长期存在的人类问题没有关系……"①马斯洛还讽刺某些心理学家为了获得学科的承认就一味地运用传统方法对一些琐细问题进行越来越庞杂的实验,而不去涉及更重要的人格、个性、道德领域,他说:"他们手里只有一柄锤子,所以他们把自己遇到的一切都当钉子去敲。"

马斯洛认为方法运用中的"吝啬律""元素说""还原论"都是从自然科学研究中归结出来的方法,这些方法对于人的心理研究,尤其是对于人的高级心理现象的研究是不适当的。行为主义的操作化研究方法处处把人等同于迷宫中的老鼠和实验台上的狗,这固然是难以忍受的;相比之下,弗洛伊德的精神分析心理学所采取的"自由联想""梦的解析""言语分析""自我分析"的方法要比实验的方法有效得多,但他认为,即使弗洛伊德的学说,也仍然是在19世纪因果论、决定论、元素说、还原论的科学研究氛围中生长起来的,也仍然存在着将人性科学化、机械化的危险。

人本主义心理学家们在方法论问题上并不绝对排斥传统方法的科学意义,他们说他们要做的是:为使科学重新人性化,为使心理学研究更富有创造性、更加人文化地打开大门。他们关于方法论的思想大略可以概括为如下三个方面:

一、反对"吝啬律",强调"丰富原则"

科学研究中的"吝啬律",即对于作为研究对象的经验现象加以抽象的概括,使其由繁杂变为单一,同时也由丰富变为简化,最后以尽可能少的几个概念将其标示出来。人本主义心理学家们认为这种方法对于无生命的自然界较为适用,而应用于复杂的人格问题、个性问题、价值和理想问题、创造性活动心

---

① 转引自[美]杜安·舒尔茨:《现代心理学史》,人民教育出版社1981年版,第404页。

理问题,不是容易搞错,就是缺乏足够的说服力,他们主张"给人的主观生活和无法测量、但所有个人经验都信以为真的内在势力以适当的地位"。心理学应当探索"可以扩大或丰富人的经验的那些东西",他们称此为"丰富原则"。在实施这一原则时,人本主义心理学不相信对群体进行平均数值的研究,不相信对某一群体概括出的一般规律能直接推论出个体的特征。一般规律只是有助于理解个体,但真正要解决个体的问题还必须进行"个案分析"——这有点像我们说得烂熟了的"具体问题具体分析"。因此,在方法论上,人本主义摒弃了实验的方法、数学化的方法,更经常地运用"访谈""问卷""档案调查""传记研究""人格测试"的方法。这对文艺心理学中对于作品、作家的研究是有启示的。艺术,总是独创的,如果承认这一点的话,那就等于说没有什么普遍的艺术规律对于某一杰出的艺术作品和某一天才的文学艺术家是完全适用的,艺术总是存在于法则之外,对于艺术品和艺术家的研究,永远都只能从"这一个"出发。具体地研究透彻某一"个案",其意义也并不比得出一条什么普遍规律差。当然,够格的艺术品和艺术家也不会很多,像《红楼梦》的研究和莎士比亚的研究自身都能构成一门学问,在世界上也是罕见的。

二、反对"元素说",倡导"整体论"

"元素说",是冯特、铁钦纳、华生、斯金纳、赫尔等心理学家所坚持的方法准则。这种方法强调研究对象的可观察性、可测量性,只适用于人的外显的心理行为和状态,而对于大量存在于人心中的内隐的意识,由于其不能通过仪器控制操作而排除在心理学研究对象之外。运用实验方法测得的那些孤立的、单一的指数,由于脱离了人的整体的心理活动,对于说明人的内在的、有机的心理活动就缺乏足够的解释力量,甚至,会得出错误的结论。马斯洛曾经举例说明这个道理:比如对于人的胃的研究,一种方法是把胃看作人体中的一个单一元素,把死人的胃放在手术台上加以解剖;另一种方法是在活的人的机体的消化、吸收、运动过程中观察、推测、分析胃的构造和功能。马斯洛认为后一种更切合实际情形。当然,这种见解并不是马斯洛的发明,黑格尔在其《美学》

中就讲过一个比喻，来说明生命现象的研究与物理现象的研究在方法上的质的不同，他说：

> 有机体的各部分所获得的实在并不像建筑物中的石头或是行星系统中的各行星、月球、彗星所有的那种实在，而是不管它们实在与否，它们都获得一种在观念中在有机体以内设立的存在。例如割下来的手就失去了它的独立的存在，就不像原来长在身体上时那样，它的灵活性、运动、形状、颜色等等都改变了，而且它就腐烂起来了，丧失它的整个存在了。只有作为有机体的一部分，手才获得它的地位，只有经常还原到观念性的统一，它才具有实在。①

法国著名的昆虫学家、文学家、博物学家法布尔（Jean‐Henri Fabre，1823—1915）对于昆虫的研究遵循了对于生命体研究的有效方法，却受到"学院派科学权威"们的斥责，说他缺乏"科学"的严谨与庄重。对此，法布尔曾毫不妥协地进行反击：你们是剖开虫子们的肚子，我却是活着研究它们；你们是在一种扭拽切剁的车间里操作，我则是在蓝天之下，听着蝉鸣音乐从事观察；你们是强行将细胞和原生质置于化学反应剂之中，我是在各种本能表现最突出的时候探究本能。法布尔强烈呼吁：科学，要放下架子学会亲近人。最终，他的《昆虫记》不仅成了一部研究昆虫的科学巨著，同时也成为一部讴歌生命的宏伟诗篇，法布尔也由此获得了"科学诗人""昆虫荷马""昆虫世界的维吉尔"的桂冠。

布伦塔诺的描述心理学、詹姆斯的意识流理论、韦特墨的完形理论都是坚持以整体分析取代元素分析的。

在人本主义心理学的整体性研究中，卡尔·罗杰斯的"统一于主体体验"

---

① ［德］弗里德里希·黑格尔：《美学》第 1 卷，商务印书馆 1979 年版，第 156 页。

的方法论思想十分引人注目。

首先，罗杰斯与包括皮亚杰在内的许多20世纪的哲学家、思想家一样，否认了科学知识的绝对客观性，认为科学知识存在于人之中，根植于人的体验。他说："科学与心理治疗乃至人的一切方面都植根于、奠基于人的直接主体体验，科学源于内在的、整体的、机体的，只能部分得到交流的机体体验。科学是主观生活的一个方面。"①罗杰斯否认了科学的绝对客观性，这就开始消解了科学与内省、逻辑与经验之间的绝对界限。

其次，罗杰斯认为正如绝对的客观与绝对的真理永远是一个极限，一个人的内心经验世界对于这个人之外的研究者来说，也是一个永不可企及的极限。"鞋子硌不硌脚，只有脚知道"，心理具有高度的自私性，来自外部的实验、分解、测量对于这样的对象差不多总是无能为力的。心理学的研究方法必须尊重主体自身的内在体验，而这种体验必然是一种整体的体验。心理学研究的立论阶段不能抛开主体的整体体验，心理学的科学验证阶段，亦不能完全抛开主体的整体性体验。

最后，罗杰斯将自己的整体分析方法归结为这样三个阶段：（1）通过完全是内省的方式记取对象自我的内心感觉和体验；（2）以陌生人的观察核对这些体验的客观性；（3）放在人际交往过程中去进一步验证这些感觉和体验。过程始终是在整体情境中进行的，虽然有违于严格科学的态度，却饱含着人性的温暖。

三、反对"还原论"，力促"发展创造说"

关于心理学研究中的"还原论"，我们在对前边一些心理学流派的论述中已经不时提及。人本主义心理学派的一位名叫邦纳的学者认为："还原论……这是吝啬原则的另一表现，因为简单化还有一个方法就是把一切现象还原为最小的单元。例如把思维还原为感觉历程，把人格还原为学习历程，把道德或

---

① 转引自项宗萍：《罗杰斯的心理研究方法》，见《心理科学通讯》1955年第4期。

宗教价值仅仅还原为婴儿在母亲怀抱时所受到的奖惩。这个还原的简单化使我们看不到生长发展和新异的事实,并错误地宣扬人格只不过是个别心理形态的总和。这个偏向的祸害就是它企图把每一个人归结为他的起源,荒谬地以为凡是起源的就是基本的,最早的就是更重要的。"①这种批判不仅把矛头指向"还原论",甚至还指向了"发生论"。人本主义心理学力促人类心理向上发展不断创新的研究方向是很明确的。1961 年美国人本主义心理学会成立时,它的四项原则中有一条就是:人本主义心理学家所关心的问题是选择、创造和自我实现,而不是机械的还原论。我们从马斯洛关于人的自我实现的那座巍然屹立、直插云霄的"金字塔"上,不就很强烈地感受到了人本主义心理学那种向上攀登的意志和愿望吗?

从科学到乌托邦

人类和其他动物种类的不同之处,就是人类总是不停地在精神世界中塑造他的"乌托邦"。从有文化记载的历史看,希腊柏拉图的"理想国",基督教的"伊甸园",中国儒家的"大同世界",陶渊明的"桃花源",可以说是古代"乌托邦"。到了文艺复兴时代,英国的莫尔、培根都留下了影响巨大的乌托邦专著。及至近代的法国,空想共产主义者或空想社会主义者们已经着手创建的"模范新村""公社大家庭""法朗吉和谐社会"。如今,人本主义的心理学家们又在为现代社会的人们描述他们所追求所向往的理想的人类社会,其实,这也不过是一种"乌托邦"。

人本主义心理学家弗洛姆曾经在他的著作中念念不忘地向人们宣传人本主义心理学理想的社会。他说:在这样的社会里,人是中心,人是他自己生活

---

① 转引自高觉敷:《西方近代心理学史》,人民教育出版社 1985 年版,第 463—464 页。

的主人,所有的经济与政治的活动,都以达成人的成长目的为皈依。这样的社会,人们获得充分的物质享受和个人尊严,已经彻底扫除了贪婪、剥削、个人迷信。这样的社会里,人人豁达大度、是非分明、道德高尚、团结友爱,不但爱自己,爱自己的亲人,爱他们的邻人,而且爱一切人,爱大自然中的一切。这样的社会里,道德的、美感的需要将成为人的第一需要,人与万物有合一之感,而同时又保有独立的自我意识,他们在艺术与游戏中表露其内在的需要,并以创造来超越自然。

人本主义心理学的"乌托邦"存在的意义,似乎只是在于表达对于现实世界的不满,不仅不满于西方的资本主义工业化社会,也不满于东欧的和苏联的社会主义制度。与法兰克福学派的哲学家们一样,人本主义心理学家认为发达的西方社会在科学化和工业化的道路上走错了,圣西门、欧文、傅立叶们的"乌托邦"已经带来许多前所未有的灾难。人本心理学家们呼吁,要从科学世界、工业世界的发展道路返回到他们设计的符合人性的"精神乌托邦"中。但是不管是马斯洛的"自我实现"理论,还是罗杰斯的"个人中心"理论,不管是奥尔波特的"自我统一追求"理论,还是弗洛姆的"人的积极化"理论,作为心理学中的一家之言,都有一定的价值,但作为一种社会改革理论,都是软弱无力的。他们可能看到了现存社会的某些弊病,然而他们却给人们指出了一条脱离了人类社会历史发展实际的路。远古时代的"乌托邦"设计者是哲学家,中世纪是诗人、散文家,近代是几位社会活动家,到了现代社会则是几位心理学家。在人类社会发展的历史巨轮前,这些人物,似乎都只不过是一抹浪漫主义的五彩云霞。

第十三章 "维列鲁"学派：驶向社会文化的海洋

马克思主义与心理学

　　以上我们谈到的,全都是西方社会在近百年内留存下的心理学遗产。在社会主义国家,心理学研究最为发达的首推苏联。苏联心理学研究的历史至今已经六十余年,它走的是一条与西方心理学研究不同的道路,试图运用马克思主义、列宁主义的理论,在对俄国旧的心理学及西方现代心理学批判改造的基础上,建立起自己的心理学来。六十年来,苏联心理学研究中也曾产生不止一位具有世界影响的心理学家,也曾产生出不同的心理学派别。其中,由维戈茨基开创的、由列昂捷夫(A. N. Leontyev, 1903—1979)、鲁利亚等人发扬光大的"文化历史学派",如今已经成为当代苏联心理学发展的主流。维、列、鲁这三位心理学家,被人们誉为苏联马克思主义心理学的奠基人。

　　列昂捷夫曾经自豪地说:"我国学者首次提出要自觉地在马克思主义基础

上建立心理学。因此,正是苏联学者为世界心理科学发现了马克思。"①在列昂捷夫看来,马克思主义所包含的心理学思想主要表现在以下几个方面。

一、心理活动具有物质前提,它只能是第二性的

马克思主义认为,脱离了物质的所谓人的灵魂,是绝对不存在的。永远只存在着一种实体,这就是自然界。人的意识,人的思维,只不过是生物进化到一定阶段上生物机体产生的一种属性。恩格斯说:"……脊椎动物,在它身上自然界达到了自我意识,这就是人。""进一步发展出有思维的生物,是物质的本性,因而这是在具备了条件的任何情况下都必然要发生的。"②人脑,就是自然界在自己的演进过程中出现的一个奇迹,"人的思维"这种地球上最美的花朵,注定也要符合物质变化中的"铁的必然性"。既没有什么"上帝天国",也没有什么"绝对观念",人的肉体和人的精神的最终起源只能是那个物质的必然。

二、心理活动产生于人的实践,是人的活动的产物

马克思主义认为意识是人的大脑的一种属性,但并不像有些庸俗唯物主义作出的解释那样,把人的精神和思维看作是大脑皮层中的"分泌物",在马克思主义看来,机体的进化只是给心理的发生提供了物质性的前提,而心理的形成与发展还取决于人和自然界发生的作用,人的心理活动是在人自身改变自然界的实践活动中完成的。犹如钢块和石头撞击迸发出"火星",这"火"是从石头里冒出来的呢,还是从钢块里冒出来的呢?都不是。它是石头与钢块相互作用的结果,是它们"活动"的结果。恩格斯说:"人的思维的最本质和最切近的基础,正是人所引起的自然界的变化,而不单独是自然界本身;人的智力是按照人如何学会改变自然界而发展的。"③心理,是在人和自然、人和人、人和其自身结成的关系之中的活动的产物,人的意识也就是人的实际生活过程。

① [苏联] 阿列克谢·列昂捷夫:《活动·意识·个性》,上海译文出版社 1980 年版,第 1 页。
② [德] 马克思、恩格斯:《马克思恩格斯全集》第 20 卷,人民出版社 1963 年版,第 373 页,第 550 页。
③ 同上,第 574 页。

马克思、恩格斯在《德意志意识形态》中指出：人的观念是人的"现实关系和活动"的表现，"意识在任何时候，都只能是被意识到了的存在，而人们的存在就是他们的实际生活过程。""那些发展着自己的物质生产和物质交往的人们，在改变自己的现实的同时也改变着自己的思维和思维的产物。"①这就是说人的心理活动产生于人的实践活动，在人对自然主动施加的实践活动过程中，自然被人超越了，人与自然剥离开了，人学会了反照自身，人具备了自己的目的性，人的有意识的活动终于代替了人的本能。

三、意识活动产生于人类社会，心理具有社会文化性

马克思主义强调：人的意识活动不但从一开始就体现为人与自然的关系，同时还体现为人与他人之间的关系，人与人之间的这种相关性决定了人的心理的社会性。

在《关于费尔巴哈的提纲》中，马克思曾指出，他和费尔巴哈的旧唯物主义的观点不同，在他看来，人的本质是社会性的，是社会的产物，"人的本质并不是单个人所固有的抽象物。在其现实性上，它是一切社会关系的总和"，"新唯物主义的立脚点则是人类社会或社会化了的人类"②。讲到人的意识活动，马克思和恩格斯都强调说："意识一开始就是社会的产物，而且只要人们还存在着，它就仍然是这种产物。"③从马克思主义的观点看来，心理学研究不能脱离开社会存在、社会固有的生产方式和对于社会关系系统的分析，研究个体心理也必须分析个体在各自所处的社会条件和具体环境中的活动。仅仅从生物学的观点研究人的心理，就永远得不到本质的认识。

四、观念的物质化使心理具有物质性

在马克思主义的学说中，人们的意志、感情、智慧、才能都不是虚无缥缈、无可捉摸的东西，它们最终都要"消失"到人类活动的产品中，人的活动的物质

---

① ［德］马克思、恩格斯：《马克思恩格斯全集》第3卷，人民出版社1958年版，第29页，第80页。

② ［德］马克思、恩格斯：《马克思恩格斯选集》第1卷，人民出版社1977年版，第18页，第19页。

③ 同①，第34页。

化是在产品中进行的，马克思在《资本论》中讲到"劳动的物化"时说："在劳动者方面表现为动作的东西，在产品方面，是当作静止的属性，表现在存在的形式上。""在劳动过程中，劳动不断由变动的形式，变为存在的形式，不断由运动的形式，变为物质的形式。"①列昂捷夫解释说：在这一过程中，那些激发、指引、调节主体活动的观念也同时在进行物质化，在主体活动的产品中，这些观念获得一种新的存在形式，表现为可感知的外部客体形式。如此说来，心理学的研究不仅不是生物学的说明，也不再是纯粹思辨的论证，心理学研究有着切实可靠的对象性。关于这一点，马克思早在《1844年经济学哲学手稿》中就曾指出：

> 工业的历史和工业的已经产生的对象性的存在，是一本打开了的关于人的本质力量的书，是感性地摆在我们面前的人的心理学；……如果心理学还没有打开这本书即历史的这个恰恰最容易感知的、最容易理解的部分，那么这种心理学就不能成为内容确实丰富的和真正的科学。②

所谓"文化"的过程，就是人的心理物质化的过程，文化就是人对于物的"人化"，从人类创造的物质文化、精神文化中寻求人的活动，寻求人的心理活动，犹如从一部文学作品中去寻求作家的心灵，应当说是完全可行的。

五、人作为能动的主体是心理学的核心

在《1844年经济学哲学手稿》中，马克思认为"人直接地是自然存在物"，首先强调的是人的能动性。他说："人作为自然存在物，而且作为有生命的自然存在物，一方面具有自然力、生命力，是能动的自然存在物；这些力量作为天赋和才能、作为欲望存在于人身上。"③另一方面，马克思也指出人是一种"受

---

① ［德］马克思：《资本论》第1卷，人民出版社1975年版，第175页，第185页。
② ［德］马克思：《1844年经济学哲学手稿》，人民出版社1985年版，第84页。
③ 同上，第124页。

制约""受限制"的存在物,指出了人的受动性的一面。但马克思接着指出,正是这受动性的一面,正是因为人感觉到了自己受动性的一面,人才"所以是一个有激情的存在物",激情、热情成为人强烈追求自己的对象的本质力量。后来,马克思在《关于费尔巴哈的提纲》中又批评了费尔巴哈为代表的旧唯物主义在关于人的研究中对于人的主观能动性的忽视,认为在这一点上,旧的唯物主义还不如唯心主义。

在人与环境的关系上,马克思也不同意旧的唯物主义的"环境决定论"的学说,马克思说:"这种学说忘记了:环境正是由人来改变的""环境的改变和人的活动的一致,只能被看作并合理地理解为革命实践。"[①]在马克思看来,人的实践活动是人的心理活动的基础,这对于解释人的存在具有决定性的意义。

在《神圣家族》中,马克思还曾讲到两种唯物主义,一种是"带着诗意的感性光辉对人的全身心发出微笑"的唯物主义,一种是"敌视人"的唯物主义。马克思赞赏的显然是前者。马克思主义的出发点是活生生的人,马克思主义的最终目标还是人,即"人的本质的现实的生成""人的本质对人说来的真正的实现"[②]。

马克思主义的学说,实际上也是关于人的学说,马克思主义中的心理学思想是极为丰富的。正是这些思想,为十月革命后苏联心理学的发展提供了指导思想,为其不同的心理学派的建立提供了理论上的依据。

心理学界的别林斯基

在苏联,最早把马克思主义的观点引用到心理学研究中来的一批心理学

---

① [德] 马克思、恩格斯:《马克思恩格斯选集》第 1 卷,人民出版社 1977 年版,第 17 页。
② [德] 马克思:《1844 年经济学哲学手稿》,人民出版社 1985 年版,第 131 页。

家中,柯尔尼洛夫(K. H. Kolnilov, 1879—1957)态度最为积极热情,立场也最为坚定,他在苏联心理学界做了大量的组织工作,生前一直处于声势显赫的地位,但他自己真正的理论建树并不很多。鲁宾斯坦(S. L. Rubinstein, 1889—1960)则稳健持重、善于不断修正自己的观点以适应形势的发展变化,但又能始终维护自己理论的系统性。维戈茨基则可以说是一个奇才,他的生命像划破长天的一道流星一样短暂,却显示了自己独特的研究风格和理论个性,他生前没有得到革命队伍中人们的充分理解,有时还受到不公正的批评,甚至是声色俱厉的批判。他的大部分著作生前竟未得到出版,但死后他的名声却在与日俱增,由他开创的"社会文化历史学派",自20世纪70年代以来已成为苏联心理学界的主流。

维戈茨基于1896年11月5日出生于莫斯科,十月革命胜利那一年大学毕业,1924年被柯尼洛夫邀至莫斯科心理研究所工作,同时在莫斯科、彼得格勒等大学讲授心理学,1934年6月11日因患肺病逝世,终年仅37岁。他的生命是如此短暂,然而他却为人们留下了186种心理学论著,成为苏联心理学的奠基人之一。在这一点上,他和早他八十多年的俄罗斯另一位杰出的文化人别林斯基很有些相似。别林斯基的生命也是短暂的,也仅仅活了37岁,在这短短的生命历程中,别林斯基给人们留下了上千篇文学批评文章,成为俄国近代文学理论的奠基人之一。别林斯基死后,他的事业由他的晚辈车尔尼雪夫斯基和杜勃罗留波夫所继承,"别、车、杜"的名字联为一体在世界文学史上成为"现实主义文学批评"的重要流派。而维戈茨基死后,他的事业由他的两位学生所继承,一是 A. H. 列昂捷夫,一是 A. P. 鲁利亚,这两位都是高龄,比他们的老师多活了一倍的年纪,同时也留下了更为繁复的著述,"维、列、鲁"的名字联为一体,在世界心理学史中成为举足轻重的"社会文化历史学派"。

维戈茨基青年时代对文学艺术怀有浓厚的兴趣,据说,他对于心理学的兴趣,最初还是由对文学艺术的兴趣引起的,他的第一部心理学著作即是《艺术心理学》，主要是针对文学作品的内容和形式进行了详尽周到的分析。这部近30万字的论著归纳了他自1915年到1922年的研究成果，当时由于种种原因并没有出版，生前也未能出版，直到1960年才在苏联公开出版，最近我国已经出版了这部书的中译本，这是很值得庆幸的。

大约是由于长期受到文学艺术的熏陶，维戈茨基一开始就对西方正统的实验心理学表示出极大的不耐烦，他认为所谓的"实验方法"只能勉强解释人的心理现象中一些处于低级阶段的东西。他的矛头首先指向行为主义心理学，反对他们将"意识"排斥于心理学研究领域之外，他的兴趣在于解释人的高级心理机能。

维戈茨基认为，人的心理发展可以划分为两种截然不同的过程。

一是生物性的、自然的发展进化过程，即随着生物机体的不断进化，随着神经系统的复杂化，心理也愈来愈发展，从单细胞生物到哺乳动物，一直到人，这是一个种系发展过程，人的基本的感觉、欲望、情绪、记忆即是这种生物进化的结果。

人的另一种心理发展过程却是社会性的，是在人的文化历史环境中的发展，从人的心理发展的全部历史看，这是在人的动物心理之上出现的一种新质。这种心理活动方式包括人的知觉、愿望、理想、爱情、逻辑思维、言语活动、创造性想象等。这些，属于人的高级心理机能。

低级心理机能是历时近四十亿年的生物进化过程的产物，高级心理机能则是从距今几十万年的原始人类开始演化出的结果。而在这几十万年的时间里，现代人体，包括其大脑的构造与原始人类的生理构造并无很大不同，由此维戈茨基得出结论，高级心理机能的出现与人的生理机制无关，既不是从那些低级机能中发展起来的，也不能在那些低级机能中找到自己的本源。人的高级心理机能主要是人的社会文化历史活动造成的。他说，"文化创造着行为的特别形式""改变着心理机能的活动""在历史发展的过程中，社会的人改变着自己行为的方式和方法，并使其天生的素质和机能发生变化，形成和创造出新的行为方式——特殊的文化方式。"①维戈茨基站在马克思主义的立场上坚持认为,人的高级心理机能是人在他自己的历史性活动中发展起来的,是在人与人的相互间的社会交往过程中发展起来的,人的这些高级的心理机能,就是这些物质性的、实践性的活动与交往不断内化的结果。在维戈茨基这里,心理学中的"活动观""内化观""历史观"是紧密联系在一起的。这就为心理学中的社会文化历史学派的建立铺垫了第一块基石。

打破机械反映论的坚冰

苏联卫国战争取得了辉煌胜利之后,心理学研究受到了国家的高度重视,但在对唯物主义思想的理解上出现了较大的偏差,集中表现在 1950 年召开的关于讨论巴甫洛夫高级神经活动的心理学说的联席会议上。这次会议确认了巴甫洛夫的生理学说在心理学研究中的主导地位,进一步肯定了心理学研究中生理决定论原则。有人提出:"要把心理学的花纹绣到生理学的底布上去",在一部分人那里,心理学被归结为高级神经活动生理学,人的心理被理解为对于环境的一种机械被动的反映,与此同时,社会文化历史学派的观点遭到了严厉批判。是否可以猜想,心理学研究中这种倾向的产生,可能与战争年代强调精神对物质的服从、个人对于集体的服从、人对于战争规律的服从有关,战场上总是不容许那么浪漫的。

这种机械唯物论倾向的纠正是在 1963 年。这一年召开的全苏高级神经活动生理学和心理学的哲学问题讨论会上,批判了 20 世纪 50 年代初期将巴甫洛夫学说教条化、神圣化,以至庸俗化的错误,提出"必须完全克服研究人的科学中存在的生物学化的倾向,这种倾向是和庸俗唯物主义的观点结合在一

---

① [苏联] A. A. 斯米尔诺夫编:《苏联心理科学的发展与现状》,人民教育出版社 1984 年版,第 313 页。

起的。"①会议除了坚持站在唯物主义的立场上继续肯定了心理的"反映性质"外，突出地强调了心理反映过程中主体的"能动性"，指出外部刺激只有通过主体的内部世界，通过他的已经存在的思想感情体系的折射，才能使主体产生有意义的行为。即心理反映不仅有它的客观性的一面，还有它的主观性的一面。这个问题涉及对人的重新认识和评价，是十分重要的。这一重要观念的调整，在列昂捷夫的一系列著作中得到了十分精彩的拓展与发挥。

列昂捷夫首先引证了德国科学家 H. V. 赫尔姆霍茨在研究人的视觉生理学时得出的一个判断：不能把对象在主体心理中的映象与光线在视网膜上印出的"花纹"等同起来，不能从感觉中直接引出对象的映象。由此列昂捷夫指出，"S－R"（刺激-反应）的公式是不完整的，它少了一个中介因素，一个中间变量，这个中介即是现实存在着的人。他说从事知觉活动的并不是"感官"，而是借助于感官的人。物体单方面作用于主体感官还不足以产生心理的映象，为此还必须存在一个来自主体方面的"回答性"的积极活动过程。在列昂捷夫看来，认识论中的二项图式"S－R"应当让位于三项图式"S－O－R"（刺激-心理活动的主体-反应），"O"是心理活动、生理活动的主体，就是这个人。广为流传的反映论中的"镜映说"，那面被人搬来搬去的"镜子"，充其量也只不过相当于一张机械的"视网膜"，如果他后面不具备一个复杂的大脑和一个活生生的血肉之躯，那么这面"镜子"是没有什么意义的。

列宁强调人的意识中的感性映象总是和现实中的物象趋于一致的，心理映象是物理现象的近似的摹写。列昂捷夫从严格心理学的意义解释说："不过这仅仅构成心理反映特点的一个方面"；另一个方面是：

> 心理反映与镜子和其他消极反映的形式不同，乃是主观的，就是说，它不是消极的，不是毫无生气的，而是积极的，它的定义中包含人的生活、

---

① ［苏联］A. A. 斯米尔诺夫编：《苏联心理科学的发展与现状》，人民教育出版社 1984 年版，第 532 页。

实践,它的特点在于,把客观的东西不断变化为主观的东西。①

"心理反映乃是主观的",打破了苏联心理学界长期占据统治地位的"机械反映论"的坚冰,打开了心理学通向人的复杂的精神世界和丰富的心灵世界的大门,心理学从冷冰冰的生物实验台上走下来,与社会中现实生活着的人贴得更近了。列昂捷夫说,断定现实的心理反映乃是现实的主观映象,意味着映象是从属于现实生活主体的,主体在心理学中的地位被合乎逻辑地强调了。心理学研究的对象中不再有"纯粹客观"的存在,对象永远体现着主体与客体之间的关系和相互作用,以及此时的经验表象与彼时的记忆中的经验表象之间的"叠放"。

问题变得复杂起来。列昂捷夫将心理映象的主观性称作心理的"主体偏颇性",由于主体自身需求、欲望、动机、情绪、心境、定势的存在,知觉较之知觉对象发生了某种偏差、倾斜、变形。这些偏倾,并不总是表现为与客体的不相符合,有时它可以表现为更加积极地深入客体,对客体进行独特的、创造性的把握。这种复杂的关系给人的心理活动带来了无可比拟的丰富性。打一个比喻,如果说机械反映论像一面制作精良的镜子的话,能动的反映论则是一只变幻无穷的万花筒。当然,在科学、艺术、日常生活的实际应用中,它们各自又有着各自的用场。

值得一提的是,中华人民共和国成立后,国内心理学界开始努力运用马克思的原则组建的新的心理学研究机构和教学机构,教授们老老实实地把苏联作为学习的榜样,而这时的苏联心理学界正处于宣传巴甫洛夫生理学学说的热浪之中,中国的心理学研究无疑受到了那种机械决定论的影响。20世纪60年代初,正当苏联心理学界开始纠正自身的错误倾向并深化自己的研究课题时,整个中国思想文化界却在党中央的领导下开始批判苏联的修正主义。不

---

① [苏联] 阿列克谢·列昂捷夫:《活动·意识·个性》,上海译文出版社1980年版,第30页。

久席卷全国的"文化大革命"开始了,社会常识遭受践踏,心理学被当作一门唯心主义的"伪科学"加以取缔。十多年后,我国复苏了的心理学界面对世界飞速发展的心理学研究很有一种"恍若隔世"之感。即使对于列昂捷夫提出的"心理反映的主观性",学术界也有人心有余悸,很不稳妥,认为"会给辩证唯物主义的反映论带进误解、混乱的成分",并以列宁所说的"感觉给我们提供物的正确摹写"来批判列昂捷夫对列宁的反映认识论的发展、丰富和补充。其实列宁在《哲学笔记》中也曾批评过那种简单的反映论观点,他说过,靠单单相互作用等于空洞无物"一切都是经过中介,连成一体,通过转化而联系的。"看来,我国学者专家们的理论勇气和科学进取心比起苏联同行们还欠缺不少。

个性化含义

人的心理活动、人的意识活动具有主观偏颇性,这并不是列昂捷夫的发明,心理学中对于"注意的选择性""表象的情绪性""认知的目的性"的研究,早已关注到了这一课题。曾为马克思、列宁称赞过的莱布尼茨就曾说过:"如果几何学也像道德那样,同我们的嗜好、兴趣相矛盾,那么,我们也要反对它,违背它,而不管欧几里得和阿基米德的所有证明。"

列昂捷夫的贡献在于他运用马克思主义关于"活动"的思想对心理的主观性做出了成功的解释。为此,他提出了意识的"个性化含义"这个概念。

列昂捷夫认为,个体意识具有双重的决定性:一是外部的、人对于自然界的合乎规律性的认识;一是内部的、人对于自然界的合目的性的利用。个体的意识一端系于客体的特征和属性,一端系于主体的需求和感情。对于个体意识来说,正是属于后者的这种内在的动机和需求,决定了意识的"个性化含义"。正如马克思说的,对于矿业资本家来说,矿石并不具备矿石自身的意义。我们也可以举例说:一件周代的铜鼎,对于一位考古学家来说,看重的是它的历史文化价值;对于一个走私贩卖文物的商人来说,铜鼎的价值是能够卖多少钱! 事物的客观意义与个体的个性化含义并不完全相符合,许多时候可能出现差别、矛盾、异化。但另一方面又必须说: 个性化含义永远是某种东西的含义,纯粹无客观对象的个性化含义是不可思议的。

列昂捷夫认为,个性化含义并不是由事物的固有意义衍生出来的,而是主体在他自己的生活实践、生活感受、生活体验中形成的。比如,关于"死",一个人从青年时代就可以获得关于它的充分的知识:人生下来总是要死的,死亡对于自己来说是不可逃避的,死亡意味着呼吸、心跳的停止,死亡将给死者的亲属带来悲伤和痛苦等等。但有关"死"的这些意义,对于现实中的"我"来说,可能不具备什么切实的意义。假如他是一个被反动政府押上刑场的革命者呢? 假如他是一个患了不治之症的病人呢? 假如他是一个为情势所迫而自我了断的无辜者呢? "死"对于他们来说,其含义是很不相同的,其含义"丰富"的程度又是难以言喻的。"死"的意义是一种客观的知识,"死"的"个性化含义"则是一种心理的现实,是与个体密切相关的一种体验。正是这种"个性化含义"造成了人的意识的偏颇性,造成了人的活生生的心理现实。列昂捷夫说:在个体意识中,意义在返回感性地提供给人的世界现实时,它们就"心理化"了。在他看来,意义在含义中的体现,"是一种十分隐秘的富有心理内容的过程"。他还说,"在文艺创作中,在道德教育和政治教育的实践中,这种过程表现得最为充分。"

列昂捷夫十分清楚,要运用马克思主义关于实践活动的概念解释人的心理现象,就注定要面对两个研究课题,一是活动的客观对象,一是活动的主体,这是一个人心理活动的两极。从他的研究成果看,他对于活动的内部因素,即指向主体的一极是付出了很大努力的。

在他看来,活动的主体,实际上就是一个"个性"问题。

"个性",则又是一个十分复杂的问题。它可以是哲学、社会学、教育学研究的对象,它又可以是生物学、人类学、遗传学研究的对象,当然,它更经常地成为文艺学的研究对象。列昂捷夫牢牢认定：必须对其做出心理学的解释。

关于个性，世界上不同的心理学派别制定了不同的概念和原理，但是能为大家共同接受的却很少。列昂捷夫认为可以接受的只有两条：其一，个性是某种不可重复的统一体；其二，个性具有高级的整合作用，是统管各种心理过程的主人。问题一旦深入下去，分歧则千头万绪。有人把个性看作是天赋的差异；有人把个性看作经验的总和；有人把个性看作是个体适应环境的能力，尤其是"文化适应"的能力；有人把个性看作是个人在社会生活中扮演的"角色"。

对于这些解释，列昂捷夫均不赞成，认为它们不外乎是在"遗传决定论"和"环境决定论"之间跳来跳去。列昂捷夫同时还反对在这二者之间搞庸俗的折中主义，玩弄"既是这个，又是那个""一方面是……另一方面是……"的手段。列昂捷夫给自己制定的研究指标是很高的，他不同意把个性看作是存放于"遗传口袋"或"环境口袋"中的现成的东西，而把它看作"一种新的形成物"，一种在个体的各种重要关系中由个体的活动而生成的东西，这是一种"自我运动"的发展过程。他说：

> 这种观点必将得出关于个性的社会历史实质的原理。这一原理意味着，个性从最初就是在社会中产生的，人是作为具有一定的自然特性和能力的个体而参加到历史中(以及儿童参加到生活中)的，并且他只有作为社会关系的主体才能成为个性。换言之，与个体不同，个性在任何方面都不是先于人的活动而存在的；个性也和人的意识一样，产生于活动。研究人在具体社会条件下所进行的活动中个性的产生和转化的过程，也就是对个性作真正科学心理学解释的关键。①

---

① ［苏］阿列克谢·列昂捷夫：《活动·意识·个性》，上海译文出版社 1980 年版，第 125 页。

首先,列昂捷夫分析了"个体"与"个性"之间的区别和联系。他指出:生物进化的阶段越高,个体的生活表现及其组织越复杂,个体之间的特点和差异就越明显,"个体也就越个体化"。两条蚯蚓总是相似的,两个人之间则容易区别得多。在列昂捷夫看来,个体更多的指的是人的自然实质,包括"体质""神经系统类型""气质""内驱力"方面的特点,这些特点是与生俱来的,日后有的得以发扬,有的却遭到压抑。千变万化,不一而足。然而,列昂捷夫固执地强调:"人的这些生来的特性的变化并不产生人的个性",个性也不是来自人的适应活动。他坚持说:"人的个性也是'被产生出来的'——由个体在其中进行着活动的社会关系所创造出来的。在这种情况下,作为个体的他的某些特点也发生着转化、变化,这种情形并非他的个性形成的原因,而是他的个性形成的结果。"①

列昂捷夫在《活动·意识·个性》一书中举了这样一个例子来说明他的观点:一个先天跛足的儿童,就其生理、体质来说,出现了严重的异常,这对于他的个性的形成肯定会有很大的影响,比如,别的孩子踢足球,他只能在一旁观看;长大成人后,别的青年翩翩起舞,他只能作壁上观。在这样的情况下他会形成怎样的个性呢?列昂捷夫说,"跛足"并不是决定性的因素,后果也不能预言。他可能成为一个自卑而孤僻的人,他也可能成为一个热情而殷勤的人。一个身体有残疾的人由于生理上的不便可能成为一个生活中的懦夫,也可能为了补偿这种生理上的残缺而更加深广地拓展自己的内心世界,因而使自己成为一个诗人,一个巧匠,一个生活中的强者。他究竟成为一个什么样的人,这和他在自己生活的关系系统中采取的生活态度和实践活动有关,是由于"主体在社会关系中的活动的自我运动造成的"。而所谓社会关系,也仍然是由于主体活动而呈现出来的。由此,列昂捷夫断定:"个性的心理学分析的原始单位正是主体的活动""个性发展的前提本身,本质上是无个性的。"

---

① [苏] 阿列克谢·列昂捷夫:《活动·意识·个性》,上海译文出版社 1980 年版,第 129 页。

在列昂捷夫看来，一个人的个性是在一个人的社会实践活动中逐渐形成的，个性与个体不同，他是一个人在人生的某一阶段上的产物，是一个人内心世界开始成熟的表征，它和人与世界之间的关系的广度，这些关系的层次化程度，及它们的结构程度密切相关。也可以说，一个人的"个性化含义关系系统"的形成，也就是一个个性的形成。

个性问题几乎牵涉到人的所有问题，比列昂捷夫阐释的还要复杂得多。比如，遗传基因对于个性的形成果然不起作用吗？人的基因可以通过个人的"活动"加以改变吗？其那边我们讲到的弗洛伊德的个人无意识与荣格的集体潜意识对一个人的个性形成又将会起到哪些作用？还有，地域的不同、自然环境的不同，民族的不同、信仰的不同、时代的不同，社会体制的不同，家庭出身的不同，甚至兄弟姐妹中排行的不同，对个性形成终究会产生哪些影响？这些，在中外文学名著中都可以看出一些蛛丝马脚，心理学家要想一一将其阐释清楚，那可真不容易！

言语心理机制

文学是语言的艺术，诗歌小说创作是一种奇妙的言语活动，自然也是一种微妙的心理活动过程。语言问题也是心理学面对的一个重大难题。

现代心理学中对于言语心理机制的探讨开始得最早，如果从1861年布洛卡（P. Broca，1848—1905）对"大脑皮层言语区"的发现算起，距今已一百多年。有关这方面的实践报告和临床观测多如牛毛，然而，长时期里，真正的学术进展很慢，成效不高。原因是言语心理研究者们的理论武器太陈旧。直到维果茨基的学生、苏联教育科学院院士、美国国家科学院院士、神经心理学学科创始人之一、"维列鲁学派"的核心成员鲁利亚（A. R. Luria，1902—1977）研究时代的到来，这个领域才呈现出一片新的活跃局面。

"维列鲁"学派自诞生之日起就对于人类的言语现象投以密切的关注。维戈茨基在他的《思维与语言》一书阐发了这样的观点：人类与动物的不同，突出表现在工具的制造和语言的应用。在维戈茨基看来，工具主要用于物质生产，对自然施加影响，是人类机体器官的外延；语言则主要用于精神生产，对心理施加影响，是人类操作行为的内伸。在维戈茨基这里，言语是"社会联系的核心系统""社会联系和文化行为的核心机能"，言语是低级心理机能向高级心理机能过渡的中介，是高级心理机能的标志。维戈茨基坚持把言语问题看作文化心理学和社会心理学问题，认为"词语"就是一个人意识的"小宇宙"。

　　维戈茨基和他的后继者列昂捷夫都坚决反对言语心理研究中的"唯智论"观点，他们不同意把言语仅仅看作思维的形式，不同意把语词仅仅看作概念的表现。维戈茨基首先提出了语词的"客观意义"和"个人含义"的问题，认为"意义"不过是"含义"中最稳定、最普遍的部分，"含义"要比"意义"丰富生动得多，"含义"中同时包含着知识、情绪、表象，是一个复杂的混合物。列昂捷夫同样摒弃了言语心理研究中"纯知识"的无生气的途径，把重点放在"个性化含义"的阐发上，他认为，"人的行动的直接动机和对象是含义而不是意义"。

　　列昂捷夫论述道："意义"是人对其社会经验的抽象概括在语词中的结晶，是一般性的、固定化的知识，属于客观观念现象世界的东西，为全社会所共有。它虽然也是个体意识的组成部分，但只是大家相同的部分，并不能构成充分的心理性。"含义"，则是由个体本身的生活状态所决定的个体意识，是特殊的、流动的个人体验，属于主观现象世界的东西，为个体所独具，是一种个性化的存在。"含义"充满了个人的情绪色彩和理想色彩，它使认识过程变得生气勃勃、方向明确，同时它也使认识带上某种"主观偏颇性"，总之，它使认识过程具备了内容丰富的心理性质。列昂捷夫还断定，"含义"不等于"意义"，就如同"伦理"不等于"算术"一样。"意义"可以学习、可以传授、可以由机器的工作取代，而"含义"却不能，它只能培养、陶冶，永远属于人的心灵。"含义"不是由"意义"衍生出来的,而是由生活产生的。心理活动只能从切实的感受出发而不能从抽象的概念出发。列昂捷夫说,这一点对于作家来说特别重要,作家的心理学,"首先是含义的心理学",即揭示人的行动的个性化含义。

基于对言语心理学中"唯智论"的批判,鲁利亚明确地将言语的功能扩充了,语言不再仅仅是传达意义的工具,语言除了"传递信息"的功能外,还可以积极地参与组织思维、表达主体的动机和意向,还可以有效地成为心理调节、主要是情绪调节的手段。

关于言语发生的结构层次,维戈茨基认为大体可划分为三个层面:表层是句法、词汇,包括词的音节、音位;中层是意义和概念,即语句要表述的思想;深层是需求、兴趣、情绪、意向,即言语表述的动机。言语的发生便是这样一个由里到表、由潜到显、由无序到有序的变换过程。

作为主观内涵的需求、情趣、意向、表象如何转化为表现性的外部语言呢?即:言语的"内容层面"如何换算成言语的"表达层面"呢?从维戈茨基到列昂捷夫,到鲁利亚都十分重视"内部言语"的作用。他们认为,"内部自我言语"是深层心理与外部言语之间的一个重要过渡性环节。他们说,"内部言语"不同于自我独白或内心独白,而是一种以言语方式出现的"内操作",这种"言语方式"的特点是:语词稀少、句法松散、意象丰富、情绪饱满,是一种生成中的语言,一种正在构筑营造中的语言。

以上是"维列鲁"学派在言语心理活动方面提出的一些基本理论。

难能可贵的是,到了鲁利亚这里,由于第二次世界大战的东欧战场的激烈战斗为他提供了大量脑体受伤的士兵的案例,使他通过对为数众多的脑创伤者的临床观察、测试、实验、治疗,从神经生理解剖学学科领域印证并充实了他的言语心理理论。研究过程中,鲁利亚破除陈旧的"狭隘定位论"观点,提出了大脑机能的"系统定位"的新的原则,对言语心理的系统定位做出了开创性的贡献。对较为复杂的表现性言语的表达传递,鲁利亚作出了如下发现:(一) 作为言语内涵的清晰的视知觉、即事物表象的呈现,对于利右的人来说,其大脑定位在左半球的颞-枕部位;(二)为使命名正常进行的词的声音结构的保持,其大脑定位在左侧颞区;(三)对于物象特征的辨认及对于适当词语的选择,则由左半球皮质三级区所承担;(四)保证使言语转换承接、准确流畅的功能则由大脑左半球运动前区下部或左侧的额-颞部皮质所承担。关于印入性言语的接纳和领会,即言语的解码,鲁利亚得出了如下结论:(一)对有关言语成分的短时记忆,对于利右的人来说,其大脑定位在左侧颞区的中部以及深部;(二)对言语各成分的"共时性综合",其大脑定位则在左侧的顶-枕部、颞-顶-枕部;(三)对于内容的主动性探索分析,则由大脑额叶承担①。

上述神经语言学的术语对于局外人来说很不易深入理解,不过,鲁利亚也还是意识到有神经语言学延伸到文艺心理学的言语领域是一个必要的研究取向。他不厌其烦地举例说:

> 话语所含诸句子表达的"显示意义"跟话语的"暗示意义"往往是不同的。大家知道,疑问句"几点了?"可能隐含"已经很晚了,你该走了"的意思。俄国作家格里勃耶多夫的诗体剧《聪明误》结尾恰茨基说的一句话"快给我套马车,套马车!"暗含"这个社会对我不适合,我要离开这个社会,我要断绝跟它的往来!"可见,话语的显示意义跟其所含的暗示意义不是等同的,而且文艺家和心理学家都很清楚,诗篇诵读的"深度"可能迥然不同。②

揭示语言学与文艺学之间的奥秘,也还有待于诗人、作家、艺术家、文艺理论界的积极介入。

---

① 参见[苏联] A. P. 鲁利亚:《神经心理学原理》,科学出版社 1983 年版。
② [苏联] A. P. 鲁利亚:《神经语言学》,北京大学出版社 1987 年版,第 203 页。

从势不两立到对立互补

仅从"维列鲁"这一个学派所取得的成就我们就可以看出,苏联心理学家们在把马克思主义的理论原则具体运用到心理学研究中来说是有成效的。但它本身也还存在着某些不足之处,即使是作为主流派的"维列鲁"学派也在所难免。

比如,在苏联也已经有人指出,这个学派作为理论核心的"活动"概念,其范围太广泛了,几乎全部包笼了"人的存在""人的实践""人的外部生活和内部生活",一个概念宽泛到如此地步,在具体运用中就自然会显得不够严谨,使心理学攀附在哲学的框架上落实不下来。从列昂捷夫的《活动·意识·个性》一书中我们也可以看出,这部心理学著作的哲学味道未免太浓重了些。

另外,国内也已经有学者指出,列昂捷夫在实质上是一个"外因论者",他强调人的内部心理活动是由外部活动"内化"生成的,而外部活动又常常必须服从于客观对象的特性。① 这个问题,在列昂捷夫的"个性生成理论"中表现得更为突出些。列昂捷夫坚持认为个性的生成与遗传没有关系,这一观点未免武断。如此一来,从古希腊时期希波克拉底的"体液说",到弗洛伊德的人格发展三阶段说、到荣格的人格八种类型说,以及包括巴甫洛夫提出的神经类型说都成了无稽之谈。当然,马克思在《哲学的贫困》中曾同意过英国资产阶级政治经济学家亚当·斯密的话,认为个人之间天赋才能的差异对于人格的影响远不如社会分工大:"搬运夫和哲学家之间的原始差别,要比家犬和猎犬之间的差别小得多。他们之间的鸿沟是分工掘成的。"②这段话对于社会学、经济学、政治学的学科研究领域来说,或许无关轻重。但如果深入到心理学领域,深入到高级神经活动的心

---

① 李沂:《试谈 A. N. 列昂捷夫的意识观点》,《心理学探新》1980 年第 1 期。
② 〔德〕马克思、恩格斯:《马克思恩格斯全集》第 4 卷,人民出版社 1964 年版,第 160 页。

理学领域,"家犬"与"猎犬"之间的差异有时也是不容忽视的。据国外研究发现,科学天才爱因斯坦的大脑细胞就异于常人。我们也可以猜想,在量子的研究领域内,人们也许会对高级心理活动的生理差异方面做出更多的发现。

与"外因论"相关联的是,"维列鲁"学派虽然也时时讲到主体的欲望、需求、激情、意向等内驱力对于人的心理行为的重要性,甚至有时还针对心理学中的"唯智论"进行了批判。但是,从他们的总体研究来看,他们的重心还是过于偏向于人的"思维""语言""逻辑""意识"的阐述,即偏向于主体对客体的反映和认识。而对于人自身情感方面的、非理性方面的、潜意识里的心理现象的研究,显然是不足的,对于一门完整地研究人的心理结构的学问来说,这不能不是个缺陷。对于这一缺陷,除了过早逝世的维戈茨基外,列昂捷夫和鲁利亚在他们的暮年都已经引起注意。列昂捷夫说:心理学应当注意研究心理的动力、过程一面,而概念、观念、意义只是认识活动的结果,应该交给逻辑学、语言学、符号学去研究。鲁利亚则说:大脑深部结构(下丘脑、丘脑)在心理过程中的作用,梦境的脑机制、情绪生活的脑机制、非优势大脑半球的心理学意义很重要,但他缺乏足够的资料。对照前边章节的介绍,我们可以发现,为这些苏联心理学家有意无意遗忘的研究课题,恰恰是西方一些心理学家的热门研究课题。

由于种种历史的、社会的和政治方面的原因,东西方心理学家曾长期处于尖锐的敌视对立状态中。西方老一代的心理学家曾对苏联心理学表示过掩饰不住的轻蔑和嘲讽,而苏联的心理学界也曾对西方社会中的心理学研究持一概否定的立场。鲁宾斯坦(S. L. Rubinstein, 1889—1960)和维戈茨基都曾因为"过多地引用西方资产阶级心理学家的言论"而遭到国内革命心理学家们的批判。20世纪80年代以来,种种迹象表明,一种寻求理解、寻求对话、寻求补充的学术气氛在东西方新一代的心理学家中开始出现。西方心理学日益向社会文化的领域渗透,苏联心理学也开始打破潜意识的禁区。心理学,毕竟是一门以人类整体存在为对象的学术领域,不同的政治观念之间的斗争当然还会持续下去,但必要的相互沟通、相互学习肯定是有益的。

卷三 文学，在心理学的屏幕上

第十四章　本体论：大地和云霓

漂浮于上层建筑之上的云

音乐,绘画,雕刻,歌谣,这些差不多和人类一样古老的文学艺术活动,讨论了差不多和人类文化历史一样漫长的年代,迄今仍没有一个答案。不,答案不是没有,而是太多了。关于文学的定义可以举出几十个,关于艺术和美的定义可以举出上百个。糟糕的是旧有的定义还没有显示出统一的迹象,新的定义又已经纷纷被提出来了。

文学艺术研究领域,集中了一大群人类中聪颖、智慧的分子,却时时在演出一幕幕天真的童话:一位面貌朴实的学者手中捧起一块坚实的泥土,他说这就是文学,而泥土在一瞬间却变成一朵莲花;一位神情庄严的大师说文学就是人们脚下那面光亮的镜子,人们俯首看去,哪有什么镜子,那明明是从心泉中淌出的一泓清水;一位才华横溢的青年理论家,他说他在梦中逮到了一只从天外飞来的神奇的鸟,醒来还握在手中,他说着便把手伸出来,大家看了哈哈笑,那不是飞鸟,而是一块乌黑的石头。探究文学艺术本体实在的人们像在万山丛中追踪一条浪花飞溅的溪流,它斗折蛇行、左盘右旋、时明时暗、时隐时现,"其岸势犬牙差互,不可知其源"。那个大名鼎鼎的英国人克莱夫·贝尔(Clive Bell, 1881—1964)曾经提出了"艺术即有意味的形式"这一概念,自以为抓到了艺术的本质,别人也以为包拢了艺术的全象,逻辑上无懈可击,然而,正如国外国内都有学者指出的,这又不过是一句空话,等于什么都没有说。[①]

文学本体论的探求者们,不知是愤怒了,还是困倦了,还是颓丧了,抑或是一次次的失败终于使他们变得达观起来。一部分人开始提出这样的观点:文学艺术总是生长着的、变化着的,它永远在创造着,它永远是个别的、独特的、开放的、扩展的,它没有什么必要的和充分的特征作为绝对存在的条件,文学艺术领域必须能无限延伸,以包容下更新的、无法预见的内容和形式,艺术不能容忍有一个封闭的概念。艺术是什么?这个问题的提出就是一个错误。

这种意见,不能说不含有某种明智的因素,但也不能说不带有某种回避逃遁的色彩。企图制定一种完全包拢一切文学艺术现象的固定概念肯定是愚蠢的;然而,文学艺术既然是人类生活中真实存在着的一种现象,那么,指出它在人类社会生活中占据的位置,说明它在人类社会生活中具有的性质,并不是完全不可能的。

我们首先来查找一下文学在人类活动中的位置。

让我们把人类社会想象为这样一座规模宏大的建筑物。比如,坐落在渤海之滨的蓬莱仙阁:最底层是台地,台地之上是山峦,山峦上面是宫阙,宫阙之内还有耸入云端的宝塔、楼阁。这也就是马克思、恩格斯在《德意志意识形态》一书中首次描绘出的人类社会的存在模式。生产力、生产关系,以及工业、农业、科学技术,即社会的经济基础,相当于台地和台地上的山峦;国家、政党、军队、法庭、学校、教会是山峦之上的主体建筑,而政治、法律、道德等意识形态

[①]　参见钱谷融:《关于艺术性问题》,载《文艺理论研究》1986 年第 1 期。

领域的东西则是更上层的建筑。再往上是什么呢？是仙阁上空飘扬的经幢？是宝塔顶端放射出的毫光？还是那百尺危楼之上缭绕的紫气和馥郁的芬芳？这些是什么？马克思将它们称作"精神的形式""意识形态的形式"，这就是人类精神所开出的，结果实与不结果实的花朵：哲学、宗教、艺术。

从根本上说来，在人类社会生活中，"物质生活的生产方式制约着整个社会生活、政治生活和精神生活的过程"①。经济基础决定上层建筑，人的存在决定人的意识，这是可以得出许多实证的。台地之下一旦发生剧烈的震动，山峦将崩裂，楼阁将倒塌，紫气毫光之类也终将会消散。

然而，对于"哲学""宗教""艺术"，马克思、恩格斯强调的常常是另一方面的性质。比如，恩格斯在《致康·施米特》的信中说：

> 至于那些更高地悬浮于空中的思想领域，即宗教、哲学等等，那么它们都有它们的被历史时期所发现和接受的史前内容，即目前我们不免要称之为谬论的内容。这些关于自然界、关于人本身的本质，关于灵魂、魔力等等的形形色色的虚假观念，大都只有否定性的经济基础；史前时期的低级经济发展有关于自然界的虚假观念作为自己的补充，但有时也作为条件，甚至作为原因。虽然经济上的需要曾经是，而且愈来愈是对自然界的认识进展的主要动力，但是，要给这一切原始谬论寻找经济上的原因，那就的确太迂腐了。②

恩格斯讲得很清楚，哲学和宗教是"悬浮"于经济基础之上的，它们并不为经济基础直接地决定。这段话中虽然没有明确提到艺术，但"关于灵魂、魔力等等的形形色色的虚假观念"这一短语中肯定是包括了古代神话传说、巫术仪

---

① ［德］马克思、恩格斯：《马克思恩格斯选集》第 2 卷，人民出版社 1977 年版，第 82 页。
② ［德］马克思、恩格斯：《马克思恩格斯选集》第 4 卷，人民出版社 1977 年版，第 484 页。

式中的原始艺术的。这封信的后半部在讲到哲学时又同时提出文学。在另外许多文章中，马克思、恩格斯总是把政治、法律、道德相提并论划归一个层次，而把"美学、哲学、宗教"或"哲学、宗教、艺术"相提并论划归另一个层次。

恩格斯在另外一封致瓦·博尔吉斯的信中讲到这些领域的研究时又说："我们所研究的领域愈是远离经济领域，愈是接近于纯粹抽象的思想领域，我们在它的发展中看到的偶然性就愈多，它的曲线就愈是曲折。"①

恩格斯在 1888 年出版的《路德维希·费尔巴哈和德国古典哲学的终结》一书中还曾指出：

> 更高的即更远离物质经济基础的意识形态，采取了哲学和宗教的形式。在这里，观念同自己的物质存在条件的联系，愈来愈混乱，愈来愈被一些中间环节弄模糊了。②

至于"混乱""模糊"到何种程度，恩格斯接着以宗教和神话为例子说：它们"好像是同物质生活最不相干"的东西，物质生活决定人的思想过程，对于它们来说"必然是没有意识到的""否则，全部意识形态就完结了"。

正如马克思早年指出的："古代各民族是在幻想中、神话中经历了自己的史前时期的。"③当然，古代民族并没有意识到这一点，他们主观上觉得那就是他们实实在在的生活，不然的话，哪里还会有幻想、神话的诞生？在电气化的时代谁还会再幻想天庭中的雷公电母；在宇宙飞船升入太空的时代，谁还会去幻想那衣带翻飘的"飞天"？不过现代人总还有着现代人的幻想、追求、憧憬，他们仍然需要"神话"——即他们的文学艺术，只是比起古代来说已经困难得多了。艺术，最初不过是人的物质活动的直接产物，现在却成了悬浮于上层建

---

① ［德］马克思、恩格斯：《马克思恩格斯选集》第 4 卷，人民出版社 1977 年版，第 607 页。
② 同上，第 249 页。
③ ［德］马克思、恩格斯：《马克思恩格斯全集》第 1 卷，人民出版社 1977 年版，第 458 页。

筑之上的一种"漂浮物"。在远古时代人人都可以自然地沉浸其中的那种氛围与境界,现代社会中只有极少数人在极少数情况下才能获得。文学艺术成了一种高层次的人类精神活动,成了一种高级的人类精神现象。对此我们不必惋惜,这是人类进化必然要付出的代价。

人们爱说:"文学是一种精灵"。按照中国古代朴素唯物主义中"气生万物"的说法:气之轻清上浮者曰天,气之重浊下凝者曰地,文学艺术应当是一种"上浮"于天空中的气之精者。文学艺术与宗教、哲学一样,是一些远离物质经济基础的、更高悬浮于空中的意识形态,它们愈来愈被一些中间环节弄模糊了。在整个社会构架中,文学正因为悬浮于上空,像天上的云彩一样,所以文学这种意识形态才可能显示出更大的灵幻性、微妙性、丰富性、多样性,这也正是人类精神的属性。

文学艺术与经济政治的关系,就像天上的云霞虹霓与大地的关系一样。我们这样讲,只是强调了文学艺术作为人类高层次精神活动现象的属性,并不是鼓励文学艺术对现实政治、经济生活的背离。这里,我们按照习惯说法写下的"天上的云霓"其实是并不确切的。从宏观的宇宙空间看,自由漂浮在地球之表的云霞或虹霓,其实并没有摆脱地心的引力,它们不但仍然是这个星体的一个有机组成部分,并且还与地球的实体一起,在太阳系中做着较为松散的"同步"运动。换一个方位,比如站在月球上看地球,我们就不能说"天上的云霓"而应该说"地球上的云霓",文学这片云霓并没有脱离人类社会物质性实体的大地,它只不过是"更高地悬浮于空中"的一个领域。对于人类来说,地球上当然不能没有山川、河流、森林、田野、矿山、铁路、工厂、商店,地球上也不能没有云彩、虹霓、晚霞、晨曦,正是这些看似无关的云和气,调节了地球上的气候,使万物得以欢愉地生存。宇航员从外部空间摄回的照片证明,正是因为有了这层云气,人类居住的这个星体才比别的星体显得更加奇妙瑰丽。

我们以往的不足是机械地、生硬地套用了"存在决定意识""经济基础决定上层建筑"的公式,过分地强调了"文学与实际生活的密不可分",强调文学必须"及时地""直接地""真实地""不走样儿地"反映政治经济领域中的实际生活,而不肯承认文学艺术与现实生活、客观生活之间合理地存在着某种意义上的距离和差异。文学艺术完全成了政治斗争、阶级斗争、路线斗争的武器,甚至还希望它也能够成为经济建设改革、科学技术普及的工具。文学在发挥实用功能的同时,却散逸了它的艺术的灵气。

我们过去的问题是把文学艺术这种高层次的人类精神活动与物质的地面贴得太紧,文学太实在、太清楚,像放风筝一样,线太短、不敢放线,管得太死,绷得太紧,因此艺术的精灵就腾飞不起来。岂不知精神的腾飞与物质的增殖同样是人类生命的需求,同样是人类进化的羽翼,同样是一个健全的社会中必不可缺的一个方面。

晚年的恩格斯在写给约·布洛赫的信中曾经提出这样一个十分严肃的问题:

> 青年们有时过分看重经济方面,这有一部分是马克思和我应当负责的。我们在反驳我们的论敌时,常常不得不强调被他们否认的主要原则,并且不是始终都有时间、地点和机会来给其他参与交互作用的因素以应有的重视。但是,只要问题一关系到描述整个历史时期,即关系到实际的应用,那情况就不同了,这里就不容许有任何错误了。可惜人们往往以为,只要掌握了主要原理,而且还并不总是掌握得正确,那就算已经充分地理解了新理论并且立刻就能够应用它了。在这方面,我是可以责备许多最新的"马克思主义者"的;这的确也引起过惊人的混乱。①

"无产阶级的文艺理论"的研究者们在确定文学的位置和性质时犯了恩格斯时代"青年们"有时容易犯的错误,过高地估计了物质和经济对于精神领

---

① ［德］马克思、恩格斯:《马克思恩格斯选集》第 4 卷,人民出版社 1977 年版,第 479 页。

域中文学艺术现象的作用。

然而，"悬浮"在"天上"去研究文学艺术，会不会重蹈唯心主义的错误呢？

这里有个出发点的问题。马克思、恩格斯早就说过：马克思主义的研究方法和德国传统哲学中的唯心主义研究方法，比如与黑格尔的研究方法是截然不同的，"德国哲学从天上降到地上；和它完全相反，这里我们是从地上升到天上"①，正因为我们是从地上升到天上的，正因为我们是从实际活动着的人的生活出发的，所以，不管我们研究的对象是"意识形态上的反射和回声"还是"人们头脑中模糊的东西"还是"物质生活过程的必然升华物"还是其他一些看似虚无缥缈、神奇怪诞、幽微灵幻、流动多变的东西，我们都可以得出历史唯物主义和辩证唯物主义的结论。精神总是注定要受到物质的"困扰"的。但是，我们不能不意识到，我们的研究对象的确是在"天上"的。如果我们的文学艺术不能腾飞到精神的上空，那么我们的文学艺术作为人类的精神产品，其层次就是不够格的。

艺术世界与心理世界

在人类出现之前，地球上存在着一个实实在在的物质的世界，这个世界上，有山脉、有大海、有丛林、有沼泽，有各种各类的恐龙、猛犸、巨蜥、长毛象，也有人类的祖先类人猿。说不清楚是哪一天，人类就在这样的一个物质的环境中出现。初始的人类，不过是自然万物中差别甚微的一员，人和自然混沌一片。又不知过了多长时间，伴随着人类在地球上的活动，一种云一般、雾一般、灵光一般、精气一般的东西开始在人的头脑中升起并且弥漫于人类活动的整个空间，是它给地球染上了色彩，给时令增添了冷暖，给草木融进了爱憎，给万

①　［德］马克思、恩格斯：《马克思恩格斯选集》第 1 卷，人民出版社 1977 年版，第 30 页。

物整理出秩序。它就是人类的精神,人类的意识,人类的心灵。

伴随着人类意识的出现,混沌的世界开始分化破裂成两个世界,一个是客观的、外在的物质世界,一个是主观的、内在的精神世界。从此,人类便在这两个世界之间左右冲突、上下求索,付出了一代又一代的生命,演化为今天的这种远不能令人满意的生存状态。

生存的劳苦,选择的艰难常常使得一些人向往复归到原始的混沌世界中去,返回人与自然的统一中去,那里只有劳动,以及和劳动融和为一体的艺术,野蛮的劳动和粗犷的艺术。然而退路早已被堵绝。正如人不能重新回到子宫里去一样,人也不可能再回到亘古洪荒中,人们只有奋力向前,去为自己创造一个"新的统一"。这个统一不再是两百万年前那个粗糙笨重的混沌的世界,而是一个五彩缤纷、金光灿烂的世界。这个世界,佛教徒说是乐土,基督教徒说是天国,现代学者说是"乌托邦"。还有人说是共产主义社会。不过,那些路途都很遥远。人们注定还要在主观与客观、精神与物质、人性与自然的矛盾对立之中坚持不懈地向前走去。也许并没有什么固定的终点,最好的情况下也只是越来越接近那个美好的无限。

现在已经可以看出,在人类历史发展的漫漫路途中,不管是忽略了物质的一面,还是忽略了精神的一面,都可能会给人类自身带来困窘,甚至带来灾难。遗憾的是就这么一个简单的道理,人们却是在花费了长久的时间、并且付出惨重的代价后才明白。因此,在第5章中,我们对冯特把人类生活中的物理事实与心理事实区别开来,并赋予"心理事实"以独立的研究意义,给予了充分的评价。

不难看出,在人类生活中确乎存在着两个显著不同的世界:物理世界和心理世界。对于人来说,物理世界的对象是客观的物质存在,心理世界的内涵则是一种主观的精神状态;物理世界是事物本质的单一抽象,心理世界是人的个性的多种表现;物理世界是对于外物的真实的阐释,心理世界是对于内心的真诚的体验。在物理世界中,地球不过是宇宙间一粒微尘;生命,包括人类的生命,不过是宇宙间一个小小的偶然事件。而在心理世界中,地球却是一个被人类情感紧紧拥抱着的广阔天地,人类则是天地间至高无上的万物之灵。多少世纪来,人们从地球上看月亮,月亮上是玉兔、是桂树,是嫦娥,是婵娟,是琼楼玉宇,是冰魄广寒。月亮在人的心理世界中曾经唤起多少梦幻和憧憬,曾经惹出多少幽思和清怨。一旦人类第一艘宇宙飞船真的登上月球,物理学的巨大成功无情地打破了人们固有的心理空间,月亮便只剩下了干涸的海、死寂的山,和满目荒凉的沙砾、尘灰。在欢呼科学成功的同时,不必隐瞒,我曾感到过一缕隐隐的悲哀:我失去了另一个月亮,一个童年时代在老祖母怀抱中透过老槐树黑黝黝的枝杈看到的那个昏黄的月亮,一个少年时代从李白、李贺、李商隐的诗篇中看到的那个清冷、皎洁、感伤的月亮。

我们何曾料到,科学的成功,竟会给艺术带来了这般惆怅。物理和心理并不是一个珠联璧合的世界。据国外报道,科学家已经发现,猪的嗅觉和狗是一样灵敏的,但尽管如此,你仍然无法说服一个青年警官牵着一只猪猡去海关执行勤务,因为围绕着这位警官的除了物理世界之外,还有一个心理的世界。

"存在决定意识",心理世界终归是物理世界的反映,客观存在的物质世界是一切主观的心理活动赖以产生的基础。但我们总觉得,文艺理论界的人们在强调这一认识论的基本命题时往往忽略了心理学中的一个常识:在复杂的心理活动中,外界的物理刺激与内在的心理反映绝不是一种机械决定的因果关系,也不是单一的同步对应关系。同一性质同一强度的刺激,在不同的个体身上或同一个体的不同情境中会引起大相径庭的心理反映;而不同强度、不同性质的刺激在不同个体身上或同一个体的不同境况中也可以产生庶几相似的心理反映。

比如,一位文学青年的处女作得以发表时的喜悦,就其内心体验到的喜悦而言恐怕并不亚于一位大文豪获得诺贝尔文学奖时的喜悦;一个"万元户"做生意蚀本 3000 元后的懊恼,就其内心体验到的懊恼也并不就一定比他当放牛娃时丢掉一件破布褂的懊恼更强烈。① 外部刺激引起的心理反映，很大程度上是由活动主体的心理素质和心理品格决定的，主体的政治信仰和价值观念，主体的审美理想和文化教养，主体的需要和气质、习惯、兴趣、动机、能力，以及主体眼下的情绪和心境，主体先前的经验和记忆，包括主体潜意识中的心理定势，都将对外界的刺激产生反馈作用，从而使反映结果自然而然地发生倾向于主观的心理变异，发生一种知觉感受上的、情绪记忆上的、审美体验上的"变形"。

颇带神秘主义色彩的哲学家休谟说过："美不是事物本身的性质，它只存在于观照它们的心灵之中。"这句话其实并不神秘，因为就连以自然主义、科学主义自命的爱米尔·左拉也曾说过，所谓艺术，只是通过某种气质所看到的自然的一角，这就是说艺术的形式和色彩也总是根据每个人的心灵来领悟的。即使主张艺术再现生活的卢卡奇有时也会批评某些文学作品说："它太真实了，从审美意义上说，它缺少一点虚假性"。这也就是说，文学艺术的世界属于客观物质世界之外的另一个王国。文学家眼目中的世界，是一个心理的世界。夏洛特讲到她的妹妹艾米莉时说，艾米莉爱荒原，在她眼中，最幽暗的石楠丛会开放出比玫瑰还要娇艳的花；在她心里，铅灰色的山坡会变成人间乐园。这是因为她的眼睛本身就饱含着一股"紫气"，它可以使盛开的山花羞红常驻，使罕见的晚霞微笑不逝；她的心底有一股清泉，在润泽着蕨薇，滋养着苔藓，孕育着牧场的青草。艾米莉的荒原是她自己心中的荒原。

现代心理学证实，物理的世界与心理的世界，二者并不完全吻合，其间存在"距离""差异""倾斜""错位"，而这种"距离、差异、倾斜和错位"在常规的科学研究或技术操作中，可能属于一个有待排除的障碍或有待攻克的难关，而在文学艺术中，它们则完全可以是一个合理的存在、必要的存在。这种距离、

---

① 20世纪80年代的"万元户"，不啻当下的"亿元户"，是民众仰慕的"巨富"。本书凡是写到的市场物价，也是当时的情形。

差异、倾斜、错位,恰恰体现了文学艺术家心灵的创造。

我们平素已经讲惯了文学艺术应当客观地、如实地反映某种社会存在,作为一种艺术规律,从严格意义上讲,是大有问题的。严格意义上的"如实反映""客观反映",只能是一种"科学反映",即一种在仪器和数据严密控制下力求达到"客观""如实"的科学认知。文学反映社会生活,显然不应该是这种反映。文学艺术的反映,是一种"主观的反映",是一种人各不同的"个性化反映",它反映的是经过作家心灵折射的社会生活,是灌注了作家生命气息的社会生活,是一种心灵化了的社会生活。菜场上的虾 3 元 1 斤;而齐白石画的虾,据说还是一种最不值钱的河虾,300 元却买不到一个。这不是"虾"的价值,这是艺术家的心灵的价值,或者说这只是艺术家心灵价值的一种象征。因为,艺术家的心灵是无价的。

社会生活只有首先成为心理的,才有可能成为艺术的。文学艺术的世界是一个"心理的世界"。科学的努力方向与艺术的努力方向是不相同的。科学的知解分析是由心理世界向物理世界的逼近;艺术的感受体验则是由物理世界向心理世界的升华。文学,大约是所有艺术中最具理智色彩的一个门类了,但它如果要想使自己成为艺术的,也就仍然必须遵循艺术活动的这一心理轨迹。在我们看来,主体心灵的创造性,应是文学艺术的本质属性之一。

神韵与格式塔

在一切人工制品中,精神产品差不多总是比物质产品蕴含着更多的秘密。第一次看到收音机的乡村农民怀疑那匣子里是否有个神秘的小人儿在说话唱戏;而一个相似的情景是在一百年前,在俄国,有一个 15 岁的男孩子对着太阳高高举起一本文学作品,他怀疑那书页中是不是藏着什么精灵,在对他施着魔力。这个孩子就是后来名扬天下的文豪高尔基。关于收音机的构造和原理,现在一个乡村物理教师已不难向人们解释清楚;至于文学的艺术魅力呢? 一百年过去了,至今恐怕还是个解释不清的问题。

文学是语言的艺术。文学语言的艺术魅力,作为一个问题的历史远不只一百年。它要古老得多。比如在中国,文学语言的奥秘曾作为"神韵"这个问题在诗歌作品中提出,即所谓"诗以神韵为心得之秘""神韵者,本极超诣之理",如果从唐代的皎然算起,起码也已经有一千多年的历史。人们都说:文学是语言的艺术。那么,如果弄清了语言在文学作品中的性质和功能,则对于揭示文学的本体论将是有益的。这里,我们就从中国古代的"神韵说"入手,探讨一下文学语言的奥秘。

为中国历代文学艺术家推崇到极点的诗歌中的"神韵"究竟是一种什么东西呢? 曰:扑朔迷离、朦胧莫辨。常见的是一种象征性的隐喻性的描述。或曰:"如蓝田日暖,良玉生烟,可望而不可置于眉睫之前也。"或曰:"如空中之音,象中之色,水中之月,镜中之像","透彻玲珑"如"羚羊挂角,无迹可求",很是玄乎。它有些像老子所说的"道","道之为物,惟恍惟惚",何谓"恍惚"? 曰"无状之状,无像之像,是谓恍惚"。那么,"恍惚"就是"无"吗? 却又不尽然:"惚兮恍兮,其中有象,恍兮惚兮,其中有物。窈兮冥兮,其中有精,其精甚真,其中有信。"[①]"恍惚"又是非无,是"有"是一种真切存在的东西。在这里,有关"道"或"神韵"的言语解释,已失去了通常的逻辑,陷入一种进退维谷的"困思状态"。

如若深一步地做具体考察,我们又可见出历代文艺家们对"神韵"的特性还有这样一些论述:

一、神韵与形质对立,是一种形质之外而又超越形质的东西

神韵之说肇始于魏晋,而魏晋之风一反两汉传统重神而轻形。南齐书法家王僧虔说"书之妙道,神采为上,形质次之"。画论家谢赫说"若拘以体物,

---

① 参见陈鼓应:《老子注译及评价》,中华书局 1984 年版,第 450 页。

则未见精粹;若取之象外,方厌膏腴,可谓微妙也"。这些论述在后世绘画理论中因陈相袭。遂成为中国艺术理论的主干。唐代张彦远也是置神于形之上的,"得其形似,则无其气韵,具其彩色,则失其笔法,岂曰画也!"至宋代画家黄休复,竟提出了"离形得神"的更为极端的主张,认为只有"拙规矩于方圆,鄙精研于彩绘"才能实现绘画的最高境界。这和司空图论诗时所说的"味在酸咸之外""超然象外,得其环中"是声气相通的。绘画艺术至元代,或"墨色淋漓"或"逸笔草草",皆不求形似但重神韵,已酿成一种时代风潮。郭绍虞曾指出王士祯力倡"神韵说"便是深受元明以来南宗绘画的影响的,可谓一言中的。"重神轻形""神在形外"的思想最终还是要在道家的美学思想中寻到它的根源。在庄子看来,形色声音属"物之粗者"只是构成艺术本体的较低级的层次;而形色声音之外的那种东西,才是"物之精者",才是艺术本体中至高无上的东西。在《知北游》中,庄子说:"故视而可见者,形与色也;听而可闻者,名与声也。悲夫,世上以形色名声为足以得彼之情。夫形色名声,果不足以得彼之情"。《淮南子·原道训》中将这一思想阐发为"夫无形者,物之大祖也;无音者,声之大宗也"。在《说林训》中又讲"视于无形,则得其所见矣,听于无声,则得其所闻矣"于是,艺术的精灵成了一种"无中之有",艺术中的至高无上者就成了一种非形质、超形质的东西,一种"妙用无体"的东西。因其外于形质,故又可踞于形质之上,成为一种形而上的、君临于形的东西。这便导致翁方纲得出了"神韵者,是乃所以君形者"的结论[1]。

二、神韵与语言对立,是一种语言之外而又超越语言的东西

"神韵说"的另一个理论依据,可以看作老子的"无言之美"、庄子的"得意忘言",亦即《周易》中讲的"书不尽言,言不尽意"。这种在西方古代文学理论中十分罕见的理论,在中国的古代文学理论界,从刘勰的"义生文外"钟嵘的"文已尽而意有余"、皎然的"但见情性、不睹文字"、司空图的"不著一字、尽得

---

[1] 翁方纲:《神韵论》。

风流",一直到苏轼的"欲得诗语妙,无厌空且静"、姜夔的"句中有余味,篇中有余意"、严羽的"言有尽而意无穷"一脉相承,不绝如缕。在王士祯、翁方纲等人的著作中,更是频频地重复着这些话语。在上述中国古代文学理论家们看来,美的言词绝不是审美的目的,语言只是一种审美过程中的操作手段,一种被喻为"筌"或"蹄"的渔猎器具,一旦猎物到手,语言作为一种物质形式在人的审美知觉中就失去了单独存在的意义。他们追求的还是那种非物质性的、不受语词局限的、由个人心理创生的审美体验、审美意味、审美情趣。在他们看来,由言到意,是由感觉到体验、由物理到心理、由识记到审美的一个质的飞跃,能否创生出言外之意,能否捕捉到文外之旨,是能否进入到审美领域的一个标志。

三、神韵是一种具有双重意义的无限,它的存在方式与观照的主体相关

文学作品中的神韵,既"不著一字"又"尽得风流";既"空无一有"又"涵盖万有",它同时包含了两种意义上的无限:有的无限与无的无限。这无疑又是本于道家的"元气理论"。《管子·内业》中讲:"灵气在心,一来一逝;其细无内,其大无外""彻上彻下,无所不该",它既是无限小,又是无限大,这种凭人的日常经验和日常语言无法理解和把握的东西,在文学艺术的审美观照中却不难领会。这就是说,理解和把握它需要主体身心的介入,文学艺术境界的创生,不只是和构成文学作品的物质性实体有关,还和主体心理活动的方式密切相关,亦正如翁方纲阐发的:"神韵者,视其人能领会,非人人皆得以问津也。"看来"神韵"并不是一种绝对的客观存在,也不是绝对的主观派生,它是主体与客体相互扭结的网络中的一种状态,是一种非心非物、非有非无、亦心亦物、亦有亦无的存在过程。

中国古代文论中对于神韵属性的解释大略如此。

但是在力张"神韵说"的人中,对于神韵在文学创作和文学作品中的地位,见解又很不相同。比如,王士祯主要是把神韵当作一种含蓄、冲和、恬淡、飘逸的艺术风格来看待的,神韵只存在于某一些作家的作品中,如陶渊明、谢灵运、

王维、孟浩然等人的作品。对另外一些"阳刚""沈著""质朴""率直"的文学作品，他则明显地加以贬抑排斥，其中甚至包括杜甫、杜牧、元稹、白居易、刘禹锡这样的作家和诗人。而翁方纲却是把神韵看作文学作品的一种质，一种形而上的质，放在文学作品本体论的地位上来考察的。在他看来，神韵乃"诗中所自具"是一种"彻上彻下""涵盖万有"的"道"，"非可执迹求之""非可执一端以名之"。他还直接地批评王士祯将"神韵"固定为一种文学风格的观点，说："渔洋犹未免于滞迹也。"

翁方纲的立论应是更切实有据的。只是他又说神韵须从肌理中求之，而肌理又只能是圣贤之书，则他自己又"未免于滞迹也"。

先于翁方纲，也先于王士祯的文论家叶燮并不标榜神韵之说，而直截了当地将"气"作为统摄文学的一种精神。他既不满严羽之辈流于空寂虚无的禅玄诗论，又坚决反对囿于事理人情、拘于技巧文法的俗儒之见。他重视文学作品中具体描述的"理、事、情"，认为这是作品的骨架。然而，他又认为仅有"理、事、情"还不足以生成文学作品，"然具是三者，又有总而持之，条而贯之者，曰气""事理情之所为用，气为之用也""三者藉气而行者也得是三者，而气鼓行于其间，氤氲磅礴，随其自然所至即为法"[①]。叶燮力主以气驭道理、事料、人情，强调气在文学作品中的统帅作用，这与翁方纲的"以神君形"之说颇类，叶燮推崇的这种"上下纵横""鼓行于六合内外"氤氲磅礴的气，实际上也就是后世翁方纲所标榜的那种"彻上彻下""无所不该""乃所以君形"的神韵。

这就再次证明，中国古代文论中讲的"神韵"，就是一种周流于作品之中，君临于作品之上的"气"。"气"或曰"精气""元气"，为老庄一派哲学家们常常使用的一个基本概念，后来则被广泛地运用到我们古代的天文学、物理学、化学、医学等方面，又被用到美学、文艺学中来。在20世纪的物理学研究中，传统中的德谟克利特的原子论已经开始让位于中国道家的元气说。那么，在

---

① 叶燮：《原诗·内篇上》。

现代人的眼光里，"气"又是一种什么东西呢？近年来，国内外的科学界、哲学界倾向于对"气"作出一种新的解释。人们不再把"气"看作一种实体存在的"细微物质"，而倾向于将它视为一种包蕴着能量的"场"（fields）。如英国剑桥大学的李约瑟博士、中国科学院的何祚麻先生、《周易参同契新探》一书的作者周士一、潘启明先生，都是持这一观点的。如若对现代物理学中"场"的概念加以考察，不难看出"场"起码在以下几方面的属性上是与"气"很接近的：

"场"具有波粒二重性，是一种"若有若无""亦虚亦实""边界模糊""如云似雾（电子云）"的东西，是一般经验和常规语言难以状述的。现代物理学家如海森伯、玻尔等人，都认为原子和亚原子世界是超越人的感觉的世界，是测不准的，日常的语言已无能为力。"场"作为一种"物之精者"也是一种言而外的东西。

"场"是一种连续性的物质存在方式，一种运动着的无限。沃尔夫·瑟林说："场无时不在，无处不有，它永远无法去除，是一切物质现象的载体。"①"场"是一种动态的平衡，一种"彻上彻下，无所不该"的东西。

"场"不是一种"刚体性"的物质，它有时表现为"真空"，即所谓的"无"。然而从另一方面看，"真空"并不空，它只是物质的一种"潜存状态"，是无数粒子不时地产生与湮灭的脉动。这种"真空"像是中国古代哲学中讲的"太虚"，"知太虚即空，则无无"，这里说的"真空"或"太虚"也是一种"空无一有而涵盖万有"的东西。

"场"不是一种孤立的存在，而是一种由各种关系形成的网络，这种关系的网络甚至也包括观察者在内。在原子世界内部，人们不再能够绝对客观地描述自然，任何一种描述，都与描述者与被描述对象之间的关系密切相关。即翁方纲所云："置身题上者，必先身入题中也""有诸己""充实诸己"方可以"议神

---

① 转引自灌耕编译：《现代物理学与东方神秘主义》，四川人民出版社 1983 年版，第 182 页。

化"也①。

不过,现代物理学中的"场"毕竟还是指的物质存在方式,而中国古代文论中的"神韵"则是一种人类精神现象,它们之间虽然有许多相似之处,却并不在同一个研究的层次上。要将二者沟通,中间还应当有一架桥梁,这架桥梁无疑是生物学的、心理学的。在现代心理学中,苛勒的格式塔心理学与勒温的拓扑心理学是唯一的以"场"的理论来论证人的心理结构与心理活动的心理学,他们为架设这一桥梁做出了有益的尝试。

正如我们在本书的第 10 章中论述过的,格式塔心理学是一种侧重于研究经验现象中的形式与关系的心理学。它赖以立足的一个基本原理是:整体大于局部之和,形式与关系可以生成一种新的质,即"格式塔质",这是一种突现的、新生的质,这种新质并不属于具体的任何部分,却可以统领涵盖各个部分,各个部分也因此被赋予了新的含义。在格式塔心理学看来,事物的质总是由一种整体性的关系决定的。心理学史家 E. G. 波林指出:"格式塔心理学对于整体的重视导致其弟子们应用了场论。如果场内的材料由于互相作用的场力或由于它的作用类似于磁场或电场的作用而造成形状,那么经验的项目构成结合的图形就可以有时被理解了。"②

苛勒对于格式塔心理学的贡献之一,就是运用"场论"的思想解释知觉心理过程。这种思想在心理美学家阿恩海姆那里得到了进一步的发挥。他们认为,客体物理性的结构力场、大脑中的生物电力场、心理活动过程中的知觉场三者是相对照、相感应的,存在着一种被称作"异质同型"的关系场,可以分别由"物理""生理""心理"三种状态出现,三者之间又可以转化互生,这和中国古代哲学中讲的"气"又有着共通之处。"气"也是可以以不同的"状态""方式"或"型类"出现的。它可以以物理的方式呈现,如"天气""地气""寒气"

①　翁方纲:《神韵论》。
②　[美] E. G. 波林:《实验心理学史》,商务印书馆 1981 年版,第 701 页。

"暑气";也可以以生理的方式存在,如"脏腑之气""营卫之气""经络之气";它又可以以心理的方式表现出来,如"神气""禀气""骨气""志气""阳刚之气""浩然之气"等。三者之间也是可以相互感发转化的。如中国用以健身的"气功"就可以由一种精神上的力,转为生物性的力,进而爆发为物理性的力。对于文学艺术创作来说,这种感应转化的过程即所谓"情因物感""文以情生""物""情""文"大体可以看作这一活动过程中的三态。至于这种感应转化具体是如何进行的,格式塔心理学没有做出进一步的解释,我们的古人也只为我们提出了一些模模糊糊的假设,但他们都为我们深入理解文学创作过程中复杂的"心物"关系、"神形"关系提供了可资参考的宝贵线索。

勒温的拓扑心理学也是借用"场"的理论来阐发人的心理活动规律的,它越出了物理的、生理的界线,将场的概念直接运用到日常社会生活的情景中去,增进了研究的具体性和复杂性。勒温认为人的心理现象是一种整体性的"空间"现象,这一"空间"中包括了一个活生生的、有着自己的意志和情欲、需求和愿望的人,和一个围绕着这个人并对这个人的心理施加影响的环境。这个环境,可能是物理性质的、也可能是社会性质的、或语词概念性质的。在勒温看来,所谓"心理场"就是由人与环境、由主体与客体共同构建而成的一个"心理生活空间"。一个"场",就是一个由人与环境构成的"情景"。"情景"与"情景"之间,即"场"与"场"之间,存在着一定的疆界。这是一个心理的"紧张系统",心理活动便是场内人与环境的紧张关系的不断解决,亦即这一"心理场"向另一"心理场"的游移和超越。勒温的场,是一种运动着的、连续性的存在。这种运动有时是物质性的,即通过实践行为达到目的的实现;有时则是纯精神性的运动,即通过联想、想象、幻想取得一种替代性的心理满足。

勒温的这种以"情景"为内涵的场论,较之苛勒的心物同型的场论,要复杂得多,对于解释较高层次的心理活动又迈进一步。勒温所说的"具有一定疆界的心理生活空间"与中国古代诗论中的"境界说"颇类似。"境界说"也是在心理的层次上阐述心物关系的。

国内学者近年来关于皎然诗歌理论的研究认为,皎然论诗重取境,"意境"是其理论核心。皎然说的"境"是从佛经的法相唯识学中借用来的,并不是指客观存在的自然环境,甚至也"不是客观实在环境的反映,而是主观缘虑的产物"是一种"主观的反映",是诗人"心造的幻象"①。托名王昌龄的《诗格》一文中所讲的"搜求于象,心入于境""处身于境,视境于心";刘禹锡《董氏武陵集记》中讲的"境生象外,故精而寡和",都是指"境"的心理属性。"境"的本字为"竟",《说文》曰:"竟,乐曲尽为竟",段注:"引申之凡事之所止、土地之所止皆曰竟。毛传曰:疆,竟也。"由是观之,中国古文论中讲的"境界"也是可以看作是具有一定疆界的心理场的。

那么中国古代文论中所讲的"境界"与"神韵"究竟有何关系呢? 依我看,二者是一致的。文学作品中只有具备了这样一个有情、有景、有诗人自我、有心理张力的"境界",才可能会有气象的氤氲、神韵的飞扬,即所谓"有境界自成高格"。从这个意义上也可以说,境界是神韵更为具体的表现。所以到了王国维便认定"言气质、言神韵,不如言境界","沧浪所谓兴趣,阮亭所谓神韵,犹不过道其面目,不若鄙人拈出'境界'二字为探其本也。"并由此提出以"境界说"取代"神韵说"②。应该说,以境界解释文艺作品本体的心理本质,与"神韵说"本是一脉相承的。"境界"看上去比之"神韵"要显得更容易把握一些。王国维并不反对严羽等人所迷恋的"空中之音、相中之色"的理论,他自己所追求的"境界"也是一种"言外之味、弦外之响"的东西。但对于文学来说,"神韵"或"境界"都还需要深入探究,同时不妨引进国外关于语言的研究成果。"只见性情,不见文字""不著一字,尽得风流"纵然玄理深妙,但在文学作品中,"性情""风流""神韵""境界"却注定是要用"语言文字"来实现的。这是一个近乎悖论的难题。

---

① 孙昌武:《论皎然〈诗式〉》,见《文学评论》1986 年第 1 期。

② 王国维:《人间词话》。

我常常感到,文学的奥秘就在于"用语言表现语言不能够表现的东西。"

文学的奥秘长期不解,与语言学科长期的落后状态有关。中国古代的语言学,从现存的一些典籍看来,不论是《尔雅》《说文解字》《方言》《释名》,还是《切韵》《广韵》《五音集韵》,皆属"文字学""词汇学""音韵学""训诂学"的性质,中国第一部语法性质的语言学著作问世,差不多已经到 20 世纪初了。中国传统的语言学受"名家"思想影响至深,把语言学看作是为有形的事物规定名分的学问。"形万殊也,则必各为之名。名因形立,则必与形合,而后其名不讹。"①中国古代语言学追求的是"概念"与"事物"之间的一种确定性、规范性的关系,它所重视的只是字词的固有含义、词语在类的属性上的意义,而不是流动的、个体化的言语活动过程中的意义。这样的语言对于包笼天地的"道"对于流动不居的"情",对于以"道"和"情"为本体的文学艺术作品,当然就很不适应了。所以,中国传统的哲学、美学、诗学、文论都有排斥语言的倾向。

名家学派的惠施是中国语言学、逻辑学的先驱,却也是艺术哲学家、心理美学家庄子的对头。惠施从语言学、逻辑学的角度出发,对于天文地理、世事人情中许多难解的现象进行了富有辩证色彩的论述,以至博得了庄子真诚的敬重,但仍然受到了庄子辛辣的嘲讽:"由天地之道观惠施之能,其犹一蚊一虻之劳""惠施之才,骀荡而不得,逐万物而不反,是穷响以声,形与影竞走也,悲夫!"②对于自然、社会、人生的全部丰富性来说,语词概念、语法逻辑只不过是一张凭人类清明的理智编结而成的网,捕捞到的总没有遗漏掉的多;而由人心的全部丰富性造出来的"意象"捕捞到的倒可能更多一些,"玄珠之遗,象罔得之",老庄一派的文艺家们对此似乎早已了然于心的。

文学创作所要表现的恰恰就是这些不可言述的东西。如何表现?叶燮提

---

① 转引自吕思勉:《先秦学术概论》,中国大百科全书出版社 1985 年版,第 91 页。
② 庄子:《庄子·杂篇·天下》,第 33 章。

供的方法是"遇之于默会意象之表,而理与事无不灿然于前者也。"由此观之,从审美的高层次看来,文学作品中的语言并不是名家所标榜的那种"以正形名"的语言,或者说主要不是这种语言,而是一种属于"象罔"、属于"意象"的语言。这种语言不能只是一种"语义学"中的语言,还必须是一种"语用学"中的语言,不能只是一种"音韵学"中的语言,还必须是一种"心理学"中的语言。它是一种索绪尔(Ferdinand de Saussure,1857—1913)在《普通语言学教程》中所特别指出的"言语"现象(Parolt),是一种属于个体的、经验的、流动变化着的语言现象。

这也是列昂捷夫所讲的"个性化含义"。"含义"与"意义"不同,它是个体的人对于客观存在的一种主观的反映,包括了个人关于该对象所经验到的一切,包含着个人的某些内在的、情绪的、表象的东西,以"意象"的方式贮存在个体的意识中。如果说"意义"是语言对客体的"命名","含义"则是个人在言语活动中对于客体的"体验"。含义就是意象,就是情景,就是心理场。索绪尔指出:"整个看来,言语活动是多方面的、性质复杂的,同时跨着物理、生理、心理几个领域",他甚至还说:"确定符号学的恰当地位,这是心理学家的事。"①打开言语符号学的秘密最终期待着心理学的发展,即将诞生的文学语言学亦必然是一种心理言语学。一篇文学作品就是一种用言词构筑的"意象群",一种"神韵",一种"境界",一种连续的"心理场",一种"文学的格式塔"。

至此,从格式塔心理学的基本原理出发,联系我国古代文论中的"神韵说"我们对于文学的本体属性大约可以做出以下五点推断:

(一) 因为在格式塔结构中通过心灵的观照会突现、创生出一种超越各部分具体属性之和的新质,这种新质并不附属实存的任何部分,所以"无状之状,无象之象"(老子)"言外之意、韵外之致"(司空图),遂成为可解。这种"新质"是"兴与境诣,神合气完"(王士禛)的结果,或曰"整合完形"的结果,正体

---

① [瑞士] 费迪南·索绪尔:《普通语言学教程》,商务印书馆1980年版,第30、38页。

现了文学的心灵创造性。

（二）因为格式塔质既不是客观事物所固有的，也不是人的大脑中所自生的，而是主客观相互作用的结果，是一种非心非物、亦心亦物的东西，所以，神韵作为一种格式塔质，一种心物相交、相感而生的精神能量，也就成了一种"恍兮惚兮""若有若无""无内无外"的东西。唯独如此，神韵在文学作品中才能"行神如空、行气如虹"（司空图）而不为物所拘，这便使文学具备了创造的自由性。

（三）因为格式塔质是一种居于各部分形体之上而又统摄各个部分的整体精神，因此，神韵作为一种"黄鹄一举见山川之纤曲，再举见天地之圆方"（翁方纲）的形而上的东西，作为一种"形之君而神明之主"（荀子）的东西，作为一种几乎类似于精灵的东西，便因此获得了精神领域的高层次属性。

（四）因为表现性总是存在于结构之中，而任何好的结构中都会产生出一种格式塔质，那么，神韵作为一种格式塔质就不会仅仅是某一些文学作品独具的风格，而是"诗中自具之本然，自古作家皆有之"（翁方纲）的东西，是构成文学作品本体的基质。表现性本身也就是文学的质。

（五）因为"心理场"之间的游移与超越，即主体心理能的释放，场之间有待超越的疆界就成了一块充满张力的"空白"，"空白"处造成的"短路"将燃起精神的火焰。所谓"言语道断，方成佳语"（司空图），正是说精神在言语空白处的"神游"，文学审美活动的极致在言辞的核心意义之外，文学的最高审美价值是激发起读者的想象，呼唤出读者内心的潜能。

中国古代文论中的"神韵说""境界说"与西方现代心理学、心理美学中的"格式塔学说"如此相近，而且以上我们还进行了不无牵强之嫌的比较分析，不过还应当指出，它们之间是有很大不同的，从某种意义上说甚至是原则性的、出发点的不同。格式塔心理美学始终把"整合完形"的过程划归在形式范畴中进行，追求一种完全排除了心理的社会属性、历史属性、实践属性以及人的个体属性的"纯形式结构"，其还原论的色彩很浓。而中国古代的"神韵说"尤其是后继的"境界说"则主要地是在内容的范畴中展开的,它追求的"灵性""意味""气韵""情景"充分蕴含着社会性、历史性、民族性、个体性的心理体验和精神状态。从中国神韵说的立场看,审美的终极目的是"得鱼忘筌""得兔忘蹄"中国人要的是精神的实体;而西方的格式塔说的终极目的是"弃鱼留筌""弃兔留蹄",西方人要的是形式的抽象。

旋转的陀螺

　　文学是什么？最常见的一种误解或者错觉是:把一部文学作品看作书架上存放的那本书,把一位文学家看作某年某月某地出生的那个人。显然,这是一种"物理意义"上的文学作品、文学家,一种"物理意义"上的文学。这种说法恰恰忘记了,文学创作是一种心理活动,文学作品是一种精神产品。

　　如果承认文学是人的一种意识活动,现代心理学中的许多理论则告诉我们,人的意识总是处于变动不居的流动过程中的,就像一个人不能两次蹚过同一条河流一样,一个人也不可能完全地回到自己过去的意识之中。人当然可以回忆起往昔的情景,但回忆起的情景并不就是往昔的情境,这不但是因为时间对于记忆的淘汰,也还因为回忆时的心理预结构的介入。古希腊哲学家赫拉克利特的"一切皆流、万物常新"的观点用来解释文学作品的存在,是再确切不过的了,他说:"蹚进同一条河的人,不断遇到新的水流。灵魂也是从湿气里蒸发出来的。"①

　　从文学作品本体论的角度看,作家创作时的冲动、欲望、感觉、体验、心境、情绪等意识状态已经一去不返,留下的作品只是一整套作为形式和结构的语言符号。作为一套语言符号系统自然也含有一定的潜在意义,但只有通过阅读者、鉴

①　北京大学哲学系编译:《西方哲学原著选读》上卷,商务印书馆1982年版,第23页。

赏者各自的心理活动,这种结构和形式才能变为文学的意义和功能。一部文学作品实在的内涵,总是存在于读者参与性的感受体验之中的。一部文学作品的流传过程,就是一种意识形态在历代人们心头时时更新着的流动过程;一部文学史,可以看作一条用言语活动表述下来的川流不息的人类意识之流。

　　萨特在《为什么写作》一文中,曾经批判了康德美学中的目的论,提出了一种更为激进的文学本体论。在他看来,一部文学作品并没有什么先决的、固定性的本质存在,文学艺术作品只是当人们看着它的时候,它才作为文学艺术而存在。作品只是一种"召唤",而读者是一种期待,人们阅读到的只是被作品召唤出来的读者自己的心思与情怀。除了这一精神运转过程,并没有什么"文学"的实在。他说:

　　　　文学的对象是一头奇怪的陀螺,它只存在于运动之中。为了使这个辩证关系能够出现,就需要有一个人们称之为阅读的具体行为,而且这个辩证关系延续的时间相应于阅读延续的时间。除此之外,只剩下白纸上的黑字。鞋匠可以穿上他自己刚做的鞋,如果这双鞋的尺码符合他的脚,建筑师可以住在他自己建造的房子里。然而作家却不能阅读他自己写下的东西。这是因为,阅读过程是一个预测和期待的过程。人们预测他们正在读的那句话的结尾,预测下一句和下一页;人们期待它们证实或推倒自己的预测;组成阅读过程的是一系列假设、一系列梦想和紧跟在梦想之后的觉醒,以及一系列希望和失望;读者总是走在他正在读的那句话的前头,他们面临一个仅仅是可能产生的未来,随着他们的阅读逐步深入,这个未来部分得到确定,部分则沦为虚妄,正是这个逐页后退的未来形成文学对象的变幻的地平线。①

---

① 　[法]让-保罗·萨特:《为什么写作》,见柳鸣九编:《萨特研究》,中国社会科学出版社 1981 年版,第4—5页。

萨特完全否定了文学作品中文本存在的意义，这与结构主义强调文本就是一切，颇有些针锋相对、以毒攻毒的味道，其偏颇自不待言。但他把文字的存在看作是一种精神的流动过程，如同一个旋转着的陀螺，周而复始，常读常新，其含义仍然是深刻的，这对于理解文学的心理本质更具有启发意义。

文学家、文学作品是一种文化历史现象，一种社会心理现象。也就是说，他们都是一些"存活于、生长于人们心里的东西"，是一种人类精神活动现象。如果一种精神凝固了，一种心理中止了，一种文化停滞了，那么这种精神，这种心理，这种文化也就枯竭了、僵死了。一部文学作品，一位文学家，其艺术的生命存在于哪里呢？不正是存在于人类精神的这种世世永继的流动之中吗？

如果不是从版本学的立场看问题，而是从文学心理学的立场看问题，那么文学作品其实并没有那样一个静止、固定、规范、划一，可供人们"如实阅读""客观评价""正确解释"的实体。一部文学作品，永远只是人们感受到的那部文学作品。

如果不是从档案学的立场看问题，而是从文学心理学的立场看问题，那么文学家其实也不是一个固定不变的实体。一个作家，永远只是人们心目中所憧憬的那个作家。

正因为如此，所以"有一千个读者就会有一千个哈姆雷特"，甚至"有一千个读者也就有一千个莎士比亚"。据说，有人在布宜诺斯艾利斯的街上碰见大作家博尔赫斯，那人问道："您是博尔赫斯先生吗？"他回答："有时候是。"回答真是妙极了。从我们的理论看，博尔赫斯先生的确无权说他就是博尔赫斯，因为作为文学家的博尔赫斯还有一半是读者创造出来的，存在于读者的文学心理活动中。

正因为如此，我们认为一部文学作品诞生之后是不断地被充实丰富着的。今天的《红楼梦》已不是两百年前传抄于市井书肆中的《红楼梦》，我们指的不是版本的不同，而是其心理内涵上的不同。今天的《红楼梦》要比那个叫曹雪芹的破落子弟刚刚脱稿的《红楼梦》内涵丰富得多，因为在它里面又积淀了两百年来人们阅读的感受和体验。就是那个曹雪芹，其光辉高大的形象中也包含着两百年来人们对他的创造。这里我们无意贬低曹雪芹和他的作品，曹雪芹能够提供这样一个让人们无限创造下去的"文本"，就足以证明他的伟大了。

现代心理学揭示出人的心灵是一动态系统，这已经成为现代语言学、现代解释学赖以立论的重要基础。而把文学的本质看作人们在社会历史文化发展过程中的一种精神交往活动，也已经成了文艺现象学、接受美学、解构主义文学批评的一根重要支柱。

现代语言学愈来愈重视人的经验、人的心灵对于"言语空白"的补充，"言有尽而意无穷"的中国古训开始得到科学的论证。

现代解释学强调"时间"在解释过程中的积极作用，在它看来，时间是文本与读者之间一个必不可少的中介，文学艺术作品将在时间的流逝中形成真理。

接受美学理论家姚斯（H. R. Jauss，1921—1997）把文学作品的文体比作"乐谱"，时刻等待着读者的演奏，认为"只有阅读活动才能将作品从死的语言材料中拯救出来并赋予它现实的生命"。

文艺现象学家杜夫海纳（M. Dufrenne，1910—1995）则再三强调，一首诗只有被读者所领悟并通过感知再重现出来，才能算作真实的存在。在他看来，一部文学作品本身还只是一种无活力的黑暗的存在，一张白纸上写的字和符号。读者在阅读文学作品，也就是读者自己在"上演"文学作品，这种上演，既是对作品潜在意义的破译，又是对自己主观幻想的飞扬。

解构主义文艺批评营垒中的主将德里达（J. Derrida，1930—2004）再三提醒人们切莫让文本中那些理性的框架和系统的结构压抑掉心灵中那永远新鲜、永远跳动的东西。他说，阅读绝不是重复作品，绝不是复制出作品的原意，阅读要永远保持开放，永远保持流动，永远让意识与时间共漂流，向着未知领域开拓。

从人类意识流动的无始无终的系列中看文学现象，文学现象变得异常复杂起来。其实作家的创作活动也不是文学现象的开始，因为从事创作的作家心目中可能早已有了潜隐着的读者,作家要在自己的作品中梦见读者的梦;而鉴赏批评也不是文学现象的终端,读者和批评家要在自己的鉴赏批评活动中梦见作家的梦。文学,成了一个热闹的合梦的场所,虽然作家的梦、读者的梦、批评家的梦、理想家的梦并非都能够如愿地被混合、被吻合、被化合。这是一个绝对运动着的场所,像一个奇怪的陀螺,它的生命存在于不停的运动之中。我国的古书《周易》中讲:"变动不居,周流六虚,上下无常,刚柔相易,不可为典要,唯变所适。"讲的是"道",也适于文学。

第十五章　创作论：从深渊到峰巅

教不会的学问

　　如若把文学的创作论当作一门学问的话，大概不会遭到什么非难。然而，如果说这门学问从来也没有成功地教会过人们如何创作文学作品，这大概也是个事实。这是"一门教不会的学问"然而就是这样一门学问，古今中外对于它的研究仍然历久而不衰。且不说那些多如牛毛的"小说作法""诗歌技巧"教不会人们创作小说、诗歌，就是那些正正经经、科学严谨地谈文学创作的书，诸如"文学符号的解析""小说叙述方式的类型""文学形象的结构与构建"等等，引入了许多艰涩的概念，设计了许多复杂的图表，归纳了许多繁难的公式，它们的实际用途也只不过是在大学的课堂上讲一讲而已。大学课堂里可以走出一批一流的数学家、物理学家，而真正从大学里走出的一流作家又有几个呢？如今一些大学在办"作家班"，中国作协还专门建立了培养作家的学院，据我所知，招收的学员本来就是一些具有一定文学创作经验和成绩的"准作家"，给他们提供一个学习交流的机会当然很好。结果呢？该成为作家的成为了作家，不能成为作家的依然不能。

那么，是否文艺心理学将可以教会人们如何创作呢？笔者出版过一本题为《创作心理研究》的书，书中谈到了"感情积累""情绪记忆""生气灌注""知觉定势""艺术变形""创作心境""文学语言的心理机制"等问题，曾经引起了文学创作界朋友们的兴趣。至于以此指导什么人的文学创作活动，我却从不敢存此妄想，这在那本书的后记中是做了声明的。晋代陆机说过，文学创作实在"非知之难"而是"能之难"。"至于操斧伐柯，虽取则不远；若夫随手之变，良难以辞逮"，要说清楚一部文学作品是如何创造出来的，几乎是不可能的。近人方竑附和陆机的观点阐发道："文章之事，精洁微妙，变化多奇，固非言语所可毕宣。善论文者不必其能属文，而深于文者又每不能自道其艰曲。所谓得心应手之乐，父不能传之子，兄不能传之弟者也。"①

王安忆写小说出了名之后，不少人去询问她的妈妈茹志鹃，问她怎样把女儿培养成作家的。当然，如果茹志鹃只是一位工厂的车间主任，跑去询问的人不一定很多。正因为茹志鹃也是一位著名作家，于是人们便又凭空生出许多联想来，想着搞文学创作说不定还真有些祖传的诀窍。茹志鹃的回答自然叫大家扫兴，她说，我有三个孩子，如果我能够培养作家的话，我应当培养三个，而不是一个。事实上我的大女儿是个称职的语文教师，儿子老三是售票员，只是个业余文学爱好者。"②其实茹志鹃倒真写过一点如何搞文学创作的文章，如"谈我的创作经历""创作上的甘苦""材料的来源和加工"等，甚至还写过"文艺批评中的心理学"，看过她这些文章的人也不少，只是仍旧写不出她的《百合花》和《草原上的小路》。

文艺心理学究竟能够在多大程度上教会人们从事文学艺术创作呢？恐怕

---

① 张少康：《文赋集释》，上海古籍出版社 1984 年版，第 12 页。
② 茹志鹃：《漫谈我的创作经历》，湖南人民出版社 1983 年版，第 169 页。

也很可怜。湖北省的一位青年作家读了我的《创作心理研究》一书后写信来说：去年他在写一部中篇小说时，一天之内写了 15000 字，仍然文思泉涌，只是因为手写酸了才停下来，摸摸头发，觉得长了，想去理发，但又害怕一理发会使头脑中那股灵气跑掉，最终也没有理。而今年他写这一个中篇时，一开笔就觉得必须理了发才能写下去，仿佛这头发里有一股晦气，有个恶鬼藏在里边，一定通过理发把它赶走。果然，理发后觉得神清气爽，一下就进入了最佳创作心理状态。这位朋友问我这是怎么一回事？我可从来没想过，也没有在那本书中读到过，理发与不理发与创作灵感的关系如此之大！至于要问写下一个中篇时是理发好还是不理发好，我依然无可奉告，我只能说，你自己觉得怎么好，就怎么做。

心理学家荣格在谈到一些"心理小说"的创作时，话说得很尖刻，他说，越是那些遵循着心理学法则写出来的小说，越是显得缺乏心理，在他看来，文学中的心理因素是山野中天然的金刚石，而"心理文学"只是一颗人造的宝珠。对于心理学研究有意义的只是那些不经意地自然流露出来的东西。看来，文学创作注定只能在一个未知领域内苦苦摸索，创作中最好的经验，一旦摊开在已知领域的阳光之下，便大大减去了它神奇的魅力和迷人的光泽。所谓"创作理论"的研究者们，辛辛苦苦从事的就是这种令人扫兴的工作。他们把紊乱躁动的激情梳理成有条不紊的思想，他们把迷茫混沌的意象解释成简单扼要的概念，他们把生气勃勃的机体切割为层次分明的结构，他们把闪烁变幻的灵感风干为永远通用的技巧。这样的创作理论像是在文学创作辟开的路上树起的一座座里程碑，它虽然不能教会人们从事新的文学创作，但它却在步步追逼着文学创作去做新的开拓。

既然文学创作是教不会的，创作理论的研究者们何必还要死死地背着"教会别人创作"这个沉重的十字架呢？如果丢下这个包袱，那么创作论的研究又是为了什么？我想，那是为了与作家心灵沟通，是为了与作家心灵的感应，在这种沟通感应、声气投合之际，我们自己也可以进入到艺术创造的境界、体验到艺术创造的愉悦,这时研究者也成了创造者;创造者也因此变得更加充实自信。这是一种真正的同心协力,互补整合,而不是那种古板的"你教我学"。再就是,创作论的研究不仅仅是对作家、作品、写作技巧的研究,从更深层的意义上讲,它也是对于人的本质属性的研究、对于人的高层次的精神现象的研究,对于人的未知领域的研究,对于人的潜在能力的研究。文学创作和文学研究都可以直接地丰富着人类对自己的认知和把握,可以直接地充实着一门大的学问——人学。在这个层次上,创作论的研究是有可能走在创作实践的前边的。在这层意义上,创作理论不再只是为创作的成果修筑纪念的牌坊,它也可以为创作者的船只开辟航道。

艺术的"生物学"原理

关于文学艺术创造的主体性问题,这个问题被刘再复的一系列文章推上高潮。这种理论现象的出现,在我们国家是有着一定的社会历史原因的。

新中国成立以来,我们在各项工作中都曾强调过"人的因素第一",唯独文学艺术创造领域是个例外,总是强调"环境"的重要,对于"人的因素"即使强调,也多是从被动的方面、从改造文学艺术家的意义上来讲的。所以,不管是"文革"中,还是"十七年"中,文学家总是经常受到整治而得不到信任。粉碎"四人帮"后,即使在新时期里,经过"拨乱反正"之后,人们从思想感情上、从艺术创造上尊重文学家的独立人格、自由个性也不是顺顺当当的,因为这不但是一个文艺政策问题,而且是一个文艺理论问题,一个复杂的创作心理学问题。

马克思曾经讲过:"任何人类历史的第一个前提无疑是有生命的个人的存在。"①对于心理学来说,从物质到意识的"中介"只能是实践着的人,这一常识

---

① [德] 马克思、恩格斯:《马克思恩格斯选集》,人民出版社 1977 年版,第 1 卷,第 24 页。

在文学创作理论中恰恰被长期忽略了。20世纪40年代以来,作为这一"中介"的人,作为心理活动"主体"的人,在心理反映过程中的地位和意义受到了越来越多的人的注意。皮亚杰对于主体在认知过程中主导作用的论述,苏联心理学关于定势理论的讨论,都是富有成效的。列昂捷夫更为具体地指出:心理反映是一种主观的反映,它是积极而有生气的,其中包括了人的生活、人的实践、人的愿望、人的动机、人的感情、人的目的。它的特点就在于,不断把客观的东西变成主观的东西。从心理学的角度看文学,文学只能是对于生活的一种主观的反映,在文学作品与实际生活之间横亘着的并不是任何一种物理意义上的镜子,而是一个活生生的、独立自主的人。文学反映,不能没有文学家个人的审美注意的选择性,艺术知觉的当下性,文学体验的情绪性。这些,当然也可以说是文学反映的主观性、偏颇性,但是,没有它们,就没有艺术作品的个性与独创性。

在我们国家里,否定文学创作主体性的方式曾经有两种,一种是完全忽略了文学创作主体的存在,把文学家与一般人完全等同起来,比如1958年提出的一个口号:"人人是诗人,每县出一个郭沫若"。这其实等于从创作论上否定了"郭沫若"。另一种方式便是把创作主体看作是一个被动地反映外部现实的工具,好的创作家也只不过是一台能够对素材巧妙地加工制作的机器。

不过,在文学创作领域内否定文学创作主体的存在和意义的,绝不仅仅限于受"极左"思潮影响的文艺路线。在此界文艺理论界,尤其是在欧美文艺理论界,包括苏联文艺理论界,也都有反映。

对于文学艺术创作主体的不同评价,常常表现为两种相互对立的创作主张:"模仿自然"与"表现心灵"。但不知从什么时候,人们开始把它们推演成贯穿古今、泾渭分明的两条路线斗争。我曾经看到一位苏联学者在一本谈文学创作心理学的书中,把以柏拉图为首的康德、谢林、费希特、叔本华、尼采、柏格森、弗洛伊德、阿德勒划为"表现心灵派",批判他们"腐朽""反动"的创作理论;把以亚里士多德为首的莱辛、罗蒙诺索夫、别林斯基、赫尔岑、车尔尼雪夫斯基划为"模仿自然派",赞扬他们"进步""革命"的创作理论。我深深怀疑这种"划线"方法是否合乎文艺理论现象的实际,比如,别林斯基就曾经对诗歌创作活动作过这样的解释:"如果一个诗人决心从事创作活动,那么,这就意味着,有一股强大的力量,一种不可克服的情欲,在推动着他,驱策着他做这件事。""在这种情况下,唯一忠实可信的指南,首先是他的本能,朦胧的,不自觉的感觉,那是常常构成天才本性的全部力量……"这话在我看来,不明明更靠近柏拉图吗?而且,别林斯基的言谈中亦不乏对柏拉图的尊敬。其次,我深深怀疑,在文学创作活动中"模仿自然"究竟比"表现心灵"高明在哪里。通常的逻辑是,"模仿自然"是唯物主义,"表现心灵"是唯心主义,所以我们赞美"模仿自然"而批判"表现心灵"。现在看来,这种把哲学中的认识论与文学中的创作论等同起来的推断,不是显得过于粗率空泛了吗?

人们最爱说,人是万物之灵。其实从人体的生理解剖上看,人是相当无能的。讲力气比不上牛,讲奔跑比不上鹿,讲嗅觉比不上狗,讲视力比不上鹰,在水里人比不上鱼,在空中人比不上鸟,人生伊始除了哭喊、吸吮和抓握,什么也不会。人之所以优于其他生物,只是因为他具有高度的理智和丰富的感情,具有一个善于思维的大脑,具有一颗能够自我意识的心灵。马克思在《1844年经济学哲学手稿》一书中曾详细论述过,人和动物的区别在于,他"使自己的生命活动本身变成自己的意志和意识的对象"。在马克思看来,人类社会中现实存在着的一切,不仅"宗教""政治""艺术和文学"而且包括"工业的历史和工业的已经产生的对象性的存在"都不过是"人的本质力量的对象化"的结果,它既是人的实践和劳动的对象化,也是人通过自己的"全部感觉"对对象世界的占有,是人的"内在的尺度"在对象世界中的实现。在马克思看来,整个现象世界的存在,就是一种"人化的自然""是一本打开了的关于人的本质力量的书,是感性地摆在我们面前的人的心理学"。

显然,人在创造世界的过程中也在表现着自己的心灵,艺术创造中更是如此,不必讳莫如深。亚里士多德则认为人和禽兽的重要区别"就在于人最善于模仿"，艺术创作出于人的"模仿本能"。亚里士多德大概没有料到，当今世界上由于照相术、复印术、录音录像术的高度发展，机器的模仿能力已超过人的千倍万倍。然而，众所周知的是，机器的"艺术创造能力"迄今仍然差不多是一个零，原因正是机器没有感情，没有心灵。所以在我们看来"模仿自然说"几乎没有为艺术创作理论提供什么真正有益的贡献。而且，这种理论在中华民族的文化传统中似乎从来没有获得过稍高的地位。苏东坡云"论画以形似，见与儿童邻"就已在讽刺此说的幼稚无知；欧阳修曰"古画画意不画形"则显然是属于"表现心灵"一派的。

钱谷融先生强调的"文学是人学"，这句话中起码包含着三层意思：文学是写人的，文学是写给人看的，文学是人写的。然而这最后一层意思，长期以来却被我们许多文学理论家们忽略了。社会学的文学批评把重心放在文学反映的社会对象和文学的社会功用方面，当代文坛上崛起的文学批评的新潮派们，如结构主义的文学批评和接受主义的文学批评，则又把眼光投注在文学作品的文本分析和读者欣赏过程中的再创造上。

这些原有的或后继产生的文学研究方法，大都无意有意地贬抑了作为创作主体的文学家本人在文学创作过程中的作用。即使在心理学的研究领域，这种忽略文学艺术创作主体性的情形也是时有发生的。行为主义心理学把人当作"刺激-反应"的机器固不待言；格式塔心理学家考夫卡也排斥文学创作中的"自我"，认为"自我"是艺术品不和谐的根源，它"只能破坏艺术的纯粹性"。对当代文学批评产生了极大影响的分析心理学家荣格，恰恰对文学创作主体采取了最极端的否定态度，他仅仅把文学艺术家看作集体潜意识偶尔借用的一个载体，"魂灵附体"中那个"体"。通常一些流行的文学理论著作中，有时也讲到了文学家在创作过程中的主观能动性。比如，讲社会生活是原材料，文学家必须对它加以搜集、整理、挑选、剪裁、提炼、概括、拼接、缀合等。在我看来，这不过是一种物理意义上的加工，就像把布料做成衣服，把砖石构建成房屋一样。如此"工匠"式的加工，是远不足以把生活变成艺术的。艺术产品和它的原材料应当有着质的不同,就像蜂蜜和花粉有着质的不同,蚕丝和桑叶有着质的不同一样。艺术创造的复杂性恐怕也只有复杂的生命活动才可以与之相比,文学艺术家的创造是一个类似于"蜜蜂酿蜜""春蚕吐丝"的过程。用心理学的眼光看文学,文学作品必然是文学家的生命活动、实践活动、心理活动的结晶。

文学作品的品位高下,总是由文学家心灵的深度和广度决定着的。文学创造的难能可贵之处在于斯,可贵之处亦在于斯。我们可以作出这样的理解:在艺术创作过程中,主体是蚕,作品是丝,艺术创造则是主体的有机天性的表现。如果把桑叶比作客观的社会生活,春蚕的生命是维系于桑叶之中的,它吃下去的是桑叶,而吐出来的却是光洁晶莹的丝。丝绝不等同于桑叶,也并不就是桑叶的集拢、剪裁和缀合,由桑叶到蚕丝已经发生了生物化学变化,丝源于桑叶,却又是春蚕的生命汁液的结晶。"春蚕到死丝方尽"蚕吐出的是丝,也是自己的生命。同理,文学艺术作品也是文学艺术家将生活素材掺和了自己的气质、人格、个性化合成的"第二自然",文学艺术的创作也是一种"生命的活动"。而且只要人不变成机器,文学的这一属性也不会改变。我们权且将它叫作艺术创造的"生物学"原理。

基于这个见解,我们既不同意华生对文学的机械论的解释,也不赞成考夫卡、荣格对于艺术创作先验论的解释,我们坚信文学与人俱在,对于具体文学作品的创作来说,作为创作主体的人是先在的,就好比种子先于植物,母亲先于儿女一样。比如,王安忆在写出她的第一篇小说之前,她的文学的"有机天性"就已经存在。关于这一点,她妈妈茹志鹃从她由乡下写来的信中就已经发现了她的文学天赋:她的艺术感觉很好,能把农村生活中的困乏无聊写得喧闹生动。是的,从写信到小说发表、到在文坛上成名,王安忆肯定是付出了许多劳动的,但这不过是在"有机天性"的基础上付出的。"有机天性"并不为创作成功做出必然的保证,然而它却提供了可能性,否则,付出更多的劳动也不行。还是她妈妈说的:平心而论,她付出的劳动也不见得就比别人更多。

至于究竟什么是一个文学家的"有机天性"，我想我们又很难归结出一个圆满的概念。看来它是属于心理学中"个性"的范畴。我们可以假设，"有机天性"是类似"种子""胚胎"一类的东西，它可能质量微小、结构单纯，但却具有一种特殊的机制，使它能够成为它自己，而不是别的什么。一粒西瓜的种子注定要结出一只西瓜，一粒向日葵的种子能结出一盘葵花。但人的"有机天性"与"种子"又有所不同，它并不是全由生物性的遗传机制决定的，还必须考虑到社会文化历史的因素。那么人的"有机天性"中都包括哪些内容呢？有生理器质、神经类型方面的因素；有民族血统、社会遗传方面的因素；有个人的行为模式、交往模式方面的因素，以及由此带来的兴趣的对象性、记忆的选择性、情绪的表现性、知觉的体验性、思维方式方法的异同。

一个人的"有机天性"这粒种子与其他生物性的种子不同，就在于它不是完完整整从母腹中带出来的，它同时还是在一种"社会性的母体"中孕育而成的，它基本定性成形是在一个人的童年时代，即六岁左右。由于文学艺术是接近于人性的一个领域，所以我们也可以说每一个人初始形成的"有机天性"差不多总是"艺术型"的。所谓"神童"往往在文学艺术方面表现出"神力"，如写诗、绘画、唱歌、演戏等。

我国心理学界的前辈学者张耀翔先生年轻时曾做过一项题为《人生第一记忆》的心理测验，对100个人的最初记忆进行了调查。从调查的结果中发现，人的幼年时代的记忆总有着这样一些显著的特点：（一）对于"人"的兴趣最浓，在100人的记忆中，被提到的记忆对象有98例是"人"，其中主要是自己的亲属邻里，特别是自己的母亲、外婆、祖母；（二）所述早期记忆，多为生活情景的片段，极少抽象的观念；（三）所述记忆中的事件大多伴随着强烈的情绪体验，而且痛苦、焦虑、悲伤的情绪要比愉悦、欢乐的情绪高出好几倍。这就是说，在一个人的早期心灵积淀下来的，一是"人物"；二是"表象"；三是"情绪"，这三者显然也是构成文学艺术胚胎的要素。由此我们可以得出这样的结论，一个人在他为自己打下的"初稿"中，主要线条都是艺术的。从后来的发展也可以看出，文学艺术家多半有着和自己的职业保持连续性的童年，如郭沫若记忆中最初的一件事就是母亲教他吟诗，斯坦尼斯拉夫斯基保留的最初记忆则是和几个堂兄妹一起演戏，烛火烧着了下巴上棉花做的胡须，使他惊恐万分。在其他职业中，比如科学家、哲学家、教师、法官就少有这种连续性。

从天性上来讲，多数人在童年时代都是"艺术家"，不过这种天性在每个人身上表现的程度、表现的方式和内容又有所不同，在后天的生存选择和社会选择中只有少数人能将它保持并集聚到足以萌发出艺术根苗的水平。一颗种子生成了，至于能否萌发，能否生长，能否结出果实，还有许许多多的偶然性，其中包括个人经历、时代背景、社会提供的条件、早一时或是晚一时碰上触发灵感的媒介、早一天或是晚一天碰上文坛的伯乐……一个诗人、艺术家的诞生比飘落在空中的一粒种子落地发芽还要艰难得多。并不是每一颗种子都能够发芽，被埋没的文学天才要比显露出的文学天才多出许多倍。

文学家的有机天性，与生物界的"种子"还有所不同。这表现在西瓜的种子一定长出的是西瓜，而同是文学家的天性中却可以生出许许多多"西瓜"的变种，作家与作家的不同，远远大于这一个西瓜与那一个西瓜的不同。甚至一个杰出的文学家就是一个独一无二的存在。因此，我们只好再增补一个"生物学"的比喻：白杨、红松、白菜、红萝卜虽然都是植物，它们的有机天性仍各不相同；马、牛、狐狸、兔子和蚯蚓、田螺虽然都是动物，它们的有机天性也各不相同；托尔斯泰、马克·吐温、卡夫卡、鲁迅、沈从文虽然都是小说家，它们的有机天性也是各不相同的，在文学的领域中，他们的差异并不次于生物领域中的马和牛、白杨和红松。

研究当然可以走一种形而上学的道路，归纳出什么是"植物"，什么是"动物"，研究也可以深入到"白杨""兔子"的个体之中。但是，个体的差异在植物界、动物界都没有在人类世界表现得突出，这种突出尤其体现在文学艺术活动中，文学研究必须时刻准备面对人间最复杂的个体性、特殊性和偶然性。这样的研究不但更符合艺术的特性，也更符合人类的好奇心和求知欲，虽然研究的只是一个特殊的、偶然的事情，但对于人来说并不是没有意义的。因而我主张多研究一些具体作品的创作过程，那是一些不可重复的，饶有趣味的心灵历程。

打不开的黑箱子

数年前，我曾在一篇文章中把文学家从事创作活动的大脑比作一只"黑箱子"，认为输入进去的信息是有据可查的，传输出来的成品也是有目共睹的，但由生活素材到文学成果的这一转换过程却是在"暗箱"之中进行的。行文之中，有些踌躇满志的样子，要为"打开"这一黑箱子去做不懈的努力。现在，我却越来越感到这是一只永远也打不开的黑箱子。或许它就是中国传统工艺中的"套箱"，只不过它的"套数"是无限的，一个黑箱子打开了，里边还存在一个黑箱子，黑箱的存在是必然的。

对于人类来说，世界上大约的确存在着永远揭示不尽的奥秘，其中，人的大脑活动便是一个这样的奥秘。那道理也很简单：如果人凭借着自己的大脑就可以完全弄清自己大脑的活动规律，这在逻辑上也是不能成立的，这等于物理学上造出了"永动机"。何况，从文学艺术创作活动看，人的大脑中蕴含的奥秘远远不只是一个生理学的问题，如果说人的大脑是一个系统的话，那么这个系统的一端联系着人类的漫长的历史岁月和广阔的社会生活空间，另一端联系着个体的丰富微妙的内心世界。外部世界，内心世界与大脑的神经生理活动构成了一个更大的系统，这个系统几乎等于迄今为止人类的知识和经验所能够包笼的一切。这一切都可以划入哲学的世界，这一切也都可以划入艺术的世界。这个世界没有什么清晰的边界，它随着人类逐日不断地向外开拓和向内挖掘，仍在一天天扩大着，在已知领域的光圈之外，永远是那茫茫无际的未知领域。

马克思在《政治经济学批判导言》中曾指出人类把握世界的方式有四种，

即"理论的""艺术的""宗教的""实践——精神的"。其中"理论的"方式是一种运用概念的力量、逻辑的力量对世界进行的科学的把握;"艺术的"方式是一种运用形象的力量、想象和幻想的力量对世界进行的神话型的、文学艺术的把握。这是两块截然不同的天地。前者是一个理智清澈、逻辑明晰的天地,每一种元素都可以定性,每一种成分都可以定量,每一种关系都可以定构,原因、结果、分析、综合都准确地、稳定地联系在普遍的链条中,这是一种"白箱"的方法。后者却是一个浑然化一,倏忽万变的天地,如果从外部的标准衡量几乎没有什么因素、成分、关系是可以确定的,可以固定的,可以法定的。具有无上权威的"三段论法",在这块天地里全都失去了效率。对于这口箱子中发生的事情我们弄不明白。比如一根"羽毛",在艺术的天地中会使艺术家产生怎样的知觉表象?恐怕绝无什么单一的必然规律,一般人会想到"掸子",有人会想到"毽子",有人会想到"羽绒衣""羽毛画",有人因《鸡毛信》而想到小说中的人物"海娃",有人因"轻于鸿毛,重于泰山"的名言想起"司马迁",有人因"鹅毛扇"想到"诸葛亮"……小说家从维熙说他在创作《雪落黄河静无声》这篇小说时,"一根毛茸茸的公鸡翎毛,不知触动了我那根艺术神经,它就像孙悟空吹猴毛变出满地的小猴子一样,面前出现了劳改队的鸡舍和一群群的'澳洲黑''九斤黄',中国种儿的'芦花翅',于是劳改鸡场上那些昂然阔步,旁若无人的公鸡,和走起路来蹒蹒跚跚的母鸡,硬是走到稿纸上来。结果,原来的艺术构思被打乱了,小说的背景由农田变成了鸡场,小说的主人公也由种稻人变成了养鸡人,并且由此波及自然景色,次要人物的更迭。"

如果说,创作中出现的这种"突变现象"毕竟还有些因果论的由头的话,那么,像韩少功的小说《女女女》中对于"幺姑"在厨房中切姜片、切笋干的一段描写就更让人难以思议了:

　　　　那声音还在怯怯地继续。已经不是纯粹的喳喳——喳,细听下去,又像有嘎嘎嘎和嘶嘶嘶的声音混在其中。分明不像是切姜片,分明是刀刃把手指头一片片切下来了——有软骨的碎断,有皮肉的撕裂,然后是刀在骨节处被死死地卡住。是的,只可能是它们的声音。她怎么没有痛苦地叫喊出来呢?突然,那边又大大方方地爆发出咔咔震响,震得门窗都哆哆嗦嗦。我断定她刚才切得顺手,便鼓起信心,摆开架式剁了起来。正用菜刀剁着自己的胳膊?剁完了胳膊,又劈开大腿?劈完了大腿,又砍腰身和头颅?骨屑在飞溅,鲜血在流泻,那热烘烘、酽乎乎的血浆一定悠悠然顺着桌腿下了地,偷偷摸摸爬入走道,被那个盛着板栗的塑料桶挡住,转个弯,然后折向我的房门来了……①

从这段话里,我们再也寻不出什么逻辑和概念,纯然是一种非理念可以解析的幻觉,一种不可思议但又不难体会到的幻觉,正是这种如梦似幻的描写,使我们深深地感受到幺姑那令人惊悚的麻木、愚钝、机械、固执,感受到她那残酷的自戕心理,感受到"我"对其由同情而引起的愤懑。小说中也说明了这是一种幻觉,但从心理意义上看,这并不是作家编造出的幻觉,而是作家心头真实活动着的幻觉。韩少功究竟如何能够写下这段幻觉,如何由现实生活中种种实在的经验幻化为这一迷离怪诞的意境,我想这当中肯定完成了一次在物质与精神之间的那条深渊上面的跳跃,一次神奇的跳跃。对于这段文字,作家也可能进行过反复推敲修改,但作为这段文字的心理意蕴,却注定是一种瞬间的、自由的、直接的、颖悟的、整体的、空间性的精神腾跃。这种腾跃来得是那样突兀,以至于屠格涅夫说"自己不知道自己将要唱什么",歌德说"一切都要碰运气,几乎要全靠下笔时一瞬间的心情和精力"。对于有些作家,小说发表后往往还会作出许多有理有据的解说,但那毕竟是事后的解说,其确切的程度和真诚的程度也都是可以质疑的。

如果非要从文学的创作心理过程中归纳出什么基本的规律的话,我们只

---

① 韩少功:《诱惑》,湖南文艺出版社 1986 版,第 202 页。

能笼统地说出两个，一是艺术思维的直接性，一是艺术表现的单整性。艺术思维的直接性即艺术直觉。直觉是在经验的基础上，在欲望和情绪的推动下，在某种媒介的激发下，个体的、抑或是种族的、人类的某些自觉或不自觉沉积下来的意识片段，在创作主体的思维中突发性的、序列化的复现。从功能上讲，这是第一信号系统对第二信号系统的暂时取代；从形式上讲，这是一种感觉上的、意象上的、情绪上的，而不是语义上的、逻辑上的、观念上的实现。这种思维方式就是格式塔心理学所标举的"顿悟"，一种在瞬间完成的心理过程。

艺术表现的单整性即艺术的概括综合。借助于创作主体在想象之中的整合完形能力，具有单整性的艺术作品可以达到中国古代文论中极为推崇的"天衣无缝""浑然天成"的境界。文学家的创造活动不是冷漠地面对外在的某些"客观素材"，更不是机械地拨弄几种文学元素，而是始终处于一个由环境、对象和他自己所构成的"场"中，一种艺术创造的心理场。在这个场中，他像扑入恋人怀抱一样投入自己的全部身心。创作活动不再仅仅是大脑皮层上的和神经中枢里的认识活动，创作过程成为一个包括文学家自己的需求、欲望、感觉、知觉、思维、情感、注意、记忆、直觉、想象等心理功能在内的极其复杂的过程。这是一个同时包括了认识的高级形式和低级形式，心理的智力因素和非智力因素，意识的显在成分与潜在成分，主体的定势因素和动势因素在内的心理活动过程，是一种基于文学家的气质、人格、个性之上的立体的、流动的、完整的心理活动过程。

阿·托尔斯泰曾经谈到过他自己的切身体验："这个世界的强烈光芒射透了我的整个身体，而每一股强烈的光线又都一直射到我大脑的感觉点上。我与世界联系在一起，我用我的全部心理和生理的动作，用我的整个存在去对形象的综合与运动作出反应"，这时候，写作就"变得跟呼吸一样轻松自如"，任何介入这个世界的文字都好像进入磁效应中的一粒铁屑，被赋予了整个场的属性，"一个句子就是一个活生生的人；甚至就是一个时代。"①这种创作的心

---

① ［俄］列夫·托尔斯泰：《论文学》，人民文学出版社 1980 年版，第 73—74 页，第 77 页。

境,即人本主义心理学家马斯洛追求的"高峰体验"。一个处于"高峰体验"中的文学家可以把自己心理上的、生理上的、内在的、潜在的全部能量调动起来,凝聚起来,显得比他实际上所具备的人性、品德、才能还要丰富充实、生动美好一些。一个处于"高峰体验"中的文学家,便可以摆脱实际经验和物理条件的局限,突破具体感官和固有理念的限制,在人类精神的太空中作"逍遥游",以至于显得比他实际上所具有的、所能够做到的更自信强大、更丰富高尚。因此,一个处于创作活动之中的作家常常被自己感动,他在作品中实际提供的,有时比他自己希求的还要多,事后甚至连他自己也惊奇,自己怎么能写得如此美妙! 真像是笔下有神灵帮助一般。

如果把文学艺术创作领域比作一片神奇天地的话,我们可以对这个天地作出"一分为二"的分析:这个天地中有些东西,比如人物形貌,事件程序,环境设置、文本结构、文字技巧,甚至还包括道德规范、法权信念这些东西,都是既在的、都是相对稳定的、都是相对清晰的,都是可以解析的,也都是可以传授的,可以灌输的,可以教育的,可以学习的。它们大约都属于詹姆斯意识流理论中所说的"相对静止"的部分,是栖息在树上的鸟,是握在手中的箭,是停了旋转的陀螺,是水流当中的旋涡。这个天地中的有些东西,比如内心的意象、言语的感觉、写作的心境、运思的节奏韵律、行文的气势、灵感的突发,则往往都是流变闪烁的、漂浮朦胧的、混沌模糊的,它们是一掠而过的飞鸟,是划破长空的雷电,是高速旋转的陀螺,是奔腾直下的流水。前者属于人类文化的既在物,后者属于个体精神的创生物,前者属于外部固有事物的再现,后者属于对内部精神境界的拓展,前者属于"物之粗者",后者属于"物之精者",遗憾的是文学艺术家本人往往不知道这一点,而为艺术的外在假象所蒙蔽,他们对于外部世界、对于用以创作的材料的功能性质发生强烈兴趣的同时,忘记了"自己同时还在跟自己周旋",压抑控制了自己内心世界中深蕴意识的自由放射。英国文艺心理学家埃伦茨韦格曾经谈到,对于创作心理活动而言:"唯一重要的是一切艺术的复杂、散乱的底层结构,这结构产生于无意识,它能唤起我们无意识的迅速反应,并为任何新的解释奠定基础。伟大艺术的不朽,总是与其原有的表层意识的不可避免的丧失和在新时期的精神中的再生不可分割的。"①

看来,在文学艺术创作活动这个天地中,有一部分是可以放在一只打开了的箱子中加以解释说明的,有一部分则永远向着人的内心世界的深处伸延着,永远藏身于一个幽微莫辨的王国,这是一口不能打开的箱子。如果非要把这口"黑箱子"打破,那将意味着人们失去了对于一个未知世界的向往,那将意味着艺术的一切奥秘的荡然无存,那将意味着人类生命张力的解体,那将意味着人类精神潜能的枯竭。看来,文学创作的这口黑箱子是不必彻底打破的。

下坡路与上坡路是一条路

不但文学创造的奥秘难以揭示,就是文学家的身份和地位其实也很难确定。有人说文学家是天国的使者,有人却说文学家是关在地狱中的恶魔;有人说文学家是人类中的高雅之士,有人则说文学家是人类社会生活中的未开化者;有人说文学家是人类灵魂的工程师,有人则说文学家是或轻或重的精神病患者。黑格尔把文学艺术活动看作人类经验活动的较低表现形式,在它之上有宗教、科学、历史、哲学;传统的科学家们也认为"数学是人类理性的骄傲",而把艺术的思维方式与儿童思维方式、原始人的思维方式相提并论,认为艺术是由于人类尚未根除掉的野蛮人气质的表现。弗里德里希·谢林则针锋相对地宣称:自然科学、伦理学、历史学都只不过仍然处于哲学智慧圣殿的入口,在艺术活动中,人们才登堂入室坐进圣殿的宝座,诗才是最高的哲学。

在现代哲学和现代美学中,这种古典的二元纷争开始趋向于一种新的整合,既承认文学艺术活动属于人性中一个初始古老、质朴自然、幽暗混沌、骚动

---

① 转引自[美] M.李普曼编:《当代美学》,光明日报出版社 1986 年版,第 432 页。

紊乱的层面,同时人性又将从这里升入一种洁净新鲜、绝后空前、光芒四射、妙不可言的境界。在一个现代的诗人和小说家看来,人性的地狱和文学的天堂只不过是一张稿纸的正反面。

这可能吗?在关于人的行为中,有时真会出现样的奇迹。比如:康德说过的,人类异性之间的交配行为同时也可以成为一种惊天动地的艺术杰作。真的,"最不洁"的与"最高洁"的在汤显祖的《牡丹亭》中竟变成了一张书页的正反面。

老子曰,"枉则直""洼则盈""前后相随""高下相倾"。赫拉克利特说,"生和死、醒和梦、少和老始终是同一的","上坡路和下坡路是同一条路"①。东、西方的这两位圣哲讲的都是相反相成对立统一的辩证法。

前边曾讲到文学是天空的云霓。其实,天空中凌空高蹈的云霞虹霓何尝不是缘生于大地上的林莽、山岫、原野、海面呢?讲文学的高妙灵幻是指文学在精神领域中的属性,而不是鼓吹文学家脱离现实的根基做人民头上的贵族。我们恰恰认为,一个文学艺术家如果要把自己的头脑伸向人类精神世界的高空,则必须把自己的双足插进泥泞的地面,在生活的深渊中构筑起艺术的峰巅。

有两则音乐故事给人留下了深刻的启示。

一则是我国著名诗人曾卓在一篇散文中讲述的:五岁的盲童彼得鲁思被一个地位低下、生活穷困、外表粗俗的马夫约西姆的笛声迷住了,每天晚上临睡前都要悄悄来到吹笛人那里消磨一个时辰,在这个粗鲁的马夫身边,盲童体验到了最大的幸福。这引起了高贵的、精通乐理的母亲的妒忌,于是她购置了一架钢琴,希望用高雅的琴声把儿子吸引到自己身边。琴曲旋律丰富,弹技娴熟老练,而天真的孩子并不买账,孩子又摸索着向马棚走去,母亲的脸色变苍白了。后来,钢琴手也被笛声所折服。高妙的音乐竟然不属于高贵的女主人

---

① 北京大学哲学系编译:《西方哲学原著选读》上卷,商务印书馆1985年版,第22、24页。

而属于"粗鲁的奴隶",因为正是这个低下的、村野的奴隶具有一种真挚、天然的情怀①。曾卓先生是一位真正的诗人,他知道这笛声便是从山野中飞向长空的岫烟,这里面包含着艺术创造的全部奥秘。

一则是世界著名小提琴演奏家耶胡迪·梅纽因(Yehudi Menuhin,1916—1999)所收集的,他最喜爱的一则音乐故事。故事述说一位名叫"贝贝"的西班牙渔民在直布罗陀海峡的一家小酒店中的即兴表演:

> 他的身上散发着酒、橄榄、蒜和大海的气息,用圆润的嗓音唱了几首赤裸裸的情歌,柔情蜜意,优雅动人。职业音乐家感慨万分地说:"我爱贝贝,我妒忌他。他仍然生活在过去曾经使我们大家都朝气蓬勃的纯朴的感情之源中。当然,对我们说来,这些源流被越来越多的文明和享乐的新成果堵塞住了。但是对贝贝和西班牙许多像他那样的人来说,这些纯朴的感情至今还保存在贫穷、无知、崎岖的道路和高山大海的巨大沉寂之中。"②

从人性的深渊,到社会生活的地面,到艺术精灵盘旋的峰巅,对于有些戴着桂冠的文学家、艺术家来说,真是比肉体升天都难,而对于另外一些文学艺术家包括一些民间艺术家,却如云消云长、潮起潮落一样自然。

弗洛伊德说:"我如不能上撼天堂,我将下震地狱",他终究是陷入地狱难以自拔;华生顽固地坚持机械唯物论的立场,把人视为"政治动物""经济动物"。华生则始终像动物一样匍匐在物质的地面;马斯洛以及他的同事们则忽视了现代社会的经济基础,他们精心建构的理论只不过是在纸上画出一个乌托邦。我们则希望我们的文学艺术创造能够打通一条从心灵的地层深处、到

---

① 曾卓:《听笛人手记》,上海文艺出版社 1986 年版,第 1—5 页。
② [美] 耶胡迪·梅纽因编:《我最爱读的音乐故事》,上海文艺出版社 1985 年版,第 6 页。

人间社会、到人类精神上空的一条通道。

三百年前，我国的一位名叫廖燕（1644—1705）的文学家在谈及艺术创造时说过这么一段话：

> 余笑谓吾辈作人，须高踞三十三天之上，下视渺渺尘寰，然后人品始高；又须游遍十八重地狱，苦尽甘来，然后胆识始定。作文亦然，须从三十三天上发想，得题中第一义，然后下笔，压倒天下才人；又须下极十八重地狱，惨淡经营一番，然后文成，为千秋不朽文章。①

看来，对于艺术创造来说，古今中外的文学艺术家们也还有着某些一致的观点。从地狱到天堂或从天堂到地狱，从深渊到峰巅或从峰巅到深渊，是一条路。"上坡路和下坡路是一条路"，一个真正的文学家，注定要在这条路上下求索，这就是他的历史使命和艺术使命。

---

① 廖燕：《二十七松堂集》第 3 卷，《五十一层居士说》。

第十六章　价值论：人的内在属性的佐证

文学对社会心理的调节

　　荣格在《现代人的心灵问题》一文中表示了这样一种看法：分析心理学所发现的某些复杂心理现象可以很清楚地从中国古文里找到，精神分析学说的种种理论和东方人的古代艺术比较，可以说只是一种初学者的企图，这里，我们倒可以为荣格的话提供一个论据。在把文学艺术看作进行社会心理调节的手段这一点上，中国宋代文学家苏洵与弗洛伊德有着惊人的相似。苏洵在其《诗论》中讲道：人的原初的"嗜欲"有两种，一是"好色"，一是"作乱"。这就颇有些弗洛伊德将人性的原始冲动规定为"性本能"与"死亡本能"的意味了。进而，苏洵又指出，"好色"是"礼"所不能见容的；"作乱"是"法"所不允许的，然而要"使天下之人皆不好色，皆不怨其君父兄"却又是做不到的，如果勉强这样做，也就是弗洛伊德说的凭借社会压抑来强行禁止人的这些本能的冲动，那么必然造成"好色之心，毁诸其中；是非不平之气，攻诸其外，炎炎而生，不顾利害,趋死而后已"的结果,这对社会的安定是很不利的。怎么办才好呢? 苏洵提出以"诗"即以"文学艺术"作为人性与社会冲突之间的调节机制,以实现一个社会中人们心理上的平衡。他说:

> 禁人之好色而至于淫,禁人之怨其君父兄而至于叛。患生于责人太详。好色之不绝,而怨之不禁,则彼将反不至于乱。故圣人之道,严于礼,而通于诗。礼曰:必无好色,必无怨而君父兄。诗曰:好色而无至于淫,怨而君父兄而无至于叛。严以待天下之贤人,通以全天下之中人。吾观《国风》婉娈柔媚,而卒守以正,好色而不至于淫者也。《小雅》悲伤诉讟,而君臣之情卒不忍去,怨而不至于叛者也。故天下观之曰:圣人固许我以好色,而不尤我之怨吾君父兄也。许我以好色,不淫可也,不尤我之怨吾君父兄,则彼虽以虐遇我,我明讥而明怨之,使天下明知之,则吾之怨亦得当焉,不叛可也。……故诗之教,不使人之情至于不胜也。①

苏洵这里所说的,无非是九百年后弗洛伊德所发现的以"宣泄""转移""替代性满足""升华"等方式来缓解人的内心压抑,以调节人心与社会的矛盾冲突,并从而对某种现存的社会制度起到维护作用的理论。弗洛伊德是从对于精神病人的治疗实践中得出这一理论的,中国的儒学大师们则是从对于社会病症的医治中得出这个道理的,苏洵的这套理论完全是由孔夫子的诗教观念衍化而来的。孔子曰:"小子何莫学夫《诗》?《诗》,可以兴,可以观,可以群,可以怨;迩之事父,远之事君;多识于鸟兽草木之名。"②至汉代毛苌为《诗经》所写的序言中,更将孔子的这一诗教观念发挥得淋漓尽致。毛苌清楚地看到了文学艺术作为人的,尤其是作为下层人民的一种情绪的表现方式与社会

---

① 苏洵:《诗论》,载《宋金元文论选》,人民文学出版社 1984 年版,第 113—114 页。
② 孔子:《论语·阳货》。

安危、国家兴衰、政治成败、伦理得失、风俗流变的密切关系。他说："情发于声，声成文谓之音。治世之音安以乐，其政和；乱世之音怨以怒，其政乖；亡国之音哀以思，其民困。故正得失，动天地，感鬼神，莫近于诗。先王以是经夫妇，成孝敬，厚人伦，美教化，移风俗。"①文学艺术所能发挥的这方面的作用是巨大的，也是特殊的，是政治、道德，甚至宗教都不能取代的。

当然，这样宽松的"文艺政策"，也只能出现在"文景之治""庆历新政"的太平年间，到了明代末年的崇祯皇帝那里，就什么声音也发不出来了。

认识到文学艺术和人的情感活动的关系，并通过文学艺术的情感教育和情感调节，从而让文学艺术服务于一定阶级的经济基础、国家政治和社会制度，这种对文学艺术价值的认识是比较高明的，文学艺术作品在这一范围内所发挥的实际功用不可忽视的。在西方，古希腊亚里士多德的"悲剧净化"理论，古罗马贺拉斯提出的"寓教于乐"理论，其逻辑起点皆发轫于兹。近代的狄德罗和托尔斯泰，也都是对文学艺术的教育作用有着深刻了解的人，而且都异常重视情感在文学艺术作品中的地位和意义，甚至认为情感是文学作品中的决定性因素，认为情感教育、审美教育在社会生活中发挥着不可取代的作用。

狄德罗反复地讲到戏剧对广大群众所产生的教化作用。他说："只有在戏院的池座里，好人和坏人的眼泪交融在一起。在这里，坏人会对自己所犯的恶行表示愤慨，会对自己给人造成的痛苦感到同情，会对一个正是具有他那样性格的人表示厌恶。当我们有所感的时候，不管我们愿意不愿意，这个感触总是会铭刻在我们心头的；那个坏人走出了包厢，已比较不那么倾向于作恶了，这比被一个严厉而生硬的说教者痛斥一顿要来得有效"。② 托尔斯泰更是一位众所周知的"唯情论"者，他明确提出"艺术是人类生活中把人们的理性意识转化为感情的一种工具"具体说，这种理性意识就是宗教意识，这样的艺术可

---

① 《毛诗序》，见《十三经注疏》本《毛诗正义》。
② ［法］德尼·狄德罗：《论戏剧艺术》，见《西方文论选》上卷，上海译文出版社 1979 年版，第 350 页。

以取代法院、警察局、慈善机构,在社会生活的各个方面发挥作用。

上述这些人的文学价值观,不管是孔夫子还是贺拉斯,不管是苏洵还是弗洛伊德,不管是狄德罗还是托尔斯泰,应当说都是发现了文学艺术某一方面的特质,并把这种特质充分加以利用。这种利用,主要是把文学作为一件特殊的手段和工具,使用于文学之外的领域。这种文学价值观的出发点是让文学在为文学之外的一些事物的服务中发挥自己的作用。比如,服务于政治,服务于法权,服务于伦理道德,服务于宗教,服务于战争等等。这些文学的服务,站在各自的阶级立场上都是合乎逻辑的,就其实效看,的确对于人类的社会历史也曾发生过不可忽视的作用。但对于文学自身来说,这毕竟只是一种"外在的价值",一种功利性的实用价值。比如为众人首肯的"寓教于乐"的说法,就颇有些"糖衣药片"的意思,"药片"里边的"药"是目的,而文学艺术本身只不过是包在外边的带有点水果甜味的"糖衣"。文学在这里被当作手段和工具,文学创作甚至成了为某种实用的目的而制造某种"情绪效果"的匠艺。艺术创造的内部机制一旦受到了漠视和扭曲,文学的品位就会下降,文学服务的效率也会因此而减低。这样的文学作品可以起到轰动一时的效应,但一般说来不会具有持久的生命力。

中国的现当代文学在一个相当长的时期内就犯有这种片面性的错误,过分地强调了文学作为一种外在的、物质性的、实用的工具和武器的价值。"文化大革命"期间,这一片面性的错误发展到了登峰造极的地步,文学自身的、内部的、精神的、审美的属性完全被阉割了,中外的文学遗产被全部否定了,仅余下的几个"革命现代样板戏"虽然被抬到了神圣无比的位置、被赋予战无不克的神力,其实那精致的唱腔、高超的演技,那华美的舞台装置与服装设计仍然掩遮不住文学和艺术骨子里的困顿和空虚。

糟糕的是,这种单一的实用主义的文学艺术价值观往往又是唯我独尊、一概排他的,在发挥了某些实用的、功利性的价值效用的同时,必将使人的审美心灵的渠道渐渐变得淤塞荒芜起来,人们甚至只知道实用而忘记了实用价值之外其他有价值的东西。

20世纪60年代初期,某大学的一位来自工农第一线的女"调干生",批判其他女同学"总是喜欢花花草草的小资产阶级情调",竟然声称自己只喜欢一种花——"棉花",因为棉花可以织布做衣服,给人民群众遮体御寒。在她看来,不实用的就是无用的。当时,其他大学生全都沉默,只得佩服她的政治觉悟高,阶级感情深。

其实,真正的"贫下中农"也并不是全然以这样的态度来观照"棉花"这一客观对象的。有时候,如此"无色无香"的棉花也会在一个不识一字的山野村姑的目光中成为象征情笃意浓的审美对象。有一首流行在西北青海地区的民歌,歌唱的便是"棉花",那歌词是:

> 哎呀——
> 白云彩上来端站下,
> 挽疙瘩,
> 活像是呀才开的棉花。
> 哎呀——
> 阿哥是天上的白棉花呀,
> 纺成个线呀,
> 织成个布呀,
> 缝一件挨肉的汗褡。

在这里,姑娘的"情哥哥"成了"白棉花",而且是天上的白棉花,"纺线""织布"都不是目的,目的是把她的"情哥哥"缝做一件"挨肉的汗褡"穿在身上,多么惊心动魄的诗歌语言!这里被歌唱的棉花,不是棉花的物理实用价值,这里的"棉花"成了这位"情妹子"内心主观情感的外射,成了她作为人的本质力量的证明,是她自己的精神的创造,是她自己对于自己生命潜能的讴歌,这自然也是一种价值。比起 1958 年的许多"大跃进民歌",只会唱"白棉花,像银山,火车拉着送车间……"二者相比,其境界高下不难分辨。

使人成其为人

有这样一个故事,公元前 6 世纪的雅典执政官、古希腊圣贤之一的梭罗,他的孩子死了,因此而伤心流泪。一位读书读呆了的人问他:"你这样哭泣又不能使他复活,为什么还哭呢?"梭罗回答:"就是因为他不能复活啊!"在书呆子看来,哭不活的哭泣是没有用的;而在这位西方古代圣贤看来正是"没有用"他才哭的。那么,这位圣贤的哭泣似乎并不是为了死者,而是为了自己,为了自己心灵之中的需要。西班牙现代哲学家乌纳穆诺对此评述说:单是为人治愈病痛是不够的,我们必须学习哭泣,也许,那就是最高的智慧。

东方有这样一个古老的故事:大约是公元前 3 世纪的某一天,庄周的妻子死了,他的朋友惠施前去吊唁,而庄周却正岔开两腿坐在席子上"鼓盆而歌"。朋友批评他说:"她与你夫妻一场,为你生儿育女,你不哭泣就已经不对了,却又敲着盆子唱歌,这不是太过分了吗?"庄周却不以为然,反而振振有词地讲了这么一番大道理:"是其始死也,我独何能无概!然察其始而本无生;非徒无生也,而本无形;非徒无形也,而本无气。杂乎芒芴之间,变而有气,气变而有形,形变而有生。今又变而之死。是相与为春秋冬夏四时行也。人且偃然寝于巨室,而我嗷嗷然随而哭之,自以为不通乎命,故止也。"[①]庄周把人的生生死死视为自然的变化,使自己的意识高高地超越于自然万物之上,心爱的妻子死了,却在歌唱辩证法的胜利,的确又是一种极高的精神境界。

看来,梭罗的哭泣与庄周的歌唱都体现了人的自我意识的价值。哭泣,是

---

① 庄子:《庄子·外篇·至乐第十八》。

人的感情自身的价值；歌唱，在这里体现为人的感悟的价值，一是"情"，二是"思"，二者都可以达到一种审美的境界，从而体现出人的生命活动的内在的、本真的力量。

什么是人的生命的内在的、本真的活动呢？马克思论述道：

> 动物不把自己同自己的生命活动区别开来。它就是这种生命活动。人则使自己的生命活动本身变成自己的意志和意识的对象。他的生命活动是有意识的。这不是人与人直接融为一体的那种规定性。有意识的生命活动把人同动物的生命活动直接区别开来。正是由于这一点，人才是类存在物。或者说，正因为人是类存在物，他才是有意识的存在物，也就是说，他自己的生活对他是对象。仅仅由于这一点，他的活动才是自由的活动。①

马克思接着又论述说，人与动物的区别，人作为类的本质，就是人具有"自我意识"，这是人所特有的一把"内在的尺度"。动物也"生产"，它的生产是片面的，是本能性的，它"只是在直接的肉体需要的支配下生产""而人甚至不守肉体需要的支配也进行生产，并且只有不守这种需要的植培师才进行真正的生产"，而这种生产是"自由的"，这种生产因而也是一种"美的规律"的体现。人在从事物质生产的同时也进行着精神生产，审美活动和艺术创造从一开始就属于人的一种本质力量的显现，是人的本质力量在人的感觉中的肯定。因此，人们从艺术活动中证实了自己卓然不凡的创造力，艺术生产活动与物质生产活动一样成了人类奠定自己特殊地位的重要基石。甚至，人类只有站立到这块基石之上才显示出自己作为人的真正的灵性和全部的丰富性。从这个意义上看，梭罗的哭泣、庄周的歌唱都具有人类精神的审美意义，都是他们作为人的一个证明。

---

① ［德］马克思：《1844年经济学哲学手稿》，人民出版社1985年版，第53页。

不幸的是,在阶级社会中人类的物质生产活动和精神生产活动都不同程度地遭受到异化,"异化劳动"颠倒了人的本质与人的生命活动的关系,"异化劳动把自主活动、自由活动贬低为手段,也就把人类的生活变成维持人的肉体生存的手段"①。人的本质变成了人的手段,这意味着人的本质的失落,意味着人不再是自由、自主的人。

在现代社会,异化表现在物质生产活动方面,人在他的产品中"外化",劳动成为一种异己的东西,成为同人对立的一种独立力量。人们创造的价值越多,人越没有价值;工业产品越是精美,人却变得越畸形;技术变得越精巧,人变得越愚饨,越发成为物质的奴隶。异化使人变成了机器,人的全部机能中只剩下了动物的本能。现代社会的这种异化现象仍在日复一日地加剧着,这里我们不妨引证弗洛姆在《理性的挣扎》中介绍工业生产流水线上的工人的话:"在工业界,人成了一个经济性的原子,这个原子按照安排好的调子活动。你的地方就在这里,你就以这种方式坐在这里,你的手臂以 Y 为半径,移动 X 英寸,移动的时间是 0·XX 分钟""由于计划人员、科学管理人员之进一步剥夺了工人思想及自由活动的权利,工作就变得越来越重复而无需用脑筋。生命遭受了否定,人类对创造、好奇、独立思考的需要被遏止了,结果就是工人的冷漠或毁灭,心理上的退化"。

在现代社会里,精神生产活动的异化同样是严重的,这突出地表现在商业活动对人的审美活动的异化。人的一切感觉,尤其是"有音乐感的耳朵"和"能感受形式美的眼睛"都被"粗陋的实际需要"禁囿了,"忧心忡忡的穷人甚至对最美丽的景色都没有什么感觉;贩卖矿物的商人只看到矿物的商业价值,而看不到矿物的美和特性"②。法兰克福学派的哲学家阿多诺曾针对美国的流行音乐进行考查,他的结论是:这种音乐剥夺了听众的主动性,使听众失去

---

① [德] 马克思:《1844 年经济学哲学手稿》,人民出版社 1985 年版,第 54 页。
② 同上,第 83 页。

了对社会现实的批判能力,对社会意识起到了催眠作用。而且这种音乐完全使艺术家变成了雇主的奴隶,把艺术品当作了竞争市场的商品,只能扼杀人的创造性①。

物质生产和精神生产的异化,侵蚀着人类赖以立足的两块基石。为了对抗并进一步消除这些异化现象,必须努力从物质生产与精神生产如何更符合人的本质属性做起,一是消灭经济上的私有制,一是使艺术活动导向人的心灵。

重于外者而内拙

物质的富有与精神的富有,是马克思在 1844 年论及"共产主义"时提出的一个命题。时过一百四十年后,这个问题又十分现实地摆在中国作家和广大文学读者的面前,而且引起了文学思考中的歧义与纷争。这应该是一件好事情,是中国社会的物质文明建设和精神文明建设取得进展的证明。

让我们先从 3 篇当代小说的立意谈起。

小说家们对于现实生活的解释,常常陷入矛盾之中。读张贤亮的《灵与肉》,人们会感到人性的美好,人生的幸福,人的价值并不在那高楼林立、灯红酒绿的现代化城市,而在那荒僻空旷的草原,在那简朴贫寒的泥屋。

读张弦的《被爱情遗忘的角落》,读者的思路则很可能又转了向,人们会强烈地感受到极端的贫穷滋生着可怕的愚昧,美好的人性在贫穷愚昧中受到残酷的扭曲和摧折,幸福的人生在期待着富裕生活的到来。然而读张一弓的《流泪的红蜡烛》,发了财、过上了富足生活的李麦收并没有得到他所需要的爱情,雪花姑娘的人格尊严反而受到了阶级弟兄的金钱的凌辱。到底哪位姓张的作家说得对? 他们可能都对,也可能都不对。因为,对于实际存在着的人来说,

---

① 参见李步楼等编著:《现代西方哲学思潮》,华夏出版社 1986 年版,第 368 页。

物质的丰盈和精神的丰盈,富裕舒适的生活和美好充实的心灵,并不总是那么相对应成比例地发展。穷得几乎卖掉裤子的阿 Q 自然毫无幸福可言,穿上了牛仔裤的阿 Q 也不见得就一定能得到真正的人生幸福。

马克思在《1844 年经济学哲学手稿》中指出,理想社会中的"富有的人"不仅是"国民经济学上的富有""富有的人同时就是需要有完整的人的生命表现的人,在这样的人身上,他自己的实现表现为内在的必然性,表现为需要"①。马克思丝毫没有轻视"国民经济学上的富有"的意思,他说过:没有蒸汽机和珍妮走锭精纺机就不能消灭奴隶制,没有改良的农业就不能消灭农奴制,"解放"是一种历史活动,是由工业状况、商业状况、农业状况等因素促成的。但是,马克思又非常关注"完整的人的生命表现"他又指出:"技术的胜利,似乎是以道德的败坏为代价换来的。""我们的一切发现和进步,似乎结果使物质力量具有理智生命,而人的生命则化为愚钝的物质力量"②。物质的增长与人类精神的完善并不总是平衡的。

人们对于马克思的这一忠告并未引起充分的重视。一个世纪过去后,在世界技术革命的第三次浪潮的冲击中,人们才开始严重地意识到人类自身发展中面临的一个尴尬处境。先是相对论的发现者爱因斯坦发出惊呼:"生活的机械化和非人化,这是科学技术思想发展的一个灾难性的副产品。真是罪孽!我找不到任何办法能够对付这个灾难性的弊病。"他深深感慨人心的冷漠:"人比他所居住的地球冷却得更快。"③后来,量子物理学的创始人之一海森伯又提出了自己的担心:随着受技术支配的过程取代天然的生活条件,个人与社会之间的疏远发生了,社会的内聚的感情受到损害,受到了衰败的威胁,这就带来了危险的不稳定性。

西方的某些未来学家甚至还给我们勾画了这样一幅可怕的情景:微电子

---

① ［德］马克思:《1844 年经济学哲学手稿》,人民出版社 1985 年版,第 86 页。
② ［德］马克思、恩格斯:《马克思恩格斯选集》,人民出版社 1977 年版,第 2 卷,第 79 页。
③ ［美］海伦·杜卡斯、巴纳希·霍夫曼:《爱因斯坦谈人生》,世界知识出版社 1984 年版,第 72 页。

技术的普及运用污染了人类的精神空间。机器替人劳动,不劳动的人也能过着优渥的物质生活,人们失去了生活目标,失去了生存的意义和兴趣,随之而来的是颓废、暴力、吸毒、色情、酗酒等一连串的自暴自弃的行为。

萨特的存在主义哲学与马斯洛、弗洛姆的人本主义心理学的产生,都是和西方社会的这种焦虑情绪直接相关的。而且越来越多的迹象表明,物质丰裕与精神文明、技术革命与情感道德、人的外部生活与人的内部心灵之间的这种不平衡,已经成了一切发达社会、甚至发展中国家面临的一个严峻课题。

苏联当代一些杰出的文学家也正为此而忧心忡忡。艾特马托夫(Chinghiz Aitmatov,1928—2008)说:"人过得越舒服,把人和自然隔开的东西就越多……现在的人和过去不一样了,不像从前那样彼此之间有着密切的联系"。至于在中国,当前的主要奋斗目标是千方百计地把国民经济搞上去,产生这种忧虑似乎还为时过早,但我们不妨看得长远一点,中国既然要向世界开放,那么有一些这方面的担心,未必就是"杞人忧天"。

精神的进步有时并不比物质的进步来得更容易些。而物质利益的吸引力比精神方面的吸引力往往更强烈、更直接。物质生活的提高并不一定同时就带来精神世界的飞升,甚至在某些方面、某些人身上还会出现停滞或倒退的情形。据报纸记载,中国西北某省农村姑娘找对象的标准已经发生了"很大变化",以前喜欢找"老实疙瘩",现在喜欢找"能说会道"的——因为"信息灵""富得快";以前"重财",现在"重才"——因为"才"是"活财神",能使"小钱变大钱",这种颇有"经济头脑"的恋爱观,距恩格斯提出的那种"现代的性爱"恐怕已经很遥远了,即使和当年赵树理笔下的小芹对于小二黑的爱相比,也掺和了更多的杂质。世界上有许多美好的、有价值的东西,不是金钱所能买到的,不是物质所能换取的,也不是科学所能解释的,更不是命令所能推行的,其中就包括人的心灵。心灵方面的东西只能用心灵来交换,心灵的交换从更深的层次上体现了人与人的关系,并体现出人和社会进步的程度。

文学的职能是什么?一部分作家认为是勇敢地"干预现实生活",甚至是直接地干预现实社会的政治生活、经济生活；一部分作家认为是"干预"人的灵魂。前一部分作家的政治责任感和革命勇气令人钦佩，但许多教训都已经表明，这一方针在实际贯彻中又是困难重重的，要写诗歌的、写小说的直接去干预政治生活、经济生活的弊病，实非文学之所长，文学家们大多并不具备政治斗争和经济管理方面的才能。瞿秋白早年对自己从事政治工作的能力曾自嘲为"犬耕"，显然也含有一种自我批评的意思。从文学本身的特性出发，我们宁可认为文学的价值在于"干预"人的心灵。文学是对于人的灵魂深处的美的发掘，文学是人的心灵创造性的自由表现。文学作品就是作家的心灵，作家以它沟通并唤起读者和社会的同情与共鸣，文学不仅是对于个体的人和整个社会心理的一种调节因素，是使人类自身不断得到完美、完善起来的一种情感教育的方式，是人与人之间相互联结的一条精神纽带，文学还是人凭自己的感性活动证明自己真实存在的创造性活动。

如果我们承认社会的进步和人类的幸福总是处于物质和精神、理智和感情、科学和艺术、自然和心灵的动态平衡中的，那么，文学艺术就永远应当有它自己独立存在的价值和意义。退一步说，即使从社会学的角度来说，如果把整个人类社会看作一个系统，把文艺和科学、教育、工业、农业、司法、交通分别看作其中的子系统，那么更好地发挥文学艺术这一子系统的独特的作用，只会有利于整个系统功能的发挥。

以前，我们曾片面地强调"文艺为政治服务"，将文艺从属于政治，忽视了文艺自身相对独立的价值，结果文艺也并没有起到为无产阶级政治服务的良好作用。有时，这种文学艺术为恶劣的政治、为卑劣的政治领袖积极"服务"起来，将会产生巨大的破坏作用，例如纳粹时期的德国。

近来，国内的一些报刊又提出了"文艺为经济服务""文艺为物质文明建设服务""文艺为科学服务"的口号，恐怕这依然是忽略了文艺自身存在的价值和意义。物质财富的增长和科学技术的发达就一定能够满足人民的一切需要吗？对照马克思关于"富有的人"的论述，这是很值得怀疑的。有人说到了

21世纪,人们都将会居住在这样高度微电子化的屋子里:电子计算机自动调节室内温度,电子计算机自动开启百叶窗,电子计算机自动为你淋浴,电子烹调器替你做饭,电子健身器帮你运动,电子测量器自动为你量血压和脉搏……但是,生活在这所房子里的主人如果读不懂李白的《蜀道难》、白居易的《长恨歌》、汤显祖的《牡丹亭》、莎士比亚的《麦克白》、司汤达的《红与黑》、海明威的《老人与海》,也一定是其人生的极大遗憾。人们总还是有精神上的、心灵上的、情感上的需求。聪明而自私、理智而冷漠、富有而无情的人绝不是完善的人,也不会是幸福的人,而是一种心理上的病人。心理学上的实验表明,因情感剥夺而引起的主体方面的"情感饥饿",比食物不足、营养不良对于机体发育成长造成的障碍还要大一些。

《一个推销员之死》的作者、美国当代著名作家阿瑟·米勒(Arthur Miller,1905—1915)在一次中美作家的聚会时说"美国人民正在挨饿",因为"真正的文学作品现在太少。"苏联宇航员在天上感受到的最大痛苦,竟然是"寂寞",在他所处的那个高度现代化的生活空间里,倒是家乡的民歌小调能给他带来最大的愉悦。看来,要消除人们心灵上的寂寞,要解除人们精神上的饥饿,仅靠发达的工业和科学是不够的。文学应当满足人民在这些方面的需求,文学家应当以自己真诚的工作维护人的心理健康发展,维护人类心灵世界的丰富完整,这也是一种神圣的职责。

中国有句古话叫作:"重于外者而内拙"。传说孔子给他的弟子上课:"以瓦注者巧,以钩注者惮,以黄金注者殙。其巧一也,而有所矜,则重外也。"如果把人生比作一场有输有赢的博弈,以瓦片做赌注,心情会轻松爽快些;用青铜做的带钩做赌注,心理负担就会有些沉重;如果用黄金做赌注,外物太贵重,赢了就大挣一笔,输掉就亏大发了,于是便患得患失、紧张焦虑、神昏思乱,再无幸福可言。① 现代人想要得到的太多,得到后又害怕失去,一心从外部世界掠

---

① 参见庄子:《庄子·达生篇》。

取物质财富,从不知道对自己的内心世界进行疏通与养护,占有的物质财富再多,又有何用?

文学永不悲观

具有清醒的自我意识的人,活着并不轻松,甚至充满了沉重的困惑与强烈的痛苦。自人类从大自然中剥离出来的那一天起,人取得了自己相对独立的存在,同时人也就面临着物质和精神的双重困扰,所谓"返朴归真",退回原始的浑然状态,正如一个成年人希望重新返回母亲的子宫中一样不可能。而前途又矛盾重重,有时候人的种种努力反而加剧了人的困境。弗洛姆作为一个心理学家清醒地意识到了这一点,在他看来,人似乎到了这样一种可悲的地步:现代人正行走在山崖绝壁上,背后是冰锥倒挂的寒涧,面前是熊熊燃烧的烈火。弗洛姆因而活得也不轻松,他执意要在这之间进行选择,找出对于人类来说最佳的生存点。弗洛姆并不悲观。至于他寻到了什么?前边我们已经讲到,他寻到的只是一个现代西方人的乌托邦。

哲学家叔本华也是用一种悲观的眼光看人生的。他从人的欲望和现实的冲突之中看人生,在他看来,人生的痛苦来自对现实的不满,其根源在于人所具有的欲望。欲望的满足不会持久,每一次满足都是新的欲求、亦即新的痛苦的起点,人生不过是在痛苦和无聊之间来回摆动的"钟摆",给人带来一时欢快的性欲也只不过是"写给生命的一张卖身契"。叔本华给人开出的疗救这一痛苦的药方有两个:一是缓解症状的,即"禁欲主义",没有追求,也就没有了烦恼;一是彻底解决的,即"死亡",或者,干脆就不要出生。叔本华的哲学大约算是真正的悲观主义了,可是他自己并不践行这一理论。他主张禁欲,在生活中却热衷于女色;他主张以死来超脱痛苦,他说过"人应当无防卫地接受一切灾难",自己却很害怕死,他害怕强盗,怕遭人暗算,睡觉时枕头底下还放着手枪,日常的饮食起居也极为考究,由此看来他的悲观主义哲学只是说说而已。尼采则与叔本华不同,他主张超越悲观主义而实现人生的狂欢,在狄奥尼索斯的狂歌醉舞中体验人生的真谛。尼采的哲学倒是不悲观,他的确实践了他的哲学,他毫不客气地把自己看作是"超人"。鲁迅也曾说尼采的书是用血写的。不过,他真的疯了。

我们也承认人生并不是一杯甜蜜的美酒,并不仅是花香鸟语的春天。人生中总是存在着矛盾、困苦、忧患、凶险。生命本身就是一个在欢乐与悲伤、憧憬与失落、不满与追求之间不断来回的过程,这就是人生的本质,唯独人才具有的。西绪福斯走到了山顶,而石头却又滚落到山下,西绪福斯回头又向山下的平川走去。我猜想,西绪福斯也会有颓丧绝望的时候吧,法国存在主义思想家加缪(Albert Camus, 1913—1960)却认为西绪福斯是幸福的,因为不间断的斗争本身就足以使一个人心里感到充实,坚持推石上山本身就是对于荒谬的反抗,就是对于自己的尊严的维护,这构成了他的精神世界。他的命运是属于他的,他是自己生活的主人,因此西绪福斯是快乐的。意识到自身使命的西绪福斯并不悲观。所谓文学艺术——当然我们说的是真正的文学艺术,不管它的创造者意识到还是没有意识到,都是人的这种生命意识的表现。法国当代诗人奥里采说得好:"真正的诗,永远是人的本质"文学与人俱在,文学永不悲观。

文学可以给生活中悲观绝望的人洒上生命的甘霖。据说,一位受尽丈夫凌辱准备一死了之的日本妇女在读了中国的民间文学《灯花》之后,重新鼓起了生活的勇气,靠自己的双手开辟出一块新的生活天地。这则故事曾在中日文化交流中传为美谈。当然,我们在文学作品中也常常读到一些悲伤的,乃至悲惨的故事,比如《孟姜女》《窦娥冤》《悲惨世界》《巴黎圣母院》,但这样的文学并不悲观,它们恰恰以积极进取的态度表示了对邪恶势力的抗争,这些作品里凝聚着强烈的生命的张力,人的生命在这种张力场中总是显得更加美好完善。

也还有这样的情况,有人因为读了某部文学作品而死去。在中国明代,有位冯小青女士,据说是读《牡丹亭》而深怀感伤:"人间亦有痴于我,岂独伤心是小青",结果抑郁而死。在欧洲,歌德的《少年维特之烦恼》曾导致不止一人自杀。然而,我们能说这些文学作品是悲观的吗?显然不能。少年维特失恋之后是烦恼悲观的,但歌德写维特的死并不悲观,小说中维特在告别生命时,尚且为再也看不到美妙无比的大熊星座而感到遗憾,但维特在仰望满天星斗的时候已经把自己同化于自然,他的死,只是以另一种方式去追求他所向往的无限。而歌德创作这部小说的目的恰恰是借这一创作活动摆脱自己精神上的危机,亦不能说是悲观的。一个真正悲观厌世的人是不会有心去创作小说诗歌的,真正的文学创作总需要的勃发生命力。

文学史上也有不少的作家是以自杀结束了自己的生命的,比如:屈原是自杀的、海明威是自杀的、川端康成是自杀的、茨威格是自杀的、马雅可夫斯基是自杀的。那么这些人是不是就是一些悲观主义的文学家呢?这些人在生活中或许有这样那样一些悲观的情绪,但从文学艺术创造的意义上说,他们的自杀恰恰并不就是悲观绝望的表现。

其中有些人的自杀,恰恰是因为对于生活有着更多的追求和企盼,他们对生活有着深情的依恋,他们只是以死的方式来表示对于邪恶和不义的抗争,希望后人能从他的这一举动中惊醒起来、感奋起来。比如屈原的自杀,至今不仍在激励着活着的人们吗?

其中有些人的自杀,是因为他们年老体衰、久病不愈,已经丧失了文学艺术创造的能力。对于他们来说,艺术就是生命,既然已经不能继续从事艺术创造,活着也就再没有意义,于是他们便坦然死去。比如海明威,便是在自己的房间里口含猎枪的枪口扣动了扳机。晚年的萨特虽然没有自杀,但他的死亡意识也是十分清醒的,他说:"我已经活过头了,该卷铺盖了。"

总之,这些文学家的关于死的观念和世俗的见解不同,他们并不把死看得那样阴森可怖,犹如世界末日的来临。在他们看来,死亡,也是一个人完整的生命过程的一部分，所以在他们活着的时候，就时常想着如何完成这最后一次的艺术造型。川端康成很早就在研究死，他在自杀的前几年写下的《我在美丽的日本》一文中，征引了文学界、美术界许多先行者的话说，人死了，自然的美仍留在人间，死是走向自然，走向无限，这是一种更高的艺术。我们无意提倡谁去实践这种艺术，我们只是想说明这些作家的死往往是出于一种对于艺术的信念。他们真是视死如归，心甘情愿地为艺术献身，绝不是简单地斥之以"悲观厌世"所能解释的。

　　生命只要在持续着，活动着，文学就永不会悲观。生命的价值也就是文学的价值，我们无法想象一个没有了文学和艺术的世界还会是一个活的世界。

第十七章 批评论：人类精神的互动

心理批评指运用心理学的观念、理论、方法对文学艺术现象进行研究、评述的一种批评流派。无论从哪个角度讲，文学艺术现象都毕竟是人类精神活动、心灵活动的过程或结果，体现了人生和人性的丰富内涵，而这些恰恰又是心理学始终关注的对象。正因为这样，从心理学的意义上探讨文学艺术的奥秘，从来都是一个引人入胜的课题。早在中国的先秦时代和西方的古希腊时代，文学艺术的心理解释就已经闪露出最初的光辉；19 世纪以来，现代心理学学科空前的繁荣兴盛，为文学艺术的心理学批评提供了坚实的理论依据，提供了丰富的研究方法，促进了不同形态的心理批评的诞生与成熟。目前，面对人类社会的重大转折，面对人类精神生活中遭遇到的重重困境，历史悠久的心理批评依然保留有相当宽阔的发展空间。

心理批评的源流

心理批评作为一种独特的批评方式，注定拥有自己的理论视野与关注的对象。追溯当代人类文明的源头，无论是西方还是东方，在最初的一些哲人、思想家那里都曾经留下了对于文艺心理现象的思考。在现代社会里，文学的心理批评曾经以它新奇的观念、深邃的理论、灵活的方法影响了一代又一代的作家、批评家，在一段时间里甚至成了文学批评的主流。

美国当代文学理论家 J. 刘若愚在改造艾布拉姆斯的艺术活动整体说的基础上，描绘出一幅"文学活动体系图"。这个体系有点像一个环形的"跑道"，跑道的四个角分别是"宇宙""作家""作品""读者"，这就是文学活动天地中的相互作用的四要素。① 在我们看来，由于文学批评者在这条"跑道"上选择的立足点和出发点不同，在他们面前展现的文学视阈也就不同。不同的文学批评方式、批评流派正是这样形成的。

心理批评选取的立足点是这条跑道上的"人"，主要是作为文学创作主体的"作家"，还有作为文学接受主体的"读者"。而出发点则是作家、读者的心理结构以及文学创作的心理活动和文学鉴赏的心理活动。从心理批评的视野看，文学活动中反映的"宇宙"（即自然与社会），已经不再是客观的存在，而是经过作家心理投射、性情浸润、心灵再造的世界。至于"作品"，不过是人的心理活动的产物、心灵的结晶，绝不是独立于人之外的纯粹的文本。文学的阅读活动，则是"读者"的心理再创造过程。

就理论上的可能性来说，心理批评可以把人类精神生活中的一切文学现象和人类文学活动中的一切心理现象全都纳入自己的视野之中。具体说来，文学的心理批评的对象则包括"作家的个性、风格""创作的心理过程""作品的心理分析""文学的精神价值""文学阅读的社会心理效应"等方面。

大约在公元前 5 世纪左右，无论是古代希腊还是中国的先秦时代，都像雨后春笋般涌现出一批杰出的思想家，他们对于宇宙、人生的解释，至今还在影响着现代人的思考与现代社会的走向。在关于文学艺术的心理解释方面，也

---

① 参见［美］J. 刘若愚著：《中国的文学理论》，中州古籍出版社 1986 年，第 12 页。

是这样。

西方古代的文艺心理思想,集中表现在古代希腊与古代罗马时期的一些思想家的言论中,其中最为突出的有:

模仿说:这是关于文学艺术本体论的学说。倡导者为柏拉图(Plato,公元前427—公元前347)与亚里士多德,但二人的观点又有所不同。柏拉图认为艺术是对于现实生活的模仿,而现实生活是对于存在于"天国"里的"理念"与"图式"的模仿,艺术是对于模仿的再模仿,因而是虚妄的,绝对真实的是那些先验的"理式"。亚里士多德则倾向于肯定现实世界本身是真实的,"模仿"近乎是人类的本能,艺术对自然与人生的模仿不只是比附的,还应是创造性的。

迷狂说:这是关于文艺创作论的学说。在柏拉图看来,心灵的迷狂状态对文学艺术创作来说,是一种最好的状态,是一种"灵感来临"的状态。"因为诗人是一种轻飘的长着羽翼的神明的东西,不得到灵感,不失去平常理智而陷入迷狂,就没有能力创造,就不能做诗或代神说话。"①若是没有这种诗神的迷狂,无论谁去敲诗歌的门,他和他的作品都永远站在诗歌的门外。

净化说:集中体现了亚里士多德对于文学艺术价值论的归纳,文学艺术鉴赏可以发挥近乎"心理治疗"的作用。他认为"悲剧"的功用在于借助语言、音乐、动作等手段,使人们的感情在欣赏过程中自然而然地得到某种宣泄、淘洗、净化、平衡,有效地清除掉心灵在日常生活中淤积的那些有害的东西,从而实现身心的健康与社会的安定。

体验说:是贺拉斯(Horatius,公元前65世纪—公元8世纪)对文学创作论做出的贡献。他认定作家在创作时只有仿佛身临其境、清晰地"看到"他所要描绘的对象时,才能够写出令人信服的文句来。"你自己先要笑,才能引起别人脸上的笑容;同样你自己得哭,才能在别人脸上引起哭的反应。"②道理虽然

---

① 伍蠡甫主编:《西方文论选》,上册,上海译文出版社1979版,第19页。

② 同上,第103页。

简单,但的确是文学创作的至理名言。

想象说:古罗马思想家菲罗斯屈拉特(F. Philostratus,170—245)在继承亚里士多德的创造性模仿说的同时,进一步强调了"想象"在文艺创作中的作用。他认为文学艺术是"用心来创造形象",想象是"比模仿更为巧妙的一位艺术家""模仿只能造出它已经见过的东西,想象却能造出他所没见过的东西……模仿有惊慌失措的时候,想象却不会如此,它会泰然升到自己理想的高度。"①

话语构成说:朗吉努斯(Casius Longinus,213—273)认为审美的最高境界是"崇高",而文学创作实现崇高的途径,就内容而言决定于作家"心灵的伟大",就形式而言则取决于作品"话语的整体结构",亦即作家言语操作的水平。在他看来,文学的话语不仅是声音的、意义的,同时也是情绪的、心灵的。"就是这样通过由文辞建立起来的巨构,作者能把我们的心灵完全控制住,使我们心醉神迷地受到文章中所写出的那种崇高、庄严、雄伟以及其他一切品质的潜移默化。"②朗吉努斯的这段话,对于文学言语心理的研究是极富有启发意义的。

西方古代的文艺心理思想在希腊、罗马时期是丰富多彩的,但此后似乎就停滞下来。用当代心理学史家莫顿·亨特(Morton Hunt,1920—2016)的话说:在古罗马之后,西方的心理学就进入了一个漫长的"冬眠期",这一睡就是一千多年,直到17世纪后,西方的心理学研究才又一次活跃起来。

中国古代的心理批评,可以从老子、庄子、孔子的哲学思想中探寻到最初的源头。

虚静说:在以往的中国古代文论讲述中,虚静说常常被划归创作论的范畴。但从虚静说的源头看,老子在其《道德经》中为"虚静"赋予的含义,则更

---

① 北京大学哲学系编:《西方美学家论美和美感》,商务印书馆1980版,第52页。
② 同上,第50页。

适宜用来解释文学艺术的本体属性。典型的例证就是"大音希声,大象希形",希形为"虚",希声为"静",对于文学艺术来说,其最高的审美属性是一种"形而上""声(言)之外"的东西,是"精"和"神",是"无"和"寂"。但"无"可以"生化万物","寂"则可以"周行而不殆"(老子语),"静故了群动,空故纳万境"(苏东坡语),艺术的境界、审美的天地由于其"虚静"的属性而成为一个"绵延的无限",这和老子"天下万物生于有,而有生于无"的崇无轻有的"宇宙本体论"是完全一致的。至于虚静说被运用到创作过程中,已经是后来人们的发挥了。

言意说:《周易》中讲的"书不尽言,言不尽意""圣人立象以尽意"是关于语言、文字与其所表达的对象的心理内涵之间复杂关系的一个中国式的命题,对于文学的艺术表现来讲,这几乎可以看作一个核心问题。庄子在继承《周易》与《道德经》思想传统的基础上,对"言意"关系进行了精彩的论述。他说:"可以言论者,物之粗也;可以意致者,物之精也","意象"较之"语言",更能把握精妙的事物。宗白华先生在对《庄子》一书中"玄珠之遗,象罔得之"的故事的分析中认为,"象罔"指的就是"意象",这是一种"不皦不昧""非有非无"的东西,较之"知解""理念""感觉""经验""言语""概念",审美意象是人的精神领域中一种更精致、更复杂微妙的东西,是人们把握"道的运行"和"心的节律"相互感应的一种独特的方式。① 但文学毕竟是要借助语言文字来把握世事人生的,诗人、作家的艰难之处即"必须用语言表达语言不能表达的东西",这是一个悖论。走出这一困境的途径之一就是:把通用的日常语言变成个性化的心灵意象。

教化说:《论语》中记载,孔子在指导他的学生们学习诗歌时强调:"《诗》,可以兴,可以观,可以群,可以怨;迩之事父,远之事君;多识于鸟兽草

---

① 参见宗白华著:《美学散步》,上海人民出版社 1981 版,第 68 页。

木之名。"①这可以看作教化说最初的较为系统的说法。到了汉代,《毛诗序》又进一步将"教化说"阐发为"正得失,动天地,感鬼神,莫近于诗。先王以是经夫妇,成孝敬,厚人伦,美教化,移风易俗"。② 教化说重视文学艺术社会功能的重视,属于文学艺术的价值论,而文学艺术实施"教化"的心理基础是"情感"。在孔子的儒家文艺思想看来,文学艺术的心理内涵是人心中的"情",是"情动于中而形于言"的结果,文学艺术通过影响人的情绪、情感,通过加强人与人之间情感的沟通交流,提高个人的道德水准,改善人与人之间的关系,从而服务于政治、服务于社会、服务于民众。因而,教化说实质上也是一种"服务论",为历代的统治阶级所倡导。

以上,我们从文学的"本体论""创作论""价值论"三个方面发掘了中国古代心理批评的滥觞。与西方不同的是,中国古代的文艺心理思想不但"源远",而且"流长"。从先秦到近代,在漫长的两千余年的历史岁月中始终没有间断,其中,还曾掀起过两次文学批评的高潮。

一次高潮发生在魏晋南北朝时期,涌现了曹丕、陆机、钟嵘这样的文论大家,分别把文学的主体论、创作论、鉴赏论推向一个新的高度。同时还产生了刘勰这样的集大成的人物,诞生了《文心雕龙》这样的鸿篇巨制——仅从这部书的标题上,我们也能感觉到它浓郁的心理批评的气息。

另一次高潮发生在南宋、明清期间,在"陆王心学"的哲学氛围中先后酿成了严羽的"妙悟说",李贽的"童心说",袁宏道的"性灵说",王世祯的"神韵说",翁方纲的"肌理说"等,充分显示了中国古代文学批评的心理光辉。

遗憾的是,到了19世纪后期,随着中国封建帝国的衰败,中国传统的文学理论与文学批评也开始失去固有的生机与活力。而此时的西方,心理学学科却迅速走向全盛的发展阶段。

---

① 郭绍虞主编:《中国历代文论选》,第1册,上海古籍出版社2001年版,第17页。
② 同上,第63页。

现代的文学心理批评是由西方启动的。促进心理批评迅速崛起的原因大体有三个方面。

一方面,自19世纪晚期到20世纪初,文学艺术经过长期酝酿,终于兴起了一场几乎波及世界各个国家的"现代主义"的文艺思潮,文学艺术发生了"内向"的"转移",文学家在向人的心灵深处、向人的内宇宙的探索中,取得了许多重要的突破。如诗人瓦莱里(Paul Valéry,1871—1945)对诗歌中"内心真实""精神力量"的强调,对"单词与心灵"之间奇迹般结合的探索;如剧作家梅特林克(Maurice Maeterlinck,1862—1949)对悲剧中"生命潜流""生命中不可知力量"的膜拜;如小说家亨利·詹姆斯(Henry James,1843—1916)、维吉尼亚·伍尔夫(Virginia Woolf,1882—1941)对描绘人物"意识流动"的尝试;如超现实主义作家布列东(André Breton,1896—1966)对梦幻及谵妄心态的热衷,都以他们自己的表达方式,为文学的心理批评提供了丰富的事实依据。

必须提到的还有德国哲学家尼采对于悲剧理论的阐发,他借用古希腊神话中关于"酒神""日神"的传说来描绘人在审美活动中的两种基本的心理经验:"酒神精神"是一种更为原始的心理状态,属于原始的本能,是纵情的、野性的;而"日神精神"则是一种理智的、清明的、有节制的、和谐的心理状态。在尼采来看,悲剧就是这两种精神的冲突与契合。

另一方面,20世纪初欧洲的一些美学家试图从心理学的渠道对审美现象做出解释,先后推出了T.李普斯(Theodor Lipps,1851—1914)由联想主义心理学归纳出的"移情说";E.布劳(Edward Bullough,1880—1934)"心理距离"说;K.谷鲁斯(Karl Groos,1861—1946)和浮龙·李(Vernon Lee,1856—1935)用生理-心理学的知识对"移情说"加以补充和改造提出的审美本质的"内模仿"说。这些学说的出现,为文学艺术的心理批评提供了美学的学术空间。

更重要的一方面是,现代心理学的蓬勃发展促使文学的心理批评迅速走向成熟。自19世纪后期到20世纪初,心理学成长为一门独立的学科并得到空前发展,诸多心理学流派像雨后春笋一样迭次确立,为探索人的内心世界提供了充足的知识和理论。近一个多世纪来,现代心理学史中记载下来的各种心理学流派,无论是英国传统的联想主义心理学,还是德国的被视作异端的布伦塔诺的意动心理学,还是冯特的实验心理学,铁钦纳的构造主义心理学,詹姆斯开创的机能主义心理学,华生式的或斯金纳式的行为主义心理学,弗洛伊德的精神分析心理学,荣格的分析心理学,维果茨基、列昂捷夫的社会文化历史心理学,韦太墨、苛勒、考夫卡的格式塔心理学,皮亚杰的认知心理学,马斯洛、罗杰斯的人本主义心理学等等,都曾对文学心理学的发展或多或少地提供过启示或教训。其中对心理批评影响最直接、最深刻的是精神分析心理学、分析心理学、社会文化历史学派心理学以及格式塔心理学。

总之,在这个时期,心理学与文学作为研究人的学问,在向着人类所关注的同一个方向前进着。在此后的一段时间里,心理批评几乎成了文学批评的主流。

应当说,中国的文学心理批评起步并不晚,在 20 世纪初,文学大师王国维(1877—1927)就翻译了丹麦心理学家 H. 海甫定(H. Hoffding, 1843—1931)的《心理学概论》,并在当时的江苏师范学院开设"心理学"课程。20 世纪 20 年代,鲁迅、丰子恺同时翻译了日本作家厨川白村以弗洛伊德心理学说为核心的文学批评专著《苦闷的象征》,在文坛产生了很大的影响,郭沫若、臧克家、尚钺、冯至、胡风、王元化、徐懋庸等著名文学家都曾谈到自己从这部书中受到的启发。尤其是郭沫若,在运用精神分析心理学评论具体文学作品方面取得了显著的成绩。法国里昂大学哲学博士张竞生(1888—1970)学成归国后,灵活运用弗洛伊德的心理学说,提倡对国人进行"美的性教育",鼓吹法国的浪漫主义文学精神,先后发表了《精神分析学纲要》《伟大恶怪的艺术》《浪漫派概论》等著述,在当时文坛上产生了轰动效应。直接将詹姆斯的"意识流"理论、弗洛伊德的"潜意识"理论运用到文学创作实践中的,则有施蛰存(1905—2003)、刘呐鸥(1900—1939)、穆时英(1912—1949)等小说家,并由此创立了中国的"新感觉派"。在中国现代文学史中,致力于文艺心理学研究且成果最为突出的是朱光潜(1897—1986)。朱光潜先生早在1933年在法国留学期间就用英文写作出版了《悲剧心理学》一书。1936年他的《文艺心理学》一书面世,以翔实丰富的材料、行云流水似的文笔,对文艺现象的核心"美感经验"进行了具体入微的剖析。在随后撰写的许多论文如《诗论》《无言之美》中,则对一些具体文学现象进行了细致入微的心理分析。

我国的心理批评起步虽然不晚,但在抗日战争爆发后即停滞下来,中间几乎荒废了半个世纪。20世纪50年代,心理学被视为反动的"资产阶级唯心主义",中国的高校连心理学课程也都撤销了。直到1982年,在中国社会巨大变革的感召下,北京大学教授金开诚重新开设"文艺心理学"课程并推出了《文艺心理学论稿》一书,才给这片荒凉的土地抹上了一片新绿。从20世纪80年代到90年代末的十多年时间里,通过一群中青年学者的艰苦努力,先后有一大批富有生气和创意的论文、论著、译著发表,中国的文学心理批评和文艺心理学研究呈现一派前所未有的热潮。

途径与方法

就文学研究的整体构成而言,文学批评相应于文学理论、文学史的研究,属于一个实践性与操作性较为突出的层面。但由于文学自身的特殊性与心理学学科的复杂性,遂使文学心理批评在这一跨学科领域显得异常微妙灵动、扑朔迷离,与其他一些批评流派相比,对心理批评的实际操作加以严格的规范要更为困难。这里,我们拟对心理批评较为适宜的途径、方法以及已经形成的某些批评形态做一简要介绍。

1959年,英国科学家兼小说家斯诺(C. P. Snow, 1905—1980)在剑桥大学的一个讲座上集中论述了两种文化即"人文文化"与"科学文化",此后便引发当代思想史上旷日持久的论战。心理批评的科学途径与人文途径,同样是属于这一宏大学术叙事范围内的一个问题。

更早一些念头，英国哲学家怀特海（A. Whitchead，1861—1947）从其有机过程论哲学出发，认为在人类的身上存在着两种性质不同而又密切相关的力量：一种表现为宗教的虔诚、道德的完善、审美的玄思、艺术的感悟；一种表现为精确的观察、逻辑的推理、严格的控制、有效的操作。正是由于这两种力量，促生了人类社会的两种文化：科技文化和人文文化。有人甚至说，前者的代表人物是物理学家，后者的代表人物是文学家。

这两种文化的发展途径虽然是密切相关的，却又各自拥有自己的独特领域，怀特海认为，科学的认知既不能包笼更不能取代审美的感悟，"你理解了太阳、大气层和地球运转的一切问题，你仍然可能遗漏了太阳落山时的光辉""夕阳无限好"，那该是一个文学的审美境界。①

有趣的是，这种文化两分法的说法，在心理学的发展历史中也显示出来。如果我们稍稍留心阅读一下任何一部较完备的心理学史，我们将会发现两种相互对峙的基本倾向：人文主义的、经验主义的心理学研究与科学主义、实证主义的心理学研究，总是此消彼长、互反互补地贯穿于心理学学科发展的始终。属于前一阵营中的心理学家，可以开列出布伦塔诺、詹姆斯、弗洛伊德、荣格、弗洛姆、马斯洛、阿恩海姆、维果茨基等人；属于后一营垒的则可以推选出冯特、铁钦纳、华生、斯金纳、韦特墨、巴甫洛夫、鲁利亚等人。从心理学理论的趋向性看来，前者趋向于哲学，后者趋向于科学。科学化的心理学研究倾向于对心理活动做出客观的、规范的、普适的、定性的、定量的、定构的结论，其运用的方法多是实验的、统计的，常常受到"机械还原论"之类的指责；而人文主义心理学研究倾向于对心理活动做出经验的、特定的、具体的、思辨性的结论，它所运用的方法多是内省的、描述的，则常常受到"神秘论"之类的批评。对于"科学的心理学"来说，严格的操作、精密的方法只能在心理活动的较低层次上

———————————

① 参见［英］阿尔弗雷德·怀特海：《科学与近代世界》，商务印书馆 1959 年版，第 191—193 页。

实施;而"人文的心理学"虽然能够涉入心理活动的高妙的空间,却又难以获得严密、精确的结论。现代科学的发展证实,在对于一个开放的、有机的、运动的系统进行研究时,对象的"高复杂性"与研究的"高精确性"总是不相容的。在对于人类生命现象、人类的心理现象,人类的审美现象的研究中,更是随处会遇到这一"不相容原则"。这一显而易见的矛盾,无论在心理学研究中还是在文学研究中至今都仍然没有得到妥帖的解决。比如,要对一位作家、一篇作品进行精确科学的分析,几乎是不可能的,而且越是伟大的作家、杰出的作品,就越是不可能。像苏东坡这样的作家、李商隐的《无题》诗,就永远没有一个最终的解析方案。

对于人类复杂精神现象研究中的这种矛盾状态,自然会反映到文学的心理批评中来。文学心理批评显然也存在着两种可供选择的研究途径,一是属于科学实证的途径,一是属于经验思辨的途径。对于这两条研究途径的优劣短长、消长起落,托马斯·芒罗(Thomas Munro, 1897—1974)曾做过具体的剖析。他说,19世纪以来,西方的一些哲学家、生理学家曾试图把人类心灵领域中的古老的"精神哲学"改造成一种实证科学,那时的风尚是用精确的量度、周密的统计、严格的实验程序来研究文学艺术心理现象。但到了20世纪20年代以后,这种研究方式的影响及活跃程度开始减弱,随着弗洛伊德和荣格的精神分析心理学的崛起,人们开始从现象描述、从文化历史、从人类哲学的角度开展文艺心理学的研究,包括一些心理学的外行都在兴趣盎然地谈论文艺心理学,文艺心理学和文学批评经常显示出主观性与独断性,甚至陷入不知不觉的胡思乱想。尽管如此,文艺心理学仍然得到了空前的发展。第二次世界大战之后,德国从哲学、美学方面开展的心理学研究几乎处于灭绝的地步,同时,行为主义的、仅利于工程技术领域的心理学研究,在美国风行一时,一些微弱的艺术心理学研究也在企图从外部采取实验、控制、测量、统计的方式取得结论。芒罗认为,艺术中的某些行为是可以运用这种方式加以揭示的,而更多的行为和现象却不能。他指出:艺术的某些重要过程和审美经验是主观性质的，它们发生在个体内部……其中特别广泛而重要的一部分是外部观察所无法进行的。像宗教、哲学、爱情、友谊一样，文学艺术心理也是不能够用纯粹数量的或行为主义的方式去说明的。

从心理学发展的历史中，我们也可以清楚地看到，对文学艺术现象怀有强烈兴趣、并对文艺心理学做出丰硕贡献的，总是那些"人文心理学"的学者，如詹姆斯、弗洛伊德、荣格、维果茨基等。因此，我们认为，文学心理批评选择的途径主要还应当是"人文心理学"的。但是我们也不能全然拒绝文学批评中的数学化、实验化的路线，甚至还应当鼓励批评家与实验心理学家进行合作。正如芒罗说的，"在艺术学的非科学领域中进行工作的人，通过接触实验心理学，也可以得到很多好处"。

方法，是在某种目的支配下，对研究对象实施的某种行为，它是实现人的目的的手段。方法一方面受到作为客体的研究对象属性的规定，同时又要受到作为主体的研究者的观念的指导和制约。

文学心理批评的方法，一方面要受到文学心理活动特性的规范，一方面又要受到批评者文学观念、心理观念的制约，在具体的操作上它更多地借鉴心理学研究中某些常用的方法，经过近一个世纪的实践，已经在下列几个方面取得了一些较为成熟的经验。

个案分析的方法："个案研究法"与"法则研究法"分别属予心理学中两条对立的研究路线。法则研究法目的在于建立起有关心理活动的一般法则和原理，以求普遍地适用一切心理活动现象。它的具体做法是利用大量的受试者，将他们看作是最接近于"人类平均数"的代表物，通过对实验结果的数学处理，求取一个普适性的"标准值"来。这样的研究往往忽略了人的个性的存在，显然不适合对于作家、作品的研究。而个案研究方法则强调对某一具体的、特定的人或事物的剖析了解，以个体存在着的人为核心。在它看来，每一个人都是一个独立存在的个体，有他自己的一套法则，不应当将他削足适履地强纳入人为的"共同法则"中。在文学的领域，每一个优秀的作家、诗人都是一个独特的个体存在,每一个成功的文学形象都是一个绝无仅有、不可重复的典型,因此个案分析的方法便成了文学心理批评的基本方法。个案研究通过对个别作家的访问、交谈、问卷、调查,以及对于他的档案、传记的审理,乃至对其某些具体的心理功能指数的测试,来得出他“这一个”人的心理结构或心理活动的特征。作家的作品更应当是对个案进行心理分析的重要内容,因为作品作为一种精神产品,总是包含着主体意识中或潜意识中丰富的心理因素,如气质、个性、动机、欲望、憧憬,以及知觉、直觉、冲动、情绪等。通过对于这些精神产品的细致入微的分析,往往可以清理出创作主体心灵活动的历史轨迹,进而洞察到其文学心理活动的深层奥秘。

心理发生学方法:任何一种具体存在着的现象和事物都有着它的起始和发展过程,复杂的文学心理现象也是这样。有一种相当有影响的说法:了解到一件事物最初是如何发生的,也就差不多了解了它的基本属性。皮亚杰的心理学被称作“发生认识论”,即因为他的理论在许多方面都是求助于发生学方法的。弗洛伊德的“人格理论”,也带有明显的发生学的性质。他认为人格中各种心理素质的模式,在该人“成人”之前,即 6 岁左右就已经基本成型了,也就是说一个人在 6 岁左右就已经打好了自己的“人的初稿”。一个文学家的艺术个性,往往需要追溯到他的童年时代甚至是婴幼儿时代的生活经历。对于有些文学作品的创造来说,某些题材早在作家被世人所知之前就已经开始积累了。因此诗人、作家的早期经验往往会成为心理批评得以展开的契机。

心理发生学的方法也常常被运用到对文学作品中具体人物形象的分析研究中,比如,弗洛伊德及其弟子 E. 琼斯(Ernest Jones)对哈姆雷特性格特征的分析,即求助于心理发生学。在他们看来,丹麦王子哈姆雷特在杀死他的仇敌克劳狄斯时表现出的迟疑不决,正是因为在他的心灵深处、在他幼年时隐秘的潜意识中,也曾萌动过与克劳狄斯所犯罪行类似的“弑父娶母”的欲念,即所谓“俄狄浦斯情结”,杀死克劳狄斯就等于在心理上杀死了他自己。

而在另一些批评流派中,如在“原型批评”的实践中,这种发生学的追踪甚至超越了个人心理进入文化人类学的领域,发生的源头被追溯到人类的童年,被拓展到作家所在种族、地域的集体无意识的层面。

话语报告的方法:属心理学中的"内省法",即要求被研究的对象自己讲出自己心理活动的状态、过程和结果,可以口头讲,也可以书面答。批评家往往从自己的需要出发,精心设计一些问题,有目的、有计划地向作家或读者征答,然后根据获得的答案再加以统计、整理、分析、解释、综合、论述,从而得出某些结论——这样的方法又叫作"问卷法"。在文学批评中实施话语报告法并不困难,这是因为作家、诗人们总是乐意或多或少发表一点创作体会乃至自传、日记、书信、回忆录之类的东西。此外,作为读者,他们有时也写一点读后感。这些文字材料,也可以看作文学心理学研究中的话语报告材料。这类材料中自然难免有一些矫饰和造作的东西,因此使用到批评实践时要经过甄别辨析。但大多数作家在大多数情况下总是坦诚的。如果不是过分苛求的话,这种言语报告的方法往往可以为文学的心理批评提供许多生动有用的材料。作品的文本和手稿,是文学话语重要的组成部分,前苏联的一些文艺学研究者非常善于通过对同一部文学作品不同版本的比较分析,通过对作家手稿中反复修改留下的墨迹的比较分析,即从作家对作品的修改订正中把握文学创作过程中的心理活动的规律。

观察的方法:观察法指研究者在未经控制的日常生活中,了解和分析人的行为、表情等,以判断其心理活动特征的一种方法。心理活动是人的内部活动,文学创作与欣赏活动也主要是在人的内心进行的,它们都无法直接观察到。不过,人的内心活动却可以从人的外部行为中表现出来。弗洛伊德曾经说过:"凡是有眼睛可以看,有耳朵可以听的人都可以相信,没有什么人能保守他的秘密。如果嘴是沉默的,那他就用指头表示秘密的消息;他的每一个毛孔里都在泄露秘密。"①如果把这种方法运用到文学艺术心理学研究中,我们便可以从作家的言谈、举止、神态、习惯、嗜好等方面推测他的文学旨趣、艺术个

---

① [美] 杜安·舒尔茨:《现代心理学史》,人民教育出版社 1981 年版,第 341 页。

性、审美情调、创作心境等。不过,文学批评家并不总是能够直接接触到他评论的对象,所以,间接地从有关作家的印象记、评传和作家的亲友关于作家的回忆文章中获得观察材料,也是可行的和必要的。

精神病理学的方法:把文学艺术的创作心理状态看作精神上的非正常状态,这是一个古老而持久的说法。大约从古希腊时代起,艺术天才便与疯子结下了不解之缘。不但柏拉图认为文学艺术是人在精神迷狂状态时的产物,就连亚里士多德有时也认为诗歌界的杰出人物,都是患有某种精神病症的。从现代医学看来,人的生理状态与心理状态之间并没有一条截然的界限,精神活动、情绪活动往往和人的生理、病理状况密切联系着。对于文学艺术创造来说,作家艺术家的气质、人格与其神经类型、民族血统;作家艺术家的创作热情、创作活力与其生命力及内分泌、性机能都有着密切的联系。甚至作家、艺术家生理上的欠缺也可以直接、间接地影响到作家对文学创作的不同选择。美国心理学教授 R. N. 威尔逊指出:精神病理学的某些症状,诸如精神分裂、歇斯底里、抑郁症等倾向往往会在一些杰出的作家、诗人身上出现,"较之于一些天赋不高的作家,创造性的作家在人格量表的精神病理学项目上得分甚高。"但威尔逊同时还指出,这些作家拥有的与这些病症抗争的毅力要比一般的患者强大得多。① 我国学者吕俊华也曾通过对大量资料研究的结果证明,变态或病态心理在艺术创造中恰恰是一种正常现象,甚至是文学艺术创造活动中一种难得的"高峰体验状态"。

模式或形态

长期以来,将心理学的观念、方法运用到文学批评实践中,经过众多批评

---

① [美]鲁道夫·阿恩海姆:《艺术的心理世界》,中国人民大学出版社 2003 年版,第 249 页。

家坚持不懈的努力,已经形成一些不同的心理批评模式或形态。其中较为突出的,主要有以下三种。

传记批评

"文如其人""风格即人""文学是作家心灵的表现",这些古老而又富有顽强生命力的文学观念,是传记批评孕育、生长的丰厚土壤。因此,传记批评实际上又是一种历史悠久的文学批评形态。现代心理学的发展,尤其是弗洛伊德精神分析心理学的出现,为传记批评提供了逻辑严谨的理论支撑,正如德国当代心理批评家 N. 格罗本(Norbert Groben)指出的:

> 精神分析法学者坚持认为,在分析作品时,联系作者的情况是非常重要的,因为象征等艺术手法的具体意义是作者的潜意识或下意识所决定的。把作者的自由联想当做解释作品的基础,这种自由联想能对解释作品的表象起积极作用,也能对阐释象征的意义有帮助作用。①

弗洛伊德认为,文学创造活动是文学艺术家被压抑的欲望的替代性的满足,是其身体中生物能量的提升转化,是其潜意识心理的象征性表达,甚至是其某些郁积已久的病态心理的变相表达。这实际上是说,文学作品不过是作家个体心灵的衍生物,甚至是作家某些精神病症表现出来的"症候"。因此,要真正揭示一部文学作品的含义和底蕴,就必须密切关注作家的传记,考据出这一作家个人的身世、阅历、命运、人格、品德、性情,乃至其习惯、嗜好、体征、病症等。反之,要清查一个作家的生平与行状,他的作品就是最有效的索引与证言。弗洛伊德本人就曾在对索福克勒斯、莎士比亚、达·芬奇、歌德的研究中贯彻落实了这一心理批评的原则。弗洛伊德的忠实弟子玛丽·波拿巴对于小说家爱伦·坡生平与创作的研究,更是把这些批评原则推上了极致。在她看

---

① [德]拉尔夫·朗格纳:《文学心理学——理论·方法·成果》,黄河文艺出版社,第119页。

来,爱伦·坡的短篇小说《黑猫》集中表现的是作家本人在潜意识中对于自己母亲的爱和恨,甚至猫的胸部的一片白色斑块,也成了作家母亲奶水的象征。

文学的传记批评在 20 世纪曾呈现一派兴盛景象。在俄国,传记批评曾广泛地被运用于对果戈理、屠格涅夫、契诃夫、陀思妥耶夫斯基、托尔斯泰的作品分析。如俄国著名心理批评家库里科夫斯基(Кулчковскии, 1853—1920)就曾断定托尔斯泰的主要作品,包括《战争与和平》《安娜·卡列尼娜》在内,都与托尔斯泰本人的心路历程息息相关,或者就是他的"回忆录"和"家庭纪事";或者是"以其个人丰富的内心世界为材料基础而创造的形象"。①

在中国,以胡适、俞平伯为代表的《红楼梦》研究,把这部文学巨著看作作者曹雪芹的"自诉状",加以细致入微的考订、求证,可谓中国式的"传记批评"的典范。郭沫若在对中国古典诗歌《胡笳十八拍》、古典戏曲《西厢记》进行分析评论时,更是精心运用弗洛伊德精神分析理论,把它们分别看作是蔡文姬特殊身世、王实甫变态心理的象征性表现。②

新时期里,对一些著名的现当代作家进行深层心理分析,从而揭示其作品中隐秘的内涵,几乎酿成一股批评的风潮。一些生活经历坎坷曲折的当代作家,如王蒙、张贤亮、史铁生都成了心理批评热衷的对象。其中,做得较好的是文学评论家蓝棣之,他在其《现代文学经典:症候式分析》一书中,对鲁迅、茅盾、沈从文、曹禺、巴金、老舍等现代作家作品中的"显/隐二元对立结构"进行了分析与解构,精彩地"描绘出中国现代心灵的图像"。

由于传记批评总是把作家看作时代的人、社会生活中的人,因此,传记批评差不多总是会涉及对一个时代、一个社会的精神状态的批评。对作家的心理批评也就很自然地扩展到对时代的心理批评与对社会的心理批评。如在 20世纪 20 年代曾经在中国文坛产生重大影响的厨川白村的《苦闷的象征》、80

---

① 程正民著:《俄国作家创作心理研究》,百花文艺出版社 1990 年版,第 202 页。
② 郭沫若:《文艺论集》,光华书局 1936 年版,第 303 页。

年代赫伯特·马尔库塞(Herbert Marcuse, 1898—1979)的《爱欲与文明》一书,无不如此。

20世纪中期以后,随着结构主义批评思潮与接受美学批评思潮的兴起,从文学批评的总体状况看,文本的地位、读者的地位被一再抬升,作家自传性的叙述与作品结构性的呈现、与读者创造性的接受被严格地划出界限,传记批评的重要地位开始跌落,并时常受到来自各个方面的责难。美国新批评派大师雷内·韦勒克(Rene Wellek, 1903—1995)就认为传记对文学批评来说并不具备特殊的价值,"任何传记上的材料都不可能改变和影响文学批评中对作品的评价"。但尽管如此,韦勒克还是承认了传记批评的某些功能:"作家的传记与作品之间,仍然存在不少平行的,隐约相似的,曲折反映的关系。诗人的作品可以是一种面具,一种戏剧化的传统表现,而且,这往往是诗人本身的经验、本身生活的传统的戏剧化表现。从这些界说的意义来说,传记式的文学研究法是有用的。"①

原型批评

原型批评是20世纪中期兴盛于西方的一个文学批评流派。这个批评流派的孕育,最初曾经吸收了詹姆斯·弗雷泽(James Frazer, 1854—1941)文化人类学的学术营养,其成熟期又接受了恩斯特·卡西尔(Enst Cssirer, 1874—1945)符号形式理论的影响,但其理论的核心,应当说还是荣格分析心理学中的"原型说",以及荣格关于文学作品心理模式的界定。作为一个批评流派,原型批评内部的组成是复杂的,有人倾向于原型的文化内涵,致力揭示文学与古代神话的关系;有人倾向于原型的图式化表现,致力于归纳文学中通行的、稳定的结构类型;也有人坚持运用荣格关于原始意象、集体无意识的理论解释文学创作的动机动力,文学形象的心理发生,文学沟通的可能性与有效性。加拿大文学理论家诺思洛普·弗莱(Northrop Frye, 1912—1991)被公认为原型批

① [美]勒内·韦勒克等:《文学原理》,三联书店1984年版,第73—74页。

评的集大成者,他的批评实践更多地表现在对西方文学中循环运作的叙述规律的发掘,以及对叙事文学作品中不同的展现模式的厘定,在某种程度上已经逾越了心理批评的范围。

以荣格为首的原初意义上的原型批评,有时则被人们称作"原型心理学派批评"。从事这一批评实践的还有英国的女批评家 M. 鲍特金(Maud Bodkin,1875—1967)、法国批评家加斯东·巴士拉尔(Gaston Bachelard,1994—1962),以及德国批评家 E. 纽曼等人。

荣格对于具体的文学作品的品评,始终是以作品是否自发地呈现了人类的集体无意识即原型、原始意象为最高尺度的。在他看来,这样的作品其素材并非来自外部世界的日常经验,而是来自人类深邃幽暗的无意识深渊对作家心灵的暗示和启迪,来自作家于朦胧中体悟到的原始经验、原始梦幻。而表现这种精神内涵的最适宜的艺术形式则是神话、隐喻、象征。唯有这些表现了人类原初生命活力、生命意志、生存智慧的文学作品才是伟大的、不朽的、永恒的。在荣格看来,希腊神话、荷马史诗、但丁的《神曲》、歌德的《浮士德》、弥尔顿的《失乐园》、尼采的《查拉图斯特拉如是说》、瓦格纳的《尼伯龙根的戒指》以及美国小说家麦尔维尔的《白鲸》、英国诗人威廉·布莱克的某些诗歌,都属于这类文学作品。荣格在评论《浮士德》第 2 部时说:

> 这里为艺术表现提供素材的经验已不再为人们所熟悉。这是来自人类心灵深处的某种陌生的东西,它仿佛来自人类史前时代的深渊,又仿佛来自光明与黑暗对照的超人世界。这是一种超越了人类理解力的原始经验……它从永恒的深渊中崛起,显得陌生、阴冷、多面、超凡、怪异。它是永恒的混沌中一个奇异的样本……这究竟是另一世界的幻觉,是黑暗灵魂的梦魇,还是人类精神发端的影像?所有这些我们既不能肯定也不能否定。[①]

---

① 冯川编译:《荣格文集》,改革出版社 1997 年版,第 234 页。

女批评家 M. 鲍特金对原型心理学批评做出的贡献,是从具体的文学作品中寻找并归纳出不同的"原型"。她发现,某些主题、情绪、意象、人物类型、叙事结构可以在不同的文学作品中反复出现,虽然它们可以不时地藏头露尾、乔装打扮,但在其心理内核与精神气质中,却总是渊源于某些原始的意象、原始的情绪、原始的图式。如英雄、智者、母亲、女妖、魔鬼、神仙等。又如,但丁的《神曲》和弥尔顿的《失乐园》都属于"天堂—地狱"的图式,柯勒律治的《古舟子咏》与艾略特的《荒原》同属于"死而复生"的原型等。法国批评家巴士拉尔则着重探讨诗人的想象力如何对自然中的一些基本物质(水、火、土地、大气等)加以幻化、变形,从而创造出某些奇特的艺术形象。诗人的工作原理类似梦呓,诗歌的本性是神话,而这神话又总是扎根在人类原始的集体无意识之中的。

由此看来,荣格的心理学派原型批评,实质上是一种发生学的文学批评,是一种将根须深扎在人类生命进化史中的文学批评,也是一种有机的、生长着的文学批评。弗莱虽然将原型批评体系化、学理化了,但同时也将其类型化、模式化了,在一定程度上失去了原型批评初创时的生命活力。

原型批评对于我国文学界的影响,最初表现在由闻一多、郑振铎开创的对于远古神话、诗经、楚辞的研究论述中。20世纪80年代以来,台湾学者李亦园、大陆学者叶舒宪等人努力倡导的"文学人类学",将原型批评进一步在文化领域展开,并在古代文学研究领域取得了引人注目的成果。但在现当代文学领域,原型批评却至今未能充分显示它的功效。

结构主义精神分析批评

"结构主义精神分析批评",是建立在拉康的精神分析理论基础上的批评方法,在批评的对象上,这一批评与传记批评、原型批评不同,它关注的不是作为心理活动主体的人,而是"文本"本身。而对于文本来说,它关注的也不是文本蕴涵的心理活动的内容,而是文本整体拥有的心理性的结构与形式。

在拉康看来,一部文学作品的文本,并不就是作家自我(现实存在)的对应物,而是欲望(潜意识)的语言性结构。批评家就是这一结构的阐释者。由于文字(能指)对于潜意识(所指)的表达总是象征的、隐喻的,总是在真实之物上游移滑动,因而批评将因人而异,永远无法抓住作品的真实含义,批评家唯一能够做与应该做的,是创造性地阐释文本中欲望表达的结构功能。

拉康自己的批评实践是"个案研究"性的,著名的例子是他对美国作家爱伦·坡的小说《窃信案》的阐释。小说中故事的梗概并不复杂:王后为了不让国王发现一封控告信,故意把它展开放在的显眼的地方,国王果然视而不见。但一位心怀叵测的大臣利用国王的在场当着王后的面偷走了这封信,并放上另一封信。事后,王后命令一位警官去追回那封信,警官搜查了大臣的所有房间却一无所获。警官只好求助于一位名叫"迪潘"的著名私人侦探,迪潘一下子就找回了那封失窃的信——那信就明显地插在大臣书房的信袋里。为什么会这样呢,因为迪潘推断,那大臣也会把王后的故伎重演。拉康评论这篇小说后得出的结论却是对于他自己的批评理论的验证:国王代表现实中的自我意识,他自己觉得什么都知道,其实并不知道;王后代表了潜在的、隐秘的欲望,满以为别人不会知道,却仍然被发觉、被置换了;大臣是阐释者或批评家,他看到了本来隐蔽的东西,暂时拥有了它,却又很快失去了它。以上是故事的第一个回合,第二个回合几乎是第一个回合的重复或轮回。只不过在文本的结构上警察取代了国王的位置、大臣取代了王后的位置、迪潘取代了大臣的位置。而那封信件在拉康的批评视野中则成了"能指"的象征,成了阐释河流上的一个随波逐流的漂浮物。批评的结果,爱伦·坡的小说《窃信案》反倒成了一篇关于"结构主义精神分析批评流派"的寓言,这大约是小说家爱伦·坡本人无论如何也想象不到的,也是一般读者很难想象到的。但这恰恰又印证了拉康坚持的一个批评原则:文本的心理结构将随着文学接受者的不同,在能指符号的传输中被赋予不同的象征、隐喻功能。

拉康的结构主义精神分析理论试图运用现代语言学对弗洛伊德的潜意识

领域进行逻辑周延的探究,无疑是有意义的。但他的著述异常艰涩难懂,即使在欧美学术界,也素有"天书"之讽,这一方面造成对其学说的歧义理解,更局限了其学说在文学批评领域的广泛运用。在中国,自 20 世纪 80 年代以来,曾有不少学者对拉康的理论进行过或深或浅的研究,取得了一定的成果,但将结构精神分析批评熟练地运用到文学批评的实践中,至今尚且鲜见。

以心换心的批评家

心理批评已经走过了漫长的历史年代,如今,尽管众多的批评流派、批评方法异彩纷呈、争奇斗艳,我们认为心理批评将依然守护着自己的一席之地。随着时代的演替,心理批评不时遇到强劲的挑战,它也仍在不断地矫正、调整、充实、建构着自身。在新的历史条件下,这一古老的批评样式仍将葆有生命的活力。

心理批评的前途与心理学的当代境遇密切相关。

心理学作为一门独立的现代学科,它发展的黄金时代在 19 世纪末到 20 世纪 80 年代将近一百年的时间里。到了 20 世纪末,心理学作为一门基础的、独立的学科反而黯然失色了。对此,美国心理学史学家利黑曾经评述说:心理学曾与其他一些学科交叉,促使许多新的学科诞生,如教育心理学、社会心理学、政治心理学、战争心理学、宗教心理学、创造心理学、司法心理学、文化心理学、运动心理学、广告心理学、推销心理学以及文艺心理学等等。心理学成了建设诸多新学科的"脚手架",新学科确立了,脚手架却消失了。这一解释不能说没有一点道理,但这种交叉其实也是可以促进心理学学科发展的。根本原因也许还是因为现代心理学学科没有找到自己统一的学科定位,在某些根本性的出发点上,还存在着尖锐的矛盾和对立。

比如,在心理学研究途径上的分歧与争论,至今仍未能够统一起来。心理学研究是否一定要遵循"科学"的轨道,对立的情势几乎不可调和。当代英国心理学家保罗·凯林(Paul Kline)特意著书宣称:科学的、实验的心理学由于自身的狭隘性,已经远离与人性密切相关的情感问题、精神问题,对于"科学"的迷恋败坏了心理学的声誉,它们那些貌似精确严谨的理论已经成了"皇帝的新衣"。与此同时,美国国会的科学委员会却在大幅度地削减心理学研究的经费、关闭一些心理学研究机构,理由是心理学长期以来的研究结果缺乏应有的"科学性",因此不得不将其"逐出科学的圣殿"。究竟是占据"科学的圣殿",还是丢弃"皇帝的新衣",心理学的前途依然坎坷崎岖。

20 世纪以来,文学批评的局面与此颇为相似。

近百年来,从社会历史批评、心理批评、形式批评、文本批评、结构主义批评、解构主义批评、女权主义批评、后殖民批评、文化批评、生态批评等等,如长江流水波涛汹涌,"批评"几乎淹没了"文学"。文学批评面临着失去"文学性"的危险。细审之便不难发现,在这众多的批评流派中,选择的路径并不相同。一派倾向于对文学作出"科学"的解析,一派总是在营造文学的"神秘"。

在此局势下,文学的心理批评应当做的,一是在众多新的批评思潮中如何保持自己相应独立的批评对象、批评视野、批评方法,同时又积极主动地与其他批评流派交流沟通,开拓自己的批评领域。二是协调"科学精神"与"人文精神"的关系,在一个宏大的文学批评谱系中,发挥自己的优长,显示自己的特色。

20 世纪 60 年代以来,伴随着对于工业时代、现代性的反思,人类社会已进入又一个划时代的"转型期",一些全球性的、全人类的大问题扑面而来,如全球化、后现代、信息社会、生物工程、生态危机、恐怖主义等。这场变革也必然带来人性、人心、人的情感领域、精神领域的震动与变化。我们应当意识到,这有可能为心理学、文学的心理批评提供一个新的生长点,提供一个新的发展机会。

要努力促使心理批评拥有一个光明的前景,作为一个批评家,首先要有以下两点心理准备：

一是站在时代的高度，面对当今人类社会的现实问题，对以往的心理学、心理批评进行重新审视、改造。比如，为弗洛伊德本人及众多文学家、文学批评家视为核心问题的"性压抑"，在当代社会中已经不再是一个严重的问题，现代人的精神病症也必将由此发生重大变化。美国著名心理学家埃里希·弗罗姆（Frich Fromm，1900—1980）就曾希望借助马克思主义的社会学原理改造弗洛伊德的精神分析学，他说："只要精神分析学克服实证主义的顺从主义，在激进的人道主义精神指引下，再次成为具有挑战性的批判理论，精神分析学的复兴是很有可能的。修正了的精神分析学将更深入地沉入无意识的深层世界，它将是对一切使人扭曲、使人畸形的社会的批判，它将关注于能够促进社会适应人的需要、而不是人去适应社会的进程。具体地说，它将审查构成当代社会的病态的心理现象：异化、焦虑、孤独、深沉的恐惧感、缺乏活力……明确地说，精神分析学将研究在今天和未来电子计算机化的技术社会中产生的慢性的、轻度的精神分裂症，研究这种常规病理学。"[1]弗罗姆的这些话，涉及现代人的"精神生态"，这对于当代文学的心理批评显然是极有参考价值的。

二是与其他的批评模式不同，心理批评要求批评家在它的批评实践中一定要有更多的自己心灵的投入，其中包括感觉的投入、情绪的投入、直觉和颖悟的投入。用中国人的俗话说叫"将心比心""以心换心"。一如保罗·凯林针对心理学家指出的："在心理学中有一种能保持其发展的因素，这就是心理学家自身的本性。""心理学家必须是那些能意识到自身情感的人，面对情感毫不畏惧，并且能够给予情感在理解人类精神上以应有的地位。"[2]同时他还强调，心理学家要向文学艺术家们学习，不必惧怕"心灵"这个字眼。

鉴此，在心理批评的旗帜上，我们更不必惧怕书写上"心灵"两个大字。

---

① ［美］埃里希·弗罗姆：《精神分析的危机》，国际文化出版公司1988年版，第33页。
② ［英］保罗·凯林：《心理学大曝光》，中国人民大学出版社1992年版，第158—159页。

第十八章　文艺心理学学科重建

银河系的超复杂系统

这是一种很令人遗憾的情形：在人类生命史上越是出现最早的精神现象，越是难以构成一门规范的、统一的、完善的学科类型。宗教是这样，艺术是这样，哲学也是这样。现代社会中的宗教派别不知比原始时代增加了多少倍；艺术的概念在现代人的辞典中干脆成了一个无限开放的系统；至于哲学，有人说即使撤去了阶级和政治的帷幕，世界上的哲学家们仍然不会停息他们之间尖锐的对立和纷争。心理学的根须可以说是和人类的精神历史一样古老，正如前边我们在第4章中曾经论述过的，心理学研究中从来也没有出现过一位牛顿，心理学的"大一统"已经成了一个幻灭了的泡影。

这是为什么呢？大约是因为这一从人类初始生命状态中孕育起来的学科，由混沌之中呈现，面对的也是整个"混沌"，是全部人的存在、人的行为、人的精神，是整个人的世界。这是一个极端复杂的世界。

关于人的大脑的生理活动机制，现代的统计学家们有一个估算：人的中枢神经系统中的神经细胞为 10^{10} 数量级，如果把人的心理活动比作一盘下着的象棋或一桌打着的扑克，那么这盘象棋的棋子不是 32 枚而是 10^{10} 枚，这副扑克的纸牌不是 54 张而是 10^{10} 张。一盘象棋能够变出的格局是 32^{32} 种，一副扑克能够变出的花样是 54^{54}，而一个人的大脑中变幻不定的心理状态却可以有"10^{10} 的 10^{10}"种，这是一个天文级的数字。人们说这是人类所居住的银河系中迄今发现的最复杂的系统。这种复杂性几乎是不能掌握的。[①]

然而这还只是个性心理学方面的复杂性。如果考虑到地球上还有几十亿不同肤色、不同民族、不同阶级、不同个性的人，那么以此为对象的社会文化心理学的复杂性还要更为严重些。如果考虑到人类的心理活动生生不息的创造演化过程，银河系中的这一系统就已经更具备了"超级复杂性"。

在关于人的学问中，心理学是一个复杂系统，文艺学是一个复杂系统，文艺心理学是两个复杂系统的乘积。有哪种理论范式能够包容这一超级复杂的系统呢！

当我们开始提起文艺心理学这门古老而又年轻的学科时，我们不能不正视我们面对的研究对象。我们的研究途径、研究策略、研究方法都必须与特定的研究对象相适应。然而就在这个最基本的出发点上，一代代的研究者常常困惑终生。甚至直到今天，人们也还处于左右摇摆、举棋不定的困窘之中。

比较起文艺现象来，心理现象似乎更有资格优先成为科学研究的对象。但非常遗憾，心理学绵延发展了两千多年，至今仍然无法成为一门"严密的、精确的、客观的、规范的"科学，现在仍然被一些好心的人称为"潜科学""准科学"，被一些不那么好心的人斥为"伪科学"。

康德曾经告知人们："心理学永远不能成为一门科学"。同样也是德国圣

---

① 30 年过去，如今量子计算机的研制已经取得工程样机上的突破，人类越来越接近获得超巨量的计算能力，那么凭借技术的力量人类可以完全掌控自己的心理活动吗？由于人脑的心理活动是一个动态的流动变化过程，运算的流程只能追随其后。康德所说心理学永远不能成为一门科学，怕不能轻易推翻。

哲的费希纳,曾一度投身到心理现象的科学表达上,但他同时也就陷进了无边无际的矛盾与困苦之中:作为哲学家和美学家,他能够体验到人性中的"诗情和神秘",他理解人类精神文化积淀中的繁复;作为物理学家、生理学家,他又向往用精密的科学、定量的分析、真实的知识来说清楚人的精神和心灵。为此他曾长年周旋于数学的运算与玄奥的思辨、清晰的理论与模糊的经验之间,思绪往复而不得其解,最后竟导致了自己精神上的崩溃。他病了十二年,还是他夫人的温情使他渡过难关并恢复了健康。但费希纳的心血毕竟没有全废,他发明了一个表述刺激反应的数学公式:$S = K.\log R$,其中 S 代表感觉量,K 是常数,R 代表刺激量。这个公式尽管附加了一些先设条件,比如,他几乎是毫无根据地假设"感觉是可以测定的""感觉有一个零点",但他总算在物理世界与心灵世界之间找到了一种数学表达关系,并为后来产生的"构造主义心理学"铺设下一块基石。不幸这仍是一种机械论的表述方式,"构造主义心理学"凭借这块基石产生,最终又跌倒在这块石头上。正如美国著名心理学史家杜安·舒尔茨指出的:费希纳在心理学中的贡献差不多可以与伽利略发现杠杆定律相媲美。但是,他未能建立一种"基于精密科学的心理学,他的研究成果经不起后人的批评"。[①] 至于在美学家克罗齐那里,费希纳受到了更为辛辣的嘲讽。克罗齐说,费希纳不辞劳苦、自得其乐地开列出的那些公式、表格,对于过去的他和现在的他的追随者来说,"只是一种娱乐,并不比一个人玩牌或集邮更为重要"。然而,这些"心理科学家"们并不为美学家们的讽刺挖苦所动摇,费希纳的顽强精神,后来在行为主义心理学派中又得到继承和发扬。第一流的行为主义心理学家赫尔,矢志用科学的方法研究心理学,认定行为的规律必须用精确的数学语言来表示。始终称"没有一个心理学家像赫尔那样精通数学和形式逻辑"。结果又如何呢?心理学史家伏尔曼评述道:"在某种意义上说,赫尔成了嗜好数学的牺牲者……只要一有机会,他就把自己的陈述数

---

① [美] 杜安·舒尔茨:《现代心理学史》,人民教育出版社 1981 年版,第 54 页。

学化,有时竟把问题弄到荒唐怪诞的程度",数学化迫使他不得不"把行动着的有机体看成一个完全自我维持的机器人"。

不过,人也确实具有生物性、动物性、甚至物理性的一些方面。当某些心理学家把人当作动物和机器进行分析考查时,他们都是取得了无可低估的成绩的。但是他们这种"科学的研究"和"精密的实验"对于"社会的、历史的、时代的、民族的人",对于"精神的、意识的、心灵的、情感的人"来说,其贡献却是微乎其微的。人类一些极为重要的经验,比如"爱""恨""恐惧""憧憬""自卑""孤独""幽默""焦虑""同情""爱国心""责任感"等,都不是严格的实验操作和精确的数量化所能表述的。对于人的这些方面的研究,其他心理学派中的一些学者,如精神分析学派中的弗洛伊德、荣格、阿德勒,人本主义心理学派中的马斯洛、弗洛姆,以及苏联社会文化历史学派中的维戈茨基、列昂捷夫,反倒提供了许多有益的启示。然而这些学派所使用的某些研究方法,如"内省法""释梦法""自由联想法""个案研究法""自我观察法"等,则又常常不无道理地被人批评为"概念模糊""不科学"乃至"非理性"。心理学中显然存在着双峰对峙的两大派别:一派使心理学研究向物理学、化学、数学的方向倾斜,一派使心理学研究向哲学、社会学、人类学、历史学的方向摆动。

在人的世界这个超级复杂的大系统中,人文科学与自然科学的发展是极不相称的。比起人对于外部世界的了解和控制,人对于人自身的认识和把握要困难得多、也落后得多。比如,人的心脏在人自己的胸腔内搏动了几百万年,但直到前年才发现它还具有内分泌功能。比如,一个宇航员可以操纵复杂的仪器行走于太空之中,但他无法操纵自己的大脑晚上做一个预先设计的梦。所谓"造梦空间"还只是科幻电影中的情节。还有,人们可以准确地预告哪天日蚀月蚀,哪天在哪个方位出现彗星,但哪位作家在哪个时候将写出一部成功的作品,别人却无法测定,作家自己也无法测定。鉴于心理学的状况,我们总感到文艺学科学化、数学化的前景不会令人乐观。

一般说,人的自身存在着三种运动。一是物理性的机械运动,如行走、奔跑、拖拉、蹦跳、攀登、游泳；二是生理性的生命运动，如肺部呼吸、血液循环、新陈代谢、发育遗传；三是心理性的精神运动，如直觉、感悟、思维、想象、情感、情绪。三种运动的方式和性质都是不相同的。第一种运动方式，运用牛顿的物理学大约就可以做出相应的解释。现代物理学和生物化学已经进入对第二种运动方式的探索，并且在较低水平上已取得了一些可喜的成果，但距离圆满地说明生命的有机整体性还有一段遥远的道路。正如著名量子物理学家尼尔斯·玻尔说过的："生理过程无疑是物理、化学方法的产物；但是即使把这类过程完全了解清楚，对活机体的解释也不会比把它看成一架钟表那样的纯粹的机械装置更令人满意些。"生物学家雅克·莫诺说，柏格森的所谓"生命哲学"对于生物生命史来说，只不过是一首诗。生命的本质＝物理的＋化学的＋X，这个关键的 X 我们还弄不清，它也可能属于主观性的领域。至于第三种运动方式，自然科学方面所能做出的解释就更微不足道了。人脑仅有一千多克重，却能容纳上百亿个神经细胞和上千亿个较小的细胞，对于这样一个极为庞大而复杂的神经网络所发生的功能，科学还无从下手加以阐明。一个理论研究者清醒地意识到科学在现阶段的进程是必要的。将来终有一天科学或许能制造出在机制方面与人类大脑相当的机器来，但这样也并不能全部说明人类精神活动的本质。正如恩格斯在《自然辩证法》一书中指出的："终有一天我们可以用实验的方法把思维'归结'为脑子中的分子的和化学的运动；但是难道这样一来就把思维的本质包括无遗了吗？"印度米德纳邦森林中发现的那个8岁的"狼孩"，她虽然具有无可置疑的人脑，却很少具有人的行为和人的心理。因为人的心理活动、精神活动并不全是由大脑的生理机制决定的，它还是个人在一定社会文化历史环境中活动的结果。一位作家写出了优美绝伦的作品，另一位作家写出了糟糕透顶的作品，恐怕主要不是因为他们在大脑生理构造上的差异。文艺现象总是一种社会文化历史中的现象，文艺学总是一门社会性的学科。自然科学方面的重大成就无疑会给人类的物质生活、精神生活带来巨大的影响，但是用自然科学方面的具体方法来解释文艺现象，总是有很大局限性的。自然科学家曾就此向社会科学家们提出过忠告。诺伯特·维纳说:"数学公式的应用一直与自然科学的发展伴随在一起,现在也成了社会科学的风尚"。

这就像一些发展较为落后民族采用西方的、非民族化的服装和议会制度,因为他们模糊地觉得,这些衣着和仪式会使他们魔术般地立即跻身于现代文化和现代工艺之列。维纳这里挖苦的是社会经济学,在他看来,收集可靠的物理数据是困难的,而收集一个时期的社会经济方面的数据更困难。"对于这些基本上是模糊的量,如果给以任何意味着准确数值的内容,那是既无用处,也是不老实的;而任何想把精确的公式应用于这些不准确定义的量的企图,都只是胡闹和时间的浪费。"话说得刻薄了些,却还是有道理的。显然,要从文艺学的角度收集一个人、一个民族、一个社会时期里知觉方面、情绪方面、想象方面的可靠数据,比起经济学领域来是还要困难的。一百年前,心理学家赫尔曼·艾宾浩斯(Hermann Ebbinghaus, 1850—1909)在他的《论记忆》一书中豪迈地说,"我们要将一个极古旧的学科造成一个极崭新的科学";而到了十年前,心理学家科赫在一次国际会议上却又郑重提议以"心理学研究"的名称来代替"心理科学"。康德的最初的论断十分不幸地仍然在发生着效力。

测不准原理

人类的精神世界,尤其是人类的艺术心理世界可能是永远测不准的。

现代的量子物理学就是把它的根基建立在"测不准原理"之上的。在量子物理学家们看来,物质的存在其实是一种朦朦胧胧的东西,一种几率性的存在。这曾经引起了现代科学泰斗爱因斯坦的震怒,爱因斯坦恨恨地说:要知道,上帝并不掷骰子。年轻的量子物理学家们解释说,何止是掷骰子? 掷骰子仍然不过是一种"确定论",因为骰子上的点数是固有的,点数的呈现按道理说是由投掷时的方位与力度决定的,这虽然也是一种几率,这种几率却是有限的,严格说来是可以测定的。量子世界中的情形与此不同,它的几率性是绝对的,它的"测不准"也是绝对的,起码从人的角度来说任何希望测得准的努力都将以失败告终。

量子物理学家玻尔认为,在一切科学研究中,作为研究对象的客体与研究者本人,包括研究者使用的观察工具及测量仪器,都是"相互作用"着的。实际的研究对象,并不纯粹是客体属性,而是客体与研究者之间的"相互关系"。在一般的科学研究中,这种"相互作用、相互关系"总是极其微弱的,完全可以忽略不计。但在量子物理学中情形就大不一样,研究过程中一丝微弱的光线就足以改变作为观察对象的基本粒子的位置和速度。这些基本粒子自存的物理属性是无法准确测定的,所能够测到的,只是观察对象与观察手段间的相互作用。海森伯把这种情形归结为"测不准原理"。他解释说,对基本粒子的观察离不开光线,而光线射到粒子上并不像射到墙壁上,光子会把粒子推动,我们观察到的只是光子和粒子相碰时的情形,而粒子固有的状况是观察不到的。这就像暗室中有一个在轨道上滚动的球,不开灯我们看不见,一开灯同时也就推开了球,开灯前灯在哪里?你不能够测见。"对于任何系统的状态的观照,都必须考虑到对这个系统的扰动",这就是量子物理学家们得出的结论。1972年在法国诞生的"突变理论"对于"测不准原理"进行了新的补充。突变理论学者桑博德(P. T. Saunders)说传统科学努力追求实验的可重复性,其实,完全精确地复制出一个实验是决不可能的,某种剂量可能改变了 0.0001%,温度可能增加了 0.0002 摄氏度,实验室与月球的距离可能也发生了变化,所谓结果,只不过是在近似相同条件下重复实验得到的近似相同的结果。在突变理论中这被称为"不完备定律"。

这种物理学上的"测不准"和"不完备"对于文学艺术心理学的研究究竟有什么意义呢?

文学艺术心理现象的观察研究,既不是普通物理学的观察研究,也不是量子物理学的观察研究,而是另一种性质的观察研究。但从主体与对象之间的相互作用来看,它的"测不准"还要更甚一些。文艺研究归根结底总是要在研究者对于文艺现象感受、体验的基础上进行的。文艺研究者的"工具和仪器"其实就是他自己的"感觉器官",是他自己的"艺术感受力"和"艺术鉴赏力"。他在对艺术作品和艺术现象感知、体验、鉴赏的同时,也就不可避免地使对象渗透进自己的主观经验、印上自己的心灵色彩。他实际考查的已不是什么纯客观的对象,而是他与对象之间发生的那种关系的网络。文艺学家在作为"客观冷静的观察者"之前,已经首先充当了一个"主观热烈的介入者"。其实,早在 1890 年,机能主义心理学的理论先驱威廉·詹姆斯就已生动地阐述过这种心理学意味的"测不准原理",他说,对于流动着的意识来说,你"捕捉到了它,则它立即就不再是它本身""正如一片抓在温暖的手里的雪花晶体已经不再是雪花晶体而是一滴水珠一样",人的体温融进了雪花,使雪花发生了变化;正如"点燃着灯火去观察黑暗,黑暗已经不再是原来的黑暗",灯光融进了黑暗,使黑暗发生了改变。一个文学艺术研究者总是要用自己的体温去消融作家的作品,总是要用自己的心灵之光去烛照作家的作品的。因而任何一部文学艺术作品在研究者的体温与目光之中都必将发生倾斜于研究者主观方面的变化。

由此看来,文艺学家似乎更有必要记住量子物理学家尼尔斯·玻尔的告诫:"在生存大戏剧中,我们自己既是演员又是观众。"用中国古代圣哲庄子的思想来表达,则可以说在文艺研究中,我们常常既是"庄生"又是"蝴蝶",这是一种主客体之间没有严格的清晰的区别的境界。如果说自然科学家对于原子内部的观察是一种"物理性质"的介入,一种"空间"上的,"速度"上的介入,一种"实验工具"的介入的话,文艺学家对于文艺内部的观察则是一种"心理性质"的介入,一种"自我身心"的介入,一种带有社会历史色彩、民族文化色彩、个性特异色彩的介入。而且,由于两种研究的目的不同,研究者对于这种"主体介入"的态度也不同。物理学家是无可奈何的,并且仍在寻求某种排除这种干扰的方法，以推算出一种较为客观的描述；而在文艺学中，文艺学家主观精神的介入却恰恰成了与文艺特征相适应的合理存在。

与文学更贴近的是现代解释学与接受美学对于这种"测不准"的心理现象的论证。"解释学"是由德国哲学家弗里德利希·施来马赫（F. E. Schleiermacher，1768—1834）首先揭橥，而后由另一位德国哲学家、生命哲学的开拓者威尔海姆·狄尔泰（Wilhelm Dilthey，1833—1911）集其大成的。这是解释学的古典阶段。古典解释学已经认识到，一段文字、一篇文献的意义常常是隐含在业已消退暗淡的历史之中的，要想彻底弄清文献的确切意义，就必须弄清文献产生时的历史情境和作者写作时的个性和心境，要做到这一点，解释者就必须排除自己经验范围内的主观成分，具备和文献写作者同质同构的心灵模式。解释成了天才与天才之间心灵上的相互印证。狄尔泰发现，在实际的解释过程中，这是很难做到的。这不仅是因为"天才"的解释者难得，还因为这种意义上的解释注定要陷入一种纠缠不清的自相矛盾之中：一部作品的整体意义总是要通过别的词句来理解，而个别词句的充分理解又总是以先具的整体理解为前提的。于是，解释便陷入一个"哥德尔式"周而复始的"怪圈"之中。面对这种"解释的循环"，狄尔泰不得不做出这样的结论："一切理解永远只是相对的，永远不可能是完美无缺的"，这一结论是精辟的。然而，狄尔泰面对他自己得出的这一正确结论，却大为遗憾、大为不满，他幻想着终会找到一种准确无误、绝对完满的解释，以便使人文科学像自然科学一样，能够跨越时间、消除"误解"，达成解释者与被解释者的完全弥合。他的努力几乎是徒劳的，结果只不过暴露出他对当时居统治地位的实证主义哲学的迷恋。这是时代的局限，这也是古典解释学自身的局限。看来即使是天才，也不可能完全脱离他所处的时代。古典解释学的这种历史性局限，看来也是往昔我们对文学作品进行评论研究时所受到的局限。

20世纪以来，古典解释学在德国著名哲学家海德格尔和伽答默尔的改造中进入了它的现代阶段。在现代解释学中。海德格尔提出了接受的"预结构"

这一重要概念。在他看来,在我们理解任何事物之前,头脑中不可能是一片空白,也不是被动地去接受这种理解,理解是以流动的意识积极地参与。因此,在理解之前,我们就具备了先有、先见、先把握的一种理解的预结构。这种预结构包括了人们在进入理解活动之前已具备的文化习俗、思想观念和概念系统以及对理解对象的"预先已有的假定"①。海德格尔认为,这种理解的"预结构量"总是后续的一切理解活动的基础,它在具体的解释过程中可能会发生改变,但却不会消失。

海德格尔所说的"预结构",与冯特的"统觉"说法、与现代心理学中讲的"前摄因素""定势效应"颇为接近。20世纪40年代以来,对于"前摄因素""定势效应"这些主体自变量因素的研究一直处于知觉心理研究的前沿,正是由于这种"心理定势"的存在,主体的感知活动才成了一种主动的、参与性的心理过程。

海德格尔认为,正是由于这种"预结构"的存在,解释过程不再被认为好像是打开一座长年封闭的陈列馆:"解释",被看作是解释者与被解释者互为前提的"对话"。在这一流动的、链条式的对话中,所谓"解释的循环",不再是一条噬咬着自己的尾巴的怪蛇,而是一个往复递进、周旋上升的螺旋。解释者不但不应避开这种循环,而且应该主动地投入这一解释的循环。在这一循环中,人的解释活动已不再仅是对于既有事物的被动的求知认同,而且体现为人对于历史的积极参与和人对历史主动的筹划与构建。古典解释学追求一种理想化了的正确标准,希望能排除解释者的解释环境,相信通过改换了的心灵能达到解释的终极目的。现代解释学义无反顾地推翻了这一论断,认为艺术是造成真理的,真理存在于对艺术的参与性体验之中。古典解释学认为是时间造成了解释者与解释对象之间的误差,而这种误差是获得正确解释的障碍。而在现代解释学看来,这种误差不再是被取缔消除的赘疣,而成了使对象产生无限

---

① 李步楼等编著:《当代现代西方哲学思潮》,华夏出版社,1986年版,第394—395页。

意义的源泉,时间也不再是解释过程中的消极因素,而成了促使解释对象产生历史意义的必要条件。在新的一代人手中,解释不再是一种方法技巧或行为手段,解释活动成了人的生命存在和事物的历史存在的方式。由此,现代解释学对于古典解释学来说,完成了一种由认识论向本体论的嬗变。在这一嬗变中,作为现实生活中实践着的主体——人的地位升高了一级。

从以上讲到的看,人在对外部世界的认知把握过程中,诸如"测不准""不完善"之类的缺憾,在现代解释学中都获取了显赫的身价。当然,这里讲的还仅仅是一般意义上的解释学,细究起来,文学作品的解释毕竟又和一般文献的解释者有很大的不同。文学作品的解释面对的是一种个人主观心理的构成物,因而在解释过程中就为解释者的接受活动提供了更大的机动性乃至随意性(自由联想),接受美学的文学批评,在这个方面是发展了解释学的现代倾向的。

在接受美学的文学批评理论看来,文学作品的"文本"与一般著作的"文本"存在着质的不同。一般著作的文本常常是对于外部事物的介绍阐发,其内涵是不依赖于文本而客观存在着的实际事物;而文学作品的文本表现的是内在的主观世界,常常并不存在真实的固定的对应物。比如,在"水仙牌洗衣机说明书"写作之前,是确实存在着那样一个洗衣机的,在某项国家政策条文制定之前,相应存在着那样一些急待解决的实际问题。因而这些文本就要受到作为客体的事物、事件的较为直接的限制。而在小说《红楼梦》创作完成之前,人类生活中并不实际地存在着一个叫"林黛玉"的人和一个叫"大观园"的地方,它们都是小说家曹雪芹的精神创造物。作为文学作品的《红楼梦》,不过是这种精神创造物的言语表现形式。如此看来,作为"客观存在着的"文学作品《红楼梦》,只能是由以下两个方面构成的:一是用语言文字建构而成的一整套庞大的符号体系;二是作家曹雪芹在写作过程中曾经产生过的心理状态,其中包括他对他所处的那个时代的社会生活的感知和体验、思考和想象。前者是一种符号化的构成方式,后者是一种审美性的趣味和意蕴,此两者都只有在接受者的心理的屏幕上才能够显现出来。换句话说，文学只能够存在于它的被接受的过程中，正如陀螺的意义只能存在于它的旋转中一样。

接受美学的文学批评理论还认为，对于人的审美心理世界来说，任何"形式"的、"结构"的、"符号"的、"文"的东西，都只不过是一张稀疏的网，作家创造出来传之后世的文本，对于作家原本要表现的意蕴和体验来说，总是要留下许多"语义的模糊"和"语义的空白"，这倒是为接受性的阅读提供了客观意义上的前提。阅读和鉴赏在很大程度上表现为阅读者、鉴赏者对于这些"空白"与"模糊"之处的"填充"与"阐释"。创作时的心态与鉴赏时的心态的完全"弥合"，几乎是不可能的。所谓"误差"和"测不准"应该是一个普遍的现象。如果非要"如实地"复制出《红楼梦》中的客观内容，即复制出曹雪芹撰写《红楼梦》时的心理情境，就必须首先清理掉阅读鉴赏者的各不相同的"心理定势"或"预结构"，这就意味着清理掉阅读鉴赏者作为现实的个人的存在方式，清理掉他们各自的个性，那么，这样的"鉴赏"不是很可悲的吗？这样的文学不也是很可悲的吗？文学的意义、鉴赏的意义、批评的意义究竟在哪里呢？其实，已经流逝的意识就像已经流逝的时间一样，是无法再现的，即使对于一个人自己的意识来说，也是这样。

如果我们把阅读、欣赏、评论、研究作为广泛意义上的解释看待，那么对于文学作品来说，因接受主体的介入而随之带来的"测不准"和"不完善"，也就不应当再作为文学评论中的一种缺陷和遗憾。相反，"测不准"和"不完善"恰恰体现了评论主体的积极性介入和作品意义的历史性呈现。这大约也是构成优秀文学作品无限性的一个重要来源。

如果我们站在这样一个更新了的理论基地上回顾我们以前的文学艺术研究，我们会发现其中是存在着许多机械的、固定的、形而上学的糊涂观念的。

文艺研究是为了给文艺立法吗？文艺研究是为了给变幻纷纭的文艺现象找到一些统一的、恒定的、普遍的规则吗？与物理学、数学不同，文艺学中这样的法则似乎至今并未出现过（"文革"期间的"样板文艺学"除外）。关于创作方法的定义是如此，关于典型、典型化的旷日持久的讨论也证实了这一点。托尔斯泰的现实主义不同于屠格涅夫的现实主义，《创业史》中的典型人物与《黑骏马》中的典型人物也很少有相似之处。另外，诗歌有固定不变的法则吗？小说有规格一致的写法吗？基本概念的不确定，在任何一门严谨的科学中都是不容许的；而艺术活动，不管是艺术创作还是艺术欣赏，其生命恐怕正维系于这种特殊存在的不确定性之中。毕加索说艺术不是美的法则运用，而是在一切法则之外的；中国古代画论推"无法之法"为"上法"，都是这个道理。有人该说，这些话不就是艺术中"恒定"的法则吗？是的。这是一个不幸的悖论。

文艺研究是为了给文艺作品求取一个绝对的平均值吗？文艺研究是为了给某类作品找到一个理论意义上的固定框架吗？有一些结构主义者倒是曾经为此做出过努力。如美国社会学家丹尼尔·贝尔指出的：结构主义是一种以数学为模式的逻辑；像数学一样，结构主义的兴趣所在不是内容，而是关系，以及使关系数量增大的结合体模式。将这种方法运用到文艺研究中来，可能会给文本的处理带来语言分析和结构分析方面的精确性和可观察性，但它却不得不大大遗漏掉作品丰富的内容，尤其是风韵和意绪方面的内容。如果考虑到读者的接受史，结构主义的科学框架就更显示出了它的狭隘性。结构主义者希望给一切已知的东西以秩序，给一切意识以结构，给一切存在的东西以名目，它失足于过于理智了。退一步说，即使结构主义的文艺理论家真的为某一类作品找到了一个完美的框架，但他也难以说服作家们都在这一框架中写作，也难以说服读者们都从这一框架中去欣赏。

文艺研究是为了给某些文艺难题求取最终的解吗？文艺研究是为了给历史上那些众说纷纭、悬而未决的作品揭示出一个唯一正确的"谜底"吗？文学史上凡是最优秀的文学作品，差不多都处于这种"众说不一、悬而未决"的状态，有的同志把这种情况当作"遗憾"，归罪于文艺理论"缺乏精确性"。其实这正是这些作品的"幸运"，也怪不得理论的无能。《红楼梦》有一个"客观的""标准的"谜底吗？如果真有那么一位理论家像陈景润解决"哥德巴赫猜想"

一样,最终用一套数学公式揭示了《红楼梦》的"谜底"。那一时刻的到来将意味着《红楼梦》艺术生命的终结,也将意味着"红学"研究生命的终结,那倒是挺令人沮丧的。猜谜的兴致正在猜的过程中,而真正的文学作品是没有一个固定不变的谜底的。一部文学名著拥有的复杂性,不是传统语义学中的"复杂",而是当代"复杂性哲学"中的"复杂",这种复杂不但不会一劳永逸地得到解决,反而会愈解决愈复杂。

遗憾的是,我们的文艺学研究在一个相当长的时期内始终是兢兢业业地从事着这种"为艺术立法""为艺术求解""为艺术抽取平均值"的工作,这种工作是有成绩的,但它似乎没有深入到艺术的真正内核。玻尔曾劝告爱因斯坦说:"在了解一个全新世界的规律时,我们不能过分信赖以往所熟悉的原理,无论这些原理具有何等的普遍性。"①

看来,要深入探讨文学艺术的奥秘,我们必须对传统中那些不容置疑的观念进行新的批判。

怪杰费耶阿本德

正如已经有人指出过的,20 世纪是一个"抽象思维"大进军的时期,人类的智力训练达到了空前的水平。在科技革命巨大成功的刺激下,欧美世界曾吹过一阵"唯科学主义"的风。德国著名哲学家赖欣巴哈(Hans Reichenbach,1891—1953)提出要用科学改造哲学,使传统的哲学逻辑化、数学化,成为科学化的哲学。美国心理学家斯金纳竭力想通过操作的程序化建立一门通用于社会生活的行为科学。就连宗教神学中的新托马斯主义也在试图用现代科学的最新成就论证"上帝"的存在。在文艺研究中,波兰学者英伽登(Roman

---

① [美] R. 穆尔:《尼尔斯·玻尔》,科学出版社 1982 年版,第 186 页。

Ingarden，1893—1970)曾试图通过对"心理学主义"的批判，建立起一门客观的"文艺科学"。加拿大学者弗赖(Northrop Frye，1912—1991)认为文艺学也同物理学一样，应当成为一种"完全可以被了解的科学"，一门系统的科学。

正当对"科学"的崇拜趋向顶峰时，对于"科学"的批判也几乎形成了一场声势浩大的运动。最初是现象学哲学家胡塞尔(Edmund Husserl，1859—1938)对于"科学"发起了严厉的责难，他认为自伽利略以来自然科学的伟大成功和人文科学的颓败，已经使欧洲文明陷入危机，他认为企图用精密的自然科学的方法来发展人文科学，只不过是一种妄想。青年一代有权藐视这种"科学""在我们生命攸关的需要方面，……这种科学对我们什么也没有说"①。

接着，科学家也开始批判起"科学"来。量子物理学家、诺贝尔奖得主玻恩(Max Born，1882—1970)说：自1921年，我相信科学提供了关于世界的客观知识，在我看来，科学方法比其他用以形成世界图像的较主观的方法，比如哲学、艺术和宗教，更为优越；到了1951年，我一点也不相信这些了；如今，我把以前认为科学比其他人类思想和行为方式更为优越的信念看成是一种自我欺骗。

至于从事文学艺术创造的人，更是按捺不住对于"科学"乃至对于科学家的恶感。苏联作家格拉宁说："一个时期以来，高级的、'纯粹的'科学领域的某些人士——数学家、物理学家的自命不凡总使我忿忿不平。他们认为一切都起源于他们，取决于他们，由此形成了他们轻视人文科学的傲慢态度。透过这种态度，我看到了思想修养的欠缺，人生哲学的贫乏，躺在科学桂冠上坐享其成的惰性。"②

在这种审视科学的时代氛围中，一位名叫费耶阿本德(Paul Feyerabend，1924—1994)的奥地利哲学家充当了驰骋于阵前的一匹"黑马"，一匹凶猛的、

① 转引自刘放桐等编著：《现代西方哲学》，人民出版社1981年版，第528页。
② 北京师范大学苏联文学研究所编译：《苏联当代作家谈创作》，北京师范大学出版社1984年版，第73页。

跛脚的"黑马"。

费耶阿本德是现代科学哲学史上一个十分奇特的人物。他出生在一个底层的普通家庭里,父亲是公务员,母亲是位裁缝。16岁时他应召到纳粹军队服役,1945年德军在俄罗斯战败溃退时他被苏军的枪弹射中,留下终身残疾。战后他在维也纳大学学习并获得哲学博士学位。由于崇仰维特根斯坦,他申请到剑桥大学深造,不料维特根斯坦去世,便又另选波普尔作导师。但他与这位导师的关系并不融洽,结业后拒绝了当波普尔研究助手的邀请,后来还曾发表文章批评波普尔。

在艺术、科学和哲学之间,费耶阿本德是个"三栖动物",早年热衷于戏剧,曾在魏玛剧院学习戏剧,后来又在维也纳大学攻读过物理学、天文学,在剑桥大学深研哲学。在政治立场上,他是个跳跃于两极的人物,青少年时代他作为纳粹军队的一员曾入侵苏联;后来,却常常征引列宁语录把自己扮作列宁主义的信徒。在哲学思想上,费耶阿本德维护相对主义、非理性主义、反科学主义,提倡认识论无政府主义。在欧美学术界,他被认为是当代思想界最大的异端人士,有人称他是"反科学的哲学家""怎么都行的哲学家",有人说他是"科学最坏的敌人",费耶阿本德成了当代哲学最有争议的人物,也成了最受人瞩目的人物。

尽管他思想中包含着许多有悖常理的论调及神秘主义色彩,但他那开阔的文化视野、激昂的研究者个性,以及格外展现出的宽容、民主的情怀,都给人以"惊艳"的感觉。我国科学哲学家邱仁宗在《科学方法和科学动力学》一书中谈到费耶阿本德时也曾指出:"可以说,他那极端的结论、荒谬的主张、夸张的甚至令人不能接受的言辞,在科学哲学界同意的人为数甚少。但是仍然不乏独到的见解。就是反对他的人也不否认这一点。"①

这位科学界冒出来的"怪种""谬种",对于文学艺术现象的研究倒是具有

---

① 邱仁宗编著:《科学方法和科学动力学》,知识出版社1984年版,第166页。

更多的启发性。从文艺心理学的角度看,菲耶阿本德在以下三个方面开拓了研究的思路。

一是对"科学沙文主义"的批评。菲耶阿本德坚持否定科学理论的一致性原则,在他看来,科学与非科学的分离只是人为的,而且这种分离对于人类知识的进展常常是有害的,"科学之外无知识"的说法只不过是一个轻巧的神仙故事。任何科学结论得出之前,都有一个不很科学或很不科学的发展过程,科学活动就是这样一个过程。科学史上几乎没有任何理论是同时完全一致的,要求人们仅仅接受同已知事实相一致的理论,就会把人们弄得一个理论也没有。顽固坚持一个模子的科学教育就像是封建社会女人缠小脚一样,是与人道主义精神不相容的。科学的发展,需要的是自由的、勇敢的行动。刻板的规律、僵硬的理论只会束缚科学的发展。他极力宣扬科学探讨中的"无政府主义",认为知识的获得是由于理论的不断增殖而不是由于一个观点的反复地应用。所谓"绝对的科学",是不存在的,物理学中的定律、法则也只不过是一种以有效极限为特征的近似,所谓"固有的属性"也是相对的。一旦一个坐标系取代了另一个坐标系,人们无须进行任何物理性干预,事物的形态、质量、时间便会发生"突变"的奇景。菲耶阿本德认为要求在科学工作中始终坚持一种固定不变的方法论的思想是与科学史不相符合的,实际的科学史上,没有一条认识论的规则不曾被违反过,包括牛顿的那个近于完美的知识体系。这不是科学的失误,而是科学本来就是这样。科学必须承认自己的不足,承认新的原则的合理性,只有这样科学才能进步。

二是对于科学研究中"非理性"心理因素的肯定。对于"非理性"的、"非逻辑"的心理因素在科学发明中重要意义的关心,决不是从菲耶阿本德开始的。牛津大学教授贝弗里奇(William Beveridge,1908—2006)在《科学研究的艺术》一书中曾收集了许多这方面的例子:比如量子物理学家 M·普朗克说,科学研究中,那种对于最终胜利的想象和信念是不可或缺的,这里"没有纯理性主义的位置"。爱因斯坦说过:"真正可贵的因素是直觉"。生理学家坎农则说他从青年时就借助顿悟,他常常脑子里想着问题去睡觉,第二天早晨醒来答案已是现成的了。而把这个问题拖到悬崖顶端去的却是这匹奥地利出生的黑马。他说:

> 科学比方法论所设想的更"无条理",更"非理性"。企图使科学更"理性"、更精确,就会排除科学。"无条理""混乱"或"机会主义"对科学理论发展所起的作用比这些方法论规律更重要。没有混乱就没有知识,不经常排除理性,就没有进步。正因为有偏见、怪想、激情这些东西,形成今日科学基础的东西才能存在。甚至在科学内部,理性也不应该是包罗无遗的,为了有利于其他的动因,必须经常压倒、消除理性。所以理性也不能是普遍的,非理性不可能被排除。①

费耶阿本德举例说,科学的成就得益于非科学的因素,医学的发展就是这样,现代医学曾得益于"草医""心理学""形而上学""巫术""接生婆""走方郎中",他还提到中国的《黄帝内经》。他斥责"科学"就像一个欧洲绅士常常无礼蛮横地对待有色人种那样对待"非科学"和"非理性"的东西,这是他不能容忍的。在菲耶阿本德的《科学哲学》论著中充满了这类非理性的偏激之辞。

三是对于"人的科学"的张扬。费耶阿本德不承认人之外存在着什么"纯粹的科学",在他看来,科学也只不过是人把握外部世界的一种模式。在科学后面,是活生生的人的活动及人的意识,他反对离开科学发现的整个过程,单纯地考虑科学已经完成的成果。他肯定个人的兴趣、情感、意愿在科学发现以及在科学成果中的意义。在这个问题上,费耶阿本德似乎是一个人本主义者和历史主义者。他主张人类学的研究方法,主张在历史的和社会的环境中去了解一个科学系统。他还曾说过:认识的目标与解放的目标是一致的,"增进

---

① 邱仁宗编著:《科学方法和科学动力学》,知识出版社 1984 年版,第 190 页。

自由、过着丰富和有益的生活的企图同发现自然界和人的秘密的相应的企图，因此必定导致对一切普遍标准和一切僵硬传统的排斥"①。他坚信，科学在更深层次中还和一个时代整体的人类生活背景有关。科学不仅同科学命题系统或科学语言系统有关，而且同科学家的意识形态、生活方式有关。有人据此从费耶阿本德个人的身体状况解释他的哲学偏向于治学风格。由于早年在战场上留下的创伤，"他一生都忍受着阶段性出现的巨大疼痛的折磨，在许多公开场合露面时，他都是靠大盒的止疼药熬过去的"。这种慢性疼痛的折磨反而时时激起他对正常的生活产生悖逆的对抗心理，像一位负隅顽抗的伤兵，对多数人赞同的理念与法则采取决绝的对抗。1993 年，对于残疾的费耶阿本德来说更是雪上加霜，他患上脑瘤住进医院，未满一年便与世长辞。

正当国内的一些学者郑重其事、开足马力要将文学艺术研究科学化的时候，科学发达的西方社会却在大谈科学化遇到的麻烦，这应当引起我们的反思。费耶阿本德的这些半是直言、半是狂语的话题，正为我们的文艺心理学的学科建设提供了借鉴的意义。

烂漫春光何处寻

在科学的高度发展阶段，人们开始认识到，在对于一个开放的、有机的、运动的系统进行考察时，"高复杂性"与"高精确性"总是不相容的。一个简单的例子：在几何图形中，圆形比正方形复杂，圆形的精确度就弱于正方形，尽管圆周率已经被精确到小数点后 62.8 万亿位，圆的周长和面积仍然只是一个有待精确的近似值。在对于人类生命现象、人类心理现象、人类文

---

① ［美］保罗·费耶阿本德：《反对方法》，转引自江天骥编著：《当代西方科学哲学》，人民出版社 1985 年版，第 202 页。

学艺术审美心理现象的研究中,更是随处会遇到这一"不相容原则",这和那个"测不准原理"一道,曾经苦恼着一代又一代的圣哲。在远古时代围绕着对于音乐本质的讨论,就曾经存在"音乐是自律的"或"音乐是他律"的分歧。毕达哥拉斯认为音乐在本质上是"自律的",他将音乐看作是普遍存在于自然万物与人身、人心中的"数的关系""和谐的比率",认为可以用一套方程式将其精确地表现出来,于是音乐成了一种形式。而柏拉图认为音乐在本质上是"他律的",音乐是人的情绪的表现,是一种特定的人的心灵活动过程,音乐的价值是由人赋予的,音乐并不存在固定的法则和形式,音乐与人的灵魂一样是无比神秘的。而音乐究竟是什么,自毕达哥拉斯和柏拉图以来,这种争议一天也没有停止过。这个由远古时代遗留下来的艺术之谜,直到康德时代,还仍然在与人类的智慧周旋不已。机械论的解释将导致还原主义,使认识倒退;心灵论的解释将导致神秘主义,使认识迷失。康德对于美的本质的阐发只能是矛盾的、自相悖谬的:美无法则,美有法则;美无目的,美有目的;美是形式,美又是意蕴;美不可知,美可以知。康德的美学因而便无休止地徘徊于形式主义与表现主义之间。至于费希纳的身陷苦役,我们前边已经讲过。机能主义心理学的先驱威廉·詹姆斯可以说是一个绝顶聪颖的人了,但面对着如此复杂的人类心理世界,他的智商也时时显得不太充分。不得不同时求助于机械的生物学理论和神秘的心灵学学说。类似的情况在逻辑实证主义哲学家罗素身边也发生着。罗素一方面在数学领域中做出了重大贡献,一方面又同情神秘主义;他说哲学的进步必须借助于分析和逻辑,但又说哲学必须兼具本能、直觉和灵感,他断言人要求确定性是很自然的,但这仍旧不免是人在心智方面的一种积习。

从本书对于西方现代心理学参照系的粗略分析中我们不难发现,两种相互矛盾的基本趋向:人文主义的、经验主义的心理学研究与科学主义、实证主义的心理学研究,总是此消彼长、互反互补地贯穿在现代心理学发展史中。属于前一阵营中的心理学可以开列出布伦塔诺、詹姆斯、弗洛伊德、荣格、阿德勒、弗洛姆、马斯洛、维戈茨基、列昂捷夫;属于后一营垒中的则可以推选出冯特、华生、斯金纳、苛勒、勒温、巴甫洛夫、鲁利亚、赫尔。人文化的心理学研究倾向于对心理活动做出经验的、具体的、特定的、思辨性的解答,它所运用的方法是内省的、描述的,常常被指责为"痴人说梦"或"神秘主义";科学化的心理学研究倾向于对心理活动做出客观的、规范的、定量的、普适的结论,使用的方法是实验的、统计的,它们则常常被谥以"尸体解剖者""机械还原论"的恶名。

对于人类复杂精神现象研究中的这种矛盾状态,自然要反映到文艺心理学研究中来,文艺心理学研究中显然也存在着两种可供选择的途径:

美国著名心理美学家托马斯·芒罗曾经对这两条研究途径做过具体的分析。他说,19 世纪以来,西方的一些哲学家、生理学家、物理学家和数学家把人类心灵领域中的古老的"精神哲学"改造成一种实证科学,那时的风尚是用精确的量度、周密的统计严格的实验程序来研究文艺心理现象的。但到了 20 世纪的 20 年代以后,这种研究方式的影响及活跃程度开始减弱,随着精神分析心理学的崛起,人们开始从现象描述、从文化历史、从人类学哲学的角度开展文艺心理学的研究,包括一些心理学圈子以外的人都在兴致盎然地谈论着文艺心理学,这种谈论有时也免不了胡说八道。文艺心理学常常由于缺乏科学精神的指导陷入妄语。尽管如此,心理学的一般探讨仍然在包括艺术在内的人文学科中取得了不少的进展。第二次世界大战之后,行为主义心理学在美国进入极盛时期,文艺心理学再度企图从外部采取实验、控制、测量、统计的方式取得进展。格式塔心理学则希望将实验性和经验性调和起来,运用现象学的方法来解释人的审美心理现象,应该说是实现了一部分目的的。道路已经不止一条,而且似乎哪条道路都可以摸索前行。然而文艺心理现象仍然像三月的春色,人们可以从林间、从阡陌、从池塘中分别感受到它,却难以言尽它究竟是什么。方法的选择仍然是困难的。已故的美国斯坦福大学文学教授J. 刘若愚说:"文学的普遍理论"这一提法令人齿冷,文学批评,像地上的天国,永远是必要的,而就其置身于想象与哲学之间的性质来说,又永远是不可能的①。尽管如此,不间断的选择、无休止的寻求却是人类生命存在的形态所决定了的。

当代中国的文艺心理学研究,是在与海外断裂了半个世纪的情形下展开的,一批为数不多的文艺心理学研究者面对的是一块草木稀疏的荒野。其困难之处,在于这是一片荒野;其方便之处,也在于这是一片荒野——只要迈开双脚,就总是有路可走。中国文艺心理学研究者面对的是一种无可选择的自由选择。奥地利音乐家勋伯格在创造他那个时代的音乐时曾经说过:在新旧世纪之交音乐文化观念的历史转变中,一个失去了固有调性原则的作曲家,向何处走动?在何处停驻?在何处终结?必然面对着一种"难以抉择"的困难。但正由于失去了固有的调性,作曲家面对这种"难以抉择",便因此同时又获得了一种"自由选择"的机会。选择过程中的主体意识被突出显示出来。选择,有客观的尺度,也有主观的尺度;有物的界定,也有心的主动;有其合规律的一面,也有其合目的的一面。选择的标准,不仅仅存在于选择的对象之中,也存在于选择主体的自身。在新的选择行动中,我们主张在文学艺术研究中引进"主体性"的原则,这是打破"无法选择"的僵局进入创造境界的一个战略性原则。当然,这也可以被看作是文艺学研究中一个人本主义的原则。

失去了固有调性的音乐家创造出了新世纪的音乐;失去了传统技艺的美术家创造了新世纪的绘画;失去了现成模式的文学家创造出了新的小说和诗歌。失落的空间为新的创造带来了选择的自由。失去了旧框架的文艺理论家能否创造出新的理论来呢?"天行健,君子以自强不息",时代已经提出了要求,社会已经提供了条件,剩下的就是文艺理论家如何充分地发挥自己的潜能、发挥自己内在的生命力。

---

① [美] J. 刘若愚:《中国的文学理论》,中州古籍出版社 1986 年版,第 4 页。

第十位缪斯

I. 卡洛和 R. 赖利在《美国现代文学批评》中指出：

> 尽管某些文学批评的历史肯定和文学的历史同样悠久，我们也仍然有理由把 20 世纪称作批评的时代。绝大多数文学批评和诗歌、小说、戏剧一样，成为我们时代的主要文学产品之一。那些有很高造诣的批评家在文学舞台上扮演着和创作家同样重要的角色。①

这里说的其实并不仅仅是文学批评，也还包括了文学理论的研究在内。有人戏称，9 位文艺女神的行列中应该再添加一个新的角色，那就是文学批评和文学理论。文学批评和文艺理论研究已不再是跟随在文艺女神身后低眉顺眼的奴婢，她已经取得了独立自主的地位，而且和文艺女神们一样神采飞扬，容光焕发。西方人讲这个话，大约主要是说文学批评与文学研究已经占据了文学艺术创作一样重要的地位，在人类对自身的关注和认识方面发挥了相等的作用。我们在这里欢呼第 10 位缪斯的诞生，还有着更深一层的含义，那就是说文学批评和文艺理论研究与文学艺术的创造活动一样，也已经具备了精神上的创造性。文学批评和文学理论的研究不再仅仅是对已发生的文学艺术现象"客观地""被动地"解释和说明，它还体现了批评者和研究者的主体介入，体现了主体的生命的脉动，批评和研究因而也成为一种预测，一种创造。对于文艺心理学的研究来说，尤其如此。主体论研究者忽略了自己作为主体的存在，心理学研究者忽略了自己心理的存在，创作论研究者忽略了自己创造

---

① 转引《外国文艺思潮》1983 年第 2 期。

性的存在,都将是一种盲目的、甚至是虚假的(起码也是有欠身心投入的)行径。因此,在文艺心理学研究中,在对于文艺作品的评论阐释过程中,我们不应当害怕或者劝阻研究者主观心理因素的介入,研究不应当成为一种机械的复述或注释,研究应当成为一种第二次的创造。好的文学艺术理论中不可能不包括文艺理论研究者自己的东西。

记得王蒙说过,他永远也不想让评论家、理论家捉摸透他,这不单是一句玩笑话,其实也是一种颇有气势的艺术追求。但是,作为评论家、理论家来说,为什么非要满头大汗地追赶着王蒙,非要"捉摸透他"不可呢?可怜的评论家、可怜的理论家!我们呼唤这样的一代新的评论家和理论家,他将从容而自信地说:那就让我来创造一个王蒙吧!

其实,在长期的文艺学研究实践中,已经有很多经验可以显示出文艺学研究的这种创造性。从以往的文艺学研究中呈现的情绪色彩、直觉色彩、个性色彩三个方面,我们可以清楚地看到文艺学家主观因素对于研究对象的介入。

关于文艺学中的情绪因素,别林斯基说过:"在处理人类感情问题的时候,没有感情的理智总会引来偏见,造成怪僻之论"。在文艺学独特的研究对象中,不仅包含了客体本身固有的情绪和情感,同时也包含了主体自己被激活的情绪情感。研究者总要对研究对象做出审美知觉、审美感受、审美体验、审美理想、审美趣味方面的判断,而不是纯粹客观的所谓科学判断。在文艺学中,感情的标准往往就是这门学科的标准。文艺学不怎么欢迎冷酷无情、四平八稳的学究,它要求每一个学者同时也是一个心怀爱意、情通万物的人。

关于直觉,一个显然的趋势是,它在现代人的思维方式中所占据的地位和作用越来越重要了。在一位现代物理学家的眼光里,客观存在的物质世界中并不存在什么完美无缺的定义和完全规则的图形。欧几里得几何学不是唯一的几何学,达尔文的进化论不是生物学的唯一真理。在爱因斯坦的世界里,时间是弯曲的、空间也是弯曲的,这个世界与牛顿的世界不同,这是一个具有无限可变性和极其复杂性的多维世界。现代物理学家发现,期望以概念思维的抽象系统描述和解释这个世界的方法越来越表现出它的局限性,那种确定无疑的、有条有理的、周到全面的思维方式并不利于新的发现和新的创造。现代物理学家乐于凭借直觉深入到对象内部,领悟宏观世界或微观世界中的深层奥秘。爱因斯坦多次讲,相对论的发现得益于他的直觉,直觉已被誉为"科学发现的仙杖"。

文艺学家面对的世界,包括他自己的研究活动在内,实则是一连串的、无有终极的创造运动,这是一个自我能动的、生生不息的"生命活体"。文艺研究中的逻辑论证、形式推理的方法像是一柄医生手中的解剖刀,它是锋利便捷的,却也是冷峻无情的。其操作运用的结果,往往是在弄明白了某些构造和肌理的同时,不幸也夺去了艺术生命。在文艺研究中,研究者通过直观领悟、以心换心,"心有灵犀一点通",从整体上把握对象精髓的思维方式,具有悠久的传统,在中国尤其如此。对此,李泽厚同志在他的《漫述庄禅》一文中有着十分精彩、十分独到的论证。看起来,现代物理学在思维方式上实则向艺术思维靠拢了。文艺学的研究者在向现代科学学习,引进"新方法"的时期,不可忘记了自己原本就有的"步法"。

物理学、数学作为一门科学知识,很少具有研究者本人的个性,反倒都有自己学科统一的、标定的、通用的教科书。而文艺学却不然,优秀的文艺论著总是各不相同的;不管是亚里士多德的《诗学》或是贺拉斯的《诗艺》,不管是陆机的《文赋》还是刘勰的《文心雕龙》,不管是歌德的《谈话录》还是托尔斯泰的《艺术论》,至今仍然是每一个中文系学生的必读书目。这是因为与单纯从认知方面把握客观世界的自然科学不同,文艺学科知识系统的构成并不全是"累积型"的,也不尽是"思辨型"的,而在很多方面属于"经验型"的、"体验型"的、"直觉型"的。文艺学家自己的气质禀赋、身世教养、人生经历、政治倾向、价值观念、审美趣味都必然灌注在他的研究过程中,并合理地成为它的研究成果中的有机组成部分。因而,与自然科学不同,文艺学中允许有"主观的理论家"。

文艺学的这些独特的属性,显然都是文艺学家主体心理的体现,那么文艺心理学就更应当具有自己独特的研究方法和学科形态。

中国传统医学的启示

现在就来谈论文艺心理学的研究方法和学科形态,似乎为时过早,因为这门学科在中国重新被人提起,才不过五六年的时间,这五六年中几乎是白手起家。但这五六年的发展对比早先的类乎冬眠的五六十年来说,又是相当引人注目的,而且不论是方法问题还是形态问题都已经出现了一些激烈的争论。结论远未得出,我们只能随意地画上几笔粗疏的线条。

关于文艺心理学研究的方法,目前还处于"引进"阶段,一是从西方的这门学科的研究中引进,一是从邻近的学科和有关的学科中借用。不管是"引进"还是"借用",其关键皆在于方法的"活化"。方法的活化,大体表现在这样三个层次上:

方法的民族化。对于自然科学方法来说大约不存在民族化的问题,而文艺学研究方法,我们是坚信存在着"民族化"问题的。文艺学研究方法的运用,总是建立在鉴赏心理之上的,研究者首先应该是心神贯注的文艺作品、文艺现象的观察者、鉴赏者,因此,研究者的心理总是根植于其民族的数千年的文化历史积淀之上的。这种民族文化的积淀,相当于文学新方法、新观念的接受屏幕,这个屏幕决不是无色的,其本身便是色彩斑斓的、新添置其上的东西,注定要在改变屏幕色彩的同时改变自己的色彩。这是一种接引过程中的变异,一种必然的、合理的变异。在欧美,某种成熟的文学批评理论模式,即使在人文状况较为接近的国家,也会因地而异生出不同的变种来。橘生淮南则为橘,橘生淮北则为枳,水土异也。我们应当嫁接出"新方法"的形形色色的中国"变种"来。原封不动地照搬、一味追求纯正的、标准的、固定的方法,是没有出息的表现,实际上也是难以做到的。

方法的当代化。当下引进的文学批评方法,说是"新",亦并不很新了。其中有些是20世纪40年代、30年代、甚至20年代就流行于西方文学界的方法,有的则是在19世纪末就已经出现的"新方法"。"文艺心理学"的方法,甚至可以追溯到柏拉图或者庄子那里,更谈不上新了。眼下引进的新方法,大多只是在国内显得新颖的一些方法。其实,文学研究方法"新"与"旧"的严格界限,也是很令人怀疑的。更不能说只有新的才是最好的。"社会学"和"美学"的文学批评方法都是古老的,文艺心理学的批评方法也是古老的,但它们的生命活力仍然是不容置疑的。某种文学方法的存在意义,关键在于它是否有助于推动当前文学运动的进展,能否融汇于当前的文艺思潮之中,能否有助于当代文学观念的深入与普及。如果一种方法的确很"新",比如,只是在最近才出现于西方的某个学者的著作中,但它如果不能融汇到我国当前的文学运动中来,即使新,也仍然要被淘汰掉,搁浅在无人问津的沙滩上。某种方法如果能够顺应当代文学运动的潮流,能够被当代的文艺思潮同化,即使"旧"一些,也会被潮头卷到浪花之上,在新时期的阳光下,焕发出新异的色彩。方法的新与不新,决定于方法的当代性及方法实施者的当代意识。

方法的个体化。这是移植来的"方法"能否在中国的土壤上扎下根来的最后一个关键环节。方法,总是要在具体的文学批评、文学研究实践中得到最终确认的。莫要把方法的引进当做一帖万能的灵丹妙药,方法的引进是一个艰难的、曲折的、交织着成功与失败的复杂过程。世上恐怕并没有现成的"方法",考之历史上已有过的"方法",大都只能产生于个人的实践过程中。现在,有那么多的人在操持新的文学方法,而能够成功的,终归只是少数一些人。这与某种新的科学技术的引进不同,科学技术方面,千百家工厂可以同时使用一种配方,一种模具,一种工艺,一种流程;而文学艺术领域,应该是每一个人,尤其是每一个有所成就的研究者,都有自己的方法。"运用其妙,存乎其人。"这个方法应当融入方法实施者自己的心血、生命、气质、感情、直觉、经验、想象、憧憬。所谓他的方法，只是他用自己的眼睛，通过他自己开设的那个窗口，看到的文学世界。这样的方法已不再是纯净的方法，而是一种观照对象世界的方式，一种融入某种文学观念的思维方式。文学艺术的方法只有在对于文学艺术现象的具体研究过程中，才能获得生气和活力。这样的方法是个体的、当代的、民族的。正因为如此，它才有可能自立于世界文学研究的方法之林，成为中国文艺理论界贡献给世界文学的一种"新方法"。中国的文艺心理学研究者完全应当，而且也有可能走出自己的路子来。

在关于中国文艺心理学学科形态的构想中，中国传统的医学是一个非常值得借鉴的范式。

在人类的文化史上，中国的传统医学是一个奇迹。然而，在关于人的科学中，中国的传统医学却又是一个引人注目的例外。中医差不多有着和人类自身一样久远的历史，但不论是从原来的科学定义还是从库恩的范型标准来衡量，它都不被认作一门科学。有人说它是"落后"的，"落后"到有时连血管和气管、肾脏和睾丸的位置和功能也区分不清；有人说它是"先进"的，"先进"到可以为"人体稳态结构的液控制"这样的医学尖端问题指示出前进的方向。但不管别人说长道短、说方道圆，中医学却显赫地体现着自己辉煌的价值、迷人的光彩、强大的生命力。在学科形态上，中医学突出地存在着以下的特点。

一、整体流动的宇宙观与辩证论治的现象学

中国古代医学是一门哲理性很强的自然学科，它从中国古代的《易经》《道藏》中汲取了丰富的哲学营养，认为人与天地万物皆本于气，人与宇宙自然是一个有机的、统一的整体。中医在诊治过程中并不把疾病当作一个孤立的事件，而是把疾病放在与病人的体质体态、家族身世、生活经历、举止谈吐的普遍联系中加以考察；放在疾患与季节天时、地域方土的普遍联系中加以考查。所谓"胖者多阳虚痰湿，瘦者多阴虚肝旺""少年气盛者易伤肝，中年思虑者易伤脾""南人用药易轻省、北人用药易重实"等，就是从事物的普遍联系中谋求诊断的。这里面就很有一点"古代系统论"的气息。中医治疗法则与西医不

同,俗谓"西医辨病,中医辩证",西医的种种化验手段是对于疾病本质的单一揭示,中医的"望闻问切"是对于病患症状普遍联系的把握。西医一般只有在弄清病因的情况下才可以采取有效的治疗手段;中医则可以在病因不明的情况下"对症下药",从"症候"与"病因"的同一性上求取疗效。这是一条"由标达本"的途径,是一个通过外部现象的矛盾发展把握事物内部本质的辩证过程。从方法上说,这是一种"黑箱"模式;从形态来讲,这是一种"现象学",一种"病理现象学"。

二、法则运用中的知常达变与直觉经验

长期的医疗实践,使得中医学在辩证、论治、处方、用药等方面都形成了一些基本的规则和条例。但中医学坚决反对"固守成法""以方套病"的教条主义,主张在"知常"的基础上根据实际病情灵活变通的治疗方针。中医永远是把它面临的每一位患者都当作具体特殊的"这一个"来看待的。比如同是感冒病人,感风寒与感风热不同,冒风和冒雨不同,暑令感冒与秋令感冒不同,老人感冒与小儿感冒不同,妇人经期感冒与男子感冒不同,长期感冒与初乍感冒不同……这和西医的统用"阿斯匹林"是两个境界。在中医学界,一个大夫手段的高低,主要看其能否灵活变通、独辟蹊径、出奇制胜。难能可贵的是,中医历来并无复杂精密的诊断设施,所谓"望闻问切"完全靠的是医生自己的视觉器官、听觉器官、触觉器官的感知和病人内省的言语报告。诊断的关键,是医生敏锐的感觉、丰富的经验、聪颖的悟性,即对于病因病机的神领意会。其曲中精妙是言语难以道尽的,颇类中国古代文学批评中的"只可意会,不可言传"。所以,唐代名医许胤宗曰:"医者,意也。"这话就肯定了医生的直觉在医疗过程中的地位和作用。

三、知识系统中严谨的范畴与模糊的概念

就像中国古代文论中"文采""风骨""神思""妙悟"之类的概念一样,中医学的许多概念,如"精气""肾气""上火""中风"等,也都不具有严格的确定性,它们倒像是一颗颗黏黏糊糊的"桃核",与"桃肉"总也剥离不干净。在药

物学方面,这种情况就更明显。西药中的磺胺、碘酒、青霉素、链霉素、胃舒平、消炎松其有效成分都是能够用化学分子式准确标示出来的,而中药里面的当归、黄芩、皂角刺、冬瓜皮、癞蛤蟆、地鳖虫的有效化学成分就很难确定。但它们一样可以治病。中医没有严格精确的概念,但中医学却具有相当严谨完善的基本范畴,如立法中的五行(金、木、水、火、土),如辩证中的八纲(寒、热、虚、实、表、里、阴、阳),又如论治中的标、本、正、邪,用药中的君、臣、佐、使等等。"范畴"一词,语出《尚书》:"洪范九畴"。洪者,大也;范者,类也。范畴与概念有所不同,概念是对于具体事物的规定,范畴反映的是事物总体方面的内在联系和基本法则。概念的适当的模糊,对于某些学科来讲并非总是坏事。正如足球运动,基本规则整饬严谨而具体到每个运动员的活动却相对比较松散自由,这样,比赛才能进行下去。许多人文学科内部知识系统的运作也大抵如此。

四、理论中的风格流派与著述中的文学色彩

中医学反对静止固定、机械僵硬的教条主义,倡导辩证论治、灵活变通的医疗作风,这就给医生本人留下了充分发挥自己的个性和创造性的广阔天地。中国医学史上李东垣的"补土派"、张子和的"攻下派"、刘河间的"寒凉派"、朱丹溪的"滋阴派"等不同治疗风格的出现,倒和我国古文论中曾经出现过的王士祯的"神韵说"、翁方纲的"肌理说"、袁子才的"性灵说"、沈德潜的"格调说"的情形很相似。中医还要求它的学者一定要有较高的经史诗文方面的修养,中国古代文人也大多知医,俗谓:"秀才学医,笼中捉鸡",本是一件很捷便的事,诗人刘禹锡就是一位有相当造诣的医生。几乎一切文学的表现手法,如诗词歌诀、神话寓言、比喻象征,都可以在中医典籍中看到。《黄帝内经》讲到针砭操作时写道:"如临深渊,手如握虎,神无营于众物",要求施治者聚精会神,思无旁骛。《素问》中分析脉象,曰:"春脉圆滑如规,夏脉正大如矩,秋脉轻平如衡,冬脉沉石如权。"几乎也是诗的语言。至于中医药的基础读本《汤头歌诀》,通篇全是以诗歌体裁撰写的:"六神丸治烂喉痧,每服十丸效可夸。珠

粉腰黄冰片麝,牛黄还与蟾酥加。"这类富于主观体验、饱含情绪色彩、显现出生动画面的"诗性语言",在中国古代哲学著作中也是普遍存在着的。我们从老子、庄子、孟子、荀子的著作中可以看到。到了现代,我们似乎又从叔本华、尼采谈哲学;克罗齐、柏格森谈美学;詹姆斯、荣格谈心理学;玻尔、海森伯谈物理学的文章中发现了这种文体风格。进一步来看,这种文体风格恐怕不仅仅是一种表述的方式,更重要的是体现了一种独特的思维方式,一种在直观中化入对象内部、领悟其本质的思维方式,一种为现代西方的哲学家、科学家所折服的东方古典型的思维方式。我们在接受世界上新的方法和新的观念时,应当注意发挥自己民族的优势。

我国医学研究者陈步在为 W. B. 坎农的《躯体的智慧》中译本写的序言中,对比世界生物学界的最新科学发现谈到中国的传统医学时说:中医学是"古医学",又是"新医学"。说它古,是因为它在国内已存在了数千年;说它新,是因为它的"方法论",在国外显得很新,新到尚未被人广泛接受,新到没有一种现成的知识框架来验证它的科学与否。[①] 这里,我们在讨论文艺心理学的学科形态时谈了一通中医学,目的不在于"复古",而在于"创新"。中医学在"现象学的学科形态""系统论的整体观全""直观意会的思维方法",以及范畴与概念的组合、论著的主观风格、表述的文学色彩等方面,是可以为文艺心理学提供许多启示的。但在我看来,中医学与文艺心理学也仍然不在认识的同一层次上,前者的对象主要是生命运动,后者的对象主要是精神运动;前者的最后归宿可能是科学,文艺心理学的归宿尚难以预测。"长亭复短亭,何处是归程?"我们只有摸索着前行。

---

① ［美］W. B. 坎农:《躯体的智慧》,商务印书馆 1982 年版,陈步代序言。

初版后记

　　还是在 1985 年夏天的时候,上海文艺出版社和我联系,邀我为他们正在筹划的文艺探索书系列写一部书稿,而我正想把几年来的思绪梳理一下,于是便很高兴地答应下来,并且拍板在第二年的夏天交稿。不料,书稿的提纲才列出来,我的父亲就病倒了,病得很厉害,已经确诊为癌症晚期。十个月后,病魔夺去了他的生命。弥留之际,他那干枯的身躯畏怯地依偎着我,眼睛里生命的火光渐渐黯淡了、熄灭了。我恍若看到他的灵魂飘离他的躯体,飘出老宅的屋门,飘过小街西口的石桥,幽幽地、偶偶地向一个未知世界中隐去。书稿因父亲的病拖延了十个月。十个月里我目睹并体验了生命与死亡在宇宙间的一场真实的角逐。又过了十个月,我写出了这部书稿。

　　我自不量力,企图在心理学、文艺学这两个超级复杂系统之间做一点交接沟通的工作。正是因为有了这样一个动机,这本主要是展示给文艺界的书,反而较多地谈论了心理学方面的东西。这样做的危险是不难预见的,我可能会受到来自文艺学界和心理学界两方面的诘责。对此我是有一点思想准备的。

　　书的第一部分,谈到了 20 世纪文学整体背景的转换。我的用意是把文艺问题和心理学问题放到人类活动历史的大框架中加以探讨,让文艺心理学的研究更贴近我们所处的这个时代。一般说来，理论性专著为稳妥起见并不愿意和当下的文学现象发生过多的联系，而我却触犯了这一禁忌，这很可能招致更多的批评。已经发生的事情果然如此。正当我在为此书撰写后记的时候，已经有人连连向我出示"黄牌"，认为我在险途上走得太远，要我提高"警惕"，或者是要别人对我的某些文学主张提高"警惕"。对此我也是想过的，既然自己萌志要去探索文学的险峰，那就难免有时被弄得挂在石崖上或棘丛中，别人看来颇有些尴尬，自己倒也无甚怨尤。

书的第二部分分析点评了国外的九个心理学流派。我希望丢开西方文艺心理学研究中已经形成的格局，从底层的心理学土壤中找出文学扎下的根须，应该说我是花费了一番气力的。这部分较多地引用了心理学方面的资料，这些资料经过我的阐释，可能与那些已故心理学家们的原意产生了偏离。行文中，我对那些声名显赫的心理学大师所作的主观任性的褒贬，连我自己看了也觉得吃惊。我的用心颇有些"不良"，我希望通过对他们的阐释而拥有他们，使他们成为"我的"和"我们这个时代的"。

我不知道这算不算"强制性阐释"。

书的最后一部分，是讲我的文学观，是从心理学的屏幕上观照文学，当然也是通过我自己的眼睛来观照文学。我觉得我没有能够把我自己对于文学的感受和理解说清楚，也许是因为我的文字太笨拙，也许是因为文学作为人类元始玄奥的精神现象本来就是说不太清楚的。但这部分文字毕竟表达了我在新的时代生活中对文学所作出的思索。

王元化先生慨然应允为《文艺心理阐释》一书写序，使我增长了将这本东西发表出去的勇气。我第一次见到王元化先生，是六年前在广州艺邨的一次学术会议上。当时我拿了一篇谈"情绪记忆"的文章请教钱谷融先生，钱先生说王元化先生就住在隔壁，他是个大学问家，请他给你看一看。王元化先生果然看了这篇东西，而且显出很高兴的样子。他说，你这是在从事文艺心理学方面的研究。接着便由情绪记忆谈到威廉·詹姆斯，谈到斯坦尼斯拉夫斯基，谈到日常生活中的情绪心理。我决心踏上文艺心理学的研究道路,确切地说便是由在广州听到王元化先生的这番话开始的。

文艺心理学研究在我们国家里还是一片正在开垦的处女地。有幸的是它一开始就受到了许多人的关注。就在我撰写这本书的过程中,我便时常得到来自创作界、评论界、理论界、教育界的老师和朋友们的关心、鼓励。我的一些青年朋友们曾为这部书稿提纲的拟定、草稿的誊校付出许多劳动,上海文艺出版社的高国平同志和本书的责任编辑张辽民同志为此书的出版更是付出了大量心血,对此,我谨表示诚挚的感谢。

1987 年 6 月,郑州大学小树林

新版后记

　　为了方便起见，我曾经在文艺心理学的教学中标定这样几个时间：1879年，冯特在莱比锡创建了世界上第一个心理学实验室，标志着现代心理学学科的诞生；1908年，弗洛伊德发表了《作家与白日梦》，为文艺心理学面世揭开序幕；1924年，鲁迅翻译并出版了日本学者厨川白村的《苦闷的象征》，并在大学课堂讲授，成为国内引进文艺心理学系统理论的第一人；1936年，国内出版发行的由朱光潜撰著、朱自清作序的《文艺心理学》，是我国第一部文艺心理学的专著。此后，文艺心理学在中国沉寂了近半个世纪，到了20世纪80年代，即所谓中国社会的"新时期"，才又被重新提起，迅速"走红"并波及文学艺术的各个领域。

　　现在看来，文艺心理学在中国20世纪80年代的重建，与新时期的文学思潮、文学运动是完全一致的。随着时代政治生活的"拨乱反正""改革开放"，文学的审美风范发生了划时代的变革，文学再度回归人的主体。文学是人学，是人的心灵学，唤醒了文学与心理学之间有机的、天然的、古老的联系。我深知自己之所以能够在文艺理论领域做出一点点成绩，完全是得益于"新时期"这个灾后重建、浴火再生的文学时代。

这本书的写作基本上是在 80 年代中期,中国社会的改革开放刚刚启动,可供参考的学术前沿的图书资料依然欠缺。我记得当时费了许多周折才终于在母校图书馆的藏书里找到一本朱光潜先生的《文艺心理学》。这次再版,虽然尽力做了些弥补,仍然不够完善,引文版本驳杂、有欠规范。况且我的学问根底贫瘠,好读书却不求甚解。正如我的朋友夏中义在他的书中指出的,我又是一个生性缺乏哲学思辨能力的人,所以写这样一部书实在是自不量力。再就是自己的思想多年受到国内极左思潮的浸染与约束,就像著名漫画家廖冰兄的一幅作品中呈现的:瓦瓮虽然已经打破,瓮中人的手脚依然伸展不开。在这本书中,自己的用心本在于清理以往极左政治下的文艺观念,却往往显得力不从心。二元对立的思维方式、对于社会进步的盲目乐观,在这本书中时有展现。

　　这次为了收进文集而再版,但时过境迁,我明明知道书中留下太多的缺憾,却已经无力做出大的改动。它的价值或许仅仅在于彰显了 20 世纪 80 年代文学理论界蓬勃、躁动的心态,记录了我最初在治学道路上蹒跚、踟蹰的行迹。

　　我虽然曾在大学念过书,但是并没有学过“心理学”这门课程。大约 1975 年前后,我在“文革”中被查封的禁书中“窃取”一本人民教育出版社 1962 年版的《西方现代心理学派别》,作者是美国哥伦比亚学派的主要代表人物 R. S. 吴伟士,这本书就成了我的心理学的启蒙读物。1978 年,中国文坛刚刚解冻,我发表的两篇短文就已经具有某些“心理含义”了。[①] 后来侥幸赶上 20 世纪 80 年代的“文学盛世”,又得到学界前辈“高人”的指点,风生云起,风云际会,就这样我在文学心理学的风口浪尖上折腾了许多年。

　　1950 年,苏联政府确认了巴甫洛夫的学说在心理学研究中的主导地位,将人的心理理解为对于外界环境的机械反映,将心理学研究中的生理决定论原

---

① 鲁枢元:《漫谈情感》,《河南文艺》1978 年第 10 期;《论文学家的“看着写”》,《河南文艺》1979 年第 5 期。

则视为政治正确的唯物主义路线。这一宗旨也成为中国心理学教育的方针路线。20世纪80年代初,国内流行的心理学理论多以苏联的认知心理学、实验心理学为蓝本,而我或许是接受了吴伟士那本书以及稍后读到的舒尔茨的《现代心理学史》的启迪,使我一开始便把目光投向西方心理学史,并从教学的需要对构造主义心理学、机能主义心理学、行为主义心理学、精神分析心理学、分析心理学、格式塔心理学、人本主义心理学以及心理学的日内瓦学派、维列鲁学派逐一进行了虽然粗疏却兴致盎然的扫描,后来结集成《文艺心理阐释》一书,由上海文艺出版社出版,并纳入"探索书系"。我的用意倒也单纯,就是试图直接从积淀深厚的西方心理学资源中探测、寻觅与文学艺术相关的知识与理论,让文学理论与心理学理论在我的视野内发生碰撞、融会,结为一体。现在看来,这也就是文艺学与心理学之间的跨界、交叉研究。在这一探索过程中,我找到了我最钟情的心理学家,他们是布伦塔诺、弗洛伊德、荣格、皮亚杰、列昂捷夫、马斯洛、阿恩海姆等。也重识了我心仪的一些诗人、小说家、艺术家,如歌德、安徒生、托尔斯泰、茨威格、布勒东、马尔克斯以及罗丹、凡·高、毕加索等。

在这部书出版之前,我出版了《创作心理研究》一书(1985),接着着手主编"文艺心理学著译丛书"(1987—1990),先后出版了9种。在此基础上,我协助钱谷融先生主编了一部《文学心理学教程》(1987、2003)。稍后,又偕同诸多学者编纂了一部《文艺心理学大辞典》(2001)。1987年在郑州大学成立文艺心理学研究室,并开始指导硕士研究生。整个80年代,我一直沉浸在文艺心理学的云山雾海里,不乏郁闷焦灼,亦有欣喜狂热,歧义的争执与异端的交锋此起彼落,无论成败,日子算是没有虚度。

坦白地说,最初我并没有"跨学科研究"的自觉意识,甚至也没有什么现成的学科在自己的把握之中。我拥有的只是20世纪80年代那种生动活泼、坦荡率真的学界氛围。在这种时代氛围中,我就像一棵初春田野上的小草,能够尽情呼吸着时代的气息,恣意逞性地写出自己生命的直觉与感悟,让诸多知识的"碎片"在我的感知中的拼接与整合。这似乎有点像格式塔心理学的主张——碰撞拼接的结果"涌现"了一些看似新鲜的东西,那可能就是我的文艺心理学发现,尽管是粗浅的发现。

我一向景仰的王元化先生为此书的初版撰写了序言,是他和钱谷融先生、徐中玉先生、蒋孔阳先生启发、提携我走上文艺心理学的研究道路。元化先生对我曾怀有期待,晚年在病榻上还记挂我,而我能够做出的与先生期待我的相距甚远,先生去世后我更加感到愧对先生。在王元化先生百年诞辰的纪念会上,我再次表白:在先生这里,我是一个"逃学的学生"。尽管如此,早年与先生的亲近,先生的人格、情怀还是融化在我的血液里,促使我坚守对学术的敬畏,坚持对时代的反思,不媚时邀宠,不曲学阿世,尽力维护一个人文学者的基本操守。对王元化先生的愧疚成了我的一个心结,但同时也成为鞭策我一心向学的内驱力,尽管如今已经到了迟暮之年,仍然不敢掉以轻心。

2023 年惊蛰·姑苏暮雨楼

附录一
学术界评论选摘

周扬关注鲁枢元的文艺心理学研究

周扬与我谈话中一些很有见解的论点,重要的材料,过后我都在笔记本子上记了下来。我们谈论过文艺心理学,他认为朱光潜先生的《文艺心理学》在通俗地介绍西方美学流派方面有价值。我告诉他,近年来文艺理论界对文艺心理学已逐渐关注,有一位年轻人鲁枢元,写了一些文艺心理学文章。他要我找两篇给他看看。我打电话给天津市委宣传部的方伯敬,他找了一本《上海文学》上发表的鲁枢元文章,周看了后说很好嘛。我们在天津写作期间,商定请天津市委宣传部协助我们查找书籍与资料。文艺处干事方伯敬专门与我们联系。几年之后,方伯敬升了文艺处长,在之后,我去天津他又当上了宣传部副部长了。

(顾骧:《晚年周扬》,文汇出版社 2003 年版,第 41 页。)

陈涌/评鲁枢元的文艺心理研究

1985 年 10 月 18 日上午,文化部文学艺术研究院外国文艺研究所、华中师范大学主办的"文艺学研究方法论学术问题讨论会"召开。中宣部副部长贺敬之同志,中共中央书记处政策研究室顾问陈涌同志,中国艺术研究院副院长黎辛,省委有关领导任心廉、徐金山等同志,华中师大副校长邓宗琦同志出席了大会。

陈涌同志讲话(摘录):

我认为对现在出现的一些关于文艺心理学的研究要加以区别。有很多唯心主义的观点,有人把弗洛伊德的心理分析说全盘搬到文艺中。但不能全盘否定心理学的研究。不应该把马克思主义与文艺心理学研究对立起来,而是应该把马克思主义和文艺心理学沟通、联系起来。用文艺心理学代替历史唯物主义、认识论是不对的。这是用特殊规律代替普遍规律。但是文艺心理学的研究的确对形象思维问题、艺术地掌握世界的方式问题是需要的。鲁枢元同志在这方面是有成就的。他并没有说这是马克思文艺规律的全部,他说他是在心理学范围内的研究。他有一篇谈艺术的心理定势的文章,这文章基本内容亦是讲创作的认识论,他说艺术感觉的特点是主观性、情绪性、独创性,这有道理,我也受到启发。文艺主观成分是占重要地位的。主观性、情绪性、独创性实际上是讲主观性。形象思维问题不解决,很多文艺的根本问题,不可能很彻底的解决。文艺与政治、经济的关系、文艺和社会生活的关系,文艺创作和世界观的关系,都与形象思维问题紧密地联系在一起。否定了形象思维研究,否定了心理学研究,实际上是否定文艺的特殊规律。

(原载《会议简报》第 3 期)

鲁枢元按:这次会议我没有参加,会后,华东师范大学王先霈先生将简报寄给我。六年后，在郑州，在由我组织召开的"纪念鲁迅先生诞辰110周年学术研讨会"上，我见到了陈涌先生，谈到曾镇南对我的批评时，他说我的文艺心理学研究前期是好的，后来有脱离历史唯物主义的思想倾向，不好。

王蒙/鲁枢元等人在研究文艺心理学方面成绩斐然

在我国，由于教条主义的影响，长期以来人们只可以在认识论的范畴中谈论和研究文艺问题，就是说，只承认文艺的认识功能——反映功能，最多承认文艺是人类认识世界的一种特殊方式，即承认文艺是用形象思维来反映世界的，承认文艺活动中的思维——主题的提炼、题材的选择、人物的典型化、结构的部署……或者是对于这一切的理解与叹服等等，即承认文艺活动中的理性活动、目的性活动，却不承认文艺活动中的更加丰富得多的活动，尤其是不承认那些不自觉的下意识的自发的随机的蓬蓬勃勃的心理内容。到了二十世纪六十年代，到了"文革"时期，干脆连形象思维也不承认了。这样，长期以来，在我国就剥夺了文艺心理学建立与发展的可能——实际是剥夺了人们的精神世界、内心世界，剥夺了文艺之所以成为文艺的心理学依据。

只是在改革开放以来，这种情况才有了根本的变化。

当然也有另一种论调，即完全否认理性活动在文艺活动中的地位。他们推崇自发的心理活动，主张坐到桌前让笔自行运作，自己也不知道自己在写什么，这样才能出好作品等等。这种主张虽然过于极端，近于巫术，研究一下他们为什么会走到这一步，研究一下他们的片面的深刻性，也还是饶有趣味和教益的。

总之，禁区已经突破，文艺心理学——我认为文艺学中最精妙有趣的部分已经引起了人们的兴趣。

这十余年中，鲁枢元、童庆炳、程克夷、张皓教授等披荆斩棘，筚路蓝缕，在研究和普及文艺心理学方面成绩斐然。他们又联袂编辑了《文艺心理学大辞典》，这实在是一件有开创意义的事情。我祝贺他们的成就，并希望文艺心理学取得更广泛深入的发展。

（《文艺心理学大辞典·序言》，原载 1994 年 11 月 8 日《解放日报》）

刘再复/文艺研究的心理学方法

文艺心理学是用心理学的观点、方法研究文艺创作和文艺欣赏的一种学科。它使心理学渗透到文艺创作和欣赏的研究中，并使这种研究不断地向人的内心世界深入。

文艺心理学与文艺社会学的角度不同，文艺社会学是从外部研究文艺的创作和欣赏，它的主要角度是文艺与社会的关系。但文艺社会学也有它的局限，它往往不能探幽发微，揭示其文学的底蕴。至于庸俗社会学，那就是另一回事，它根本谈不上研究。

用心理学观点研究文艺，其重心是研究文艺创作和欣赏过程中的感情活动，心理活动的特点、规律、属性。

解放后我们的一些文学批评文章过分强调"理"，贬低"情"，有的同志还认为应当"通情达理"，把理智看成文学的最高本体，这恐怕是值得商榷的。其实，文学主要在于情感性。而情感往往是心理变态，从某些意义上说，情感是变态心理的领域，感情到了最深挚的时候，就要发生变态，就要用幻想代替现实，丑八怪也变成了天使，"情人眼里出西施"正是这个意思。这是心理变态，但在感情极其苦恼时，发生这种事正是常态。情感往往表现出一种超理智，一种"一厢情愿"的极端，变态心理学的优越性在于正视这些特点，它强调理智要尊重感情，服从感情，认为情感本身就是有理可循的，它不需要外在强加的理。因此，文艺心理学研究的深入，不能不引进变态心理学。

近年来引人注目的,还有鲁枢元的一系列文艺心理学研究论文。他在《上海文学》等刊物上发表了一些认真的而且有特色的文章。例如他发表的论文感情积累和情绪记忆两篇文章,从大量的文艺现象中把文艺创作概括为感情积累的结晶,并且认为,凭借身心感受和心灵体验的情绪记忆是从事创作的重要动力,这是别开生面的文艺理论探讨。鲁枢元还开始从变态心理的角度解释文学现象,例如他在《当代文学思潮》中发表的《略论艺术创造中的变形》,就涉及一些变态心理现象。这篇论文把文艺创作分为感知阶段、审美阶段、表现阶段三个相互联系的不同阶段。变形则是贯穿于始终的。在感知阶段中,作家虽然尚未正式进入艺术创造,但由于感觉器官的差异和局限,可能产生错觉,由于以往经验的渗透与干扰(错觉),由于遗忘的雕琢与剥蚀,客观事物一旦进入人的心灵之中,就不可避免地发生"变形"。在审美阶段中,移情、通感、想象、幻觉,是人们在审美过程中常见的心理活动形式,而这种活动方式又都是促成艺术变形的重要基因。想象,是在记忆的基础上对原有表象的改造变更和重新组合,新的表象就是这个改组过程的结果,移情则是把审美主体的情志灌注到审美对象之中,使对象成为一个"人化"了的、情感化了的、审美化了的复合体。诗歌中常常出现的通感现象,则是一种在人们的经验和习惯的基层上,借助联想而产生的不同感官之间在心理上的相互沟通,实质上仍是一种幻觉和错觉。在表现阶段也有变形的问题,文艺家的创作意图和这种意图的客观化(表现成作品)是有距离的。由客观外界事物的自然形态到一个完整的艺术作品的诞生,是一个千变万化的复杂过程。首先,外物经由人的感官作用于人的大脑,变成一种心理表象,然后渗进文艺家的心血,注入文艺家的情感,化为一种饱含着文艺家审美思想和审美情趣的意象;最后,文艺家凭借物质材料和一定的表现手法,把它凝聚为可供他人直接关照的、生动的、具体的艺术形象。这个复杂过程又充满着变形。艺术的变形有的是作家正常的心理现象,有的是变态的心理反应。鲁枢元的文章已认真地研究这些问题。

(《文学研究思维空间的拓展》,原载《读书》杂志 1985 年第 2 期)

戴鹏海/王元化先生晚年谈鲁枢元

昨天接到你寄来的书，今天又收到你的信，我眼睛不好，不写信，电话上说一说。王元化先生那里我经常去，我们住得很近，过一条街转一个弯就到了。有时，隔一段时间不去，元化先生还要打电话叫我过去。他今年88岁，我比他小十岁，今年79岁了。一个月前，他就很不好了，只能躺在床上，已很虚弱。他三姐在身边。

张平到上海，是居其宏介绍给我的，说是她进音乐学院访学。她从海南带来的苦丁茶，每次我都要分给王元化先生一半，他喝了感觉不错，因此就谈到鲁枢元。我说不清你们之间的关系，两地，结婚还是没有，只是听居其宏说过，我不清楚。说到鲁枢元，第一次还是在两年多前，王元化先生说他是搞文艺心理学的，肯钻研，也做出了成绩。

知识分子的生存状况越来越坏，学术界的风气越来越恶化。元化先生说，人都势利得很，经常生气。他说，许多小地方却有大人才，但不容易出来，一辈子就"捂"在那里了，他举例说，像鲁枢元，完全可以到上海、北京发展，把事情做大，现在困在了苏州。他说，这个人学术上很有开拓精神，又很低调，不张扬，先是搞文艺心理学，现在听说在搞生态文化批评。属边缘学科，交叉学科，跨学科研究。他不吃剩饭，不炒冷饭，敢于超越自己的过去，开辟新领域，不怕丢开自己已取得的成绩。这大约是去年11月份，我到元化家，他对我说起的。

元化先生晚年经常叹息学界风气一天不如一天。他说，他是绝对的悲观主义者，他很看重史华兹的那篇文章，你看了吗？（鲁：看了，林毓生的阐释很容易理解，我有同感）那天林毓生先生来与元化先生谈，我也在场的。

元化先生也常批评我，说我活到80岁了还像小孩儿，处事情绪化，怕改不了啦。这样的大形势，时代潮流，无法阻挡，更无力回春。唯一可以的是守住自己,做一点力所能及的事。

(鲁问戴先生身体如何)我的身体很差,脑子的病压迫视神经,什么也看不清,必须要到美国治疗了,我的家人都在美国。这里的工作一时还离不开,今年有三个人联系博士后进站……

那天追悼会上,我看见了你的挽联,上署"弟子鲁枢元",就是没有见你,见你也不认识,当时我还和钱谷融、徐中玉说了话,和胡晓明、钱文忠说了话。

附注:

戴鹏海:(1929—2017),湖南长沙人,中国音乐史学家、音乐理论家、上海音乐学院教授、博士生导师。此文摘自2008年5月24日午后2时许戴鹏海先生与鲁枢元的电话记录。

谭好哲/论文艺心理学的研究方法

为了了解和把握文艺心理学的研究现状与发展趋向,六月上旬,笔者拜访了郑州大学的鲁枢元、北京大学的金开诚和北京师大的童庆炳三位教授。这里仅将三位教授对一些问题的看法撮要笔录如下。

关于文艺心理学研究"热门"局面的形成

在西方,文艺心理学作为一门独立学科,早在十九世纪后半叶就已经形成了。在一百余年的发展中,产生了许多甚有影响的研究流派。然而,在我国只是到1936年才有了第一本这方面的专著,这就是朱光潜先生撰写的以介绍西方文艺心理学流派及其观点为主的《文艺心理学》。此后,由于种种原因,这门学科不仅未受到应有的重视,且一度失去存在的权利。但从1980年金开诚教授首次在北大开设了《文艺心理学》选修课之后,文艺心理学研究逐渐成为"热门",成为文艺学多元化发展趋向中的一个重要分支。

随着研究专著和论文的不断涌现,文艺心理学研究声威日振,不仅愈来愈受到文艺学界人士的注目,而且国家七五社科发展规划和教委七五社科重点科研计划都列入了这方面的研究项目。这确实是一个令人振奋的局面。如何看待这一局面的形成呢?鲁枢元教授认为,不应将这一局面的形成仅仅看成是对以往极左思潮压制文艺心理学研究的逆反心理和研究者的赶时髦作风。实际上,这种局面的形成有着文艺本身和文艺学研究本身的双重原因。从文艺本身的发展看,在西方,十九世纪以来,浪漫主义文艺对古典主义文艺和现代派文艺对现实主义文艺的两次反拨与冲击,显示了一个共同的趋向,就是艺术创作者越来越看重自身的独特个性,看重自己的独特感知、情感、愿望、意志等等对于文艺创作活动的决定意义。在我国,五四以来新文学的发展和当代文学的发展,也有一个由过分注重社会、客观到比较注重个人、主观的渐进的"向内转"变化。国内外文艺的这一发展背景是文艺学必然向着文艺心理的研究进一步发展的客观动因。从文艺学研究本身看,现代西方各种形式主义文艺理论流派相继走向衰落,说明对于文艺本质片面化的专注,对于解决艺术本质问题是不能奏效的。而在我国,解放以来的文艺学研究虽然也不忽视创作者的地位,但主要是从社会学角度研究创作主体与社会生活的关系,很少深入到创作心理的内在历程和内在结构中研究艺术创造,这样当然也难以真正认识和把握文艺创造活动的能动性、规律性及其本体论实质。对以往理论研究中出现的偏差的认识,是人们重新正视文艺心理学研究不可取代的地位的主观原因。正是这种主客观两方面的原因促成了今天人们对于这门学科的高度重视和极大兴趣。

关于文艺心理学的研究方法

前不久,鲁枢元教授与钱谷融先生联名发表了一篇文章,提出了"文艺心理学"与"心理文艺学"两个名称的差异问题,并提出由这种差异便有了两种研究方法,即科学主义的研究方法和内省体验的研究方法。他们认为研究文艺心理的理论学科的确切称谓应是"心理文艺学",而有成效的,也是他们所赞成的方法则为内省体验的方法。就这个在学术界引起反响的问题,我分别请教了三位教授。

鲁枢元教授当然坚持自己的看法。他说,他和钱先生提出上述观点,是基于对研究对象的特性的认识。文艺心理有模糊性,具有只可意会不可言传的特性,因此企图完全用科学主义的方法去精确地描述与界定作家的创作心理是做不到的,而必须借助于内省、体验去把握它。费希纳以来实验美学收效甚微正说明科学主义的局限性。从更大的学术背景上来看,现当代的世界学术界正进行着科学主义与人文主义两种学术倾向的斗争;从大势上看,现在人文主义倾向已压倒了科学主义倾向。另外,从更深一层上来看,这里还有一个艺术观念的创造问题,有一个研究者与创作者的关系问题。实际上,各个时代的艺术观念是文艺家和文艺研究者、批评家共同创造的,研究者借助于内省、体验的方法能够为艺术观念的确立深化和演变提供自己独到的见解。而完全采用科学主义方法,那就无异于承认文艺研究者只能跟在文艺家的后面,去阐释,去注解别人的观念和别人的创造。那样,我们就成为别人的影子了,我们自己的存在价值也就太可怜了。

童庆炳教授也认为,研究文艺心理的这门传统学科有重新"正名"的必要。叫它"文艺心理学",会使之沦为心理学的一个分支,从方法上讲就会使人仅仅从心理学的观点与手段出发去解释文艺现象,最终证明的不是文艺心理的有关规律,而是一般心理学的规律。他认为应称之为"文艺心理美学"。从方法上讲就是要从艺术审美的角度入手,研究文艺心理的特殊规律,这样就会和一般心理学的研究完全不同,也和从心理学观点研究文艺现象不同,从而具有该门学科的质的规定性。不过,从艺术审美的角度研究文艺心理,仍然要有科学性、精确性,不能搞模糊性,从方法到结论都不应是模糊的。我们应在重新正名的基础上,探索这门学科的独特的科学的研究方法和手段。

与鲁、童二位教授不同,金开诚教授无意于给这门学科重新正名。因此,谈到方法,他仍然坚持从普通心理学的基本观点、基本原理出发解释文艺现象,将心理学与文艺学结合起来。他说,1980 年以前,心理学研究和文艺学研究两方面的工作别人都已做过或正在做，但将二者结合起来的工作却无人做过。心理学与文艺学的结合，既能使我们对文艺现象的感受、思考上升为理性认识，也能够从文艺学角度证明心理学理论观点的正确性。所以，文艺心理学研究对文艺学和心理学都有益处。在谈到自己的具体写作情况时，金教授说，他自己不是从大量的资料出发去拼凑文章，当然也不搬弄别人已谈过的观点，而是在有了某些想法之后再去看有关材料，看看别人是否说过了，说到什么程度，别人没或没写清楚的，自己就写出来，这就叫做"惟陈言之务去"吧！

关于三位教授目前与今后的著述情况

三位教授目前正在做些什么工作，今后有何打算？承三位教授厚意，他们都毫无保留地回答了我的提问。

金开诚教授说，他现在较忙，既有社会活动，又要带古籍整理专业的博士研究生，并有古籍整理方面的任务。年内将由人民出版社出版在《文艺心理学论稿》基础上修改编定的《文艺心理学概论》。待手头的其他任务完成后，将回过头来研究文学语言的心理学问题。当笔者顺便提到鲁枢元教授也在从事这方面的著述时，金教授谦逊地说："如果鲁枢元的书先出版，问题也谈清楚了，那我就不研究这个，而另选别的题目。"

与金开诚教授相比，鲁枢元教授的主要精力放在文艺心理学研究上。目前，鲁教授已联络了国内的一些同道，编著一套文艺心理学丛书，由黄河文艺出版社出版，计划每年出五本。其中，年内将要出版的就有他的《创作心理研究》的修订版。此外，今明两年他将要出版的专著有，为上海文艺出版社写的《文学与心理学》（共计三卷二十余万字），为三联书店撰写的《文学语言论》（约十万字左右），以及与钱谷融先生一共同主编的《文艺心理学教程》等。谈到今后的计划，他说，从今年起他将招收文艺心理学专业的硕士研究生，在进行研究生教学和组织好丛书的出版事宜外，打算撰写一部《情感现象学》。他很自信地说："我要把这部书作为代表作。以前的探索都是这部书的准备。"

与鲁枢元教授令人眼花缭乱的著述计划相辉映，童庆炳教授也有一个令人注目的研究计划。他说,他和程正民老师现在带了十几名文艺心理学硕士研究生,再加上两名博士生,共有十五名研究生从事文艺心理学的学习与研究。他们计划在一两年内,按统一规划,每个研究生写出一部文艺心理学专著。然后在这个基础上共同撰写一部体现他们的研究方法的《文艺心理美学》专著,计划该书于1990年前完成。此外,他们还将翻译并联系出版一些国外的有关著述。

在访问中,三位教授有一个共同的看法,那就是文艺心理学研究确实出现了前所未有的好局面,全国各地从事这门学科研究的同道们应该抓住时机并携起手来,以踏踏实实、富有成果的研究,将这一学科推进到一个新的水平,从而为建设具有中国特色的马克思主义文艺学做出贡献。

（谭好哲:《文艺心理学的研究方法——访鲁枢元、金开诚、童庆炳三教授》,
原载《文史哲》1987年第5期）

夏中义/文艺心理学的重建曲式

严格意义上的文艺心理学学科重建,主要是以概念独立于体系框架的形成为标记的。因为学科作为理论体系,说到底是一种定律的演绎体系,而定律则是对概念所覆盖的事实关系即内涵与外延的必然关联的逻辑展开或证实,这样,新概念的创造就成了预示新科学能否诞生的生命印记。从这一角度看,金开诚、吕俊华、滕守尧的研究恐怕皆处于"前学科"阶段,而鲁枢元却有幸荣任当时学界公认的新潮代表。鲁枢元由于在重建新学科的独立概念与体系框架方面所显示的自觉意识,1985年将"方法论热"推到了文艺心理学螺旋发展的第三阶段,虽论视野他不如滕守尧辽远,论才气他不如吕俊华横溢。

鲁枢元是以论文集《创作心理研究》(下称《研究》)确立其学术地位的。《研究》之所以不同凡响,是因为它几乎囊括创作论的全部基本命题,而在阐释每一命题时又想努力提炼出一个相应的、心理美学色泽浓郁的独立概念。本节重在剖析"情绪记忆"和"创作心境"这两个概念的逻辑构成,以期从中见出鲁枢元的理论追求及其得失。

创造一个概念是艰苦的劳动。因为它要连闯三关。一要详尽地占有资料。鲁枢元在这方面是尽力的。二是要在整理资料的基础上分门别类地找出事物的不同属性。鲁枢元在这点上也是下了大功夫。三要揭示不同属性间的有机关联以期从整体上去涵盖对象即逻辑还原。正是在这一关口,鲁枢元被卡住了。因为他还未想到在"创作心境"的"模糊性"与"整体性"与"自动性"之间竟还有什么瓜葛,他颇擅长对事物属性作教案式的平铺直叙,却不关切不同属性之间的必然联系,于是,读其文章总觉得不乏妙悟和词彩,却少纵深掘进式的学术建构,犹如酿酒火候未到,故而入口虽醴,但颇粗,不绵软,不隽永,少回味,也就经不起逻辑反证。几年后他大概也看到了上述破绽,故在和钱谷融先生主编《文学心理学教程》(下称《教程》)时,他就再没让这"模糊性""自动性"和"整体性"一股脑儿地堆在"创作心境"身上,而是稍稍地作了如下更正:即只有在构思完成阶段所发生的灵感情境才可能同时拥有这三大属性——外延缩小了,这就与内涵对上号了。芜杂的思维经过这番逻辑整容无疑变得洗练了,但也因此,作为一个"新概念","创作心境"也像"情绪记忆"那样默默地从《教程》中退隐了。想当初,鲁枢元《研究》一书实是以论"情绪记忆"和"创作心境"这两篇影响最大,但最终未站稳脚跟的也偏偏也是这两篇。

鲁枢元马失前蹄,原因之一恐怕在于:他所具备的哲学-逻辑素养同他所肩负的使命显得不匹配。我所以强调这一点,并非说鲁枢元在这方面比不上金开诚、吕俊华和滕守尧,我只是想挑明:有无深厚的哲学-逻辑功底对学科重建来说,实为息息相关之命脉。倘若某一理论在自身框架中连最起码的逻辑自足也做不到,这就像患了先天软骨症,即使不与实践碰撞,它也会摇摇晃晃地自行趴下的。也因此,非逻辑思维在学科重建阶段犹如噪音,格外刺耳。诚然,我也明白:理论建设像其他人类活动一样,不可能等到万事俱备了再去创造历史;但假如清醒一点呢?即在创作历史时能不时反省自身不足以期亡羊补牢，而不是自我感觉太好，是否对学科重建更有裨益呢？

是的，假如只是把鲁枢元当做一位普通学者，我对上述这一切就会保持缄默。但问题是现在鲁枢元已不仅仅代表个人，他已成了新时期文艺心理学界的新潮象征。钱谷融有意邀请他当《教程》的责任主编即为明证。钱谷融的选择象征着时代的选择。因为事实上，当初鲁枢元在学科重建方面所显示的那种独树一帜的自觉追求及其研究广度，已足以使他成为1985年中国重建文艺心理学的最佳人选。其《研究》所搜集的那些理论成果，如"文艺家的情绪积累""审美知觉""心理定势""创作心境""想象与变形""创作中的冲动与控制"及"文学语言的心理机制"等等，后来有的直接纳入《教程》体系的建构中被放大。我曾说过，学科作为理论体系，其实质是概念演绎系统，这就要求体系制定者特别注重体系本身的逻辑动力性，即体系中的某一概念不仅不是在这一整体框架中才被确定和延展的。这样，从一个概念到另一个概念，它不仅可以像行云流水般被逐次推导，并且，正是在这生气灌注的，既严谨而又富有动力感的演绎过程中，每一概念都获得了它生命的明晰与丰盈。显然，由鲁枢元主持设计的《教程》体系框架还未能达到这一境界。

好在鲁枢元是颇有雅量的，他不讳言其成果的"不成熟"，并"认为它只是我国文艺心理学事业发展过程中一个过渡性环节"。我倒要说，一个学者倘若已为理论史提供了前人未曾提供、又能启迪后人的成果，亦即成为理论发展链条上虽可超越却不容避开的逻辑一环，那么，他也就足以告慰自己了。也正是在这一意义上，我还想说，尽管有种种不如意的地方，金开诚、吕俊华、滕守尧和鲁枢元在新时期文艺心理学史上的地位，其实已被他们所作出的各自贡献所确定了。当他们在写下自己的历史的时候，历史同时也在写他们。或许后继者有可能在科学的航程上比他们驶得更深更远，但也不过是前驱足迹的延伸。说得更准确些，或许正是靠现行者那歪歪斜斜的脚印，才给未来的哥伦布签署了通行证。

（原载《文学评论》1989年第2期，又见《新潮学案》，上海三联书店1996年版）

张炯、邓绍基、樊骏等/
鲁枢元是中国新时期文艺心理学学科的创建者和代表者之一

自八十年代以来,鲁枢元将主要精力投注于文艺心理学学科的建构,是中国新时期文艺心理学学科的创建者和代表者之一。

新时期以来,鲁枢元先后两次召集并主持了全国文艺心理学研讨会。

他的《创作心理研究》在文学界曾引起强烈反响;他与钱谷融合著的《文学心理学教程》被国内数十家大学用作教材,并在台湾出版发行,在海内外形成了一定的影响;他撰写的《文艺心理阐释》被认为是文艺心理学教学中一本不可或缺的参考书。他主编的《文艺心理学著译丛书》和《文艺心理学大辞典》,为文艺心理学的教学和研究提供了丰富的资料,并填补了这方面的空白。

在鲁枢元看来,文艺心理学不但是一门与文艺学、心理学相关的学问,而且是一门与人的生存,尤其是与人的精神性存在密切相关的学问。它研究的对象应该包括两个层面:基础层面与更高的层面。基础层面是,文学艺术现象的心理本质、文学艺术创造主体的心理特性、文艺生产的社会文化心理因素、文艺的心理批评;更高层面是,文学艺术与人类的言语活动、生命活动与人类的精神生态的复杂关系。鲁枢元认为,人对文学艺术的需求,是人类内在的本质性需求;文学艺术创造,是人类主观能动性最充分的体现;文学艺术的价值,在于它展现了人在最高精神领域中的自由活动。

自1992年以来,鲁枢元开始把他的研究重心转移到对当代社会中人类精神生态的研究中。在他看来,日益威逼着人类命运的生态保护问题,如果不把人的精神因素考虑进去,就永远不能得到解决。他试图从文艺学与心理学的角度切入人类精神性存在的问题,把自然生态、社会生态、精神生态三者看作一个有机完整的系统进行综合研究,从而为现代社会的健康发展提供新的理论依据。

由于鲁枢元始终是在开拓一些新的研究领域,因而,对他的一些学术观点不断有商榷、争鸣乃至批判的意见。围绕着他所提出的观点,中国当代文坛在20世纪80年代曾展开过两次有规模的讨论。其中尤以"新时期文学向内转"的讨论影响颇大。一些文学史家认为,这些讨论对于繁荣中国当代文学理论建设,起到了不可忽视的促进和推动作用。

(张炯、邓绍基、樊骏主编:《中华文学通史》第十卷,

华艺出版社 1997 年版,第 557—558 页。)

田忠辉/评《文艺心理阐释》

鲁枢元是新时期文艺心理学建设的扛鼎之人。在人道主义、人学、人性、"向内转"、文艺学方法论、文艺学观念、人文精神诸多领域,他为人们敞开了文艺心理学的研究空间,也打开了文艺心理学研究的大门。鲁枢元的研究不仅仅停留在成果多,影响大,更在于他充沛的热情、感性的自然流露,以及在文艺心理学方方面面的普遍深入,包括最早建设文艺心理学研究室等致力于文艺心理学普及的努力。这些对学科建设的思考和全面展开,显示了一代文艺心理学研究学者执著的努力和孜孜以求的心态。

《文艺心理阐释》一书 1988 年由上海文艺出版社出版,撰写于 1985 年至1987 年。本书的主要内容是对西方心理学史的扫描,包括构造主义心理学、机能主义心理学、行为主义心理学、精神分析心理学、分析心理学、格式塔心理学、人本主义心理学,以及心理学的日内瓦学派、维列鲁学派等。按照鲁枢元自己的说法,这本书的"用意倒也单纯,就是试图直接从积淀深厚的西方心理学资源中探测、寻觅与文学艺术相关的知识和理论,让文学理论和心理学理论在我的视野内发生碰撞、融汇"。他说:"在这一探索过程中,我找到了我最钟

情的心理学家,他们是布伦塔诺、弗洛伊德、荣格、皮亚杰、列昂捷夫、马斯洛、阿恩海姆等。也重识我心仪的一些诗人、小说家、艺术家,如歌德、安徒生、托尔斯泰、茨威格、布勒东、马尔克斯以及罗丹、凡·高、毕加索等。"从鲁枢元的自述中,我们可以发现,在《文艺心理阐释》这本书中,他实际上关注着三个领域的问题。第一个领域是心理学,鲁枢元的研究目的是为破解文学创作奥秘寻觅道路。第二个领域是文艺理论,鲁枢元要找到文学理论和心理学理论的相通之处,从而破解文学创作的秘密。第三个领域是文学实践,这也是鲁枢元文艺心理学研究的鲜明特色,即紧密结合文学创作实践来研究理论问题。这一点决定了鲁枢元的文艺心理学并不是抽象的理论,而是实践的理论。当然,鲁枢元的研究重在情感、情绪等感性的元素,在逻辑建构理论方面相对薄弱。

(摘自田忠辉:《探究隐秘世界的努力——中国当代文艺心理学研究反思》,第三章,第二节:鲁枢元与20世纪80年代中期的文艺心理学繁荣;北京师范大学出版社2019年版。)

附录二
文艺心理学研究参考文献

［美］吴伟士：《西方现代心理学派别》，人民教育出版社 1964 年版

［美］克雷奇等：《心理学纲要》，文化教育出版社 1980 年版

［美］杜安·舒尔茨：《现代心理学史》，人民教育出版社 1981 年版

［美］加德纳·墨菲：《近代心理学历史导引》，商务印书馆 1982 年版

［德］威廉·冯特：《心理学概述：情感三度说》，湖北科学技术出版社 2016
年版

［美］威廉·詹姆斯：《心理学原理》，中国社会科学出版社 2009 年版

［奥］西格蒙德·弗洛伊德：《弗洛伊德文集》（共 8 卷），长春出版社 2010
年版

［瑞士］卡尔·荣格：《荣格文集》（共 9 卷），国际文化出版公司 2011 年版

［美］弗雷德里克·霍夫曼：《弗洛伊德主义与文学思想》，三联书店 1987
年版

［美］埃里希·弗罗姆：《弗洛伊德的使命》，三联书店 1986 年版

［美］卡尔·霍尔：《荣格心理学纲要》，黄河文艺出版社 1987 年版

［美］温森特·布罗姆：《荣格：人与神话》，黄河文艺出版社 1990 年版

［美］埃里希·弗洛姆：《在幻想锁链的彼岸》，湖南人民出版社 1986 年版

［美］亚伯拉罕·马斯洛：《存在心理学探索》，云南人民出版社 1987 年版

［美］弗兰克·戈布尔：《第三思潮：马斯洛心理学》，上海译文出版社 2001
年版

［美］亚伯拉罕·马斯洛等：《人的潜能和价值》，华夏出版社 1987 年版

［德］库尔特·考夫卡：《格式塔心理学原理》，浙江教育出版社 1997 年版

［美］鲁道夫·阿恩海姆：《艺术与视知觉》，中国社会科学出版社 1984 年版

［美］鲁道夫·阿恩海姆：《走向艺术心理学》，黄河文艺出版社 1990 年版

［俄］维戈茨基：《艺术心理学》，上海文艺出版社 1985 年版

［苏］巴乌斯托夫斯基：《金蔷薇》，上海文艺出版社 1980 年版

［苏］科瓦廖夫：《文学创作心理学》，福建人民出版社 1997 年版

［瑞士］让·皮亚杰：《发生认识论原理》，商务印书馆 1981 年版

［瑞士］让·皮亚杰：《结构主义》，商务印书馆 1984 年版

［瑞士］让·皮亚杰等：《儿童心理学》，商务印书馆 1980 年版

［美］赫伯特·马尔库塞：《爱欲与文明》，上海译文出版社 1987 年版

［美］赫伯特·马尔库塞：《审美之维》，三联书店 1989 年版

［美］罗洛·梅：《爱与意志》，国际文化出版公司 1987 年版

［德］爱克曼辑录：《歌德谈话录》，人民文学出版社 1978 年版

［英］查尔斯·达尔文：《人与动物的情感》，四川人民出版社 1999 年版

［德］弗里德里希·尼采：《悲剧的诞生》，三联书店 1986 年版

［俄］列夫·托尔斯泰：《论艺术》，人民文学出版社 1958 年版

［德］舍勒：《舍勒选集》，上海三联书店 1999 年版

［德］马丁·海德格尔：《诗·语言·思》，黄河文艺出版社 1990 年版

［法］梅洛-庞蒂：《眼与心》，中国社会科学出版社 1992 年版

［意］贝奈戴托·克罗齐：《美学原理·美学纲要》，外国文学出版社 1983
年版

［法］罗丹：《罗丹艺术论》，人民美术出版社 1978 年版

［法］列维–布留尔：《原始思维》，商务印书馆 1981 年版

［德］格罗塞：《艺术的起源》，商务印书馆 1984 年版

［美］乔治·桑塔耶那：《美感》，中国社会科学出版社 1982 年版

［美］苏珊·朗格：《艺术问题》，中国社会科学出版社 1983 年版

［美］苏珊·朗格：《情感与形式》，中国社会科学出版社 1986 年版

［美］S.阿瑞提：《创造的秘密》，辽宁人民出版社 1987 年版

［美］卡伦·霍尼：《我们时代的神经症人格》，译林出版社 2016 年版

［德］莫里茨·盖格尔：《艺术的意味》，华夏出版社 1999 年版

［美］杰克·斯佩克特：《艺术与精神分析》，文化艺术出版社 1990 年版

［美］艾伦·温诺：《创造的世界》，黄河文艺出版社 1988 年版

［德］拉尔夫·朗格纳：《文学心理学》，黄河文艺出版社 1990 年版

［日］厨川白村：《苦闷的象征》，人民文学出版社 1988 年版

车文博主编：《西方心理学史》，浙江教育出版社 1998 年版

老子：《道德经》，人民文学出版社 2006 年版

孔子：《论语》，中华书局 2016 年版

列御寇：《列子》，上海古籍出版社 2014 年版

庄周：《庄子》，中华书局 2015 年版

《乐记译注》，音乐出版社 1958 年版

陆机、张少康：《文赋集释》，人民文学出版社 2005 年版

钟嵘：《诗品》，上海古籍出版社 2007 年版

刘勰：《文心雕龙》，上海古籍出版社 2008 年版

王国维：《人间词话》，人民文学出版社 2018 年版

朱光潜：《文艺心理学》，开明书店 1936 年版

朱光潜：《悲剧心理学》，人民文学出版社 1983 年版

宗白华：《艺境》，北京大学出版社 1990 年版

宗白华：《美学散步》，上海人民出版社 1981 年版

张竞生：《张竞生文集》，广州出版社 1998 年版

徐复观：《中国艺术精神》，春风文艺出版社 1987 年版

钱钟书：《谈艺录》，上海开明书店 1948 年版

王元化：《文心雕龙创作论》，上海古籍出版社 1984 年版

钱谷融：《文学的魅力》，山东文艺出版社 1986 年版

钱谷融、鲁枢元主编《文学心理学》，华东师范大学出版社 2003 年版

蒋孔阳：《德国古典美学先秦音乐美学思想论稿》，复旦大学出版社 2020 年版

李泽厚：《美的历程》，文物出版社 1981 年版

王蒙：《漫话小说创作》，上海文艺出版社 1983 年版

刘再复：《性格组合论》，上海文艺出版社 1986 年版

张少康：《中国古代文学创作论》，北京大学出版社 1983 年版

金开诚：《文艺心理学论稿》，北京大学出版社 1982 年版

滕守尧：《审美心理描述》，中国社会科学出版社 1985 年版

陆一帆：《文艺心理学》，江苏人民出版社 1985 年版

刘煊：《文艺创造心理学》，吉林教育出版社 1992 年版

童庆炳主编：《现代心理美学》，中国社会科学出版社 1993 年版

吕俊华：《艺术创作与变态心理》，三联书店 1987 年版

王先霈：《文艺心理学读本》，华中师范大学出版社 1988 年版

孙绍振：《文学创作论》，春风文艺出版社 1987 年版

畅广元：《诗创作心理学》，陕西师范大学出版社 1988 年版

程正民：《俄国作家创作心理研究》，百花文艺出版社 1990 年版

程正民：《艺术家个性心理和发展》，北京大学出版社 2012 年版

鲁枢元：《创作心理研究》，河南文艺出版社 2015 年修订版

黄鸣奋：《艺术交往心理学》，厦门大学出版社 1987 年版

王宁：《深层心理学与文学批评》，陕西人民出版社 1992 年版

徐岱：《艺术问题：后人类时代的古典情怀》，浙江大学出版社 2020 年版

冯川：《文学与心理学》，四川人民出版社 2003 年版

高楠：《艺术心理学》，辽宁人民出版社 1988 年版

夏中义：《艺术链》，上海文艺出版社 1988 年版

刘伟林：《中国文艺心理学史》，三环出版社 1989 年版

方汉文：《西方文艺心理学史》，陕西人民出版社 2000 年版

杜声锋：《拉康结构主义精神分析学》，三联书店(香港)1988 年版

叶舒宪主编：《文学与治疗》，社会科学文献出版社 1999 年版

潘知常：《众妙之门》，黄河文艺出版社 1987 年版

王一川：《审美体验论》，百花文艺出版社 1990 年版

张月：《恶之花：走下圣坛的艺术家》，河南文艺出版社 2008 年版

李春青：《艺术直觉研究》，辽宁大学出版社 1987 年版

胡山林：《文艺欣赏心理学》，河南大学出版社 1991 年版

李建中：《汉魏六朝文艺心理学》，北岳文艺出版社 1992 年版

周宪：《艺术创作的境界》，吉林教育出版社 1992 年版

刘耀中、李以洪：《建造灵魂的庙宇——荣格评传》，东方出版社 1996 年版

杨文虎：《艺术思维与创作发生》，学林出版社 1998 年版

王文宏：《厨川白村文艺思想研究》，吉林人民出版社 2002 年版

田忠辉：《探究隐秘世界的努力》，北京师范大学出版社 2019 年版

鲁枢元、童庆炳、程克夷、张皓主编：《文艺心理学大辞典》，湖北人民出版社
2001 年版

一本书打开一个世界

欢迎订购、合作

订购电话：0571-85153371

服务热线：0571-85152727

KEY-可以文化　　浙江文艺出版社　　京东自营店

关注 KEY-可以文化、浙江文艺出版社公众号，
及浙江文艺出版社京东自营店，随时获取最新图书资讯，
享受最优购书福利以及意想不到的作家惊喜